ARO

EL GUERRERO

LOBO

ARO

EL GUERRERO

LOBO

AUGUSTO RODRÍGUEZ DE LA RÚA

nowtilus

Colección: Novela Histórica
www.nowtilus.com

Título: *Aro, el guerrero lobo*
Autores: © Augusto Rodríguez de la Rúa

Copyright de la presente edición © 2015 Ediciones Nowtilus S. L.
Doña Juana I de Castilla 44, 3.º C, 28027 Madrid
www.nowtilus.com

Elaboración de textos: Santos Rodríguez
Revisión y adaptación literaria: Teresa Escarpenter

Responsable editorial: Isabel López-Ayllón Martínez
Maquetación: Patricia T. Sánchez Cid
Diseño de cubierta: produccioneditorial.com

ISBN Edición impresa: 978-84-9967-704-0
ISBN Impresión bajo demanda: 978-84-9967-705-7
ISBN Digital: 978-84-9967-706-4
Fecha de publicación: Abril 2015

Impreso en España
Imprime: Podiprint
Depósito legal: M-8657-2015

A Nieves, por su lucha, por ser valiente y seguir luchando.
A Sofía, mi pequeña guerrera vaccea.

ÍNDICE

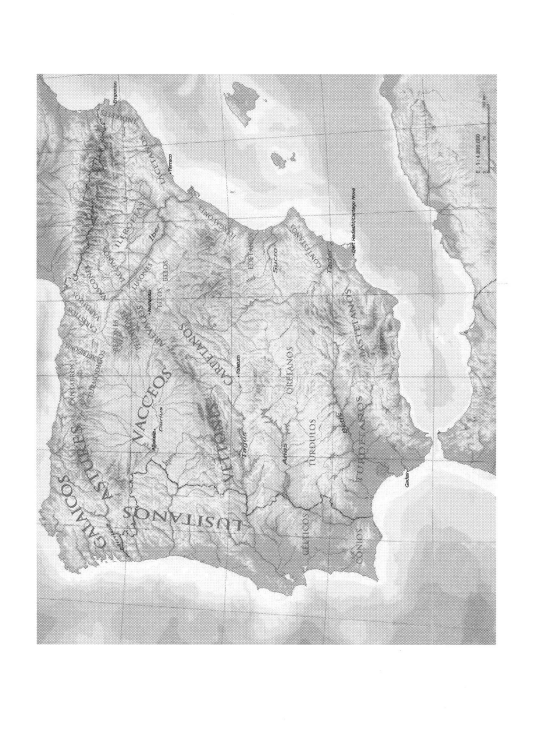

I

Aro resopló y se pasó el brazo por la frente para enjugarse el sudor. Por fin habían terminado con la descarga y el recuento de su cosecha de trigo, recogida ahora en uno de los almacenes de grano de la ciudad. Poniendo los brazos en jarras, miró con satisfacción los sacos de grano apilados junto a la pared. Buntalo, su padre, su hermano Docio y él habían trabajado duramente durante varias horas junto a los hombres libres y los siervos que faenaban en sus campos para depositar allí la cosecha de trigo; el hermano menor de Aro, aunque sólo tenía catorce años, era casi tan alto y corpulento como él, y solía ser el encargado de llevar el ganado de la familia a los pastos; su largo cabello rubio recordaba al de su padre en su juventud, y su rostro redondeado lo había heredado de su madre. Sonreía a menudo y sus ojos azules siempre brillaban con alegría. El recuento y almacenaje del grano les había llevado gran parte de aquella calurosa tarde de verano. La familia de Buntalo era una de las más importantes de Albocela, y tanto Buntalo como Aro tenían a su servicio, además de los siervos, a varios hombres libres ligados a ellos por *devotio*. Los tres hombres se miraron y sonrieron complacidos. Por primera vez desde hacía mucho tiempo, aquel verano la colecta de trigo y cebada había sido abundante; hacía ya varios años que la tierra no se mostraba tan generosa, pero esta vez la cosecha era rica.

—¡Ya hemos terminado! —exclamó Aro sonriente, pasando la mano por sus cabellos leonados, empapados de sudor—. Esta vez hemos recogido una buena cosecha; los almacenes de grano están casi llenos, y aún llegará más trigo y cebada de las granjas de los alrededores. Es posible que incluso tengamos problemas para almacenarlo todo por primera vez en muchos veranos...

—Es cierto —convino Buntalo, apoyándose cansado en la fresca pared de adobe del almacén; sonrió a su hijo mayor—. Este año podremos olvidarnos del pan de bellota de una vez, y nuestras familias comerán de nuevo pan de trigo.

Sudorosos y fatigados pero satisfechos, contemplaron una vez más el cereal apilado en sacos que prácticamente llenaban la gran habitación. El próximo invierno no les traería hambre, por muy crudo que fuese; había suficientes suministros para alimentar a toda la ciudad. Sólo tenían que asegurarse de que el grano no se quemase o se mojase, ni ocurriese ningún otro accidente que echase a perder tan magnífica cosecha.

—Dentro de dos días —comentó Buntalo—, la asamblea repartirá el grano entre las familias de la ciudad, de acuerdo con las necesidades de cada una, como es costumbre, y con lo que sobre podremos comerciar con otros pueblos.

—Sí, iremos de nuevo a tratar con nuestros vecinos vettones y lusitanos —dijo Aro, riendo. Le alegraba la perspectiva de volver a viajar para comerciar—. Tú y yo, padre, volveremos a Numantia a vender nuestra lana y nuestro trigo a los arévacos. Traeremos regalos a nuestras familias, compraremos brazaletes, hebillas de cinturón, fíbulas y adornos para las mujeres, y también hierro para hacer espadas y lanzas nuevas... Incluso podremos elaborar cerveza de cebada otra vez, ya no tendremos que comprarles a los lusitanos esa horrible cerveza de bellota que tan magnífica encuentran.

—Espero que pronto todo pueda volver a ser como hace años —dijo Buntalo, y por un momento los ojos le brillaron con ira al recordar—, antes de que los cartagineses nos atacasen para quemar nuestros campos y matar a nuestros hijos.

—Sí, en aquellos tiempos todo era más feliz —admitió Aro con tristeza, bajando la mirada y recordando su infancia por un breve instante.

En ese momento, otros dos hombres detuvieron su carro a la puerta del almacén y comenzaron a descargar su trigo muy despacio, tras saludar con amabilidad a Buntalo y a su familia. Por su parte, como su labor allí ya había finalizado, Buntalo y sus dos hijos salieron del depósito de grano acompañados por sus hombres.

El día declinaba y el sol ya estaba bajo en el cielo, pero el viento soplaba del sur y aún hacía un calor abrasador. A pesar de ello, Aro recogió la túnica a cuadros verdes y amarillos que había dejado sobre el carro vacío y volvió a ponérsela; se despidió de su padre y su hermano hasta la cercana hora de la cena y se dirigió con calma hacia la sólida muralla fabricada con adobe y cantos rodados que rodeaba la ciudad. Deseaba estar solo durante un rato, antes de volver a casa a cenar con su familia. Albocela era una ciudad fuertemente amurallada, situada en una posición estratégica de importancia, sobre una atalaya natural que dominaba el río Durius, el gran río que atravesaba el extenso y feraz territorio de los vacceos de este a oeste. Subió con agilidad al parapeto, se sentó sobre él y miró hacia el sur, con las piernas colgando hacia fuera. A sus pies, muy abajo, las aguas del Durius centelleaban en medio de la ancha y fértil llanura poblada de frondosos bosques de robles, encinas y hayas. Las hojas de los álamos se mecían con reflejos plateados junto a las orillas del río, que en su camino hacia el oeste describía una curva y se acercaba desde el sur a las barranqueras sobre las que se alzaba la ciudad, y justo a sus pies, volvía a girar de manera brusca hacia el oeste, en la dirección de Ocellodurum, a menos de una jornada a pie. Los vencejos y golondrinas volaban en bandadas describiendo veloces piruetas en el aire. Por encima de ellos, muy alta en el cielo azul, Aro distinguió la silueta de un águila que volaba en círculos en busca de una presa. Varias millas al sur, en el otro extremo del valle, se alzaban, de un color verde oscuro, las colinas pobladas de bosques de encinas y robles.

Aro miró durante unos instantes las brillantes aguas del río y su amplia vega, y su mente voló en el tiempo recordando las recientes palabras de su padre y los terribles sucesos de años lejanos, sucesos que recordaba vívidamente a menudo, y que a veces le hacían despertarse de repente en medio de la noche, empapado de sudor.

Todo había ocurrido diez años antes. Aro era todavía un niño, sus ojos no habían visto diez primaveras. Albocela era entonces una de las mayores y más importantes ciudades vacceas. Sus campos eran fértiles y las cosechas, abundantes; el ganado y los caballos eran numerosos, y el comercio con los arévacos, carpetanos, vettones e incluso con los temidos lusitanos, frecuente y próspero. Exceptuando los inevitables y acostumbrados enfrentamientos con los pueblos vecinos, la paz reinaba para los albocelenses.

Pero aquella tranquilidad no podía durar demasiado. Según le había explicado en aquel entonces su padre, los cartagineses, un poderoso pueblo de origen fenicio llegado de muy lejos, del sur, al otro lado del mar Interior, se habían establecido en las costas del sur y sudeste de Iberia, nombre que habían dado los fenicios a toda aquella tierra, donde fundaron varias ciudades; codiciando las ricas minas de los grandes valles del sur de Iberia, trataron de ampliar sus colonias, y no tardaron en enfrentarse a los pocos pueblos indígenas de aquella región que no quisieron aliarse con ellos. Pronto hicieron valer su poderío militar sobre los indígenas, conquistaron los vastos valles de los ríos Betis y Anas, y sometieron o se aliaron con los numerosos pueblos, a los que denominaron iberos de forma genérica; seguidamente avanzaron hacia el nordeste por la costa del mar Interior, apoyándose en las colonias fenicias y llegando hasta la desembocadura del río Iber, e incluso más al norte, a las tierras de los ilercavones e ilergetas y a los límites de la Galia. Fundaron muchas y poderosas ciudades en la costa, como Barcino y Qart Hadasht, y se aliaron con los griegos de Akra Leuké. Sin embargo, más tarde tuvieron que pactar con los romanos, otro poderoso pueblo procedente de la lejana península italiana que temía que los cartagineses se expandiesen demasiado al norte, y estos tuvieron que mantenerse en la orilla derecha del Iber. Ambos habían librado una guerra antes incluso de que Buntalo naciese, en la que Roma había salido victoriosa, pero Cartago se había repuesto de la derrota y los romanos desconfiaban de sus viejos enemigos. En aquellos días, una parte de los vacceos se encontraba aún en migración, pues constituían un pueblo numeroso y una parte de ellos seguía buscando tierras donde vivir. Muchos vacceos avanzaron hacia el sur cruzando las montañas y penetrando en los territorios de los vettones y carpetanos, quienes a su vez se vieron empujados hacia el valle del Anas, pues los vacceos eran más numerosos y fuertes que ellos, amenazando con invadir a los pueblos que habitaban allí y que, alarmados, pidieron auxilio a sus nuevos y poderosos amigos los cartagineses.

Así, Aníbal Barca, un joven general cartaginés, hijo del poderoso Amílcar Barca, se puso en marcha contra los vacceos. Acababa de atacar a los olcades, un pueblo que habitaba en el territorio situado entre los cursos altos del Tagus y el Anas, arrasando Althia, su capital, y acto seguido avanzó con gran rapidez desde el valle del Anas hacia el norte, cruzó el valle del Tagus y los territorios de los vettones y arrasó la importante ciudad vaccea de Helmántica, al sur de Albocela. Encontró gran resistencia allí, pues incluso las mujeres de aquella ciudad combatieron con ferocidad a los cartagineses, pero al final los invasores vencieron y Aníbal Barca mandó quemar los campos después de llevarse la cosecha ya recolectada; sin embargo, en un gesto insólito en un general cartaginés, perdonó a los supervivientes. Después, como un relámpago, avanzó hacia el norte siguiendo el curso de los afluentes del Durius y llegó a Albocela. Aro respiró hondo al acordarse de aquel día aciago. Aún lo recordaba con claridad. Los cartagineses les atacaron al amanecer. Buntalo entró corriendo en su casa y los despertó a todos, aprestándolos para defender la ciudad. Aro era apenas un niño, pero ardía de impaciencia por entrar en combate después de saber cuál era el motivo de la agitación de Buntalo. Su padre le entregó una lanza, una espada y un escudo y ordenó a su esposa que esperase allí junto a sus hermanos Docio y Clutamo, los miró a los ojos durante unos largos momentos, sonrió y les deseó suerte. Después, el poderoso guerrero besó a Ategna y salió de la cabaña, armado de pies a cabeza. Aro recordaba que el pequeño Clutamo lo miró, abrazado por su madre, cuando él salió tras su padre. Docio, el más pequeño, deseaba pelear, pero acababa de cumplir cuatro veranos y Buntalo lo miró con una sonrisa, entre divertido y admirado. Fue un día terrible, largo y caluroso; los cartagineses y sus mercenarios combatían valerosamente, pero los albocelenses se defendieron con uñas y dientes. Aro aún recordaba el reflejo del sol en las puntas de las largas lanzas y en los cascos de los soldados cartagineses, sus pieles bronceadas y su mirada fría y cruel, contrastando con la ira y el ardor de los vacceos. Como era habitual en aquellas ocasiones, las mujeres vacceas también combatieron al ver el extremo peligro en que se encontraban sus padres, esposos e hijos. Aro trató de seguir a su padre para defender las murallas, pero uno de los druidas lo obligó a seguirle y esperar el desenlace en el centro de la ciudad. El niño protestó e imploró con lágrimas de rabia en los ojos, pero la mirada severa de aquel hombre le dejó claro que no le permitiría ir a la lucha contra los cartagineses. Los vacceos lucharon hasta la desesperación, tratando de defender a sus familias, sus hogares y sus tierras, su orgullo y su forma de vida, pero los cartagineses eran muy numerosos y su ejército, a pesar de estar dirigido por un general de poco más de veinte años, estaba bien adiestrado. Al final tuvieron que rendirse a Aníbal, esperando la muerte, pero el comandante cartaginés se limitó a arrebatarles las armas y el grano cosechado, quemar sus campos, como ya había hecho en Helmántica, y llevarse doscientos hombres como mercenarios. Ese era otro de los objetivos de Aníbal: engrosar sus huestes con mercenarios vacceos. Buntalo había sido herido y los cartagineses, considerando que tal vez no sobreviviese, decidieron dejarlo en Albocela. Después, Aníbal se dio la vuelta y se volvió por donde había venido, seguido por sus soldados de mirada cruel. Los vacceos contemplaron asombrados desde la muralla las largas filas de hombres que se alejaban entre los árboles, entre los que marchaban doscientos de los suyos, preguntándose el porqué de aquel ataque. Sólo más tarde pudieron indignarse al conocer la razón: los pueblos del sur y los propios cartagineses se sentían amenazados por la expansión de los vacceos en aquella dirección. Aníbal había querido hacerles una demostración de fuerza y lo había conseguido… y había aprovechado la ocasión para llevarse un puñado de vacceos con los que aumentar su contingente guerrero. Aro recordó el humo negro elevándose en el cielo azul y las altas llamas rojas consumiendo los ricos campos alrededor de la ciudad. También recordó cómo habían llorado al colocar en los barrancos los cadáveres de los albocelenses caídos en la batalla, como era costumbre, para que los devorasen los buitres, transportasen sus almas junto a los dioses y descansasen tras su viaje al Más Allá. Clutamo, su hermano, era uno de aquellos cadáveres: una flecha cartaginesa le había alcanzado; no llegó a cumplir los siete años. Aro había llorado durante mucho tiempo abrazado al cuerpo ensangrentado y frío de su pequeño hermano muerto, con Docio aferrado a él, hasta que Buntalo los había obligado a marcharse de allí mientras era atendido de sus heridas; su madre había estado a punto de morir de pena.

Aro apretó los puños con rabia; los años siguientes fueron difíciles para Albocela y el joven creció en un ambiente duro y adverso: los campos quemados apenas les proporcionaban sustento y hubo que dejarlos en barbecho para que se recuperasen, casi no tenían ganado, y aunque lo hubieran tenido, apenas quedaban pastos para alimentarlo; el hambre y las enfermedades se cebaron en su desgraciado pueblo, y la penuria fue grande. Incluso estuvieron a punto de abandonar aquel lugar, que parecía haber sido maldito por los dioses. Otras familias lo hicieron, abandonaron la desolada Albocela en busca de un lugar mejor donde comenzar una nueva vida. Pero Buntalo y su familia eran testarudos. Les fueron necesarios una gran fuerza de voluntad y un espíritu indomable para sobrevivir, para seguir adelante y no caer en la desesperación, para no tenderse en los lechos y dejarse morir...

Se volvió y miró hacia la ciudad. Albocela tenía forma ovalada, con su eje más largo paralelo a los barrancos que daban al río. La fuerte muralla de adobe y canto rodado rodeaba la ciudad, y muchas casas estaban adosadas a ella. Cada cierta distancia se alzaban torres cuadradas desde las que los guerreros vigilaban el exterior de la ciudad. Tres calles principales recorrían la ciudad de este a oeste, cortadas en perpendicular por varias vías más estrechas. Una de las calzadas más anchas se ensanchaba aún más hacia el centro de la ciudad, formando una plaza en la que se encontraba la gran cabaña que ejercía las veces de salón de reuniones. En la zona este de la ciudad, pegados a la muralla, se abrían varios espacios donde los albocelenses encerraban el ganado.

Volvió a mirar hacia el río y los bosques. El águila aún giraba muy alto por encima de los bulliciosos vencejos. De algunos puntos entre los árboles que cubrían la mayor parte de la llanura comenzaban a elevarse finos hilos de humo blanco, procedentes de las numerosas granjas cercanas, donde empezaba a prepararse la cena. El sol ya rozaba el horizonte, tiñendo los tesos y la muralla de un color amarillo rojizo, y Aro supuso que también en la cabaña familiar faltaría poco para que la cena estuviese lista; los demás estarían esperando. Sintiendo todavía una profunda amargura en su corazón, bajó de la muralla y se dirigió hacia allí. En ese momento, uno de los siervos de Buntalo llegó corriendo al pie de la muralla.

—Aro, ha llegado un par de viajeros desde Numantia —dijo el joven siervo respetuosamente—. Tu padre me ha enviado para anunciarte la visita. Esperan en su casa para cenar. Tu esposa está preparando la cena con Ategna.

—Bien, iré a casa de mi padre —repuso Aro, echando a andar—. Adelántate y anúnciales que voy para allá.

El siervo se dirigió hacia la cabaña de Buntalo corriendo y Aro lo siguió caminando despacio, tratando de liberarse del doloroso recuerdo. Algunos niños jugaban en las calles secas y polvorientas, corriendo y gritando mientras empuñaban espadas y pequeños escudos de madera; las chimeneas de las cabañas también comenzaban a expulsar delgadas columnas de humo y el aire cálido se impregnaba del delicioso olor de los guisos. Otros muchachos se divertían persiguiendo a los perros callejeros, gritando y tratando de golpearlos con varas. Varios hombres y mujeres volvían, sucios y cansados, de sus faenas agrícolas o de encerrar su ganado en el recinto que le estaba destinado. Le saludaron alzando la mano y sonriendo al cruzarse con él. Aro les devolvió el saludo con cortesía.

Tendido junto a la puerta de la casa de su padre, *Lobo*, el enorme mastín gris de Buntalo, abrió un ojo; apenas se movió cuando el joven acarició con afecto su cabezota y palmeó su poderoso lomo. Aro sonrió observando al recio animal y saludó a una de las siervas de Ategna, que cocía pan en el pequeño horno construido en la pared de la cabaña, junto a la puerta. La muchacha le devolvió tímidamente el saludo y la sonrisa. Aro descorrió la cortina de pieles y entró. El ambiente era fresco dentro de la casa, en contraste con el aire caluroso del exterior. Se detuvo junto a la puerta hasta que sus ojos se acostumbraron a la penumbra. La estancia era amplia; en las paredes de adobe se alineaban varios estantes donde se almacenaban útiles de la casa pertenecientes a su madre, algunas herramientas y utensilios de labranza de su padre. En un rincón reposaban las armas de Buntalo: la lanza, la espada dentro de su vaina adornada, el escudo pintado con vistosos colores, y en algunos puntos pendían de las vigas de madera las cabezas de algunos enemigos vencidos por Buntalo en su aún no muy lejana juventud, ya que era costumbre cortar las cabezas de los enemigos importantes para colgarlas en las vigas de las cabañas y de los arneses de los caballos durante las batallas para atemorizar al enemigo. Buntalo y otros dos hombres, desconocidos para Aro, se habían puesto en pie cuando él había entrado. El mayor de ellos tenía el pelo entrecano, igual que Buntalo, pero su rostro era más redondeado que el de este, y era más grueso. El segundo era más joven, tal vez dos o tres años mayor que Aro, moreno, con ojos oscuros, un poblado bigote y de aspecto fornido. Ambos lucían torques de oro en el cuello y brazaletes del mismo metal en los brazos. Vestían ropas de buena calidad y vivos colores, aunque aún conservaban el polvo del camino. Sentados más atrás en el banco de piedra de la pared, Aro vio a otros dos hombres que no llevaban torques, sin duda servidores de los que se habían puesto en pie. Se acercó a Buntalo y a sus dos invitados.

—Este es Aro, mi hijo mayor –dijo Buntalo–, viajó a vuestra ciudad conmigo en un par de ocasiones, hace ya varios años, cuando era un niño. Aro, estos son mis amigos, Assalico y su hijo Clouto. Son arévacos, de Numantia; recordarás que nuestra familia tiene un pacto de hospitalidad con la suya. Gracias a él, podemos llevar nuestro ganado al territorio arévaco.

—Sí, claro que lo recuerdo –asintió Aro–, he visto muchas veces la tablilla de hospitalidad. Yo os saludo como a hombres libres. Sed bien venidos a Albocela y a nuestra casa. Es un honor para nosotros recibiros aquí. Creo que alguna vez jugué con Clouto por las largas calles de Numantia –dijo con una sonrisa, recordando la tablilla de hospitalidad escrita en su propia lengua, pero con el alfabeto de alguno de los pueblos de la costa del mar Interior, y alguna de las visitas a la capital arévaca durante los duros años de su adolescencia.

—Es cierto –repuso este devolviéndole la sonrisa–, pero de eso hace ya algunos años, como ha dicho Buntalo...

Los hombres se saludaron con alegría agarrándose por los antebrazos, y tras las debidas fórmulas de cortesía, bebieron un largo trago de cerveza. Después, mientras Buntalo y los dos numantinos volvían a sentarse y a charlar animadamente, Aro se disculpó un instante y se volvió hacia la chimenea que ocupaba el centro de la cabaña. Allí, Ategna, su madre, y su esposa Coriaca, ayudadas por sus siervas, estaban asando un tostón, que ya se doraba girando despacio en un espetón sobre las brasas. Ategna removía un guiso de lentejas. Era una mujer de mediana estatura, de largo cabello castaño surcado de canas, recogido en la nuca con una cinta de cuero, con un bello rostro redondeado en el que destacaban los vivos ojos color miel y la pequeña boca de labios finos. Besó primero a su madre y después a Coriaca, acariciando con suavidad su abultado vientre que anunciaba que muy pronto traería al mundo a su primer hijo.

—¿Qué tal ha ido la jornada, Aro? –inquirió ella con su voz suave, mientras le sonreía.

—Ha sido un largo día. Ya hemos terminado de llevar el grano al almacén. Un trabajo duro. Pronto se repartirá todo, en unos pocos días, cuando todos los hombres hayan terminado de almacenarlo.

—Por fin un buen año –dijo Coriaca–. Al fin los dioses han permitido a la tierra obsequiarnos con sus frutos.

—Sí –respondió Aro, optimista–, este invierno no pasaremos hambre. Y tú, ¿qué tal te encuentras?

—El pequeño da patadas –repuso ella frotándose el vientre–. Sobre todo cuando te ha oído saludar a los numantinos.

—¡Vaya, parece que reconoce a su padre! –rio Aro–. Será un hombre inteligente...

Ategna llamó a su nuera para que le ayudase con el guiso de legumbres, mientras ella tomaba su molino circular de mano y se disponía a moler una pequeña cantidad de trigo; Aro volvió junto a los hombres. Poco después llegó Docio con otros siervos; regresaban de sus faenas diarias. Docio y los arévacos fueron presentados; los cinco hombres bebieron cerveza mientras conversaban. Aro saboreó con placer aquella cerveza que los numantinos habían regalado a Buntalo. Se trataba de cerveza de verdad, no de la amarga cerveza de bellota que habían tenido que beber en Albocela durante los largos años de penuria; él sólo había tenido ocasión de probar aquella deliciosa cerveza en sus ocasionales visitas a Numantia.

Cuando el tostón estuvo listo, se dispusieron a cenar. Todos se sentaron en el banco de piedra que recorría las paredes de la cabaña, ordenados según su edad e importancia en la familia, pero cediendo los puestos de honor a sus invitados. Coriaca se sentó junto a su esposo y le miró sonriente. El hombre le devolvió la sonrisa tomándole la mano. Buntalo ofreció a sus invitados las mejores porciones, los cuartos traseros del animal. Después, uno a uno, por estricto orden, fueron sirviéndose su ración de sabrosa carne humeante, acompañada por el suculento guiso de legumbres. Por último, los siervos tomaron su parte de la comida. Era un honor y un regalo de los dioses el acoger huéspedes en las casas; se les atendía con verdadera hospitalidad, dándoles la mejor comida y haciéndoles sentirse lo más cómodos posible.

Mientras cenaban, los dos arévacos les hablaron de su viaje a Intercatia, del desarrollo de aquella ciudad vaccea situada entre páramos, al norte de Albocela, y de su riqueza actual. Habían conseguido realizar buenos intercambios de lana y grano con los intercatienses a cambio de metal para fabricar armas y otros útiles que traían de Numantia. Aro supo así que habían regalado a Ategna y Coriaca hermosas piezas de tela, que, según contó Assalico, procedían de la lejana Hélade, el lejano país de los cultos helenos, casi en el extremo oriental del mar Interior. El mismo Assalico la había adquirido de unos ilergetas con los que había comerciado, y que a su vez las habían comprado a los mercaderes helenos en Emporion.

Tras la cena siguieron bebiendo cerveza; Docio, curioso como un gato, pidió a los invitados numantinos noticias de las tierras del este y de los pueblos que los cartagineses llamaban iberos.

—En realidad –dijo Assalico despacio, fijando la vista en la oscura cerveza de su vaso de cerámica–, la situación parece difícil en el este. Roma y Cartago, que llevan tantos años en guerra, parecen decididas a convertir los territorios de los pueblos iberos en su campo de batalla, mientras el famoso general cartaginés Aníbal Barca sigue asolando tranquilamente Italia con sus tropas sin que los romanos hagan nada por enfrentarse a él.

—Los romanos afirman –intervino Clouto– que sólo quieren defender sus asentamientos en la costa y a los pueblos que se han aliado con ellos, así como a las colonias helenas situadas al norte del río Iber, que también les han pedido ayuda y se han unido a Roma, pero eso no está tan claro... No se contentan con que los cartagineses se mantengan al sur del Iber y que respeten, de esa manera, el tratado firmado hace años, sino que realizan frecuentes incursiones en territorio enemigo. Tras los últimos sucesos, los cartagineses han cobrado una gran ventaja, pero seguro que Roma no se quedará de brazos cruzados. Los romanos son tozudos como mulas...

—¿Los últimos sucesos? ¿Qué ha ocurrido? –preguntó Buntalo.

Assalico retomó la palabra tras mirar un instante a Clouto. Los rostros de los dos arévacos se habían tornado serios.

—Como Clouto ha dicho, los romanos quieren mantener a toda costa a los cartagineses al sur del Iber. Las colonias helenas temen su avance por la costa del mar Interior, en especial la poderosa colonia focea de Massalia en el sur de la Galia, que es aliada de Roma. La razón más importante es el estaño que, como sabéis, es el metal fundamental para la fabricación del bronce; la principal fuente de estaño para Massalia y Roma es la costa sudoeste de Britania, desde donde es transportado hasta la costa oeste de la Galia, y de allí a Massalia, tras un viaje de treinta días por tierra. La ruta pasa muy cerca de la vertiente norte de los montes Pirineos, y los romanos quieren evitar que los cartagineses pasen al norte del Iber para tener la seguridad de que las caravanas que transportan el estaño no son molestadas. Según otros, la causa es la presión que ejercen los pueblos galos sobre el norte de Italia, por lo que los romanos quieren tener tranquilidad en el Iber para poder enviar allí la mayor cantidad de tropas posibles. Opino que la causa real es el estaño, aunque no estoy seguro. También es posible que el mundo sea demasiado pequeño para que Roma y Cartago convivan en él.

»Ya sea una u otra la verdadera razón, el caso es que Roma y Cartago llegaron hace diecisiete inviernos a un pacto. Bueno, ya sabéis lo que pasó tiempo después con la ciudad fortificada de Saguntum, aliada de Roma, lo que terminó por deteriorar las ya difíciles relaciones entre cartagineses y romanos.

—Según los romanos —interrumpió Clouto—, el ataque a Saguntum fue una sucia maniobra de Aníbal; argumentan que el general cartaginés sitió la ciudad, con la excusa de que los saguntinos habían ayudado a otro pueblo aliado con él, para provocar a los romanos y que estos declarasen la guerra a Cartago.

—Sí, Aníbal es un auténtico especialista en esas cuestiones —masculló Buntalo con la mirada fija en el fuego.

—Hace dos años —prosiguió Assalico— los generales romanos enviados a luchar contra los cartagineses, dos hermanos, iniciaron una nueva campaña e invadieron los territorios bajo el dominio de sus enemigos; llegaron el pasado verano hasta el valle del Betis. Una vez allí dividieron sus tropas: uno de ellos acampó en Urso y el otro lo hizo en Castulum, muy cerca de las minas de plata que hasta ahora había estado explotando Cartago. Esperaban enfrentarse allí a los cartagineses y derrotarlos definitivamente. Los cartagineses también habían dividido sus fuerzas en dos ejércitos: uno de ellos se encontraba situado más cerca de los romanos, en la ciudad de Amtorgis, mientras el otro estaba acampado en posiciones más lejanas.

»Parece ser que, en un principio, los generales romanos habían planeado unir sus fuerzas para atacar uno por uno a los generales cartagineses, una estrategia inteligente. Sin embargo, al conocer la separación de los campamentos enemigos, debieron sonreír para sus adentros. Por tanto, confiando en sus mercenarios pelendones, titos y belos, creyéndose superiores a sus adversarios, decidieron continuar separados y atacar a los dos ejércitos a la vez.

»Por desgracia para ellos, los romanos sobrestimaron a sus mercenarios, algunos de los cuales desertaron, y fueron sorprendidos por los cartagineses; la derrota de los romanos fue aplastante. Dicen que los cartagineses contaron con la ayuda de los suessetanos y los ilergetas, acaudillados por el famoso rey Indíbil. Los dos generales romanos murieron en combate; el menor de ellos se retiró con su séquito a una de las torres defensivas que abundan en esa región, y allí resistió los ataques cartagineses hasta morir. Los romanos se vieron en una situación crítica, podían ser barridos por los cartagineses. Sin embargo, uno de los oficiales tomó el mando del ejército romano e hizo retirar a sus hombres; más tarde, cuando estuvieron a salvo, las legiones se reunieron en asamblea y eligieron como jefe a un caballero romano, un hombre muy popular entre los soldados debido a sus éxitos, a su valor y decisión en el combate, logrando mantener las posiciones al norte del Iber. Al Senado romano no debió gustarle ese nombramiento, y enseguida designó a un nuevo general en jefe, que llegó a Emporion a finales del verano con un nuevo ejército y consiguió, no sin problemas, mantener a los cartagineses al sur del Iber.

»Es evidente que en Roma no ha gustado todo esto, la lamentable derrota de los generales hermanos, la amenaza de los cartagineses aquí, y Aníbal, el más peligroso de todos ellos, paseándose por Italia como si tal cosa.

—No comprendo a Aníbal —dijo entonces Aro—. Hace años vapuleó a los romanos varias veces seguidas en la misma Italia, y después, cuando se encontraba a pocos días de Roma, sin ejércitos enemigos entre él y la ciudad, no fue capaz de conquistarla; ahora, según dices, sigue en Italia y se dedica a ir de un lado a otro, cavando su propia tumba...

—Parece que los romanos han aprendido la lección desde entonces —respondió Assalico meneando la cabeza—. Han cambiado de estrategia. No se atreven a presentar batalla a Aníbal en campo abierto, pues temen sus dotes tácticas; ya han conocido el amargo sabor de la derrota ante él, demasiadas veces y demasiado seguidas. Se limitan a realizar pequeñas escaramuzas y enfrentamientos, rehuyendo la batalla abierta, para tratar así de desgastar a las tropas cartaginesas. Por su parte, Aníbal no se atreve a sitiar Roma. La tuvo en sus manos tras las batallas que has mencionado, pero desistió de enfrentarse a las murallas. Además, algunos dicen que lo que pretendía en principio no era conquistar Roma, sino romper la federación de las ciudades italianas aliadas a ella. Me resulta extraño, pues es sabido que, al partir de Cartago en su niñez, su padre les obligó, a él y a sus hermanos, a jurar odio eterno a Roma; y estando una vez a sus puertas... Sea como sea, no consiguió que Roma fuese abandonada por sus aliados italianos, ni siquiera tras esas victorias consecutivas, y se vio forzado a cambiar de planes. Sólo algunas ciudades del sur de Italia se cambiaron de bando, pero Roma siguió contando con una cantidad de aliados suficiente como para no tener que rendirse a Aníbal y, lo que es más importante, para seguir armando ejércitos que pueden enfrentarse año tras año a su peor enemigo. Así, aunque ahora Aníbal siga deambulando por el sur de Italia, los romanos saben que está perdiendo el favor del Senado de Cartago, el apoyo de las pocas ciudades italianas que se pusieron de su lado hace tiempo, pues no consigue una victoria definitiva sobre Roma, y perderá aún más este favor si los púnicos son derrotados en Iberia. Por eso, puede que envíen como general a alguien importante para acabar de una vez con los púnicos. Esta vez será un verdadero líder, parece ser.

—¿Quién será ese nuevo jefe? –preguntó Aro.

—Según hemos podido saber –respondió Clouto–, en Roma se aclama al joven hijo de uno de los dos generales hermanos muertos el año pasado ante los cartagineses. Apenas tiene veinticinco años, y no es normal que los romanos pongan sus ejércitos al mando de hombres tan jóvenes, pero dicen que ya luchó contra Aníbal en Italia. Incluso dicen que salvó la vida a su padre en una de las batallas de las que Aro hablaba. Fue uno de los pocos romanos que pudo escapar con vida de la famosa batalla de Cannae. Dicen que el pueblo le adora, que su padre es el mismísimo Júpiter, el más importante de los dioses romanos, y que estos le ayudan. Recordad bien lo que os digo porque o mucho me equivoco o vamos a oír hablar de él muy a menudo de ahora en adelante.

—Un verdadero jefe, un líder –murmuró Aro pasando la mano con gesto pensativo por la larga melena leonada y arrastrando las palabras–. Parece que os enteráis de muchas noticias en Numantia –añadió dirigiéndose a sus invitados con una sonrisa.

—Sí, así es –afirmó Assalico con orgullo–. Numantia se encuentra en un buen lugar para el comercio, no sólo para los pueblos del norte, y con los viajeros llegan los rumores y las noticias de muchos lugares. No somos tan ignorantes como creen las gentes de la orilla del mar Interior o los propios romanos y cartagineses.

—Es una suerte para vosotros –dijo Buntalo acariciándose pensativo el bigote grisáceo–. Nosotros dependemos de los escasos viajeros que llegan hasta aquí para conocer las nuevas muy de vez en cuando. O de nuestra propia gente cuando viaja hacia el este o el sur. A veces, como veis –añadió con una sonrisa– tardan en llegarnos todo un año, aunque espero que a partir de ahora sean más frecuentes las visitas. Nosotros tampoco somos unos salvajes ignorantes. Los druidas están en contacto continuo entre sí, pero la mayor parte de las veces se guardan la información.

—Es cierto que conocemos las noticias con prontitud —dijo Assalico—, pero también corremos el peligro de vernos envueltos en las guerras entre romanos y cartagineses, y eso, creedme, no es nada divertido. Bastantes problemas tenemos ya como para que vengan los extranjeros a discutir y decidir sus problemas en nuestras tierras.

—Sus enfrentamientos nos afectarán tarde o temprano —comentó Docio.

—¡Ya nos han afectado! —le corrigió Assalico—. Muchos de nuestros jóvenes se alistan como mercenarios en cualquiera de los dos ejércitos, pues ambos les prometen gloria y riquezas, cuando la realidad es bien distinta, ya que sólo les espera la muerte en cualquier campo de batalla, lejos de nuestra tierra. Además, si los pueblos se alían a uno de los bandos, son atacados por el otro tarde o temprano, y si no se deciden por uno de ellos, tanto peor, pues les atacan ambos. En fin, esperemos que Roma y Cartago no se fijen demasiado en las tierras del interior, aunque si lo hacen, tendremos muchos problemas, eso es seguro.

—Nosotros ya los tuvimos hace años —dijo Buntalo con amargura apretando los dientes—. Aníbal atacó la ciudad y quemó nuestros campos.

—Es cierto —convino Assalico—, pero aquello sólo fue una expedición de castigo, un pasatiempo para ellos. Trataban de complacer a sus nuevos aliados, conseguir grano y hombres para su expedición a Italia.

—¿Un pasatiempo? —exclamó Ategna indignada. Había escuchado la conversación en silencio, pero no pudo contenerse ante las palabras del numantino—. Esos perros destruyeron nuestro sustento y casi nuestras vidas. Uno de mis hijos murió aquel día... Clutamo sólo era un niño, como otros que cayeron bajo las lanzas cartaginesas. ¿No es eso bastante?

—Lo es —dijo Assalico alzando la mano para tranquilizarla—. Sé lo que le ocurrió a tu hijo, y lo siento de veras, pero si la guerra llega aquí, puede que sea algo más que vuestro trigo lo que perdáis. Si el vencedor se decide a conquistar todo esto, estad seguros de que será muy difícil disuadirle.

—Supongo que ocurra lo que ocurra en el futuro —dijo Aro—, cuando esa guerra termine, el mundo será muy distinto de como ha sido hasta ahora. Todo empezó a cambiar con la llegada de Cartago, y lo ha hecho aún más con la de los romanos. Me temo que en el futuro tendremos que aprender a convivir con ellos o desaparecer.

La conversación derivó hacia otros temas más cotidianos y transcurrió la noche hasta que llegó el momento de que todos se retiraron a descansar.

Una vez de vuelta en su cabaña, Aro se desnudó y se tendió en la cama, mirando a las vigas del techo con las manos detrás de la cabeza, pensando en la larga conversación con los arévacos. Poco más tarde, después de recoger el pequeño telar, Coriaca también se desvistió mientras observaba el cuerpo musculoso de su esposo, sus ojos azules fijos en el techo, la barba castaña y el largo cabello leonado, el rostro alargado y anguloso, la nariz recta y la boca de labios carnosos. Se tumbó a su lado, tras correr la cortina que separaba la cama del resto de la cabaña, y apoyó la cabeza sobre el pecho de su esposo. Aro la abrazó, agradeciendo el contacto de la piel cálida de la mujer junto a su cuerpo, hundiendo los dedos en la oscura y abundante melena rizada de su esposa.

—Piensas en lo que nos contó Assalico, ¿verdad? –preguntó ella–. Temes que esa guerra nos afecte algún día...

—Temo la ambición de los cartagineses –replicó Aro–. Son como una plaga de langostas, devoran todo cuanto encuentran a su paso y, si pueden, esclavizan a los indígenas. En cuanto a los romanos, aún no sé cómo van a actuar, pero no creo que sean muy distintos de sus enemigos, ese es mi temor. Sea como sea, creo que, tarde o temprano, la guerra llegará también aquí.

Coriaca lo miró gravemente apoyando la barbilla en su pecho.

—De momento –dijo con aire pensativo–, estarán demasiado ocupados en destrozarse entre ellos. Creo que hasta que no haya un vencedor, no debemos preocuparnos, pero en el momento en que uno de ellos caiga, tendremos que estar atentos a los movimientos del otro.

Aro le devolvió una sonrisa cálida. Su esposa, que era un año menor que él, era una mujer inteligente y había sido bien educada por sus padres. Trabajaba muy duro junto al resto de la familia, aunque ahora apenas ayudaba a causa de su avanzado embarazo, y se interesaba por la cosecha, por el ganado y por las faenas del campo, por supuesto, como todas las mujeres vacceas, pero también se preocupaba por los asuntos de la ciudad, y participaba de forma activa en las asambleas, haciendo saber su opinión a los ancianos de Albocela, puesto que, aunque no acostumbraban a intervenir, las mujeres tenían el mismo derecho que los hombres a opinar sobre todo lo concerniente al clan.

Los grandes ojos azules de Coriaca le miraban fijamente en la penumbra, esperando a que su esposo le diera su opinión. Él contempló su rostro ovalado, su pequeña nariz respingona y sus labios sensuales, entreabiertos, esperando sus palabras.

—Tienes razón; sólo espero que el vencedor no pose sus ojos de halcón en los pueblos del interior –dijo al fin–. Porque entonces, como dices, será cuando empiecen de verdad los problemas para nosotros. Para nosotros y para todos los demás... Nadie estará a salvo del vencedor.

—Según Assalico –objetó ella–, muchos opinan que si los romanos vencen, se volverán a Italia por donde han venido, que sólo desean vencer a Cartago, antiguo enemigo suyo; después regresarán a su tierra y nos dejarán en paz.

—¿Tú crees de verdad que harán eso? –inquirió Aro, acariciando la nuca de su esposa–. No, Coriaca, no estoy de acuerdo; pienso que se quedarán con las colonias, las minas y las tierras que ahora dominan los cartagineses, y las explotarán ellos. Han visto y conocido las posibilidades de todas esas regiones, sus riquezas casi vírgenes, y se estarán relamiendo como los lobos ante la cercanía de un rico y suculento festín. Es probable que quieran conocer tierras cada vez más al interior y al norte… Tal vez muy pronto veamos por aquí mercaderes romanos. Ellos informarán a Roma y después vendrán las legiones.

—Entonces, si nos atacan —afirmó ella con decisión—, nos defenderemos, como lo hicimos cuando vino Aníbal.

—No creo que pudiésemos resistir demasiado tiempo —objetó Aro sonriendo—. Si llegasen aquí, los pueblos que no se rindieran o se aliasen con ellos irían cayendo uno tras otro, como hasta el momento ha sucedido en el sur y el este, hasta que todos les perteneciésemos.

—¿Y no crees que seríamos más fuertes si todos los vacceos se uniesen contra ellos? —preguntó Coriaca, tras reflexionar un instante—. De ese modo se podría formar un ejército poderoso que haría frente al invasor.

—¿Unir a los vacceos? —preguntó él a su vez, incrédulo—. ¿Bajo el mando de quién? Sería necesario un rey, un jefe, un caudillo con la suficiente personalidad para hacer que todos le obedeciesen, y eso es imposible. Los vacceos no aceptarán un rey.

—¿Por qué? —insistió Coriaca. Aro la miraba como si le hablara de alcanzar el sol. A veces le sorprendía que los hombres fuesen tan cortos de miras como para no tener aquel tipo de ideas—. Seguro que hay grandes guerreros entre nosotros, hombres capaces de unir a varios clanes bajo su mando y guiarlos al combate contra cualquier invasor.

—Sí, es cierto, puede haberlos. Pero en esa situación, cada clan presentaría un candidato, y el resto no aceptaría a ninguno que no fuese el suyo. Nadie querría obedecer a un jefe de otro clan, por muy valiente o famoso que fuese. Como mucho, podrían unirse dos o tres clanes, o varias ciudades y aldeas vecinas, pero no creo que nadie pudiese reunir a un ejército tan grande como para enfrentarse con garantías al poder de Roma o Cartago. Ni siquiera creo que todos los vacceos se uniesen contra ellos en un frente común…

Coriaca se dio la vuelta y miró hacia el techo, pensativa. Le irritaba aquel estúpido orgullo masculino que impedía a los hombres ser prácticos para solucionar ciertos asuntos, sobre todo los asuntos graves. Aro tenía razón, los hombres eran así. Pero aquello tendría que cambiar. Si no había entre ellos nadie sensato para tratar de organizar una alianza frente a posibles enemigos, sería ella quien tuviera que encargarse de arreglarlo. Aro era un hombre inteligente, pero necesitaba que alguien lo empujase para llevar adelante aquel asunto. Sería cuidadosa, elaboraría su plan con cautela y hablaría con las personas adecuadas en el momento oportuno.

—Entonces, sólo espero que nada de eso ocurra nunca –dijo al cabo de un rato, suspirando y simulando que dejaba de lado aquella idea descabellada de la alianza de los clanes–. Sólo deseo un futuro en paz para nuestra ciudad, nuestra familia, y que nuestro hijo y los demás que vengan crezcan sin temor a los invasores.

—Y puedan ser libres –añadió Aro–, y nadie les mate siendo niños.

Se estremeció al recordar a su hermano muerto hacía años. Reconocía que la idea de unir a los clanes era inteligente y tal vez la única solución para enfrentarse a los invasores, pero también sabía que los intereses políticos de los clanes y las disputas ancestrales entre muchos de ellos impedirían llevar a cabo un proyecto así.

—Le querías mucho, ¿verdad? –preguntó ella tras un corto silencio–. A Clutamo, quiero decir.

—Sí, claro que sí –susurró Aro después de un breve instante, con los ojos fijos en el techo–. Era mi hermano más querido, pues Docio aún era un renacuajo cuando sucedió todo. Tal vez recuerdes que pasábamos juntos la mayor parte del tiempo, en los campos, entre el ganado, jugando a la orilla del río... Había un lazo muy fuerte entre nosotros. Aún lo recuerdo con frecuencia y suelo tener pesadillas.

—Lo sé –asintió ella con dulzura y le abrazó con más fuerza–. A veces hablas en sueños y pronuncias su nombre. Te agitas, sudas y tiemblas cuando eso sucede.

—Lo echo mucho de menos, Coriaca.

—Es normal –dijo ella mirándolo, posando su mano en el pecho de él–: Pero ahora me tienes a mí, y pronto seremos uno más.

Aro acarició con cuidado el suave vientre hinchado de Coriaca, y sintió cómo se movía la criatura que llevaba dentro. Ella rio al sentir las patadas.

—Parece que será fuerte –dijo en un susurro–. Tanto como su padre, un gran guerrero vacceo.

—Tan hermoso como su madre –añadió él con voz soñolienta, sin dejar de acariciar muy despacio el suave cuerpo de Coriaca–. Haremos cuanto sea posible para que crezca feliz y libre, si es que los cartagineses y los romanos nos dejan.

Coriaca volvió los ojos hacia él y sonrió. Después los cerró y al cabo de un rato se durmió plácidamente. Aro la abrazó con ternura y enterró su rostro en la melena de su esposa, aspirando su dulce aroma. Poco después, también él se durmió, con una mano sobre el vientre de Coriaca.

Varios días más tarde, se repartió la cosecha entre las familias de la ciudad, con arreglo a su importancia y a su número de componentes. Aro se encontraba satisfecho con la cantidad de trigo y cebada que había concedido la asamblea a Buntalo como cabeza de familia, pues sabía que aquel invierno ni él ni su familia pasarían hambre. Además, los albocelenses podrían comerciar con otros clanes y pueblos porque tenían abundantes excedentes de lana y cereal. Dedicó los días siguientes a acompañar a Buntalo con el ganado, llevándolo a los pastos de las llanuras al norte y noroeste de Albocela, más allá de los campos de cultivo, mientras Docio se dedicaba a reparar el techo de su cabaña. En otras ocasiones, se dedicaban a domar los caballos que habían obtenido de sus tratos con los cántabros o los lusitanos. Ya esperaba con impaciencia el nacimiento de su hijo, y por esa razón se sentía nervioso e intranquilo.

—No te preocupes —le decía Buntalo a menudo, mientras caminaban por los pastos—, su madre y la tuya se encargarán de todo. Ellas ya tienen sobrada experiencia. Además, los druidas les ayudarán si es necesario.

Pero Aro no podía evitar la impaciencia y miraba con frecuencia en dirección a la ciudad, mientras caminaba con lentitud tras el rebaño o se sentaba con su padre a la sombra de un árbol. Los días iban pasando casi con pereza, Buntalo percibía la inquietud de su hijo y sonreía recordando que él mismo también había sentido aquella impaciencia cuando esperaba la venida al mundo de Aro, su hijo mayor.

A menudo les acompañaba en el pastoreo el bardo Silo, amigo de Aro y uno de sus hombres más leales. Silo era un hombre alto y flaco, pero fuerte, con larga melena de un rubio dorado y unos misteriosos ojos negros que siempre observaban con atención a su alrededor. Estaba tonsurado: la parte delantera del cráneo afeitada de oreja a oreja, pues como bardo pertenecía a la casta druida. Bajo la nariz recta, su bigote rubio apenas ocultaba la boca de labios rojos, que sonreía cuando el bardo cantaba con alegría. Silo les contaba con frecuencia historias trágicas y legendarias sobre los antepasados y, acompañado por su pequeña lira, entonaba con voz vibrante cantos y poemas sobre hazañas de valerosos guerreros antiguos, con los ojos oscuros perdidos en la lejanía. Otras veces les cantaba canciones compuestas por él mismo que hablaban del canto de los pájaros, del rumor de los árboles en las noches de verano, o de la belleza de las mujeres vacceas. En esas ocasiones, cuando Silo les acompañaba en los largos días de pastoreo, las jornadas resultaban más amenas, parecía que Aro se distraía con las canciones y los relatos de su amigo, no pensaba tanto en Coriaca y su hijo, pero sus ojos continuaban volviéndose a menudo en dirección a Albocela, esperando que llegase la noticia del nacimiento.

Un caluroso atardecer, cuando Buntalo, Aro y Silo regresaban a la ciudad caminando despacio tras el rebaño de ovejas, vieron venir corriendo a Docio seguido por uno de los siervos.

—¡Aro! ¡Aro! —gritaba Docio agitando los brazos mientras corría.

Los tres hombres se miraron, enarcando las cejas, y se pararon hasta que Docio llegó a su lado. Su torso musculoso brillaba con el sudor. Se inclinó hacia delante apoyando sus manos en las rodillas, y tratando de recuperar el aliento, estiró el brazo señalando en dirección a Albocela. El siervo se detuvo jadeando a algunos pasos. Los mastines ladraban excitados alrededor de los dos hombres.

—¿Qué ocurre, Docio? —preguntó Buntalo apremiando a su hijo menor.

—Es... es Coriaca, Aro —jadeó Docio mirando a su hermano.

—¿Coriaca? ¡Habla! —exclamó Aro alarmado agarrando a su hermano menor por los hombros y sacudiéndolo—. ¿Le ha ocurrido algo?

—Creo… que va a parir —respondió Docio con voz entrecortada—. Madre me mandó a buscar... Estaban cardando lana... y de pronto tu esposa sintió dolores... Las mujeres decían cosas extrañas... Coriaca gritaba mucho... y me mandó a buscarte.

Los otros tres cruzaron una mirada.

—Tranquilo, hermano —dijo Aro respirando hondo y palmeó el hombro de Docio—. Creo que muy pronto vas a ser tío. Acompaña a padre y a Silo con las ovejas, y ayúdales a encerrarlas. Yo voy a ver qué ocurre.

Corrió hacia la ciudad. Todavía se encontraban a más de tres millas de la muralla y Aro tardó un buen rato en recorrer la distancia que le separaba de Albocela. Cuando llegó ante su cabaña, sudoroso y jadeante, Ategna le esperaba sentada a la puerta junto con la sierva de Coriaca. Sus rostros expresaban tranquilidad.

—Enhorabuena, hijo mío —sonrió al observar la mirada ansiosa de Aro—. Tu mujer ha parido un hijo sano y fuerte.

—Y ella, ¿cómo está? —preguntó Aro tras abrazar a su madre.

—No te preocupes, Aro —respondió Ategna—. Todo ha ido muy bien. Coriaca estará descansando, es una mujer muy fuerte. Puedes entrar a verlos, si así lo deseas, pero trata de no hacer demasiado ruido, no debes despertarlos.

Aliviado por las buenas noticias recibidas, Aro entró con sigilo en la cabaña silenciosa. Las cortinas de las ventanas estaban corridas y la estancia estaba en penumbra. Se acercó sin hacer ruido a la pesada cortina tras la que se encontraba el dormitorio, la abrió apenas, asomando la cabeza con cautela. Coriaca dormía, sin duda agotada por el esfuerzo del parto, con el espeso y abundante cabello negro enmarcando su bello rostro bronceado. Al lado del lecho se encontraba la cuna que él mismo había construido con madera de haya para su hijo. Se acercó a ella y contempló fascinado al bebé sin poder reprimir una exclamación de alegría. Sonrió ampliamente y se inclinó sobre la menuda y arrugada carita de color rosado que sobresalía entre las sábanas. Rozó casi con temor el sonrosado carrillo y la manita minúscula, embelesado al ver por vez primera a su hijo. Este apenas se movió, agitando los brazos diminutos y moviendo un poco la cabecita.

—Es un niño muy hermoso —dijo con dulzura una voz débil.

Aro alzó los ojos y se encontró la bella sonrisa de Coriaca.

—¡Oh! Lo siento —se excusó en voz baja—. Te he despertado.

—Ha sido tu exclamación la que me ha despertado, Aro —dijo ella—. Deberías haber visto tu cara cuando mirabas a nuestro hijo. No esperaba que regresaras tan pronto de llevar a pastar a las ovejas.

—Mi madre envió a Docio en mi busca. Creo que deseaba que os viese cuanto antes, pues sabía que yo lo quería así. Sí, el niño es hermoso, ¡y parece tan frágil!

—Puedes cogerlo —dijo ella riendo ante el rostro atribulado de su esposo—. No temas, no lo vas a romper.

Él cogió al bebé con torpeza y lo alzó ante sus ojos, brillantes de alegría. La criatura emitió un débil balbuceo, pero siguió dormida; Aro se sobresaltó y miró a su esposa.

—Ven, dámelo —susurró Coriaca y se incorporó lentamente—. Yo también quiero verlo.

Aro obedeció y depositó al niño en su regazo. Coriaca lo observó y besó con delicadeza la frente pálida, acariciando con suavidad las manitas de su hijo. Aro los miró a los dos en silencio, percibiendo de pronto y con claridad el cambio sufrido en su esposa: Coriaca, la pequeña Coriaca que siempre había sido su compañera de juegos de infancia y adolescencia, bella, valiente, culta, astuta e insolente, de la que se había enamorado después, ya le había dado un hijo. Ahora se presentaba ante él como una madre, como una mujer hecha y derecha, a pesar de su rostro casi infantil, que en ese preciso momento le miraba, extrañamente iluminado por una sonrisa y por el brillo de sus hermosos ojos. Contempló la escena dejándola grabada en su memoria: su esposa sostenía al pequeño en su regazo, y su sonrisa era la más hermosa que había visto nunca. Le pareció el momento más feliz de su vida. Tuvo ganas de reír, saltar, de salir corriendo y anunciar a todos que había tenido un hijo, que sería el guerrero más fuerte de Albocela cuando creciese.

—¿Qué te parece nuestro hijo? —preguntó ella, mientras la felicidad le bailaba en sus ojos azules. Aro se dio cuenta de que el cambio también le afectaba; él era el padre de aquella criatura pálida y arrugada que apenas se movía en el regazo de Coriaca.

—Es el niño más hermoso del mundo —respondió sentándose junto a ella—. Nuestro hijo crecerá alto, fuerte y será un gran guerrero. ¿Te gusta el nombre de Coroc?

Ella asintió en silencio y volvió a mirar al niño. Aro notó el cansancio en su rostro y le dijo:

—Será mejor que duermas todo cuanto quieras, debes estar agotada. Ya empieza a anochecer. Nuestros padres cenarán aquí; nuestras madres y las siervas cuidarán de vosotros dos. No te preocupes por nada.

Aro devolvió al niño a la cuna y Coriaca no tardó en dormirse de nuevo. Él se quedó allí, de pie junto a la cama, contemplando a su esposa y a su hijo.

Allí seguía cuando, cerca de una hora más tarde, Buntalo se presentó en la cabaña para ver a su primer nieto. Aro, cumpliendo el ritual, se acostó junto a su compañera, con el bebé en los brazos, mientras la gente de la ciudad entraba a verlos para atestiguar que el guerrero aceptaba a su hijo. Después, Ategna les ordenó que se marchasen de allí y dejasen descansar a solas a Coriaca y al niño.

Ya había anochecido; varios vecinos habían acudido a la puerta de la cabaña para servir de testigos de que Aro aceptaba a su hijo. El correspondiente ritual se había celebrado en el mayor silencio posible para no molestar a la madre y al recién nacido. Después Buntalo y Aro tomaron teas, escogieron dos de sus mejores ovejas del recinto del ganado, y las sacrificaron ante el altar de Albocelos, su Teutates, el dios protector de la ciudad y el clan. Uno de los druidas sacrificó a los animales. Se acercó al altar sobre el que se alzaba el toro de granito, en cuya testa pétrea brillaban a la luz de las antorchas los dos grandes cuernos de bronce, tomó un cuchillo largo y afilado y degolló a las dos ovejas que Aro mantenía tumbadas en el suelo ante el ara.

El druida recogió en dos cuencos de barro la sangre que manaba del cuello de las víctimas del sacrificio, hizo la libación y los depositó ante la estatua de Albocelos.

Todos se arrodillaron ante la imagen del dios y pronunciaron las oraciones rituales para agradecerle que la madre y el niño estuviesen sanos y para pedirle que concediese una larga y próspera vida al recién nacido. El sacerdote les comunicó con un gesto que los dioses estaban satisfechos.

II

Las últimas naves romanas se acercaban pesadamente al puerto de la ciudad de Emporion, impulsadas muy despacio por los remos. La colonia griega se alzaba en los extremos norte y sudoeste de una pequeña bahía que sus fundadores habían escogido como puerto. El asentamiento más antiguo, que los helenos llamaban Palaiapolis, se alzaba sobre un islote situado al norte de la ensenada y, aunque en aquella época aún no estaba del todo abandonado, había quedado destinado a servir como dependencia de la Neapolis, la ciudad nueva construida en el sudoeste de la bahía. Así, la ciudad enmarcaba al puerto, que poseía un gran malecón, construido con grandes bloques de piedra. Algo más al norte, en el mismo golfo, se encontraba la factoría de Rhode, levantada siglos antes por los griegos de Rodas.

Emporion era una importante colonia griega, fundada por foceos procedentes de la colonia de Massalia en la costa sur de la Galia. De forma habitual, el tráfico de buques romanos y griegos era abundante en el puerto de la ciudad. Aquel día había gran cantidad de buques mercantes anclados en la pequeña bahía; aun así, los treinta quinquerremes de la escuadra romana no encontraron demasiados problemas para fondear en el resguardado puerto y hacer desembarcar a las tropas que transportaban.

En el castillo de popa de la nave insignia romana, un enorme quinquerreme de casco azul con el espolón dorado que se acercaba al puerto a fuerza de lentos golpes de remo, tres oficiales romanos miraban hacia la ciudad que se alzaba más allá del bosque de mástiles. El más joven y de más alto rango mantenía su brillante casco ático empenachado de rojo bajo el brazo izquierdo y estudiaba con sus atentos ojos claros las murallas construidas con grandes sillares irregulares de Emporion. Era un hombre joven, de veinticinco años de edad, con rostro impasible, rasgos severos y delgada nariz aguileña. Sin embargo, ya era un veterano que había combatido en muchas batallas, durmiendo a la intemperie con frecuencia. Su nombre, Publio Cornelio Escipión, hijo del hombre del mismo nombre que había sido derrotado y muerto por los púnicos hacía poco más de un año en la funesta batalla librada cerca de Castulum. El Senado, presionado por la votación popular, le había elegido *privatus cum imperio* proconsular tan sólo unos meses más tarde de enviar a Cayo Claudio Nerón a Hispania, pues los padres de la República habían considerado el nombramiento de este como circunstancial mientras encontraban un general adecuado para recuperar las posesiones de Roma en aquel lugar, a pesar de la capacidad militar demostrada por Nerón al conservar los territorios al norte del Iberus para la República. A la derecha de Escipión se encontraba un oficial corpulento, de ojos oscuros y nariz recta, el propretor de Hispania, Marco Junio Silano, y a su izquierda, Cayo Lelio, el joven comandante naval de Escipión, el hombre en quien más confianza tenía este, pues conocía muy bien la importancia de contar con una buena flota dirigida por un hombre competente y, para el joven general, Lelio era uno de los mejores marinos de Roma, a pesar de su juventud.

—Bien, ya estamos en Hispania —dijo Escipión animadamente—. Dicen que es un bello país, poblado de abundantes minas, bosques y caza… y también de bárbaros y púnicos. —Respiró hondo y se mantuvo en silencio durante un instante. Cuando habló de nuevo, lo hizo con tono formal para dar sus primeras órdenes como general de Roma en Hispania—. Ya conoces mis órdenes, Marco Junio. Acamparemos esta noche junto a la ciudad y mañana partiremos hacia Tarraco. Espero que Cayo Claudio esté esperándonos allí.

—Sin duda ya habrá recibido las pertinentes órdenes del Senado —apuntó Silano, sudando bajo su casco ático—, y conocerá la fecha de nuestra llegada, Publio Cornelio.

—De todos modos hay que asegurarse —repuso el general—; envía un mensajero a Tarraco cuanto antes para que informe a Cayo Claudio de que hemos desembarcado en Hispania.

Sí, al fin estaba en Hispania, y al fin podría vengar a su padre y a su tío. Primero se encargaría del enemigo púnico, y cuando hubiese cumplido la misión que le había encargado el Senado, acabaría con aquellos que habían traicionado a su padre desertando del bando romano. Aquellos indígenas conocerían el castigo que se recibía por traicionar a Roma y a la *gens* Cornelia.

La mayor parte de las naves romanas ya había fondeado, y los legionarios que habían desembarcado estaban formando en la amplia playa, con sus cascos de bronce relucientes bajo el sol abrasador del mediodía. El Senado, a pesar de la escasez de hombres causada por las pérdidas del año anterior en Hispania y por el peligro de Aníbal en Italia, le había concedido a Escipión el mando de un ejército consular de dos legiones, es decir, unos diez mil infantes y dos mil jinetes, con los que había partido del puerto de Ostia y que ahora se apresuraban a formar sus manípulos, sudando bajo su pesado equipo.

El mismo Escipión se encontraba presente cuando se había llevado a cabo la leva para formar las dos legiones en Roma. Tras haber sido designado comandante en jefe de las tropas en Hispania, acometió la primera tarea: designar a sus doce tribunos militares, hombres de sangre patricia que serían los oficiales de estado mayor de su ejército, seis para cada legión; la primera labor de los tribunos militares fue reclutar a los soldados necesarios para sus legiones entre los ciudadanos romanos, pero el joven general había decidido estar presente, aunque se le prohibía intervenir. Se reunió en la colina Capitolina a todos los ciudadanos romanos dueños de tierras que tuviesen dinero y edad para servir en la legión, es decir, entre los diecisiete y los cuarenta y seis años, se les clasificó según su altura y edad; acto seguido pasaron la inspección en grupos de cuatro. Los seis tribunos de cada legión se turnaron para hacer la primera elección con el fin de asegurar que se distribuía de manera equitativa la experiencia y la calidad en el conjunto de las tropas.

A continuación, los nuevos reclutas prestaron el juramento de obediencia a la República, el *sacramentum*. El primero de ellos formuló el juramento completo o *praeiuratio*, y el resto se limitó a decir «idem in me», es decir, «igualmente para mí». La fórmula del *praeiuratio* era: «Juro seguir a los cónsules a cualquier guerra a la que sean llamados, y no desertar nunca de las insignias ni hacer nada contrario a la ley».

Escipión había apretado los dientes al presenciar el acto. El Senado se la había jugado, presionado por la facción rival a su familia. La mayoría de los hombres alistados eran veteranos de la guerra librada contra Aníbal en Italia. Tendría que trabajar duro para levantar su moral y convertirlos de nuevo en legionarios de Roma.

Una legión no era un cuerpo homogéneo. Había cuatro tipos de legionarios. Los *hastati*, hombres de alrededor de veinte años que formaban la primera línea de la legión en la batalla, y los *principes*, que solían tener entre veinticinco y treinta años y que constituían la segunda, eran soldados jóvenes y formaban el grueso del ejército. Generalmente, el equipo de combate de los *hastati* y los *principes* era muy similar y estaba formado por un yelmo de cobre o bronce que se adornaba con plumas o crines de caballo teñidas, una protección metálica para el pecho o *pectorale* (algunos otros, los pocos que podían pagársela, llevaban una cota de malla o *lorica hamata* y unas grebas), una espada llamada *gladius hispaniensis* que habían adoptado hacía poco tiempo de las de algunos pueblos hispanos, una lanza corta arrojadiza y dos largas jabalinas llamadas *pila*, una ligera y otra pesada. El tercer tipo de legionario, los *triarii*, eran los soldados veteranos del ejército; iban equipados de manera similar a los anteriores, aunque casi todos ellos podían costearse la *lorica hamata*, y no llevaban los dos *pila*, que se sustituían por una larga lanza llamada *hasta*. Formaban la última línea de la legión, y casi nunca entraban en combate, de tal manera que los romanos solían referirse a una situación desesperada diciendo que «la cosa llegó a los *triarii*». Estos tres tipos de legionario portaban un escudo oval de forma semicilíndrica, llamado *scutum*, que tenía unos setenta y cinco centímetros de anchura, un metro y treinta centímetros de alto, que estaba fabricado con dos capas de madera perfectamente unidas, cubiertas por otra de cuero y con un refuerzo de hierro en sus partes inferior y superior, que contaba con una protección metálica para el umbo; pesaba entre seis y diez kilos. Cada legionario pintaba el cuero que recubría el escudo y a veces dibujaba algo en él. El cuarto tipo de legionario, los *velites*, formaban la infantería ligera de las legiones. La integraban los ciudadanos más jóvenes y más pobres, de manera que su equipo de combate se limitaba a un casco, que solían cubrir con pieles de animales, un escudo redondo llamado *parma* de menos de un metro de diámetro, una espada y varios venablos, las *hastae velitares*. Ellos eran los encargados de abrir el combate acercándose a las líneas enemigas para arrojar sus jabalinas y retirándose veloces para protegerse tras los manípulos de *hastati*.

Los romanos habían adaptado las espadas de los mercenarios arévacos y vacceos de Aníbal tras comprobar en sus propias carnes la efectividad de aquellas espadas, más cortas que las de los galos, realizadas en un hierro de una calidad excelente. La habían llamado *gladius hispaniensis*. Tenían punta y doble filo, y la longitud del antebrazo de un legionario, lo que las hacía muy manejables para lanzar estocadas o tajos en el combate cuerpo a cuerpo.

Cada legionario se costeaba su equipo y sus ropas según el dinero que pudiese gastar en ello, por lo que la legión en marcha o en orden de batalla constituía una masa heterogénea y multicolor de yelmos, escudos y armaduras.

Tras el juramento, se agruparon los hombres de cada legión, formada por unos cinco mil soldados. Una legión estaba dividida en sesenta centurias, que se agrupaban de dos en dos para formar un manípulo. Los manípulos estaban bajo el mando de treinta centuriones elegidos por la legión, cada uno de los cuales nombraba a un segundo centurión, llamado centurión designado, a un lugarteniente, el *optio*, y a los demás jefes de su centuria: un *signifer*, un *cornicen* y un *tesserarius*. Cada centurión elegido ostentaba el mando del manípulo y dirigía personalmente la centuria que formaba el ala derecha de dicho manípulo. La otra centuria, que constituía el ala izquierda del manípulo, estaba bajo el mando del centurión designado. El primer centurión elegido, el más veterano de todos, se denominaba *primus pilus*, era considerado el de más alto rango y comandaba la primera centuria del primer manípulo de los veteranos *triarii*. Además, cada legión contaba con un contingente de trescientos jinetes, que eran seleccionados entre los ciudadanos más ricos, los del *ordo equester*. Estos jinetes se agrupaban en *turmae*, que eran grupos de treinta jinetes reunidos en tres escuadrones, cada uno de ellos bajo el mando de un decurión y de su *optio*. El mando global de la legión lo ostentaban los seis tribunos militares, que recibían las órdenes directas del comandante en jefe.

Aparte de las legiones romanas, las ciudades aliadas de Roma estaban obligadas a contribuir al ejército con un número similar de soldados al aportado por Roma, que se organizaban de la misma manera que las legiones. El equivalente aliado a una legión se denominaba *ala*. A causa de la debilidad de la caballería romana, los aliados debían aportar al ejército un número tres veces superior de jinetes. Estas tropas se hallaban bajo el mando de tres *praefecti sociorum*, caballeros romanos designados directamente por el cónsul. Una quinta parte de la infantería y una tercera parte de la caballería aliadas, a las que se llamaba *extraordinarii*, se reservaban para misiones especiales.

Esas eran las tropas con las que contaba Publio Cornelio Escipión para acabar con el poder púnico en Hispania. No obtendría más refuerzos a menos que consiguiera aliados entre los indígenas.

Cuando el quinquerreme se acercó al muelle, Escipión se volvió sonriente hacia Lelio.

—Bien, amigo mío —le dijo poniéndose el casco, cuyas crines, teñidas de rojo, se agitaron al viento—, aquí nos despedimos, por el momento. Volveremos a vernos en Tarraco dentro de pocos días. Supongo que no podremos actuar hasta la primavera: el año ya está muy avanzado para iniciar una campaña contra los púnicos.

—Sí —convino Lelio—, aunque aquí parezca que aún es pleno verano, las aguas y los vientos del mar Medio son peligrosos durante el otoño y el invierno. Durante el día de mañana repararemos algunas pequeñas averías en las naves y nos aprovisionaremos. En cuanto pueda partiré hacia el sur. Te visitaré en Tarraco y planearemos la estrategia a seguir. Tenemos varios meses para planearla.

—Bien, pero ten mucho cuidado con esos mercaderes griegos —rio Escipión—. Son muy astutos. Si te descuidas, te sacarán las provisiones a un buen precio... para ellos, por supuesto.

—Descuida, ya he comerciado en numerosos puertos —respondió Lelio—, y te aseguro que hay que ser muy hábil para engañarme, Publio Cornelio.

Escipión y Silano se despidieron del comandante naval y descendieron al muelle, donde les esperaban dos siervos con sus caballos. Escipión montó en su caballo negro y se dirigió hacia la playa, precedido por los doce *lictores*, muestra de su rango proconsular, y seguido por Silano y sus seis *lictores* correspondientes. Una vez en la playa, tras echar un breve vistazo a las tropas, volvió a mirar hacia la ciudad. Un pequeño grupo de hombres, sin duda representantes de Emporion, se acercaba a ellos escoltados por media docena de hoplitas, soldados ataviados con yelmos helenos, corazas de lino y grandes escudos redondos que portaban lanzas. Más atrás, en las calles de lo que constituía el barrio portuario de la ciudad, comenzaba a concentrarse una multitud que observaba en silencio a las recién llegadas tropas romanas.

—Marco Junio –dijo Escipión–, espero que los empuritanos nos cedan terrenos cerca de su ciudad para levantar el campamento; no me gustaría perder el tiempo enviando a uno de los tribunos a buscar un lugar adecuado. Tú vendrás conmigo a Emporion. Me temo que estamos obligados a visitar la ciudad. Creo que aprovecharé la visita para realizar un sacrificio a los dioses.

El general ordenó a su asistente que preparase la ofrenda que realizaría e hizo un gesto a Silano para que lo siguiera.

Los dos oficiales, precedidos por los *lictores*, que vestían sus túnicas rojas y portaban las *fasces* con las hachas insertadas, fueron al encuentro de los empuritanos y desmontaron, seguidos por varios oficiales; los de Emporion, en un latín bastante fluido, aunque con acento griego, declararon ser delegados de la asamblea de la ciudad, que le presentaba sus respetos, y se sentían orgullosos y honrados de recibir en su ciudad al general de Roma y a su ejército, aunque, a la vez que decían esto, miraban de reojo, con visibles muestras de recelo hacia los legionarios formados en la playa, con sus *pila*, sus grandes escudos ovales y sus cascos empenachados. Los legados hicieron numerosos regalos a Escipión, entre ellos numerosas piezas de cerámica de estilo ático, barnizadas en negro y profusamente decoradas, y le invitaron a visitar la ciudad, mientras uno de ellos era designado para guiar a uno de los tribunos romanos hacia un terreno adecuado para levantar el campamento.

—De acuerdo –dijo Escipión–. Me gustaría visitar el famoso templo de Artemis Efesia, del cual me han hablado en Massalia, y hacer allí un pequeño sacrificio para agradecer a los dioses que nos hayan favorecido durante el viaje.

—Pero, señor –dijo contrariado el que parecía ser el portavoz de los empuritanos, un anciano delgado de pelo cano y rostro bronceado que hablaba un rudo latín–, el templo de Artemis Efesia se encuentra en la Palaiapolis, que ahora no es más que una dependencia de la ciudad, y el templo es ahora un santuario... En la ciudad tenemos otros tres templos, consagrados a Asclepio, Higea y Zeus Serapis. Si no os importa y preferís acudir a uno de estos...

—Bien, tanto da –dijo Escipión encogiéndose de hombros tras cruzar una mirada con Silano–. Ofreceremos el sacrificio al propio Zeus Serapis. Guiadnos al interior de la ciudad.

Emporion se hallaba dividida en dos ciudades, separadas por un fuerte muro. En un lado, en la Neapolis, de tamaño reducido, vivían los helenos, y del otro lado del muro se encontraba la ciudad indígena, Indika, capital del pueblo de los indiketes, de mayor tamaño que la colonia helena. La Neapolis estaba rodeada por una muralla sencilla, de algo más de un cuarto de milla de perímetro, levantada con bloques de piedra poco labrados, grandes y desiguales, lo que daba a la ciudad un aspecto arcaico. Una sola puerta se abría en esta muralla, en el lado sur, un pasillo angosto flanqueado por dos torres cuadradas y salientes, típico de las fortificaciones helenas. La muralla estaba fortalecida en el ángulo de unión de los dos lienzos por otra torre de mayor tamaño.

El grupo penetró en el barrio portuario, al norte de la ciudad, donde se realizaban las transacciones comerciales. Este distrito constituía la zona comercial y de viviendas de la colonia, mientras que la mitad sur de la ciudad estaba destinada a los edificios públicos. La calle principal dividía a la Neapolis en dos, y otras vías más estrechas desembocaban en ella. En poco tiempo se reunió en las aceras una multitud de curiosos que observaba y seguía en silencio al séquito. Este llegó pronto al ágora, por la que paseaban y conversaban varias personas, y en la que se alzaban varios pedestales y un pozo público, del que sacaban agua varias mujeres de rasgos helenos, vestidas con amplias túnicas que dejaban al descubierto sus brazos morenos. Escipión las miró un instante antes de volver a observar la plaza con atención. Varios niños jugaban allí. Además, varios adolescentes atendían las enseñanzas de un viejo maestro, sentados a su alrededor en una de las esquinas de la plaza. De norte a sur cruzaba allí a la calle principal otra vía importante, en la que se hallaba la *stoá*, que constaba de una amplia columnata doble y en cuyo fondo se encontraban las numerosas tiendas de los comerciantes helenos.

Siguieron adelante por la calle principal hasta llegar a la zona de entrada a la ciudad, seguidos por la multitud cada vez más numerosa. Allí, formando un conjunto separado del resto de la ciudad, se encontraban los templos, en una amplia plaza. A la derecha estaban los templos de Asclepio e Higea y un altar con gradas de acceso. El Asklepieion constaba de tres templos, además de otro edificio, un centro terapéutico y una hermosa estatua de Asclepio, dios de la medicina, que presidía el conjunto. Al otro lado de la plaza se alzaba el imponente templo de Zeus Serapis, edificado junto al propio lienzo de la muralla. El templo estaba aislado del exterior debido a los ritos íntimos que se realizaban en su interior. Se encontraba en el centro de una explanada rodeada por una hermosa galería porticada.

Escipión pidió a sus acompañantes que le esperasen fuera y se dirigió al templo. Contempló durante un rato el hermoso frontón, con el tímpano policromado y, tras quitarse con respeto el casco, penetró en la silenciosa penumbra del interior, seguido por un asistente que portaba a la víctima del sacrificio, un pequeño cordero blanco.

El joven general observó el templo silencioso. Dos largas hileras de altas columnas de estilo jónico conducían hacia una alta estatua de bronce que representaba al Señor del Olimpo. Escipión se acercó despacio a la figura iluminada por dos grandes lámparas. Medía unos diez pies de altura y representaba a Zeus, sentado sobre un trono de mármol, empuñando en su mano derecha un haz de rayos y sosteniendo en la izquierda un águila, su símbolo. Escipión se dio cuenta de que se trataba de una reproducción de la colosal estatua del padre de los dioses que se encontraba en el templo de Zeus en Olimpia. Dos sacerdotes, ataviados con ropajes griegos y con la cabeza cubierta por sus mantos, oraban ante la estatua. Le miraron fugazmente, de reojo, y prosiguieron con sus plegarias.

El romano hizo lo propio hasta que aparecieron los dos sacerdotes encargados del sacrificio, quienes tomaron el cordero de manos del asistente, se acercaron al altar del templo y procedieron a la inmolación; tras asistir a la ofrenda al padre de los dioses, oró durante largo rato con los ojos cerrados pidiéndole que llevase a buen término la campaña que iniciaba ahora. Por fin, alzó la cabeza, contempló el rostro de bronce de Zeus, que parecía mirarle con una expresión severa en sus ojos de zafiro, se dio la vuelta y salió del templo.

Una vez que se reunió con el grupo que le esperaba en el recinto exterior del templo, Escipión rogó con cortesía a los empuritanos que le mostrasen el camino hacia el puerto y, una vez allí, se excusó amablemente alegando que se sentía cansado y le dolía la cabeza a causa del largo viaje por mar. Los empuritanos se sorprendieron y le rogaron que asistiese al banquete de bienvenida que habían preparado en su honor, pero el romano declinó la invitación e insistió en retirarse a su campamento cuanto antes. Los helenos se miraron entre sí sin comprender y, tras despedirse, se volvieron a sus casas, entre contrariados y ofendidos por el rechazo de su invitación por parte del joven general romano.

—Me aburren estos actos –le explicó a Silano una vez que los empuritanos se marcharon–. Espero que el enfado se les pase pronto. Al fin y al cabo, tengo que empezar a establecer alianzas con toda esta gente. Necesitamos aliados que nos abastezcan, ya que Roma no tiene suficiente dinero. Después entrarán en acción los *exactores*. Vámonos al campamento, tengo ganas de descansar en mi tienda.

Un joven tribuno les esperaba en el puerto acompañado por una *turma* de caballería, dispuesto a guiarles al lugar donde se encontraba el campamento, al oeste del puerto y al norte de la ciudad indígena. Los legionarios habían trabajado con su eficacia habitual, cavando los terraplenes y levantando con presteza la empalizada destinada a proteger las tiendas. Los centinelas ya se encontraban en sus posiciones y todas las tiendas estaban en pie. Escipión, seguido por Silano, se dirigió a su tienda, en el *praetorium*. Al llegar allí, le informaron de que los indiketes habían solicitado que el general recibiese a una representación suya, que ya le esperaba en una de las puertas del campamento.

Escipión suspiró con fastidio y se volvió hacia Silano, preguntándole con la mirada.

—Creo que debes recibirlos –sugirió el propretor–. Aunque no les concedas más que una pequeña entrevista. De todos modos, si lo prefieres, yo los atenderé, les diré que estás indispuesto y los despacharé rápido.

—No, hablaré con ellos en persona –decidió Escipión–. Tal vez se sientan ofendidos si no es el comandante en jefe quien les recibe, y no conviene tener indígenas descontentos a nuestra espalda mientras nos enfrentamos a los púnicos. Ya he contrariado a los griegos, pero confío en que no sean demasiado rencorosos. Tribuno —ordenó volviéndose hacia el oficial—, que vengan hasta aquí esos indígenas; escoltadlos, pero que dejen sus armas a la puerta del campamento. Que no se sientan amenazados. Sacad mi silla curul y ponedla ante las enseñas del ejército.

El comandante romano se encargó de que el encuentro fuera breve; ni siquiera invitó a los indiketes a entrar en su tienda. Los indígenas se mostraron impresionados ante la figura severa de Escipión, ataviado aún con su armadura, y sentado muy recto en su silla curul delante de los *vexilla* y los *signa* de las legiones, plantados ante el *praetorium*. El joven general habló a los indiketes con palabras amables, recibió sus regalos con una amplia sonrisa y gran cortesía, les aseguró que, desde aquel momento, tanto su ciudad como Emporion estaban bien protegidas por el poder de Roma y no tenían nada que temer de ningún enemigo, pues las legiones les protegerían de cualquier clase de ataque. Con estas palabras y su sonrisa franca, eliminó, además, el resto de desconfianza hacia Roma que podía quedar entre los indiketes, que se volvieron a su ciudad calmados de manera visible.

Una vez a solas en su pabellón, Escipión se despojó del casco, la capa escarlata, la espada y la coraza, y se sentó cansado en su catre de campaña. Bebió un sorbo de vino diluido con agua de una copa de plata que se encontraba en la mesa baja junto al catre y pidió a su asistente que preparase algo para cenar.

Pocos minutos más tarde, cuando comenzaba a oscurecer, apareció Silano, vestido con una simple túnica, como solían vestir los legionarios cuando no estaban de servicio, a salvo en el interior de su campamento.

—Traigo vino de Massalia para la cena —dijo el corpulento oficial mostrándole un jarro de cerámica ática—. Mi asistente lo ha comprado a buen precio a un comerciante griego en Emporion esta misma mañana. Espero que te guste.

—Bien, probemos ese vino durante la cena —asintió Escipión—. Tiene buena fama, pero en Massalia era demasiado caro. Espero que no hayan engañado a tu asistente. Pero antes de cenar, he convocado aquí a los tribunos, los *praefecti* y los *primi pili*. Quiero explicarles mis órdenes para mañana y los días sucesivos. Quiero que todos los hombres sepan perfectamente lo que quiero que hagan.

Cuando se presentaron los oficiales en su tienda, Escipión los condujo ante una mesa de campaña sobre la que se extendía un mapa de la costa ibera.

—Mañana —les dijo señalando el pergamino—, a primera hora, partiremos hacia Tarraco, a más de ciento treinta y cinco millas de aquí. Estimo que la marcha nos llevará al menos unos seis días; no marcharemos demasiado deprisa. Avanzaremos en formación abierta, pues opino que nos encontramos en territorio aliado, aunque no termino de fiarme de esos indígenas. No sé si los pueblos que nos rodean son amigos o no; aunque afirmen que están de nuestro lado, pueden cambiar de opinión si los púnicos se acercan demasiado al Iberus o les pagan bien. Por lo tanto, parte de los *extraordinarii* actuarán como exploradores hasta la llegada a Tarraco. Allí invernaremos a la espera de la primavera. Pero no esperéis que descansemos demasiado: durante todo el invierno, los legionarios se entrenarán con dureza. Quiero que las tropas estén preparadas para entrar en acción cuando llegue el momento de combatir, en cuanto mejore el tiempo y llegue la primavera. Quiero que esos veteranos, cansados de luchar y que aún recuerdan que los púnicos de Aníbal los vencieron una y otra vez, se conviertan en los mejores legionarios que Roma haya conocido. Quiero que odien al enemigo, que sólo deseen destruirlo, que sean capaces de enfrentarse a él sin dudar ni un solo instante de que lograrán la victoria.

Dicho esto, despidió a sus subordinados, a excepción de Silano, a quien invitó a cenar, y se sentó ante la mesa.

—Siéntate, Marco Junio. —Señaló un asiento al propretor—. Vamos a disfrutar de esta cena y de ese excelente vino de Massalia; creo que no volveremos a tener una cena tranquila hasta que lleguemos a Tarraco. Por cierto, ¿qué opinas de Nerón?

—¿Nerón? —Silano bebió un trago de su copa de vino mientras reflexionaba sobre la pregunta directa de Escipión—. Poco más de lo que se comenta en Roma sobre él. No está muy bien considerado por lo de hace años en Nola, a las órdenes de Marcelo, y sobre todo después de que dejase escapar a Asdrúbal cuando lo había tenido atrapado en un desfiladero.

—Sí, no estuvo muy acertado —repuso el general—. Sin embargo, no parece un inepto.

—Y tiene buenos amigos en el Senado —continuó Silano—. Lo nombraron propretor sin que tenga demasiada experiencia. Creo que muchos senadores tenían prisa por apartar a Séptimo de la dirección del ejército.

—Cierto —convino Escipión—. Hay mucha gente en Roma a la que le da miedo que las legiones nombren a sus propios generales.

—Ten en cuenta que si eso se tomase como costumbre, el poder podría caer en manos de generales demasiado ambiciosos. Debe ser el Senado quien nombre a los gobernadores de cada provincia.

—No lo niego, Marco Junio. Está claro que el poder debe seguir en manos del pueblo… a pesar del Senado. Has nombrado a Séptimo. ¿Qué sabes de él?

Silano alzó levemente las cejas mientras miraba a la comida. Parecía que el joven general tenía en cuenta las opiniones de sus veteranos subalternos. Comenzaba a gustarle aquel muchacho.

—Parece que las legiones de tu tío sabían a quién elegían como comandante. Supo contener a los púnicos y mantenerlos lejos del Iberus. Al Senado no le gustó demasiado que se autotitulase propretor en su informe de la situación aquí. Tampoco es que se estuviera coronando rey, pero seguro que hubiese caído mejor en Roma si hubiese omitido cualquier tipo de *imperium*. No creo que sea nada inepto; podría serte útil, si es que Nerón no lo ha degradado a *optio*.

Escipión sonrió ante la ocurrencia del propretor.

—Coincido contigo en lo referente tanto a Nerón como a Séptimo. A Nerón lo veremos poco tiempo, pero puede que Séptimo nos sea útil. Conoce Hispania y a los púnicos. Y conocía bien a mi padre y, sobre todo, a mi tío Cneo. Si ahora es *optio*, lo rehabilitaré, pero no como propretor, claro. Será otra forma de agradar a las legiones.

A primera hora de la mañana se levantó el campamento. Al primer toque de corneta fueron recogidas con rapidez las tiendas de campaña de los oficiales superiores, y a continuación, los legionarios recogieron sus propias tiendas. Cuando los *cornicines* hicieron sonar de nuevo sus instrumentos, cargaron la impedimenta sobre las mulas y, al tercer toque, la vanguardia de las legiones comenzó a salir del solar donde se había alzado minutos antes un campamento romano.

Como Escipión había ordenado, las legiones avanzaron hacia el sur con los *extraordinarii* formando la vanguardia, excepto una tercera parte de ellos que marchaba por delante del ejército como avanzadilla. A los *extraordinarii* les seguían el *ala* derecha de las tropas aliadas y las dos legiones, y en retaguardia, el *ala* izquierda de los aliados. La caballería cubría los flancos del convoy de la impedimenta, que estaba situado entre ambas legiones. Escipión y Silano cabalgaban por detrás de los *extraordinarii*, seguidos por los *vexiliarii*.

El general miró hacia el oeste, hacia las numerosas colinas y los extensos campos que los indiketes ya estaban trabajando. Recordó la fama de los campos de lino de la colonia massaliota, y también contempló los extensos y famosos campos de esparto, que los griegos llamaban *Iounkárion Pedíon*. Más allá se alzaban las colinas pobladas de árboles frondosos, de un color verdeazulado en el aire límpido de la mañana. Tras ellas, Escipión casi podía adivinar cómo los montes iban dando paso a las primeras estribaciones de los Pirineos, que se extendían hacia el oeste. Escipión imaginó durante un largo instante la imponente mole de las montañas cercanas, preguntándose qué tipo de pueblos habitarían aquellos parajes, y si no constituirían una amenaza para el poder de Roma en aquel lugar. Volviendo la mirada al frente, decidió desechar aquellos pensamientos funestos y concentrarse en la marcha de sus tropas.

El día era cálido y despejado, y los soldados marchaban de manera fatigosa, sudando bajo la pesada impedimenta. Incluso los *velites*, cuyo equipo era más ligero que el del resto de los legionarios, se mostraban cansados bajo aquel calor, impropio del otoño, al que no estaban acostumbrados. Silano resoplaba con el rostro enrojecido y bañado en sudor. Se quitó el casco con un gruñido y se limpió el sudor con un pañuelo.

—¡Maldito país! –rezongó–. ¡Hace un calor insoportable, por Júpiter! ¡No he dejado de sudar desde que llegamos! ¡Me molestan hasta los *pteriges*!

—Calma, amigo mío –respondió Escipión con una leve sonrisa–, pronto llegará el invierno y desearás tener calor de nuevo.

Silano miró a su superior, aquel hombre quince años más joven que él. El general permanecía impasible ante el calor. Sudaba, era cierto, pero no parecía importunarle la alta temperatura. Siempre parecía envuelto por aquel halo de misterio. Silano lo admiraba y lo envidiaba, como todos los soldados a su servicio: a pesar de su juventud, Escipión era un hombre valiente y un comandante excelente, aunque aún tenía que demostrar que sabía dirigir a sus hombres en la batalla.

Publio Cornelio Escipión había nacido en el seno de una rama patricia de una de las más nobles familias romanas, la *gens* Cornelia, y había recibido una esmerada educación, añadiendo a los valores tradicionales romanos la influencia de la cultura griega. Como consecuencia de estas enseñanzas, se sentía por encima de la masa, superior a la mayoría de los romanos, y tenía poderosas razones para ello; a pesar de su juventud, ya era un hábil diplomático y sobresaliente orador, y poseía los agradables modales de un rey heleno. No era envidioso, ni conocía el odio; perdonaba los errores ajenos y elogiaba con sinceridad los aciertos. Desde que había sido *contubernalis* a las órdenes de su padre, sabía ganarse a los soldados que estaban a sus órdenes, pues parecía rodeado de una extraña aureola de serenidad y confianza. Tenía reputación de hombre cortés, misericordioso y justo. Era capaz de animar los corazones de otros hombres, y también lo suficientemente calculador como para llevar a cabo sus planes y conseguir sus fines superando los obstáculos que se le pusieran por delante. Se retiraba con gran frecuencia a rezar al templo, para consultar a los dioses, antes de iniciar cualquier empresa.

El sobrenombre Escipión provenía de la palabra *scipio* (bastón), puesto que uno de sus antepasados, Lucio Cornelio Barbo, se había quedado ciego y, llegado a la edad senil, caminaba apoyado en su hijo Lucio Cornelio, que recibió el apelativo de Escipión. Este Lucio Cornelio había llegado a ser cónsul hacía cuarenta y nueve años, y había conquistado la ciudad de Aleria y parte de la isla de Corsica.

La carrera militar del joven Publio Cornelio Escipión había comenzado muy pronto. Con sólo dieciséis años salvó la vida de su padre en la batalla del río Trebia, cuando las tropas de Aníbal desbordaron y pusieron en fuga al ejército romano, y más tarde había combatido como tribuno militar en la famosa batalla de Cannae, siendo uno de los pocos supervivientes de aquel desastre. Cuatro años más tarde fue nombrado edil curul, y tras el desastre del año anterior y la muerte de su padre y su tío Cneo, como el día de las elecciones no apareció en el Foro nadie ataviado con la *toga candida*, se presentó voluntario para dirigir a las tropas que lucharían en Hispania. A pesar de su juventud, había dado ese paso impulsado por la falta de comandantes aptos para el ejército. Todos los magistrados superiores habían oído hablar de la dureza de la guerra contra los púnicos en Hispania, a todos les habían llegado las historias contadas por los veteranos, y todos ellos rehusaban ponerse al mando de las tropas. Publio Cornelio pidió de manera formal que se le concediera dicho mando; el Senado intentó negarse, pues era ilegal nombrarlo procónsul, a causa de su juventud y de que no había cursado el *cursus honorum*, pero el pueblo lo aclamó para que fuese nombrado jefe de las fuerzas romanas en Hispania. Al contrario que la mayoría de los generales de aquella época, sabía sacar buen provecho de las derrotas, aprendiendo a corregir los errores cometidos. Aprendió de su mayor enemigo, Aníbal, a quien admiraba, las artes de la guerra, y también a dirigir y a gobernar a los hombres, práctica en la que el púnico era un verdadero maestro. Además, todos pensaban que Nerón no era el más adecuado para dirigir al ejército de Hispania, ya que había tenido serios problemas para impedir que sus enemigos cruzaran al norte del Iberus.

Todos los romanos consideraban a Escipión un hombre afortunado y protegido de los dioses. Incluso corría el rumor, que la mayoría de los romanos y todos los legionarios que le seguían estaban dispuestos a creer a pie juntillas, de que su verdadero padre era el mismo Júpiter, quien había hecho el amor a su madre tras secuestrarla metamorfoseado en forma de una enorme y monstruosa serpiente. Lo que nadie sabía era que el mismo Escipión se había encargado de propagar dicho rumor, tal vez influido por aquella cultura griega en la que había sido educado, y gracias a la cual había aprendido que se decía que Alejandro Magno era hijo de Zeus, quien se había enamorado de Olimpia, la hermosa reina de Macedonia, y se había metido en su lecho adoptando la forma de una serpiente.

Al bueno de Silano también le merecía gran admiración, pues a pesar de su juventud y de que había sido nombrado *privatus cum imperio* proconsular por el Senado de manera ilegal, reconocía en Escipión un soldado valiente y un hombre inteligente.

Al caer la tarde, Escipión ordenó acampar. Envió a un tribuno con una escolta por delante de las tropas en busca de un lugar apropiado. Su obligación era encontrar un emplazamiento, preferentemente en terreno elevado, que protegiera al ejército del enemigo en caso de ataque y en cuyas proximidades se encontrase una fuente de agua que abasteciese al ejército de agua potable y además sirviese de desagüe para las letrinas. Cuando el tribuno encontró el lugar adecuado, plantó una bandera blanca en el emplazamiento que consideraba más ventajoso y que sería reservado para la tienda del oficial al mando, el *praetorium*. Después señaló con banderas rojas los lugares reservados a los oficiales y legionarios.

En el centro de la línea que señalaba dónde se situarían las tiendas de los legionarios, el tribuno fijó una groma, un instrumento destinado a la medición del campamento. Determinó así la línea de las defensas frontales a la distancia acostumbrada, cuatrocientos metros. A continuación marcó la línea de las tres avenidas principales con lanzas. Una de ellas, la *via praetoria*, cruzaba el campamento desde el frente a la parte posterior y atravesaba el *praetorium*, y las otras dos, la *via principalis* y la *via quintana*, eran perpendiculares a ella, atravesando lateralmente el campamento.

El tribuno sonrió satisfecho; gracias a los dioses, no habría problemas para levantar el campamento. Pero no siempre era posible hacerlo con tranquilidad. Sabía bien el procedimiento a seguir si el enemigo se encontraba cerca del lugar; en ese caso, el convoy con la impedimenta se colocaba tras las líneas que formaban las defensas frontales del campamento. Los *velites*, la caballería y la mitad de la infantería pesada se colocaban por delante de dicha línea en orden de batalla. Tras ellos, la otra mitad de la infantería levantaba las defensas con rapidez. Los legionarios cavaban un foso de unos tres metros de profundidad y cuatro de anchura, apilaban la tierra extraída en el lado más próximo al *praetorium*, y con ella formaban un terraplén de una altura de algo más de un metro, cuya parte frontal era cubierta con el césped extraído de la zanja.

La zanja y el terraplén tenían una longitud de unos setecientos metros y formaban uno de los lados del campamento, que tenía forma cuadrada siempre que era posible.

A medida que avanzaba la construcción del terraplén, el comandante en jefe iba retirando al resto de la infantería de manera gradual, pero la caballería permanecía en su lugar hasta que el frente que encaraba al enemigo estaba terminado. En los tres lados restantes se construían zanjas y terraplenes similares. Si el enemigo se encontraba lejos, la zanja sólo medía un metro de profundidad. Pero esta vez no había enemigos cerca.

Cada legionario llevaba en su impedimenta dos estacas que clavaba en la parte superior del terraplén, formando así una empalizada. Después, las estacas eran atadas entre sí por el centro.

Como el trazado del campamento era siempre el mismo, cada unidad del ejército sabía exactamente dónde tenía que acampar. Solía dejarse un espacio libre de unos setenta metros entre las tiendas y la empalizada para proteger a aquellas de los proyectiles enviados desde el exterior del campamento. En el centro se levantaba un mercado, el *forum*.

Cuando el campamento estuvo levantado, Escipión se despidió de Silano y ordenó a los guardias que nadie le molestase, salvo por una urgencia.

Al oscurecer, se presentaron los *tesserarii* ante su tienda, como cada día, para recibir la nueva contraseña, y el jefe de la guardia nocturna. Este era seleccionado entre los *praefecti*, los oficiales de caballería, y realizaba sus rondas de inspección nocturna acompañado por dos colegas. A veces, a pesar de la disciplina reinante en las legiones, se encontraba dormido, apoyado en el escudo, a alguno de los centinelas, que era castigado al día siguiente. Por lo general, el castigo consistía en ser apaleado o apedreado, a veces hasta la muerte, por sus propios compañeros, cuyas vidas dependían de él.

Después de despachar a todos sus subordinados, el joven general cenó a solas mientras reflexionaba sobre su próxima campaña. Se preguntó en qué estado se encontraría a los soldados de Tarraco, los veteranos que habían combatido al servicio de su padre y de su tío Cneo, que habían sido derrotados por los púnicos y que habían estado a punto de ser expulsados de Hispania. Se dijo que no podían estar peor que los veteranos que había traído consigo desde Italia. Sabía que tenía un ejército de veteranos derrotados. Su primera labor consistiría en levantar la moral de aquellos hombres, en imponer la disciplina y en prepararles para un nuevo ataque a los ejércitos púnicos. Si conseguía un par de buenas victorias, la moral de aquellos hombres sin duda mejoraría. Tenía que ser optimista.

Poco después se asomó por la puerta de la tienda. Dos legionarios montaban guardia allí. Miró el cielo estrellado y aspiró el aire fresco. Una ligera brisa le acarició el rostro. Bostezó cuando regresó al interior y se dejó caer en su catre. Se sentía cansado, tal vez a causa del calor persistente, y no tardó en caer en un sueño profundo.

Seis días más tarde, como Escipión había previsto, las tropas romanas se encontraban ante las imponentes murallas de Tarraco. Habían atravesado los territorios de numerosos pueblos indígenas, pero los hispanos no trataron de atacarles, y las legiones no tuvieron ningún problema para avanzar en paz hasta la ciudad. Durante el trayecto habían acampado junto a Barcino, en territorio de los lacetanos, la ciudad que había sido fundada por Amílcar Barca y fortificada después por Aníbal y su lugarteniente Hannón. Barcino se encontraba a los pies de un monte sagrado, el Mons Jovis, al que ascendió el joven comandante para hacer un sacrificio a Júpiter, su divino padre, pues ahora aquel monte consagrado al padre de los dioses se hallaba en poder de Roma.

En aquel momento, ante la bella Tarraco, contempló por primera vez, al sol del atardecer, las fuertes murallas construidas con grandes piedras y las altas torres cuadradas de la ciudad que habían fundado su padre y su tío hacía apenas dos años en el corazón del territorio de los cessetanos. Los bloques de piedra eran tan grandes que la muralla parecía haber sido construida por los mismos Titanes.

Escipión hizo avanzar a la larga columna hacia las puertas de la ciudad, donde les esperaba Cayo Claudio Nerón al frente de una pequeña escolta. Nerón pertenecía a la rama de los Tiberii de la *gens* Claudia; era un hombre delgado y de mediana estatura, que en aquel momento iba vestido con su armadura completa: el casco etrusco-corintio de bronce con crines de caballo teñidas de blanco, la brillante coraza de bronce y el manto escarlata de comandante en jefe. Montado sobre una hermosa yegua roana, se adelantó unos metros para saludar a Escipión. Este recordó que aquel hombre había sido censurado años antes, cuando era oficial de caballería bajo las órdenes de Marco Claudio Marcelo en Nola, por no cumplir las órdenes que había recibido, y que, sin embargo, el año anterior había logrado mantener a los púnicos al sur del Iberus, aunque no contaba con la aprobación de buena parte del Senado, que lo consideraba un comandante mediocre.

—Ave, Publio Cornelio —dijo con su voz curiosamente modulada, alzando el brazo cuando estuvo ante el nuevo comandante en jefe—, esperaba tu llegada.

—Salve, Cayo Claudio —dijo Escipión con una ligera sonrisa, alzando el brazo a su vez. Observó el rostro del propretor; parecía una máscara pétrea. Sin duda, sabía que en Roma deseaban verlo lejos de Hispania—. Espero no haber tardado demasiado.

—Nunca es demasiado pronto para recibir ayuda en este lugar —repuso Nerón con frialdad. Escipión estaba ya seguro de que Nerón estaba dolido por la decisión del Senado—. Pero seguidme, tú y tus hombres debéis estar fatigados.

Volvió grupas y condujo a Escipión y a las legiones hacia el interior de la ciudad. Cuando cruzó la muralla, Escipión pensó que tenía un aspecto impresionante, por lo que concentró su atención en observar la ciudad fundada por su padre y su tío.

Tarraco se alzaba junto a las aguas color turquesa del mar Medio. La ciudad, aunque aún era poco más que un campamento, estaba rodeada por la fuerte y alta muralla de piedras desiguales, y se encontraba dividida en dos zonas dispuestas en terrazas escalonadas y separadas la una de la otra por el circo que estaba aún en construcción, como gran parte de la ciudad. Escipión y sus hombres siguieron a Nerón por las calles atestadas de gentes que observaban con orgullo y alivio a los nuevos soldados que llegaban a Hispania para expulsar a los odiados púnicos. Incluso los obreros que trabajaban en numerosas zonas de la ciudad levantando edificios detuvieron su labor para observar a las nuevas tropas. El pueblo aclamó al nuevo general y saludó su paso con vítores, esperando que el nuevo comandante alejase a los púnicos del cercano Iberus. Escipión acogió aquellos gritos con una amplia sonrisa y alzó la mano en varias ocasiones para saludar a la muchedumbre, pero su atención se centraba en la arquitectura de Tarraco.

En la zona baja, que se extendía al sudoeste de la ciudad hacia la orilla del mar, vivían los colonos romanos que se habían establecido en Tarraco y, sobre todo, los comerciantes que desembarcaban en Emporion y osaban descender hacia el sur; estos mercaderes atravesaban los territorios de los layetanos y otros pueblos de menor importancia para llegar hasta la colonia romana. También se asentaban allí los pocos que llegaban por mar. El puerto de Tarraco era aún muy pequeño, pues sólo contaba con un embarcadero de reducidas dimensiones, y esa era una de las razones por las que Escipión había decidido finalizar su travesía en Emporion, donde el desembarco de sus tropas había sido mucho más rápido de lo que lo habría sido en Tarraco. Además, caminar durante unas jornadas había beneficiado a sus hombres. En el extremo oeste de la parte baja de la ciudad se encontraba el *forum* local, que constituía la zona pública y el centro de la vida urbana de la ciudad. Allí se hallaban numerosos establecimientos comerciales donde vendían sus mercancías los tratantes y tenían lugar las reuniones políticas de los colonos. Además, se estaba construyendo un templo donde se centraría la vida religiosa de Tarraco. Incluso, según le explicó Nerón a medida que avanzaban por las calles, se pensaba en construir unas termas y, más adelante, un anfiteatro.

La parte alta de la ciudad, el *praesidium*, se había destinado sobre todo al acuartelamiento de las tropas. Se había construido un gran cuartel en el extremo nordeste, y se había destinado la zona colindante al circo a otro *forum* mayor que el de la zona baja, formado por dos grandes plazas porticadas, que debería ser el centro administrativo de los territorios hispanos pertenecientes a Roma. También se proyectaba la construcción de un gran templo, al norte del foro, aunque aquello tendría que esperar a tiempos mejores.

Escipión encargó a sus tribunos que distribuyesen a sus legionarios en las numerosas estancias del cuartel, que aún estaba ampliándose con la construcción de nuevos alojamientos y establos. Estaba formado en su mayor parte por edificios con tejados rojos; mientras tanto, él y Silano siguieron a Nerón al gran edificio, similar a un palacio, que servía como alojamiento a los oficiales de mayor rango. Nerón cedió a Escipión los aposentos más cómodos, los que estaban destinados al oficial superior, pues él se había trasladado a otros contiguos pocos días antes en espera del relevo. Sólo se quedaría en Tarraco el tiempo necesario para poner al nuevo comandante en jefe al tanto de la difícil situación en Hispania. Pero aquellas explicaciones, como sugirió Escipión antes de retirarse a sus aposentos, tendrían que esperar hasta el día siguiente, pues el calor había hecho aún más fatigosa la marcha durante aquellas jornadas y deseaba descansar para estudiar la situación con la mente más despejada.

A la mañana siguiente, muy temprano, Escipión, Nerón y Silano se reunieron en uno de los grandes salones del palacio, decorado con varias columnas de estilo griego. La estancia se abría hacia el este, y el cálido sol matinal penetraba en ella por los grandes ventanales, que daban acceso a una gran terraza que se asomaba al mar al nivel de la muralla. Escipión observó durante un rato las aguas tranquilas del mar Medio y el cielo despejado sintiendo en su rostro la fresca brisa matinal que soplaba desde el cercano mar. Después se volvió hacia los otros dos hombres y se acercó despacio a la pequeña mesa donde se encontraba un amplio mapa de Hispania. Sobre dicho mapa, Nerón explicó de manera exhaustiva a los recién llegados la situación en aquel territorio durante los años anteriores: el avance de los púnicos, las humillantes derrotas en el sur, la penosa retirada al norte del río Iberus, y les expresó su temor particular de que Cartago lanzara una nueva ofensiva. Estaba claro que aquel hombre era mucho más competente de lo que pensaban en Roma; conocía perfectamente la situación en Hispania y les acababa de mostrar su capacidad para gobernar un territorio y defenderlo en nombre de la República. En aquel momento, uno de los tribunos de Nerón entró en la estancia.

—¿Qué ocurre? –preguntó este. Escipión lo observó un momento. Era evidente que Nerón se encontraba a gusto en aquel lugar; durante el breve tiempo que había permanecido al frente de las tropas de Hispania, se había dedicado a defenderse de los púnicos y a contemporizar, conociendo las limitaciones de sus tropas y la magnitud de los ejércitos enemigos, algo parecido a la política que se seguía en Italia con Aníbal. Escipión se preguntó qué habría sucedido si el Senado hubiese ratificado en su día el nombramiento de Lucio Marcio Séptimo, quien había destacado por su valor. Casi con toda seguridad, Séptimo hubiese sido más activo que Nerón en la defensa de los territorios ocupados por Roma, lo que tal vez hubiera significado el desastre para los intereses romanos. Y sin embargo, tras conocer la decisión del Senado, Séptimo había vuelto a su puesto sin una sola queja o acto de indisciplina. Y Roma había elegido a Nerón como propretor...

—Naves, señor –respondió el tribuno–. Una veintena de naves de guerra se acerca siguiendo la costa desde el norte. Supongo que se trata de naves romanas.

—¡Por Juno! –exclamó Nerón echando un vistazo al mapa–. Espero que se trate de las naves que os han traído desde Italia –añadió acercándose a la terraza, seguido por los demás.

—En efecto –asintió Escipión cuando salían al exterior–. Esas naves son romanas, como podéis ver, y son las que me trajeron hasta Emporion. Se trata de la flota capitaneada por Cayo Lelio, un excelente comandante naval. Fondearán en la costa, junto al puerto.

—Al menos tendremos protección naval. Temía –les explicó Nerón aliviado– que se tratase de los púnicos. Me preocupa que consigan armar una flota que zarpe desde Qart Hadasht y pueda apoyar a sus poderosos ejércitos de tierra. Podrían abalanzarse sobre Tarraco y echarnos de Hispania. Llevo muchos meses preocupado por nuestros abastecimientos. Si bloquean la ruta marítima desde Ostia, podríamos quedarnos sin suministros. Aparte de que no me fío mucho de las *societates*, a pesar de lo que les pague el Senado...

—Ahora les será más difícil –repuso Escipión–. Como te digo, Cayo Lelio es un excelente marino, y espero que la próxima primavera me ayude en la campaña contra los púnicos. Puedes retirarte, tribuno, no hay de qué preocuparse. El mar Medio es ahora de Roma. En cuanto a los prestamistas, espero que el Senado logre obtener algún tipo de beneficios para pagarles, y eso implica también que estamos obligados a vencer a los púnicos.

—Eso espero —dijo Nerón mientras regresaban al interior del palacio—. De todas formas, no veo cómo pueden ayudaros Cayo Lelio y su flota, al menos de una manera inmediata, si no es para mantener despejado el mar de piratas. Los púnicos mantienen a sus ejércitos en el interior del país, y creo que su poder naval está debilitado.

—¿Dónde están estacionados esos ejércitos? —preguntó Silano haciendo un gesto hacia el mapa.

—Han dividido sus fuerzas en tres partes —explicó Nerón señalando varios lugares en el mapa—. Magón Barca, hermano de Aníbal, se encuentra en el extremo sudoeste de Hispania, en el territorio de los conios; Asdrúbal Giscón se ha trasladado algo más al norte, a la Lusitania, para reclutar más mercenarios en ese país. Como quizá ya habréis oído, los lusitanos son peligrosos, un pueblo de guerreros feroces y sanguinarios. Por último, Asdrúbal Barca, hermano de Aníbal, se ha desplazado hacia el centro de Hispania, al territorio de los carpetanos. Creo que esperan atraparos entre varios frentes si os decidís a avanzar a su encuentro, o bien unirse antes de que podáis atacarlos y tratar de aplastaros con su superioridad numérica.

—Créeme, Cayo Claudio —repuso Escipión con una sonrisa—, no les será nada fácil aplastarme... ni siquiera vencerme.

—Veo que confías en ti mismo y en tus hombres, joven amigo. Espero que los dioses te acompañen en el combate.

—Nos acompañarán, a mí y a mis hombres, puedes estar seguro de ello, Cayo Claudio.

—Lo estoy —repuso el propretor saliente, recordando lo que se decía sobre el origen de aquel joven a quien no parecía amedrentarle la responsabilidad que recaía sobre sus hombros—. Por mi parte, creo que mi labor aquí ya ha terminado una vez has tomado posesión de tu puesto y de tus tropas.

—¿Cuándo regresas a Roma? —inquirió Silano.

—Espero salir dentro de dos días hacia Emporion. Sin embargo, las tropas están bajo tus órdenes desde este mismo momento, joven Publio Cornelio. Yo partiré hacia Italia con una pequeña escolta. Quiero pensar que este territorio es seguro.

—Eso parece —comentó Silano—, aunque hay tantos pueblos en esta zona que es muy difícil estar seguro de conocer a tus propios amigos, o de si estos no tratarán de apuñalar tu espalda cuando te des la vuelta.

—Supongo que la mayoría de los pueblos indígenas habrá observado que Roma me envía aquí con un ejército numeroso y poderoso, aunque no es ni lo uno ni lo otro —dijo Escipión—. Y espero que eso les desanime si es que tienen alguna intención de atacarnos.

—Pero hay varios pueblos rebeldes... —repuso Nerón.

—¿Rebeldes? –le interrumpió Escipión molesto–. No son rebeldes, en absoluto. No olvides que estamos en su país, Cayo Claudio. Nosotros somos, en cierto modo, los invasores. Serían rebeldes si esta fuese nuestra tierra y ellos estuviesen bajo nuestro dominio. Pero te recuerdo que, hasta hace pocos años, esas gentes eran libres, tan libres como nosotros; toda esta tierra les pertenece y disfrutaban de este lugar a su antojo. Ahora ven que, primero los púnicos y después nosotros los romanos, utilizamos su país como campo de batalla para nuestras guerras particulares y después lo explotamos.

—Pero ellos nos pidieron ayuda –protestó Silano.

—Sí, es cierto, Marco Junio, algunos de ellos nos pidieron ayuda para expulsar a los púnicos. Pero cuando los derrotemos, ¿no crees que esos mismos indígenas nos invitarán a que volvamos a Roma sin perder un momento?

—Espero que cuando derrotemos a esos púnicos, nos consideren sus amigos y nos dejen quedarnos con algunas tierras como recompensa –contestó Silano con una leve sonrisa.

—Eso lo dudo mucho, amigo mío –dijo Escipión–; aunque así fuera, me temo que los *patres et conscripti* tienen otros planes para Hispania de ahora en adelante.

—¿Qué quieres decir? –inquirió Nerón.

—Es muy fácil: que los hispanos sólo desean que expulsemos a los púnicos de su país y después nos marchemos nosotros por donde hemos venido, a nuestra querida Italia. Odian a los púnicos porque trataron de adueñarse de sus territorios, y nos odiarán a nosotros si hacemos lo mismo después de vencerlos. Pero esos son precisamente, me temo, los planes del Senado para Hispania.

—Pero conservaremos nuestras colonias, ¿no es cierto? –dijo Nerón–. Al menos conservaremos Tarraco para Roma, espero.

—Nuestras colonias... y algo más –repuso Escipión tras sacudir la cabeza–. El plan del Senado es someter toda esta tierra a Roma. ¿No os dais cuenta de la gran riqueza de este lugar? Aquí se pueden encontrar ricas minas, campos extensos, gran cantidad de esclavos...

—Y es claro que eso no gustará nada a los indígenas –dijo Silano, confundido por la actitud de su superior. No sabía si Escipión estaba de acuerdo o no con los designios del Senado–. Me temo que cuando conozcan esos planes, tendremos que luchar contra ellos, y esa guerra será aún más dura que la que estamos librando contra los púnicos.

—Sí, lo será –asintió Escipión–, pero por el momento eso no nos incumbe; ahora sólo debemos pensar en los púnicos. Después veremos qué ocurre con los indígenas. Por cierto, Cayo Claudio, ¿qué fue de Lucio Marcio?

A Nerón le sorprendió la pregunta.

—¿Séptimo? Es tribuno de una de las legiones.

—Me gustaría conocerlo, estuvo a las órdenes de mi tío Cneo Cornelio.

—Está a tus órdenes, puedes llamarlo a tu presencia cuando lo desees. Si he de ser sincero, creo que es un tipo inteligente. Tal vez si no hubiese asumido el mando del ejército, hubiésemos perdido todos los territorios de Roma en Hispania.

—Me alegra saber que tienes tan buena opinión de él –asintió Escipión–. Necesitaré su experiencia en este lugar. Conoce bien toda la costa hispana y parte del interior, ¿no es cierto?

—En efecto –convino Nerón–. Además de un buen militar, es un tipo muy observador, Publio Cornelio.

—Me será muy útil para preparar la campaña del año próximo.

La reunión concluyó poco después, y algunos días más tarde, Cayo Claudio Nerón partió hacia Emporion para embarcarse de vuelta a Roma. Su labor en Hispania había finalizado para su propio alivio y, cómo no, para el de algunos en Roma.

Cuando Nerón partió hacia Roma, Escipión mandó llamar a Lucio Marcio Séptimo. El tribuno era un hombre con más aspecto de centurión veterano que de noble romano. Tan corpulento como Silano, en su rostro se marcaban las cicatrices de muchas batallas. Escipión le explicó lo que deseaba de él. Quería que le contase todo lo que conociese de Hispania: sus pueblos, su geografía, la mentalidad de los hispanos, la forma de luchar de aquellos indígenas… Y también todo cuanto supiese sobre los púnicos.

Mientras las tropas romanas se entrenaban duramente y preparaban para las campañas de la primavera, Escipión invirtió gran parte de su tiempo en conocer la ciudad de Tarraco y sus alrededores, siempre acompañado por Séptimo. Incluso visitó en varias ocasiones Kesse, la capital de los cessetanos, pueblo vencido y sometido por su padre y su tío, que se alzaba muy cerca, al oeste de Tarraco, junto a la desembocadura de un río. El general se presentó ante los cessetanos de manera amistosa haciéndoles ver que no debían temer nada de los romanos y convenciéndoles de que eran sus amigos y se encontraban allí para protegerles de los ataques de los temibles púnicos, que en realidad eran sus verdaderos enemigos. Además de sus buenas palabras, mostró a los cessetanos su buena voluntad visitándolos con pequeñas escoltas, de apenas media docena de soldados, a pesar del peligro al que se veía expuesto en tales ocasiones. Los indígenas se mostraron agradecidos al general y, aunque con pequeñas reservas al principio, terminaron por trabar amistad con los soldados, colonos y mercaderes romanos de Tarraco. Además, quedaron impresionados por el tamaño y el aspecto de las naves de guerra de Lelio, que habían fondeado cerca de la ciudad, no lejos de la desembocadura del río, pues aunque eran un pueblo de pescadores, sus barcas de pesca eran pequeños botes en los que apenas se alejaban de la costa, pescando en las cercanías de las playas.

Escipión no permanecía ocioso; alternaba las consultas y reuniones con Silano, Lelio, Séptimo y los demás oficiales de su ejército con las visitas al fo-rum local de la ciudad, las charlas y audiencias con los ciudadanos romanos de Tarraco en el forum destinado a ser el centro administrativo, y los paseos por las playas de arena fina y dorada junto a las que se levantaba Tarraco. También gustaba de entrevistarse con los jefes cessetanos, y conversaba a menudo con los pescadores indígenas, sentado con ellos entre las barcas, sobre la arena brillante bajo el sol, dejando a su escolta a algunos metros de distancia. Silano apenas comprendía qué era lo que llevaba a su superior a conversar con tanta asiduidad con los cessetanos, que, a su modo de ver, no eran más que otro de los pueblos salvajes sobre los que Roma terminaría gobernando a la larga, aunque, como él mismo había predicho, tratasen de rebelarse contra las legio-nes. Un romano no tenía demasiadas cosas que aprender de aquellas mentes tan simples.

Sin embargo, Escipión aprovechaba su tiempo. Su educación helenística le había enseñado que siempre se aprende algo de cada hombre con el que se conversa, y por eso gustaba de acudir a Kesse y conocer cuanto pudiese de los indígenas. Le atraía la diferencia de la cultura de estos con la griega y la romana, y su interés se vio recompensado. Conoció la cultura y las costum-bres de los cessetanos, su historia y su religión. Pero el romano no olvidaba para qué estaba allí, y preparaba con esmero la campaña que, a la primavera siguiente, le enfrentaría al mortal enemigo de Roma: Cartago. Por ello pasó mucho tiempo tratando de lograr tratados con los pueblos del norte del Ibe-rus, en especial con los ilergetas y los ilercavones, con la finalidad de obtener nuevos aliados indígenas y asegurarse de que, una vez hubiese marchado hacia el sur al encuentro de los púnicos, no hubiese levantamientos en su retaguardia. No iba a caer en el mismo error que había cometido Aníbal Barca cuando partió a luchar en Italia sin mantener su retaguardia segura y una línea de abastecimiento que garantizase los víveres a su ejército. Quería que sus hombres estuvieran seguros de que su espalda estaría bien cubierta cuando tuviesen que salir de Tarraco y reiniciar los combates contra su pode-roso adversario. Escipión era un hombre al que no le gustaba dejar ningún cabo suelto, menos aún cuando la vida de tantos hombres dependía de la meticulosidad de sus planes, y la tranquilidad para él y para sus legionarios era fundamental.

Tal y como había acordado con Silano y Lelio, Escipión ordenó a sus legionarios que se entrenasen de forma intensiva durante el suave invierno de la costa ibera, preparándolos para la campaña de la primavera, mientras trató de estabilizar la situación al norte del río Iberus. Durante aquellos meses negoció con los indígenas, en especial con los reyes Indíbil, de los ilergetas, y su cuñado Mandonio, de los ilercavones, y trató de que firmasen la paz con los suessetanos y sedetanos, pueblos vecinos contra los que combatían a menudo. También mantuvo contactos con Allucio, un poderoso príncipe celtíbero, pero este se mostró reacio a aliarse con el romano, a pesar de que su prometida había sido capturada por los púnicos, pues desconfiaba tanto de Roma como de los raptores de la mujer que amaba.

El invierno concluía ya y los días comenzaban a alargarse, aunque aún faltaba un mes para la llegada de la primavera. Una tarde, Escipión mandó llamar a Lelio, Silano y Séptimo. El general les condujo ante un amplio mapa de Hispania.

—Los últimos informes de mis espías sobre la situación de los ejércitos púnicos me han hecho concebir un plan de ataque que nos permitirá expulsarlos de Hispania —les explicó inclinándose sobre el extenso pergamino.

Los oficiales fijaron sus miradas en el mapa y siguieron los movimientos de las manos de Escipión sobre él.

—Los púnicos no han movido sus tropas desde el otoño pasado, y siguen divididos en tres cuerpos de ejército —prosiguió el general tras mirarlos brevemente—. Como nos contó Cayo Claudio entonces, Magón Barca se encuentra con sus hombres aquí, en territorio de los conios, en el sudoeste. El segundo, al mando de Asdrúbal Giscón, está acampado en la Lusitania reclutando más mercenarios. Y el tercero, dirigido por Asdrúbal Barca, está aquí, en la Carpetania. Como veis, todos se desplazaron hacia el oeste en otoño y no se han movido aún.

—¿Y a quién piensas atacar primero? —preguntó ansioso Silano, que hacía tiempo que deseaba entrar en combate—. Propongo que marchemos hacia la Carpetania...

Escipión alzó la mano derecha mirando con severidad a su propretor, quien calló al instante.

—No haremos nada de eso porque es lo que los púnicos esperan. Como podréis deducir por las posiciones que ocupan y que os acabo de explicar, nuestros enemigos han dejado desprotegido su flanco derecho, toda la costa del mar Medio está desguarnecida; al menos no hay más tropas que algunas guarniciones en ciudades importantes.

—Entonces —intervino Lelio levantando la mirada del mapa—, ¿qué piensas hacer?

—Vamos a sorprender a los púnicos con un movimiento que no esperan, amigo mío —respondió Escipión muy despacio, con una sonrisa dibujada en los labios. Estaba saboreando aquel momento, pensó Lelio con impaciencia—. Mi plan es audaz y muy arriesgado, pero si tenemos éxito, les pondremos en serias dificultades. Mi intención es capturar Qart Hadasht, su principal puerto en Hispania.

—¡Pero, por Marte, esa ciudad es un objetivo muy peligroso! —protestó el corpulento Silano—. En cuanto los púnicos se enteren de que nos dirigimos al sur, marcharán a proteger Qart Hadasht lo más aprisa posible, y podrían alcanzarnos antes de que llegásemos y sorprendernos en un territorio hostil.

—Además —le apoyó Lelio—, la entrada del puerto de Qart Hadasht está muy custodiada, y hay una flota púnica que protege la ciudad; es imposible penetrar allí si no es a costa de muchas pérdidas.

—Por otra parte —añadió Silano—, podrían dividir sus tropas y lanzarse con una parte de ellas hacia Tarraco, si la dejamos desguarnecida, mientras la otra parte del ejército nos ataca en el sur.

El general escuchó los argumentos de sus oficiales en silencio valorándolos con mucho cuidado.

—Vuestras objeciones son lógicas —admitió Escipión por fin—, pero creo que puedo resolver esos problemas. Marcharemos hacia el sur con veinticinco mil infantes y dos mil quinientos jinetes; con ese contingente bastará para tomar Qart Hadasht, según mis cálculos. El resto se quedará aquí para prevenir posibles ataques púnicos o de cualquier pueblo hostil de los alrededores. La distancia entre Tarraco y Qart Hadasht es de unas trescientas setenta millas, pero los hombres están entrenados y pueden recorrerla en menos de catorce días. Cayo Lelio llevará las máquinas de asedio en barcazas que serán remolcadas por sus naves a lo largo de la costa, y también el equipo de los legionarios, excepto las armas, lo que nos permitirá avanzar con mayor velocidad, y las desembarcaremos junto a la ciudad. Cada atardecer levantaremos el campamento junto a la costa y las naves de Lelio fondearán en el mismo lugar, donde se levantará el campamento. Los púnicos apenas habrán tenido tiempo de levantar sus campamentos cuando lleguemos a las puertas de Qart Hadasht. En cuanto al puerto, Cayo Lelio, no dejaremos que desplieguen su flota. Se quedarán encerrados dentro. Y si los púnicos se detienen a pensar si se dividen o no para atacarnos a nosotros y a Tarraco, perderán aún más tiempo, querido Marco Junio, y eso sí que no pueden permitírselo. Tendrán que actuar deprisa, y la precipitación puede hacerles cometer errores. Y espero que los cometan.

—Pero entonces —preguntó Silano—, ¿quién se quedará al mando de las tropas de Tarraco?

—Tú, mi querido Marco Junio —respondió Escipión tras un breve silencio poniendo una mano sobre el hombro del oficial. Sabía que aquello no agradaría a su legado—. Tú te quedarás al mando en Tarraco.

—¡Por Marte! —protestó Silano golpeando la mesa—. ¡No puedes dejarme aquí sentado, esperando noticias de la lucha en el sur! ¡Estoy deseando entrar en combate, y lo sabes muy bien! No vine a Hispania a pasear por las playas de Tarraco.

—Cálmate, amigo mío, sé muy bien que quieres luchar contra los púnicos, pero necesito dejar aquí a alguien en quien confíe, alguien capaz de defender Tarraco con garantías de éxito, y tú eres esa persona. No tengo otro oficial bajo mi mando con tu capacidad y tu experiencia. Necesito a Lucio Marcio en el sur. Y tú eres el propretor. No quiero que te pasees por las playas, quiero que tengas los ojos y los oídos muy abiertos por si al enemigo se le ocurre atacar nuestra retaguardia. En ese caso, tendrás que entrar en acción; yo estaré muy lejos en el sur para ayudarte.

Silano le miró apretando los dientes. Sabía que bajo ese halago Escipión le daba una orden y tendría que cumplirla; no le quedaba más remedio. Finalmente comprendió que debía aceptar y asintió resignado.

—Está bien –dijo–, pero espero que cuando conquistes esa ciudad pueda participar en la campaña contra los púnicos.

—Eso es seguro, te lo prometo –asintió Escipión con una sonrisa volviendo junto al mapa. El momento más difícil había pasado–. Quiero que os deis cuenta de la importancia del movimiento que vamos a llevar a cabo. Si conquistamos Qart Hadasht, tendremos sus minas de plata en nuestro poder, además de privar a los púnicos de uno de sus puertos más importantes en Hispania, por no decir el más importante. También verán amenazados los puertos de Malaka, Sexi y Abdera, que son colonias libiofenicias en la costa del sur y aliadas suyas. Tendrán que arriesgarse y llevar sus naves hasta Gades, pero nosotros podremos vigilar la zona del estrecho de las Columnas de Hércules con nuestra flota y ponerlos en serias dificultades. Además, si bloqueamos el estrecho, podríamos aislar la isla de Gades y conseguir que los púnicos terminen por cedérnosla. Si cae Qart Hadasht, el camino de Gades se abrirá para Roma.

—¿Qué piensas hacer después de atacar Qart Hadasht? –preguntó Séptimo.

—Una cosa por vez –respondió Escipión–. Primero conquistemos Qart Hadasht. Después, cuando la ciudad pertenezca a Roma, os contaré mi estrategia. Preparadlo todo, partiremos dentro de tres días.

Escipión llegó ante Qart Hadasht en tan sólo doce días. Las legiones habían marchado con rapidez, y en la formación que solía utilizarse en terreno hostil: la infantería se dividía en *triarii*, *principes* y *hastati*, y avanzaba en tres columnas paralelas, que solían llevar el tren de la impedimenta entre ellas, aunque en esta ocasión viajaba en las naves de Cayo Lelio; así, en caso de ser atacadas, las legiones podían colocarse con mayor facilidad en orden de batalla. Los dos últimos días, la marcha había sido más lenta, pues Lelio había hecho desembarcar las máquinas de asedio en un lugar adecuado, a dos jornadas de la ciudad, y las legiones habían tenido que transportarlas por tierra hasta las murallas de Qart Hadasht. Ahora, desde una colina situada al este de la ciudad, mientras los legionarios fatigados levantaban el campamento con rapidez en la llanura cercana a la ciudad, los dos comandantes romanos observaban las altas murallas de la ciudad bajo la luz del atardecer. Lelio había desembarcado con una escolta en un lugar seguro para evitar ser atacado por los púnicos y había acudido a entrevistarse con Escipión. Los defensores de Qart Hadasht se habían encerrado tras los poderosos muros ante la repentina llegada del numeroso ejército romano a las puertas de su ciudad.

Ante ellos se alzaba la importante y hermosa ciudad púnica fundada hacía dieciséis años por Amílcar Barca en el corazón del territorio de los mastienos, y cuya topografía y defensas había analizado Escipión con tanto cuidado durante el invierno, gracias a los informes de sus agentes y espías, y de algunos capitanes de barcos púnicos capturados por la flota romana, a quienes los *quaestionarii* habían sacado la información con su acostumbrada habilidad. Qart Hadasht se alzaba junto a un golfo que se introducía tierra adentro alrededor de dos millas y media, con sólo milla y cuarto de anchura a la entrada, lo que le daba la forma de puerto natural. En la misma entrada se encontraba un entrante de tierra que dejaba un pequeño espacio para el tránsito de las naves. Esta especie de islote impedía que el viento penetrase en el puerto, salvo cuando soplaba del sudeste, por lo que las aguas del puerto se encontraban siempre tranquilas. La ciudad propiamente dicha se alzaba en el fondo de la bahía, y limitaba al norte y al oeste con una laguna, de manera que el paso entre la laguna y el mar no medía más de un cuarto de milla. El mar y la laguna se comunicaban entre sí mediante un canal, y sobre el paso estrecho, los púnicos habían construido un puente para facilitar la entrada a la ciudad y poder transportar por él animales y carros. Qart Hadasht se encontraba en una hondonada, rodeada de colinas, excepto por el sudeste. Por allí se accedía a la ciudad por una entrada llana, defendida por una alta muralla.

La mayor de las colinas de la ciudad se alzaba en el sur y se extendía hasta el mar; sobre ella podían ver el templo de Eschmun, el dios que los romanos llamaban Esculapio. Al noroeste, otra gran colina vigilaba el estrecho paso entre el mar y la laguna. Sobre ella se levantaba el magnífico palacio de Asdrúbal. Otras tres colinas menos altas circundaban la ciudad por el norte. La que se elevaba más al este, justo ante ellos, estaba consagrada a los artesanos del metal y se denominaba colina de Baal, deidad a la que los romanos hubiesen llamado Vulcano. Justo a su derecha se alzaba la colina de Aletes, un hombre que había sido divinizado por descubrir las minas de plata. La tercera colina, la situada más al norte junto a la laguna, se llamaba colina de Moloch, el Saturno romano. En total, el perímetro de la ciudad no medía más de dos millas y media.

—Las murallas parecen resistentes —observó Lelio—. Y la entrada al puerto es muy estrecha; está bien protegida por sus naves y por esa lengua de tierra. Será difícil entrar en la ciudad.

—Sí, tienes razón —admitió Escipión pensativo, con la mirada fija en las impresionantes murallas—. Sin embargo, la guarnición es muy pequeña, unos dos o tres mil hombres. Les será difícil defender la ciudad de un ataque bien dirigido. Son demasiado pocos para defender las murallas. He enviado un mensaje a Magón, el comandante de las tropas de Qart Hadasht, invitándole a rendirse. Si se niega, atacaremos mañana al amanecer.

—¿Cuál es tu plan, Publio Cornelio? —preguntó Séptimo.

—Tendré que dividir a mis hombres en dos, esa laguna nos obliga a hacerlo, pues para cruzarla habría que nadar, y es una tarea imposible para los hombres equipados con armadura y escudo. Serían blancos fáciles desde las murallas. Por lo tanto, una parte de las tropas atacará la ciudad desde el este, otra desde el oeste, y una tercera se quedará como reserva para apoyar allí donde haya una posibilidad de romper la defensa de la muralla. No mandaré cavar trincheras; así el acceso al campamento nos será más fácil. Al mismo tiempo quiero que ataques el puerto, Cayo Lelio, o a las naves que quieran impedir que entres en él, con parte de tus naves, mientras con otras bombardeas la ciudad desde el sur con las *ballistae*. Espero que las murallas tengan algún punto débil. Si conseguimos abrir un par de brechas, la ciudad será nuestra.

—¿Y si intentan hacer una salida? —preguntó Lelio—. Esa llanura es amplia, y si no hay zanjas, tendríamos problemas para repeler un contraataque.

—No saldrán —afirmó Escipión—. Ya te he dicho que son demasiado pocos hombres para hacer otra cosa que no sea defenderse tras las murallas. Si intentasen una salida, los aplastaríamos. Sería una locura, y Magón lo sabe. Si decide luchar, hará lo más seguro para él y sus hombres: resistir tras las murallas y esperar a los ejércitos púnicos dispersos por Hispania.

—¿Y si consigue aguantar hasta que lleguen Asdrúbal o los otros? —intervino Séptimo—. Las montañas los retrasarán, pero los púnicos se mueven rápido.

—Estamos aquí para impedir que eso ocurra, Lucio Marcio. Si no conquistamos la ciudad, habremos fracasado, y si nos vencen, es posible que Roma tenga que abandonar Hispania. Como veis, no hay otra opción; tenemos que tomar Qart Hadasht, y la única manera es seguir mi plan.

—Bien, así lo haremos —dijo Lelio—, aunque insisto en que esas murallas tienen aspecto de ser resistentes. De todos modos, tenemos a nuestro favor la superioridad numérica.

Un joven tribuno se acercaba a ellos subiendo fatigosamente la colina. Al llegar junto a Escipión y Lelio, saludó golpeándose con el puño sobre la coraza de lino.

—El general Magón ha contestado ya a tu mensaje, general —dijo con voz de adolescente.

—Bien, ¿y cuál ha sido su respuesta? —preguntó Escipión con una extraña entonación, como si ya adivinase esta.

—Se niega a rendir la ciudad —respondió el tribuno—. Dice que si la quieres, tendrás que utilizar tu fuerza y la ayuda de los dioses para tomarla.

El general asintió levemente y, tras ordenar al joven tribuno que se retirase, se volvió hacia Séptimo y Lelio con una triste sonrisa.

—Ya lo veis, Cayo Lelio, Lucio Marcio. Los púnicos nos van a hacer perder tiempo y hombres para nada. Magón sabe muy bien que los ejércitos de Cartago están demasiado lejos y demasiado dispersos como para llegar a tiempo antes de que Qart Hadasht caiga en manos de Roma, pero, a pesar de todo, está dispuesto a sacrificar a sus hombres y a la población de la ciudad en lugar de rendirse. —Estas últimas palabras las dijo con un leve asomo de tristeza meneando la cabeza y volviendo los ojos hacia la ciudad que se alzaba ante ellos iluminada por los últimos rayos de sol.

En ese momento, se presentó otro de los tribunos para informar a Escipión de que su tienda estaba lista.

—Bien, me retiro a descansar —dijo el general con gesto fatigado—. Recuerda, Cayo Lelio, mañana, cuando oigas a los *cornicines*, será la hora de comenzar el asalto. Informad bien a vuestros subordinados de lo que vamos a hacer y aseguraos de que lo han entendido. Quiero que el plan de ataque se desarrolle sin un solo error. De ello dependen la victoria en Qart Hadasht y el éxito de la campaña.

Minutos más tarde de que el sol comenzase a iluminar el cielo despejado de nubes, el aire se llenó con los sonidos metálicos de los cuernos y trompetas que llamaban a las legiones al ataque. Escipión dividió en tres grupos a sus tropas: cada uno de los dos primeros atacaría una de las puertas de la ciudad, mientras el otro constituiría la reserva. Contaba con varias torres de asedio de madera, recubiertas de pieles curtidas en la parte frontal y las laterales para evitar el aceite hirviendo y el fuego que los púnicos arrojarían desde lo alto de las murallas; estas torres serían llevadas hasta la muralla oriental. También utilizaría varias *ballistae* y *catapultae*, destinadas a abrir brechas en la muralla de Qart Hadasht y a minar la moral de los defensores. Las naves de Lelio también estaban equipadas con estas armas, necesarias tanto para atacar a las naves púnicas como para bombardear la muralla de la ciudad desde la entrada de la bahía.

Escipión esperaba que la flota romana desplegase las velas al oír el sonido que la llamaba al combate y se dirigiese hacia la entrada del puerto, donde estaban ancladas varias naves púnicas. Poco después contempló la llegada de la flota de Lelio a la entrada de la bahía y el comienzo del combate naval. Varios *liburna* púnicos se dirigieron hacia los quinquerremes romanos para obstaculizar su avance. En ese momento, Escipión dio la orden de atacar la ciudad. Los legionarios transportaron las torres hasta la muralla, protegidos por los *sagitarii*, que enviaron varias nubes de flechas sobre los defensores. Las *ballistae* y *catapultae* fueron apostadas a una distancia prudencial de las murallas y los romanos comenzaron a lanzar piedras y enormes dardos sobre la ciudad.

Los sitiadores empezaron a ascender por las largas escaleras de madera apoyadas en la muralla, pero fueron rechazados una y otra vez por los púnicos, que aunque en escaso número, multiplicaban su esfuerzo para conservar la muralla libre de enemigos. En la otra puerta, la del oeste, los defensores dejaron el largo puente libre a los romanos y también se encerraron en la ciudad. Allí, la estrechez del paso hacía aún más difíciles las maniobras de los romanos, que trataron de derribar la puerta varias veces a fuerza de arietes, aunque eran rechazados una y otra vez por el aceite hirviendo que les caía desde la muralla.

Por su parte, Lelio consiguió deshacerse enseguida de los *liburna*, hundiendo a tres de ellos y haciendo retirarse al resto hacia el puerto, cuya entrada fue cerrada por quinquerremes púnicos. En un principio, el comandante naval romano se contentó con mantenerse a distancia de las naves púnicas, dedicándose a bombardear la ciudad con la artillería instalada en sus naves, pero pronto se dio cuenta de que se encontraba demasiado lejos de las murallas como para causar un daño considerable y, por otra parte, los arqueros y máquinas de guerra situados en las naves púnicas le causaban demasiadas pérdidas. Por tanto, sin dejar de lanzar proyectiles sobre la ciudad, decidió enviar varias naves de la reserva a atacar a los quinquerremes situados en la entrada de la bahía. Poco después, los quinquerremes romanos embistieron a los púnicos. El choque de los espolones de bronce contra los costados de las naves púnicas fue brutal. Se oyó el crujido de los remos y los cascos de madera al romperse ante el violento impacto, y los gritos de dolor y terror de los remeros heridos y atrapados por las pesadas maderas.

Los cuervos cayeron desde las cubiertas de las naves romanas a las de las púnicas y los legionarios se lanzaron al abordaje con fiereza. Pronto, las cubiertas de los quinquerremes púnicos se llenaron de cadáveres de ambos bandos. Los combatientes resbalaban a causa de la abundante sangre derramada. En algunas naves, los legionarios consiguieron derrotar a sus adversarios e incendiar las *ballistae*, pero en otros lugares fueron rechazados y obligados a retirarse.

Los combates siguieron durante todo aquel día, sin que los romanos consiguieran abrir una brecha en las murallas, romper las puertas con los arietes o penetrar en el puerto. Al anochecer, Escipión, descontento y consciente del fracaso de su ataque, ordenó la retirada al campamento y se encerró en su tienda visiblemente contrariado. Envió un mensaje a Lelio ordenándole que repitiese la misma operación al día siguiente, pero atacando con mayor intensidad. Después de cenar, se sentó con una copa de vino ante el plano de Qart Hadasht y se mantuvo largo rato pensativo y con gesto preocupado. Los púnicos resistirían más de lo que él había esperado. Y si resistían lo suficiente como para que los ejércitos del interior llegasen a ayudarlos, su plan habría fallado.

Cerca de la medianoche, sus pensamientos fueron interrumpidos por un guardia; uno de los agentes romanos tenía una información preciosa para los intereses de Escipión y de Roma. El general no dudó en recibir al espía, con el que conversó largo rato ante el plano de Qart Hadasht.

El día siguiente amaneció despejado. Soplaba un frío viento del norte. Mientras los *cornicines* llamaban a los hombres al combate, Escipión aspiró profundamente el fresco aire de la mañana primaveral, envuelto en su manto escarlata. Se sentía optimista; al fin tenía un plan, un buen plan de ataque, pensaba él, con el que caería Qart Hadasht. ¿Cómo no se había dado cuenta antes? La lucha se inició como el día anterior: las legiones atacaron de nuevo las murallas con escalas y máquinas de guerra y Lelio presionó a las naves situadas en la entrada del puerto, a la vez que bombardeaba la ciudad desde el mar. Una hora más tarde, el combate se encontraba en su momento decisivo.

Escipión decidió actuar entonces. Llamó a un *legatus* y le ordenó que reuniese a tres manípulos de *principes* con sus correspondientes *velites* y los condujese ante él, equipados con escaleras de madera. Una vez que tuvo a los legionarios delante, se dirigió a la orilla norte de la laguna. Los legionarios formaron ante él y Escipión les habló despacio:

—¡Legionarios de Roma! ¡Sé que estáis combatiendo con fiereza y estáis dando lo mejor de vosotros por la República, pero los púnicos resisten y no logramos conquistar la ciudad! ¡Pero yo os digo: no os desaniméis! ¡Anoche, mientras dormía, tuve una aparición! ¡El mismo Neptuno, el poderoso señor de los mares, se presentó ante mí y me reveló la forma de conquistar Qart Hadasht! ¡Me dijo que nos ayudará, que hará bajar el nivel de las aguas de esta laguna y podremos cruzarla andando para llegar hasta esa parte de la muralla que apenas está protegida, y así lograremos entrar en la ciudad y abrir las puertas al resto de nuestro ejército! ¡Tenemos a los dioses de nuestra parte y venceremos a nuestros enemigos! ¡Seguidme!

La mirada perspicaz de Escipión había observado que los legionarios dudaban de sus palabras, y más de uno miraba de reojo hacia la laguna. El general sabía que si sus hombres titubeaban, la toma de la ciudad sería costosa en vidas y tiempo, y él no deseaba perder ni lo uno ni lo otro. Por lo tanto, en cuanto terminó sus palabras, se despojó del *paludamentum*, embrazó el escudo, saltó del caballo y, desenvainando la espada, echó a correr hacia la laguna, seguido por los *lictores*.

Los soldados, desconcertados, lo siguieron con la mirada, pero no se movieron, a pesar de su admiración y su fe ciega en Escipión. Sabían que su comandante era un protegido de los dioses, pero no podían creer del todo que Neptuno en persona se hubiese presentado ante él, que el mismísimo hermano de Júpiter se tomase la molestia de ayudarles a conquistar Qart Hadasht. No se atrevían a moverse de allí. En tan sólo unos segundos, Escipión entró corriendo en la laguna, seguido por sus *lictores*. Cuando los legionarios vieron asombrados que el agua oscura apenas llegaba a la cintura del procónsul y de sus guardias, lanzaron un grito de admiración y, sin dudarlo más, echaron a correr en pos de su comandante. Los *velites*, más ligeros de armamento, alcanzaron rápidamente a Escipión y apoyaron las escaleras en la muralla, ascendiendo por ellas a gran velocidad.

En cuanto a los escasos defensores situados en aquella parte de la muralla, habían observado expectantes la extraña reunión que había tenido lugar a la orilla de la laguna, se habían sorprendido al ver correr al oficial romano por la laguna hacia las murallas, se habían alarmado al ver que sus tropas le seguían sin hundirse en las aguas oscuras, y al fin, se habían aterrorizado cuando los legionarios apoyaron sus escaleras en la muralla y comenzaron a ascender. Tan pasmados estaban que tardaron en reaccionar. Trataron de pedir auxilio al resto de las tropas púnicas, pero habían perdido demasiado tiempo y los refuerzos se encontraban demasiado lejos, combatiendo en las dos puertas que atacaban los romanos. Soplaron con fuerza las trompetas en señal de alarma y se dispusieron a repeler el sorprendente ataque.

Pero no resistieron mucho tiempo. Los *principes* y *velites* ascendieron por las escalas en muy poco tiempo y se desplegaron por el tramo de muralla situado a los pies de la colina de Moloch, acabando muy pronto con la escasa resistencia. Los púnicos fueron fácilmente derrotados. Escipión, que se había quedado a los pies de la muralla, ordenó al *legatus* que dirigiese a los legionarios a la puerta oeste, donde la defensa era menor, para arremeter contra los púnicos por la espalda y facilitar así la entrada a la ciudad de los soldados que atacaban aquel flanco. Después, el general, siempre seguido por sus *lictores*, volvió a por su montura, ordenó a las tropas de reserva que lo siguiesen y cabalgó hacia la puerta occidental.

Menos de una hora más tarde, la puerta se abría y dejaba el paso libre a los legionarios romanos. Los defensores de la entrada se habían visto sorprendidos por los manípulos que habían escalado la muralla y, a pesar de su heroica resistencia, habían caído bajo las armas romanas. Ahora, Qart Hadasht quedaba abierta a las legiones de Escipión, quien dirigió a sus hombres al otro extremo para repetir la misma operación en la muralla de oriente.

Allí la lucha fue más encarnizada, pues era donde se encontraba el grueso de la guarnición púnica, y a los legionarios no les fue tan fácil abrirse paso hasta la puerta para franquearles la entrada a sus compañeros. Se combatía con denuedo en lo alto de la muralla, ante la puerta y en cada callejuela de aquella parte de la ciudad. Pero al fin, tras una dura lucha, los romanos hicieron efectiva su superioridad numérica y su mejor entrenamiento, y la defensa remitió. El resto del ejército romano penetró en la ciudad y los últimos defensores cedieron.

La victoria romana dio paso al saqueo y la carnicería: los hombres, en su mayoría, eran pasados a cuchillo, y las mujeres eran violadas antes de ser asesinadas de manera salvaje; sólo unos pocos sobrevivieron para ser convertidos en esclavos. Por el contrario, Escipión ordenó que se respetara a los indígenas hispanos.

Durante este tiempo, el combate en la entrada de la bahía se había desarrollado con un resultado incierto: los púnicos mantenían cubierta la angosta entrada y, aunque los hombres de Lelio habían causado grandes bajas al enemigo y los púnicos habían perdido varias naves, los romanos no habían conseguido entrar en el puerto.

Cuando más duro era el combate, un grito de consternación se elevó desde las naves púnicas. Todos volvieron sus ojos hacia Qart Hadasht y pudieron ver las columnas de humo negro que ascendían desde numerosos puntos de la ciudad, y a la multitud que huía hacia el puerto o la playa, perseguida por los legionarios romanos, que ya se habían entregado al pillaje. En los quinquerremes de Lelio se oyó un clamor de júbilo y victoria: Qart Hadasht había caído. Los tripulantes de las naves púnicas sabían que habían sido derrotados; dejaron caer sus armas en las ensangrentadas cubiertas y se rindieron a los marinos romanos. Lelio obtuvo un buen botín: sesenta y tres barcos mercantes y dieciocho naves de guerra.

Escipión había combatido en el interior de la ciudad, rodeado por los lictores y por sus oficiales. Tras acabar con la última resistencia, se dirigió enseguida hacia la alta colina del noroeste, sobre la que se levantaba el palacio de Asdrúbal. Los legionarios ya se habían encargado de adueñarse del edificio y de apresar a los oficiales púnicos. Cuando el procónsul desmontó ante la amplia escalinata de mármol del palacio, un tribuno le informó de que el general Magón había sido capturado. Escipión sonrió satisfecho y ordenó al tribuno que llevase al anterior comandante de la ciudad al salón principal del palacio y que se buscase a los rehenes hispanos que los púnicos mantenían encerrados. Se quitó el casco y contempló las diferentes estancias y corredores que atravesaba; todo el palacio estaba ricamente decorado con tapices de ricas telas y bellas estatuas de mármol y alabastro. Por fin, tras recorrer varios pasillos, llegaron al salón principal del palacio de Asdrúbal.

Escipión se detuvo pensativo ante una especie de trono situado sobre una alta tarima que dominaba la espaciosa estancia; hizo una señal a uno de sus asistentes, que abrió la silla curul del general y la colocó ante el trono. Escipión se sentó en la silla propia de su cargo, flanqueado por los doce lictores. Observó aquel salón durante breves momentos. Tanto la mayor parte del suelo como las anchas columnas que se alzaban hasta el alto techo y rodeaban la estancia eran de mármol blanco, y las paredes estaban decoradas por frescos representando a los dioses púnicos y recordando la fundación de la ciudad por Amílcar Barca. El suelo estaba decorado con bellos mosaicos. En algunos lugares de las paredes colgaban gruesos tapices escarlatas. También se abrían en los muros exteriores amplios ventanales que iluminaban la estancia.

Por una de las puertas entró en la habitación un grupo de legionarios que escoltaban a un hombre desarmado. El oficial púnico al que condujeron ante

Escipión no era otro que Magón, el general que había estado al mando de la guarnición de Qart Hadasht hasta hacía pocos minutos.

La escolta se detuvo ante el estrado. Escipión miró a su prisionero en silencio, y el púnico le devolvió la mirada, desafiante. Magón era un hombre alto y delgado, con el rostro moreno propio de los púnicos, enmarcado por los cabellos negros y rizados y en el que se destacaban los ojos marrones. Aún llevaba puesta la coraza de bronce, hermosamente decorada, y la capa azul, aunque los rasgones y las roturas de esta prenda, así como una herida en el antebrazo derecho, de la que aún manaba un pequeño hilo de sangre, hacían adivinar que se había resistido a ser capturado por los romanos. Sus ojos oscuros echaban chispas.

—Así que tú eres el famoso Escipión –dijo con voz profunda en tono sarcástico.

Escipión apenas esbozó una sonrisa mientras observaba al general púnico.

—¿Por qué no te rendiste, Magón? –inquirió al fin con tono serio. Su voz revelaba decepción y disgusto–. ¿Por qué has provocado todo esto? ¿Por qué me has obligado a llevar a cabo esta carnicería? Se habrían ahorrado muchas vidas, tanto romanas como púnicas, si me hubieses entregado Qart Hadasht.

—Mi honor me impedía rendir la ciudad a Roma –respondió Magón con calma–, y menos aún si es un niño el que pide la rendición. Sobre mí habría caído la vergüenza de rendir la ciudad a un niño romano.

El comandante romano observó en silencio al veterano general, sin inmutarse siquiera por aquel intento de ofensa. Se puso en pie muy despacio.

—¿Acaso esperabas que Magón Barca o Asdrúbal Barca viniesen en tu auxilio? –preguntó–. No, están demasiado lejos para eso, y tú lo sabías muy bien, ¿no es cierto? ¿O esperabas resistir nuestro asedio hasta que pudiesen llegar aquí? Si es así, ya ves que tus planes han fracasado… gracias a un niño –añadió con una sonrisa irónica–. Yo te hago culpable, Magón, de las atrocidades que se cometerán hoy en Qart Hadasht.

—Tal vez tengas Qart Hadasht en tu poder, Escipión –dijo Magón altivo–, pero la guerra será larga aún; los gloriosos ejércitos púnicos acabarán venciéndote y morirás en algún sucio campo de batalla, al igual que tu padre y tu tío hace dos años, o esclavo en las minas de Cartago, humillado y olvidado por todos.

—Puede ser, Magón –repuso Escipión, en tono tranquilo; no pensaba permitir que las provocaciones del púnico le sacasen de sus casillas–, si es que Fortuna y Niké nos vuelven la espalda, pero mientras eso ocurre, tú serás encerrado y, quién sabe, si tienes suerte, conocerás Roma. Porque regresarás conmigo cuando yo vuelva a Italia y desfilarás por el Foro romano, atado detrás de mi carro triunfal, y contemplarás cómo me coronan de laurel y el pueblo de Roma, a quien tanto odias, me aclama mientras a ti te escupe y te apedrea. Eso, si tienes suerte, como digo, lo que sucederá si yo gano esta guerra. Porque si yo muero, tú también morirás; mis legionarios te ejecutarán en el acto.

El púnico apretó los dientes y los puños conteniendo su rabia, pero siguió mirando desafiante al romano.

—Espero morir pronto, entonces —repuso arrogante.

—Lleváoslo de aquí, curad sus heridas y encerradlo bien —ordenó Escipión volviendo a sentarse—. Esta conversación me está aburriendo.

En ese momento entró en la estancia Lelio, que se cruzó con Magón y le miró fugazmente. Se detuvo ante el estrado y saludó a Escipión con el brazo en alto.

—¡Salve, Cayo Lelio! —dijo el general sonriendo—. Hemos conseguido la victoria. Sube aquí y siéntate a mi lado. Desde hoy mismo, Qart Hadasht se llamará Cartago Nova. Tras limpiarse el sudor que le bañaba el rostro, el comandante naval le informó de las bajas sufridas por la flota romana y del número de naves púnicas capturadas. Su superior asintió al conocer los datos que Lelio le proporcionó. Después, bebió un largo trago de vino y mandó a un centurión en busca de intérpretes para conversar con los indígenas hispanos que los púnicos habían mantenido prisioneros.

Los hispanos comenzaron a desfilar ante Escipión, atemorizados y recelosos al principio, pues no conocían aún su destino, a pesar de que los romanos les habían liberado de su encierro y habían quitado las cadenas a aquellos que las portaban. Pero cuando vieron que el joven general de Roma se mostraba amable ante ellos, les preguntaba de qué pueblos procedían y les aseguraba que volvían a ser libres a partir de aquel momento, los indígenas se alegraron y agradecieron durante un buen rato al comandante romano su magnanimidad postrándose ante él y haciéndole gran cantidad de promesas de fidelidad. Este vio entre ellos a una hermosa joven. Cuando la cautiva estuvo ante él, Escipión la observó en silencio, embelesado. Era una bella muchacha, de mediana estatura y cuerpo delgado, con grandes ojos oscuros, casi negros, y largos cabellos de color azabache que caían sobre los hombros bronceados. Su rostro era hermoso, con una nariz pequeña y recta y la frente despejada; su sola presencia deslumbró al romano, a pesar de su aspecto sucio y desaliñado, consecuencia de su cautiverio en las mazmorras púnicas. Aun así, Escipión logró mantener el gesto impasible, si bien esbozó una sonrisa amistosa.

—¿Quién eres, bella joven? —consiguió preguntar al fin—. ¿A qué pueblo perteneces?

—Soy la prometida de Allucio, un poderoso y respetado jefe de los belos —respondió ella con voz humilde, pero serena, bajando los ojos—, un pueblo del norte...

—¿Allucio? —inquirió Escipión—. ¿Has dicho Allucio, el príncipe de los belos? ¿Lo conoces?

—Sí, lo conozco —repuso ella, azorada—. Él es mi... mi prometido.

—¡Ah, vaya, tenemos aquí a la hermosa prometida del poderoso celtíbero Allucio! —la interrumpió Escipión hablando como para sí. Ella le miró dubitativa, sin comprender lo que decía del romano. Volvió a bajar la mirada temiendo que el comandante se hubiese encaprichado de ella. Supuso que ordenaría a sus hombres que la llevasen a algún dormitorio del palacio, y que más tarde el joven jefe de los romanos la forzaría a acostarse con él. Sin embargo, le sorprendieron las palabras que añadió Escipión con tono admirativo—. Es cierto, conozco a vuestro prometido. Es un poderoso príncipe.

Escipión recordaba bien a aquel caudillo indígena. Se trataba de uno de los jefes con los que había tratado de negociar durante todo el invierno anterior. Pero Allucio no se fiaba de los romanos, al menos no más que de los púnicos. Había sido un duro negociador, por lo que Escipión no había conseguido llegar a ningún acuerdo con él. Pero ahora la situación podía cambiar; enseguida se dio cuenta de que podría ganarse al orgulloso indígena si le devolvía a su prometida sana y salva.

—No temas entonces —le dijo con suavidad—. Mandaré a buscar a tu prometido y a tus padres diciéndoles que te encuentras a salvo a mi lado.

Cuando Allucio y los padres de la joven llegaron a Cartago Nova, Escipión les entregó a la muchacha anunciándoles que la había tratado de manera excepcional por ser la prometida de tan poderoso caudillo, lo que ella misma ratificó. Concedió su novia al joven guerrero esperando que por fin este se decidiera a convertirse en amigo y aliado de Roma. El belo pidió al romano que le dijese qué deseaba como pago por aquel favor.

—No quiero otra recompensa —respondió simplemente Escipión al indígena tras mirarlo durante un trato—, si tú crees que alguna merezco, que tu amistad con el pueblo romano.

Aquellas palabras impresionaron a Allucio, que se inclinó ante el general y lo observó admirando la magnanimidad de aquel joven romano.

Los padres de la muchacha entregaron entonces a Escipión una bolsa llena de oro. Se trataba del rescate que estaban dispuestos a pagar por su hija. Sin embargo, Escipión les anunció que no había pedido ningún rescate por ella porque consideraba amigos a todos los hispanos; por tanto, la muchacha no era un rehén de Roma. Además devolvió el oro a Allucio como regalo de bodas.

Todos estos gestos hicieron en Allucio el efecto que Escipión había esperado: el caudillo anunció al general que, en adelante, Roma podía considerarle aliado suyo, y que contribuiría al ejército romano con una fuerza de mil cuatrocientos jinetes.

III

Aquel año la primavera había llegado pronto tras un invierno menos frío de lo habitual. Los vacceos la habían recibido con gran alegría. Aquella tarde soleada, Aro y Docio terminaban de preparar el carro ante la puerta de la cabaña de Buntalo. Se disponían a partir hacia la lejana Numantia para comerciar con los arévacos. Los excedentes de trigo y cebada del año anterior eran abundantes y aún disponían de una buena cantidad de lana para vender. Docio había insistido tanto en conocer la famosa capital de los arévacos que Aro tuvo que acceder a sus ruegos. Hacía varios años que Aro no visitaba la ciudad, desde su adolescencia, y también deseaba realizar aquel viaje. Les acompañaría Silo, el bardo de Aro. Aprovecharían el viaje para visitar a Assalico y comprarían regalos para las familias. En especial, Docio quería hacer un buen regalo a su prometida, la joven Maducena, con la que se casaría aquel mismo verano.

Aro terminó de cargar el carro, colocó las lanzas de fresno y los escudos junto a los sacos de trigo y cubrió estos con una piel de buey. Mientras tanto, Silo ató tras el carro a dos caballos de pelaje grisáceo. *Nieve*, uno de los enormes mastines de Aro, de un resplandeciente color blanco, permanecía en silencio junto al carro observando los preparativos. El perro también viajaría hasta el territorio arévaco, y sería un magnífico guardián durante las noches en que los viajeros tuvieran que dormir al raso.

Ante la cabaña familiar les observaban Buntalo, Ategna, Coriaca y algunos siervos. Junto a Coriaca se erguía el pequeño Coroc, que pronto cumpliría tres años, mirando a su padre con gesto adusto. Era un niño muy despierto para su edad, casi sabía hablar perfectamente. Las pecas se amontonaban bajo sus enfadados ojos azules, que miraban a su padre echando chispas. Era evidente que el chiquillo no comprendía por qué se marchaba Aro y, sobre todo, por qué no lo llevaba consigo.

—Pronto volveré, Coroc —dijo Aro arrodillándose ante el niño, acariciando su rizado cabello rubio, sonriendo para calmar su enojo—. Te traeré un bonito cuchillo de Numantia. Los arévacos fabrican unos cuchillos magníficos. No te enfurruñes. Ahora tienes que quedarte aquí protegiendo a tu madre y a tu hermanita, ¿de acuerdo?

Pero el rostro del pequeño no cambió; Coroc siguió haciendo pucheros.

—Anda —añadió Aro levantándose sin dejar de sonreír—, tráeme mi espada.

Miró a Coriaca, que sostenía en sus brazos un bebé de dos meses de edad, su hija Deocena. Su esposa le devolvió la mirada y sonrió.

—No te preocupes —dijo—, se le pasará dentro de unos días.

—Lo sé. Volveremos pronto, espero que antes de que comience el verano. Hay mucho que hacer aquí.

—Tened cuidado —dijo Ategna—. Sobre todo, cuida de tu hermano, Aro, nunca se sabe lo que podéis encontrar por los caminos, e incluso Numantia puede resultar peligrosa.

—Ategna, tenemos un tratado de hospitalidad con Assalico —intervino Buntalo—. Nadie entre los arévacos se atreverá a violarlo. Además, *Nieve* se encargará de mantener lejos a cualquiera que se le ocurra atacarlos.

—No te preocupes, madre —dijo Aro—. Estaremos a salvo, hemos sacrificado a los dioses de manera adecuada y nos protegerán —añadió besándola en la frente. Se despidió de su padre, con un fuerte apretón de manos. Buntalo lo miró con orgullo.

—Haz buenos tratos, hijo mío —dijo—. No permitas que ningún mercader del este trate de engañarte. Son muy astutos, muchos de ellos descienden de los fenicios; vigila bien tu mercancía.

Por toda respuesta, Aro le guiñó un ojo.

En ese momento regresó Coroc llevando en los brazos, con mucho esfuerzo, la espada de Aro guardada dentro de su vaina de cuero con adornos de bronce. Se la entregó sin siquiera alzar la vista y su padre sonrió meneando la cabeza.

—Cuida de los niños —dijo a Coriaca mirando sus ojos azules con ternura—. Habré vuelto muy pronto a casa.

—Sí, lo haré —asintió ella—. Pero los niños no corren peligro aquí; sois vosotros los que os ponéis en camino. Aunque ya te lo haya dicho tu madre, cuídate mucho; cuidad, Silo y tú, de Docio. Es la primera vez que sale de Albocela.

Aro sonrió de nuevo, besó a su hijita y a su esposa y se volvió para llamar a Docio, que se despedía tímidamente de Maducena, un poco alejado de los demás. Los dos jóvenes se sonrojaron cuando se dieron cuenta de que todos les miraban. Después, tras dar un fugaz beso a su prometida en la mejilla, Docio corrió hacia ellos y los tres hombres subieron al carro. Aro arreó a los dos bueyes del tiro; el carro comenzó a moverse pesadamente por la suave pendiente hacia las puertas de la ciudad. *Nieve* caminó junto a los bueyes.

Hicieron la primera etapa del viaje en dos jornadas; marchando despacio hacia el este, siguiendo el curso del Durius por el camino que atravesaba los profundos bosques y bordeaba los extensos campos de cereales, llegaron a Septimanca, ciudad fortificada situada en una loma, en el lugar donde el caudaloso río Pisorica desembocaba en el Durius. En los cruces de algunos caminos encontraban enfermos que buscaban a algún druida viajero que conociese su mal y un remedio para él. Era costumbre que si un enfermo no podía ser curado en su propia ciudad o aldea, acudiese a los cruces de las rutas importantes para probar suerte: si alguno de los caminantes conocía el remedio para su enfermedad, podía ser curado.

Después giraron hacia el nordeste, siguiendo el curso del Pisorica. Se desviaron hacia el este antes de llegar a Pallantia, la más importante ciudad de los vacceos, que había tomado el relevo de Helmántica y Albocela tras el ataque de Aníbal a estas ciudades.

—Quizá a la vuelta pasemos por allí –dijo Aro cuando se desviaron del curso del Pisorica en busca del territorio arévaco.

—Sí, no estaría mal conocer Pallantia –añadió Docio, animado.

Una jornada después, llegaron a una aldea en la que solían reunirse los vacceos con arévacos, lusones, pelendones e incluso cántabros de aspecto hosco llegados del norte, de más allá de los montes Cantábricos, con los que intercambiaban mercancías y a los que compraban excelentes caballos; pasaron allí un día, aunque no hicieron muchos tratos. Tras la breve estancia en aquella animada aldea partieron hacia el este, remontando el mismo afluente del Pisorica, que les llevaría, tras varias jornadas a través de profundos valles boscosos, hasta las cercanías de las fuentes del Durius.

Cruzaron los montes por los estrechos senderos en los que el carro se atascaba con frecuencia y continuaron hacia la capital de los arévacos, haciendo noche previamente en la ciudad de Visontium, donde conocieron a Babbo, un turmódigo que también se dirigía a Numantia. Babbo, un hombre alto y fuerte, de cabello y larga barba castaños, con unos intensos ojos verdes, se dirigía a la capital de los arévacos con la intención de vender unas piedras de oro que había encontrado en las montañas, en una pequeña mina que había descubierto algunos veranos antes junto a su granja. El turmódigo estaba buscando viajeros que se dirigiesen a Numantia con los que poder compartir el resto del camino hasta la ciudad para protegerse de posibles ataques de bandidos. Tras un breve diálogo con Aro y Silo, aceptó viajar con ellos, aunque le impresionó el imponente aspecto de *Nieve*. Los vacceos tardaron un buen rato en convencerle de que el mastín no le atacaría si él mismo no se comportaba de manera sospechosa, pero no pudieron evitar que Babbo se mantuviese alejado del poderoso animal.

—No tengo muchas más opciones —dijo al fin el turmódigo, aún con aire sombrío, sin dejar de mirar de reojo al mastín—. Últimamente escasean los viajeros hacia el este, y no me apetece permanecer demasiado tiempo en este lugar.

Aro lo miró inquisitivo, sin contestarle, mientras terminaba de prepararse para emprender el camino. Silo cruzó una mirada con él: habría que permanecer alerta, al menos hasta conocer sus verdaderas intenciones.

—Nunca había encontrado nada de valor —les contó Babbo, ya de camino hacia Numantia, con tono más animado— hasta hace dos primaveras. Entonces encontré un pequeño filón de oro. De todos modos, la veta era pequeña, y me ha costado mucho extraer una cantidad apreciable de oro. —El turmódigo agarró con fuerza una abultada bolsa de cuero de mediano tamaño que llevaba colgada del cuello—. No permitiré que nadie trate de robármelo.

Los vacceos no supieron si debían tomarse aquellas palabras como una advertencia, por lo que se limitaron a sonreír a Babbo, que marchaba montado en su pequeño caballo marrón junto al carro que traqueteaba en el camino, teniendo buen cuidado de dejar a *Nieve* al lado opuesto.

Recorrían el estrecho camino que, partiendo de Visontium, avanzaba por los anchos valles entre montañas hasta llegar a Numantia. No había demasiada distancia entre las dos ciudades, pero las numerosas vueltas y revueltas del camino por los valles entre las laderas de las montañas lo alargaban, y eran necesarios al menos dos días para superar la distancia que hubiese podido recorrerse en una jornada. A los lados de la vereda, los bosques de robles y hayas crecían frondosos, incluso sombríos y lúgubres en algunos lugares. Los hombres no dejaban de mirar de reojo allí donde las ramas de los árboles parecían formar una bóveda bajo la que discurría la senda, temiendo un posible ataque de bandidos. Por ello, apenas separaban las manos de las lanzas o las espadas. Sin embargo, *Nieve* no daba muestras de inquietud; marchaba tranquilo junto a ellos, deteniéndose de vez en cuando para olisquear alguna planta de las que crecían junto al camino, o algún agujero que pudiera ser la entrada de alguna madriguera de animales.

Durante la primera noche, después de cenar varios sabrosos conejos que habían cazado tras acampar, Silo les deleitó con sus historias y cantos mientras saboreaban la cerveza que habían adquirido en Visontium. Babbo, con el estómago lleno de comida y cerveza, ya relajado, admiró las leyendas y tradiciones vacceas relatadas por el bardo, que parecía entrar en trance al narrar sus historias, con sus ojos negros brillando fijos en el fuego alrededor del que estaban sentados, en un pequeño claro cercano al camino.

—Vamos, Silo –insistió Babbo, arrastrando las palabras a causa de la cerveza, cuando el bardo les anunció que era hora de dormir–, regala nuestros oídos con otra de tus historias. Sólo una más; después te dejaremos en paz, te lo aseguro.

Silo volvió los ojos hacia Aro, esperando una decisión suya. Aro se encogió de hombros mientras acariciaba muy despacio la cabezota blanca de Nieve, que descansaba a su lado.

—Canta una última canción –concedió–, aunque sea corta. Así nuestro amigo turmódigo podrá descansar tranquilo.

El bardo suspiró profundamente y cerró los ojos durante unos instantes.

—Está bien –dijo al fin–, terminaré con un poema del lejano norte:

> Soy el viento en el mar,
> soy una ola en el océano,
> soy el bramido del mar,
> soy un poderoso buey,
> soy el halcón en lo alto de la peña,
> soy una gota de rocío al sol,
> soy un jabalí por el valor,
> soy un salmón en el agua cristalina,
> soy un lago en la llanura,
> soy la lanza victoriosa que combate,
> soy un hombre que prepara fuego para una cabeza.

Silo calló, dejó el arpa a su lado, junto a la manta, y se tumbó en el suelo para dormir.

—Esto es todo por hoy –dijo con voz soñolienta–. Mañana cantaré más si así lo deseáis, pero ahora estoy muy cansado para seguir.

Su tono no admitía réplica. Por ello, los demás sonrieron y le imitaron, cubriéndose con las mantas de lana. Babbo apuró su cerveza y se tendió en el suelo. Nieve posó la cabeza entre las patas delanteras, mirando al fuego.

Durante la segunda jornada, pudieron contemplar por encima de las copas de los árboles las altas montañas que se alzaban a su izquierda, no demasiado lejanas, en cuyas cumbres aún se demoraban las nieves del invierno anterior. Docio contemplaba boquiabierto el resplandor blanco en los altos picos, un espectáculo demasiado impresionante para un joven que nunca había salido del corazón de la llanura vaccea. Llovió durante gran parte del día, lo que dificultó la marcha y la hizo aún más lenta. El camino cada vez era más impracticable por culpa del barrizal que se había formado; a menudo, tenían que bajarse del carro y empujar para que las pesadas ruedas no se atascasen en el barro cada vez más abundante mientras *Nieve* les observaba algunos metros más adelante, por lo que el viaje se hizo más lento y trabajoso. Más arriba pudieron ver, en las laderas escarpadas a su izquierda, las cabras monteses que saltaban haciendo equilibrios imposibles sobre las peñas.

Al atardecer se detuvieron agotados para acampar junto a un robledal. Deberían haber llegado ya a las cercanías de Numantia, pero el mal tiempo les había retrasado y no les quedaba otro remedio que dormir otra noche a la intemperie. No encontraron ningún lugar adecuado cercano al camino, por lo que tuvieron que internarse entre los gruesos árboles, guiando el carro con mucha cautela hasta un claro algo alejado de la senda, donde consiguieron resguardarse del frío viento del norte que soplaba aquella tarde desde las montañas y traía el frío de sus cumbres. Ahora el terreno era más escarpado, y algo más al norte del claro comenzaba a inclinarse en una pendiente que formaba parte de las primeras estribaciones de la sierra del norte. Cazaron tres conejos, tarea en la que Babbo se mostró diestro, como ya lo había hecho el día anterior. Después de asarlos al fuego, los devoraron sentados alrededor de las llamas crepitantes, hambrientos a causa del esfuerzo realizado durante todo el día por el camino angosto y embarrado.

Tras la cena, bebieron cerveza, charlando con alegría. Estaban comentando la dureza de la jornada y el retraso sufrido cuando oyeron un leve chasquido entre los árboles. *Nieve* miró hacia un punto en la oscuridad y gruñó con fuerza. Todos se pusieron en pie con rapidez, empuñando sus armas, en busca del origen de aquel sonido en la oscuridad del bosque. De entre los árboles surgió entonces una silueta que se acercó con parsimonia hasta la línea iluminada por la hoguera. Todos miraron asombrados sin soltar las armas. *Nieve* lanzó un ladrido profundo.

Se trataba de una hermosa mujer de piel tan blanca como la leche y largos cabellos rubios que caían en ondas por su espalda hasta debajo de la cintura. Iba vestida toscamente, con una piel de ciervo, y llevaba descubierto el pecho derecho, de un tamaño generoso; su mano derecha empuñaba una lanza, en la que se apoyó mientras les observaba con sus profundos ojos negros. Sus brazos y piernas desnudos eran fuertes y musculosos. Aquella mujer, de aspecto salvaje, pero de una belleza inigualable, no dijo ni una sola palabra; sonrió, mirándolos con lascivia, dejando muy claras sus intenciones y deseos; se acarició despacio el pecho desnudo y se giró haciéndoles una seña para que la siguieran. Todo el claro se había impregnado de un olor fragante y excitante al aparecer la mujer.

Babbo, Aro y Docio soltaron sus armas al unísono. Dieron un paso adelante como hipnotizados por la extraña mujer, dispuestos a seguirla, mientras *Nieve* ladraba y gruñía, visiblemente excitado. Sólo Silo se mantuvo en su lugar, inmóvil, inmune al misterioso hechizo.

—¡No os mováis! —gritó con voz potente al ver que los demás hacían ademán de caminar tras la mujer—. ¡Docio, Babbo, Aro, quedaos quietos donde estáis! ¡*Nieve*, silencio!

Los tres hombres se volvieron y miraron al bardo, que se había erguido en toda su estatura junto a la hoguera y les miraba con severidad. *Nieve* dejó de ladrar. La frente tonsurada de Silo brillaba a causa de las llamas. Sus ojos oscuros centelleaban de una forma extraña a la luz de la hoguera, con una fuerza que les arrancaba el recuerdo de la mujer de sus cabezas. Incluso parecía mucho más alto ¿O quizá era sólo el reflejo del fuego? El caso es que los otros quedaron impresionados por su mirada intensa, sin poder separar los ojos de los del bardo durante unos largos segundos. Después volvieron los ojos lentamente hacia la mujer, que se había detenido y los miraba de nuevo sonriente, irresistible en toda su belleza. Miraron de nuevo a Silo, ceñudos, de mal talante, como si el bardo les hubiese despertado de un sueño extraordinario, como niños a los que de pronto se les prohibiera jugar a un juego divertido.

—Venid aquí, no la sigáis —insistió Silo con serenidad—. Si lo hacéis, no volveremos a vernos en este mundo.

En el claro parecía librarse un combate sin armas. Eran dos mentes poderosas las que se enfrentaban, luchando entre sí, luchando por dominar las voluntades, más débiles, de los otros tres.

Aro y Docio se detuvieron obedeciendo al bardo, pero mirando anhelantes a la mujer que les invitaba a seguirla. El turmódigo ignoró la advertencia de Silo; se internó entre los árboles tras la misteriosa y atractiva mujer, que caminaba contoneándose entre los gruesos troncos después de cerciorarse de que al menos uno de los hombres la seguía. Tan pronto esta desapareció de su vista, los dos hermanos parecieron despertar de nuevo, despacio, frotándose los ojos. La fragancia intensa que parecía emanar de aquella mujer desapareció en el acto. Entonces Silo se relajó y se sentó en el suelo con gesto cansado. Su rostro, instantes antes severo, presentaba muestras de fatiga. Los ojos, que habían brillado con fuerza, les miraban ahora con expresión agotada. *Nieve* volvió a ladrar con fuerza durante unos momentos en la dirección en la que se había marchado Babbo tras la mujer; después corrió junto a Silo y se sentó a su lado con la enorme cabeza entre las poderosas patas.

—¿Por qué no nos has dejado ir? —le reprocharon los otros dos a Silo—. No pasa nada porque pasemos un buen rato con ella. Era una aldeana de esta comarca. ¿No viste que nos estaba invitando a seguirla, a gozar con ella? ¿No escuchaste sus palabras ofreciéndonos placeres nunca conocidos?

—No, no la escuché —replicó el bardo—, no la escuché porque no estaba hablando. No ha dicho una sola palabra.

—¿Cómo? —inquirió Docio incrédulo—. ¿Qué dices? ¿Que no hablaba? ¡Pero si su voz era dulce como la miel! Ahora será Babbo, él solo, el que disfrute de sus favores.

—Sentaos a mi lado y escuchadme, escuchadme con atención —les ordenó enfadado. Cuando ellos obedecieron, les habló—. Esa mujer es la vieja diosa de las montañas. ¿No habéis oído hablar nunca de ella?

Los otros le miraron sin comprender.

—Me temo que tendré que hablar de ella más a menudo. Queríais poseerla, ¿verdad? Es una de las mujeres más hermosas e irresistibles que habéis visto y que veréis jamás. Bella como ninguna otra, con sus largos cabellos de oro, sus profundos ojos negros, la blancura de nieve de su piel y su cuerpo sensual, hermosa más allá de la vida… y de la muerte. Porque eso es lo que tendrá Babbo, lo que hubieseis tenido vosotros si yo no os hubiese impedido seguirla. Suerte que llevabais un bardo con vosotros. Y, sin embargo, si en verdad hubiese hablado, ninguno nos habríamos salvado. Pero no lo hizo porque enseguida supo que podía dominar con facilidad a nuestro amigo turmódigo; parece que con eso le ha bastado. Yo me opuse apenas unos segundos a su voluntad y miradme, estoy agotado porque ella es infinitamente más poderosa que yo, claro está. Pero esta vez se ha conformado con una presa fácil para saciar sus apetitos.

»Porque la vieja diosa de las montañas es cruel, muy cruel. No es una diosa poderosa, pero lo es más que cualquier humano, incluso que nosotros los druidas. Y es tan vieja como las montañas. Seduce a todo aquel hombre con el que se encuentra si no está preparado para enfrentarse a ella; lo conduce a su cueva, oculta para todo ser humano, lo enamora, goza de él y le hace gozar, y después lo mata. Sí, Babbo disfrutará de sus favores, de placeres no conocidos por nosotros ni por nadie más, pero después morirá despeñado en algún valle. De todo eso os he salvado al intervenir. Pero si aún deseáis hacerle el amor, podéis correr tras ella; os esperará con toda seguridad. Os llamará a su lado, os amará, os hará gozar hasta el extremo del placer y, por fin, moriréis. Ella acabará con vosotros. Yo recogeré vuestros restos y volveré a Albocela para contarle a vuestra familia que ya no caminareis más entre los vivos.

—Haremos como dices, Silo —replicó Aro bajando los ojos hacia el fuego—, aunque creo que esta vez te equivocas. Como ha dicho Docio, no se tratará más que de una aldeana cazadora de esta región.

—Sí, ya verás cómo Babbo regresa mañana —intervino Docio— con una buena cara de felicidad, no lo dudes. Esa mujer era muy hermosa.

—Si es así —dijo Silo—, me habré alegrado de equivocarme, amigos míos. Pero no lo creo, sentí su poder en este lugar.

A la mañana siguiente, incluso el bardo se llevó una sorpresa. El caballo marrón de Babbo, que había estado atado a un grueso roble, había desaparecido, igual que sus pertenencias. Las buscaron durante un rato por los alrededores sin resultado positivo; no había ni rastro de ellas. Y *Nieve* ni siquiera había ladrado una sola vez. Todo alrededor estaba envuelto en la niebla.

—¡Bah! —dijo Docio mientras recogía su manta—. Seguro que el muy desconfiado se ha marchado con esa mujer. La ha enamorado con su oro y se ha marchado con ella a Numantia. Seguro que ha hecho eso y no ha querido despertarnos. Apuesto a que lo encontramos en alguna taberna de Numantia con ella. Después volverán juntos a la cabaña de Babbo, en el país de los turmódigos, a seguir buscando oro.

Silo no dijo nada, sólo sonrió al escuchar las palabras de Docio y meneó la cabeza mientras alisaba su túnica.

—Ya veremos —dijo con tono hosco. Le irritaba que los otros dudasen de su sabiduría—. Si está en Numantia, lo sabremos. Una mujer así no pasa inadvertida, ni siquiera allí.

Regresaron al camino, guiando con dificultad el carro entre los robles, y marcharon lo más aprisa que pudieron. Deseaban llegar a Numantia aquel mismo día, el viaje se estaba alargando demasiado. La niebla comenzó a levantarse muy despacio, dejando adivinar tras ella un sol pálido. Una media hora más tarde, el camino se aproximó al río Durius y los vacceos se acercaron a la orilla para llenar sus pellejos de agua. La niebla casi se había disipado y apenas era un tenue velo en las cumbres de las montañas.

—¡Mirad! —gritó Docio de pronto—. ¡Allá, entre aquellas rocas!

Aro y Silo miraron hacia donde Docio les indicaba. Entre las piedras, a un lado de la corriente, yacía un cadáver tendido boca arriba en una extraña postura poco natural. No podían ver su rostro con claridad, pues el cadáver ensangrentado yacía boca abajo, pero reconocieron con facilidad la capa azul oscura y la colorida túnica de Babbo.

Los dos hermanos se miraron, entre incrédulos y asustados. Al fin comenzaban a dar crédito a la leyenda que les contara el bardo.

—Os lo había dicho —dijo Silo en voz baja, con pesar—. Ahí tenéis a vuestro amigo, el turmódigo. Él también ha sido víctima de la diosa de las montañas. Creo que no volverá nunca a su granja en el norte.

—Pero... —tartamudeó Docio, tratando de encontrar una explicación—, podría haber sido un accidente, podría haber caído al río cuando seguía a esa mujer...

—Es evidente que la corriente lo ha arrastrado hasta aquí —dijo Aro frotándose la barbilla—. Estoy empezando a creer que Silo tiene razón.

—¡Por supuesto que la tengo, por Lugh! —protestó Silo enfadado—. ¿Qué ha ocurrido si no con las pertenencias de Babbo? ¿Acaso crees que las he escondido yo para asustaros? ¿Te atreves a dudar de lo que te dice un bardo? Si quieres convencerte, pregunta a Vindula, la prima de tu esposa Coriaca, cuando regresemos a Albocela. Ella te contará lo mismo que yo, ya lo verás.

—No será necesario, amigo mío —se disculpó Aro, arrepentido por haber dudado de su bardo—. Siento haber dudado de tu saber hasta ahora. Además, no deseo irritar a Vindula, tiene un carácter terrible, ya la conoces.

—Miró con desconfianza a su alrededor—. Ahora deberíamos salir de este lugar cuanto antes. No quiero volver a encontrarme con esa diosa, era terriblemente bella, peligrosamente tentadora.

Docio también se disculpó con Silo. Como había sugerido Aro, enseguida reanudaron el camino, después de mirar de nuevo hacia el cuerpo sin vida del turmódigo Babbo. El aire se pobló de los graznidos de los cuervos, enviados de Lugh, y de los buitres que se preparaban para el suculento festín y para conducir al turmódigo al Más Allá.

El valle fue ensanchándose poco a poco. Pronto dejaron atrás las montañas. El Durius brillaba a su derecha, reflejando la luz del sol, que había conseguido asomarse cuando la niebla había desaparecido. Al alejarse de las montañas mejoró el estado del camino y pudieron marchar con mayor rapidez. Al atardecer llegaron a Numantia.

La capital de los arévacos se alzaba sobre una elevación del terreno, a cuyos pies confluían el Durius y dos de sus afluentes, rodeada por densos bosques de robles, hayas y encinas que circundaban los campos situados alrededor de la ciudad. Su tamaño era algo menor que el de Albocela. La población de Numantia se elevaba hasta los diez mil habitantes, aunque vivía mucha otra gente en las aldeas y granjas de los alrededores. Su perímetro amurallado tenía forma ovalada, con una longitud de unas dos millas. A medida que se acercaban a la ciudad desde el noroeste, Aro contempló los terraplenes sucesivos, los tres cercos de estacas afiladas levantados en la empinada ladera del cerro, y, tras ellos, la muralla que rodeaba la ciudad, de anchura variable, construida con piedras y adobe, igual que la de Albocela; recordó los lejanos años de su niñez en los que había corrido con Clouto por encima de ella, sorteando a los tranquilos guerreros numantinos que montaban guardia y que los regañaban sonriendo. A lo largo de la muralla se alzaban poderosas torres cuadradas. En los extremos, al norte y al sur, los numantinos habían construido dos ángulos con piedra y argamasa de cal y arena, sobre los que se levantaban sendas torres triangulares que poseían un canal de desagüe. En su parte nordeste, la muralla contaba además con un antemuro; allí las viviendas del interior estaban adosadas al muro. En la parte noroeste no existía dicho antemuro, y las viviendas tampoco estaban unidas a la muralla, pero esta había sido reforzada con muretes paralelos entre sí, perpendiculares a los pavimentos. Por fuera de las murallas, al acercarse hacia la puerta situada más al norte, los vacceos vieron en la cara sudeste de la colina, extendiéndose hacia el sur de la misma, una serie de recintos pequeños con forma ovalada, hasta un total de doce, entre los que destacaba otro, algo mayor que el resto, de forma trapezoidal. Se trataba de altares para el sacrificio a los dioses y también del lugar en que los numantinos dejaban los cadáveres de los guerreros caídos en combate para que fuesen devorados por los buitres, que transportarían sus almas al Más Allá. Las dos puertas de la ciudad se encontraban en el tramo norte de la muralla. Se dirigieron hacia una de ellas tras echar un último vistazo a los altares; cruzaron entre las torres que la defendían y se internaron en la ciudad.

Tras las murallas, Numantia constaba de dos calles principales que la cruzaban en su longitud mayor, de norte a sur, y, perpendiculares a estas, otras diez más cortas. Además, otras vías periféricas recorrían el contorno de la colina. Los vacceos, que habían detenido su carro a un lado de la puerta por la que habían entrado en la ciudad, observaban con atención a su alrededor. *Nieve*, con la cabeza alzada, olisqueaba el aire. Las calles estaban empedradas con piedras irregulares y cantos rodados. Las aceras estaban formadas por grandes cantos sin labrar, con las caras planas colocadas hacia arriba. Las casas eran similares a las de los vacceos, de planta cuadrangular, construidas también en piedra y adobe. Los tejados, también como los de las casas vacceas, estaban fabricados de ramajes y piedra de pizarra, destinada a inmovilizar el tejado y proteger del fuego los orificios por los que salía el humo; además, lo solían revestir con una gruesa capa de barro endurecido. Según les contó más tarde Assalico, había unas dos mil viviendas dentro del recinto amurallado. Aro seguía recordando las visitas a Numantia con Buntalo, la cabaña de Assalico, la hospitalidad de los arévacos, el gran mercado en la ladera nordeste del cerro, donde se reunían todos los que acudían a Numantia para comerciar...

Hizo avanzar a los bueyes con lentitud, dirigiéndolos hacia la parte noroeste de la ciudad, donde se encontraba la cabaña de Assalico. Los numantinos más acaudalados vivían en la parte norte de Numantia; aunque Assalico no era rico en exceso, vivía muy cerca de los jefes y guerreros más poderosos de la ciudad.

Sus amigos numantinos les recibieron con alegría, contentos de poder acoger de nuevo a los albocelenses en su casa. Era una cabaña típica de los arévacos, igual que la que solían construir los vacceos, dividida en tres estancias. Bajo la primera, la más próxima a la calle, se encontraba la bodega, a la que se bajaba por una trampilla, con una profundidad mayor que la altura de un hombre erguido; tenía una entrada redondeada y un brocal de adobe. En la segunda estancia, la habitación principal, se encontraba el hogar, en el que ya ardía un pequeño fuego. Las paredes estaban enjalbegadas con cal, aunque alguien había realizado varios dibujos con arcilla roja y parda. Los anfitriones les invitaron a saborear una suculenta comida acompañada por la sabrosa cerveza fabricada por ellos mismos.

Assalico y Clouto les condujeron esa tarde, tras la comida, a una de las calles principales de la ciudad, ante la sala de asambleas. Se trataba esta de una cabaña amplia, con varias ventanas justo bajo el tejado de paja, por lo que la estancia estaba bien iluminada. En el centro ardía un fuego que caldeaba la habitación. Allí tenían lugar las asambleas de los jefes numantinos.

Junto a la puerta se reunía gran cantidad de guerreros para charlar y bromear. Las armas se amontonaban en el exterior; si se producía alguna pelea, los hombres tendrían que resolverla con sus propias manos.

Se sentaron no lejos de la puerta de la cabaña, y bebieron de nuevo la cerveza oscura y amarga.

—Es la mejor cerveza de Numantia —les explicó Clouto cuando los tres albocelenses degustaron y apreciaron el sabor de la bebida. Tomando otra jarra, la acercó a los vacceos—. Probad esto.

—¿Qué es? —preguntó Docio mientras Aro bebía de la jarra, un recipiente de barro con dibujos que representaban dos guerreros combatiendo.

—Es *caelia* —explicó Clouto—. Ya sabéis que la *caelia* de Numantia es de una calidad excelente.

Los vacceos probaron la bebida y admiraron su extraordinario sabor.

Aquel día no había mucha gente allí: varios arévacos de grandes bigotes, vestidos con túnicas de lana teñidas de vivos colores y mantos de lana se sentaban en el suelo junto a las paredes mientras conversaban entre sí. Un bardo de aspecto enjuto, con largo cabello y barba pelirrojos cantaba canciones de amor y de guerra no muy lejos de ellos, mientras Silo le escuchaba con atención, tal vez tratando de retener en su mente la letra y música de aquellos hermosos cantos.

Poco después apareció en la entrada de la calle un hombre alto, delgado, de cabello y barba oscuros, muy cortos, a la manera helena, vestido con una fina túnica de color rojo y una capa azul oscuro. Era evidente que no era arévaco. Miró despacio a su alrededor, entrecerrando los ojos verdes, tratando de acostumbrarlos a la penumbra. Cuando vio a Assalico, le hizo una seña con el brazo sonriendo abiertamente.

—Es Teitabas —informó Assalico con tono alegre, mientras hacía un gesto al extranjero para que se acercase—, un mercader indikete amigo mío. Tal vez puedas hacer buenos tratos con él, Aro; sus mercancías son de excelente calidad. Hacía más de dos primaveras que no venía por aquí. Espero que, además de sus mercancías, nos traiga noticias recientes de la guerra entre los romanos y los cartagineses.

El indikete se acercó a ellos. Saludó con visible alegría a Assalico y Clouto, quienes le presentaron a los vacceos.

—Hacía mucho tiempo que no venías a Numantia —dijo Assalico a Teitabas mientras el indikete se sentaba a su lado en el banco de piedra.

—Así es, amigo —asintió este con un suspiro haciendo un gesto de resignación con las manos—. Han sido años difíciles en el este. La situación era complicada, no me atrevía a dejar solos a mi esposa e hijos… ni a mi negocio, por supuesto. Sin embargo, los negocios son los negocios, y debía volver al país de los arévacos a vender mi mercancía. Los tratos son más provechosos aquí que en la costa del mar Interior. Allí hay demasiados mercaderes y, por lo tanto, demasiada competencia. Aquí hay un mercado muy amplio para mí; muy pocos se atreven a internarse por el valle del Iber hasta las tierras de los salvajes arévacos.

Acompañó sus últimas palabras con una carcajada palmeando con fuerza el hombre de Assalico. Los otros rieron con él.

—¿Cómo va la guerra? —intervino Aro, a quien no interesaba demasiado la vida del mercader y sí lo que estaba sucediendo en el este—. Las noticias que nos llegan son confusas y poco recientes. ¿Puedes informarnos?

—Por supuesto —repuso Teitabas tras beber un trago de *caelia*—. En Indika recibimos noticias de primera mano gracias a los helenos de Emporion, aliados de Roma.

—Lo último que sabemos con certeza en Albocela —dijo Docio— es que el jefe romano, Escipión, conquistó Qart Hadasht.

—¡Pero, por Cernunnos, eso fue hace dos primaveras! —se asombró Clouto—. Desde entonces, han ocurrido muchas cosas, incluso muy cerca de aquí.

—Bien, no importa —dijo Assalico—. Entre nosotros y Teitabas os contaremos lo ocurrido, aunque las noticias han sido numerosas desde entonces.

Al oír las palabras de Assalico, los arévacos que se encontraban allí se acercaron al grupo y se sentaron alrededor del indikete y los tres vacceos, preparados para escuchar las noticias del este, aunque algunas ya las habían oído en varias ocasiones; sin embargo, sabían que el mercader del este les contaría nuevas historias. Incluso el bardo pelirrojo dejó de cantar y se acercó a aquel lugar.

—Como has dicho —dijo el indikete tomando la palabra—, Publio Cornelio Escipión, el brillante general romano, conquistó Qart Hadasht, a la que rebautizó Cartago Nova, en un abrir y cerrar de ojos. Los generales cartagineses se enteraron demasiado tarde de la maniobra de Escipión; cuando lo hicieron, los romanos les amenazaban de manera alarmante: habían penetrado en la Bastetania, conquistando ciudades importantes. Ya tenían en su poder o a su alcance todos los puertos cartagineses de la costa sur e incluso la importante ciudad de Gades estaba en peligro, al igual que el tráfico marítimo entre Cartago y sus colonias, pues la flota romana dominaba el mar Interior más que nunca.

—Pensé que eran los cartagineses quienes dominaban el mar —interrumpió Aro, sorprendido.

—No, no es así; al contrario, los romanos son dueños del mar Interior desde hace largos años —prosiguió Teitabas—. Por eso Aníbal Barca tuvo que invadir Italia por tierra, pues no era posible para los cartagineses llegar allí por el mar.

»Era evidente el gran valor estratégico de esta conquista, pero no lo era menos el económico: los romanos poseen desde entonces las minas de plata de Cartago Nova, que tan útiles les habían sido a sus enemigos hasta ese momento, así como los prósperos talleres de salazón, los abundantes campos de esparto... Resumiendo, que los recursos naturales con los que los cartagineses sustentaban y abastecían a su ejército pasaron a manos de Roma. El botín que reunió Escipión con su conquista fue abundante: se habla de doscientas setenta y seis páteras de oro, casi todas de una libra de peso; más de dieciocho mil libras de plata acuñada, y gran número de vasos del mismo metal; cuarenta mil modios de trigo y doscientos setenta de cebada; dieciocho naves con su cargamento, trigo, madera, cobre, hierro, telas, esparto y otros materiales. Cartago echará en falta todo esto ahora.

»Pero lo que se convirtió en el botín más importante para los romanos fueron los trescientos rehenes indígenas que Escipión liberó, ordenando a sus hombres que fueran tratados como huéspedes. Entre ellos se encontraba ni más ni menos que la hermana de Indíbil de los ilergetas, que está casada con Mandonio de los ilergavones; también estaba allí la hermosa prometida del príncipe Allucio, quien se puso al servicio de Roma con mil cuatrocientos hombres como agradecimiento por habérsela devuelto intacta. Tanto Indíbil como Mandonio siguieron poco después el camino de Allucio y se unieron a Escipión. El comandante romano fue generoso, pues todos los rehenes fueron devueltos a sus familias cargados de regalos: joyas hermosas para las mujeres y buenas armas para los hombres. Así, con este gesto de generosidad y amistad, Escipión se aseguró la adhesión de muchos pueblos poderosos que hasta entonces no habían estado convencidos de las buenas intenciones de los romanos; por ejemplo, Edecón, príncipe de los edetanos, también se alió con los romanos, comprendiendo que la balanza se estaba inclinando hacia ese lado. También el númida Sífax, alarmado por el giro de los acontecimientos, se apresuró a renovar su amistad con el vencedor. Supongo que Escipión estaría satisfecho con los nuevos aliados conseguidos, arrebatados al enemigo. Antes de regresar a su base de Tarraco, trató de hacer una exhibición de fuerza en aquella zona; asedió y tomó otra ciudad, Badia. Además, fortificó de nuevo Cartago Nova, que ahora es una importante base romana. El Senado romano fue informado de todo esto por Cayo Lelio, el jefe de la flota de Escipión, que partió de inmediato hacia Roma para comunicar las buenas noticias.

»Los cartagineses sabían demasiado bien que esta nueva situación les haría perder el control de Iberia y probablemente la guerra, pues tras la conquista de Cartago Nova, la situación de Aníbal en Italia se complicaba, por lo que se apresuraron a enfrentarse a Escipión. Sin embargo, el romano no es de los que se dejan tomar la delantera. A principios de la primavera pasada avanzó sobre la rica zona minera al norte del valle del Betis, donde su propio padre había sido muerto por los cartagineses. Parece claro que lo que buscaba era hacer retroceder a sus enemigos hacia el sudoeste hasta encerrarlos en Gades y, al mismo tiempo, apropiarse de las ricas minas de plata de la zona de Castulum. Asdrúbal, que permanecía estacionado en territorio carpetano desde el momento de la conquista de Cartago Nova, acudió de inmediato hacia el sur con el propósito de defender las minas que los suyos aún conservaban en la región. Los dos contendientes se encontraron en las proximidades de la ciudad de Baecula y, una vez más, Escipión se mostró más astuto, fuerte y seguro que su rival.

—Volvió a vencer —murmuró Silo, que seguía el relato del indikete con gran interés.

—Sí, así fue —asintió Teitabas tras otro trago de *caelia*—. Se adelantó a sus enemigos una vez más. Precipitó el combate para evitar que los ejércitos de los generales cartagineses, Asdrúbal Barca, Magón y Asdrúbal Giscón, se reunieran y formasen un ejército más numeroso que el suyo; este movimiento le favoreció. Asdrúbal Barca fue derrotado antes de que los otros dos pudiesen ayudarle. Se dice que aquel día nefasto para los cartagineses murieron ocho mil soldados, y que diez mil fueron capturados, además de la obtención de un rico botín para el bando romano.

—¿Qué ocurrió después? —intervino Docio.

—Asdrúbal huyó al galope hacia la Lusitania para rehacer su ejército. Después corrió hacia el norte, hacia Italia, en busca de su hermano Aníbal. Se dice que atravesó el territorio arévaco con la velocidad del rayo.

—Es cierto —dijo Assalico; varios de los presentes asintieron—. Incluso envió mensajeros a Numantia anunciándonos que sólo estaba de paso, que no deseaba combatir con nosotros. También nos pidió hombres que quisiesen engrosar su ejército, ofreciendo buenas pagas, pero la asamblea decidió mantenerse al margen de las disputas entre Roma y Cartago, y le respondió que no obtendría mercenarios de Numantia. A excepción, claro está, de los que hicieron caso omiso de la asamblea y se unieron al cartaginés atraídos por la recompensa.

—¿Y qué hizo Escipión mientras tanto? —inquirió Docio—. ¿No le persiguió para capturarle?

—No, no hizo nada de eso, ni siquiera intentó perseguir a Asdrúbal. Volvió a mostrarse generoso con los pueblos locales: además de liberar a los indígenas prisioneros que habían luchado en el ejército púnico, vendió como esclavos a los soldados africanos por medio de un *quaestor*, el recaudador de impuestos del ejército. Los indígenas, como agradecimiento, quisieron otorgarle el título de rey, pero el romano lo rechazó. Tampoco se lanzó en persecución de Asdrúbal, como os he dicho: sabía que no podía arriesgarse a entrar en un territorio que aún podría serle hostil; prefirió mantener un trato amistoso con todos los indígenas, y debió pensar que a los pueblos del norte del valle del Betis podría no gustarles que los romanos correteasen por sus territorios detrás de los cartagineses; seguramente temió que interpretasen ese movimiento como una incursión en sus tierras, y no desea hacerse demasiados enemigos, le basta con los cartagineses. Por tanto, dejó que Asdrúbal huyese a donde quisiera. Más tarde se enteró de que su destino era Italia, a donde se dirigía para reunirse con Aníbal. Pero eso tampoco alarmó a Escipión. Debe suponer que los cónsules se encargarán de él, o de ellos, de los dos hermanos. Es claro que el romano pensaba que hubiese sido un tremendo error táctico lanzarse tras Asdrúbal dejando a su espalda dos ejércitos enemigos intactos; ese Escipión no es ningún estúpido. Y eso es todo lo que tengo que contaros.

—Nosotros, sin embargo –dijo Assalico–, también tenemos noticias recientes.

—¿Ah, sí? –preguntó Teitabas, interesado–. Habla pues.

—Hace tan sólo un par de semanas –narró el numantino–, Marco Junio Silano, el subordinado de Escipión, avanzaba hacia el sur desde Tarraco. Se encontró a un ejército cartaginés al sudeste de aquí, en territorio de los belos. Un ejército que contaba con aliados titos y belos, mandado por Magón y por Hannón, un general que había sido enviado por el Senado cartaginés para sustituir a Asdrúbal Barca. Los romanos volvieron a vencer, evitando así una posible alianza de los cartagineses con los titos, belos y carpetanos, por no mencionar otros pueblos de menor importancia. Todos ellos se dispersaron tras la derrota, Magón fue capturado por los romanos, y sólo una parte de sus tropas logró escapar, bajo el mando de Hannón, hacia Gades, donde se encuentra ahora Asdrúbal Giscón.

—Parece que Escipión es en verdad un gran guerrero –dijo Docio–. Hasta ahora, ha conseguido vencer a los cartagineses en todos sus enfrentamientos con ellos.

—Sí, lo es –convino Teitabas–, muchos romanos lo admiran, aunque también tenga enemigos en la propia Roma; todos sus soldados lo siguen con fidelidad absoluta. Pero he oído que lo que él desea en realidad es enfrentarse a Aníbal.

—Pero Aníbal está en Italia –intervino Aro mientras el mercader bebía un largo trago de *caelia*–. ¿Quiere hacerle venir hasta aquí? Dudo que lo consiga. Si, como has dicho, su hermano Asdrúbal se dirige a su encuentro y, tras la toma de Cartago Nova, la situación de Aníbal en Italia es precaria.

—No, no quiere hacerlo venir aquí –respondió el indikete agitando la mano–; al igual que Aníbal, Escipión es un gran estratega. Ciertos amigos míos de Emporion, entre los que se cuenta el comandante de la guarnición helena de la ciudad, opinan que el romano quiere vencer a los cartagineses en Hispania para así tener libre el paso hacia el norte de África, amenazando la misma ciudad de Cartago, para que de esta manera el Senado de Cartago haga volver urgentemente a Aníbal de Italia para defender la capital. Así, el romano daría otro excelente golpe de mano: expulsaría a los cartagineses de Hispania, alejaría a Aníbal de Roma y de Italia, eliminando su constante amenaza, y se podría enfrentar con él a las mismas puertas de Cartago. Como podéis observar, sería un cambio total respecto a la situación actual. Ahora, Aníbal combate en terreno romano; si Escipión consigue su objetivo, será él quien luche en territorio enemigo y Roma tendrá toda la iniciativa. Supongo que tarde o temprano será así, pues la estrella de Cartago está declinando. Además, devolverá a los cartagineses la ofensa infligida hace años por Aníbal a Roma, venciendo a sus legiones en todos los enfrentamientos en campo abierto. A los romanos les escuece en especial la gran derrota de Cannae.

—Entonces –dijo Assalico–, los cartagineses pueden darse por vencidos. Se dice que Escipión está protegido por los dioses romanos, que es hijo del más poderoso de ellos y, por si fuera poco, que conquistó Cartago Nova con la ayuda de otro de esos dioses.

—No niego que Escipión sea, además de un gran general, un hombre muy afortunado, Assalico –replicó Teitabas tras emitir una sonora carcajada–, e incluso podría ser cierto que fuese hijo de Júpiter, como se afirma por ahí. ¡Pero lo de la conquista de Cartago Nova es un cuento!

—¿Acaso no es cierto –preguntó Clouto extrañado– que los romanos pudieron andar sobre las aguas gracias a uno de sus dioses?

El indikete seguía riendo.

—Creo que Neptuno –dijo al fin con los ojos llorosos–, el dios romano del mar, tiene otras cosas más importantes que hacer. Sí, es cierto que Escipión condujo a sus hombres hasta la parte menos protegida de la muralla de la ciudad cruzando una laguna, y que sólo se hundieron hasta los muslos; pero eso se debe, como os contaría cualquier pescador de las costas del mar Interior, a la marea baja.

—¿Qué quieres decir? –preguntó Docio, que, al igual que el resto, excepto Silo, jamás había visto el mar–. ¿Qué es eso de la marea baja?

—El agua del mar –explicó Teitabas tras beber un nuevo trago de *caelia*– realiza varios movimientos de subida y bajada al día, pero es algo complicado de entender; Escipión lo sabía, seguro que se enteró de ello hablando con los pescadores cessetanos de los alrededores de Tarraco, y más tarde se informaría interrogando a los pescadores de la comarca de Cartago Nova. Así aprovechó el momento adecuado para atacar las murallas; además, aquel día soplaba viento del norte, lo que hizo bajar la marea aún más.

—Entonces –preguntó Clouto–, ¿por qué les dijo a sus soldados que eran los dioses quienes les ayudaban?

—Escipión sabe bien que sus legionarios sienten auténtica devoción por él y que, como tú has dicho, le creen un ser semidivino. Con toda probabilidad se dio cuenta de que le sería mucho más fácil, pero sobre todo más beneficioso, que los legionarios creyesen que su jefe seguía estando protegido por los dioses y que estos les ayudarían a conseguir la victoria que sentarles ante las murallas de Cartago Nova para explicarles qué son las mareas. Los romanos, como todos vosotros, son agricultores en su mayoría, y poco saben del mar, incluso lo temen. Sería complicado explicarles los movimientos del agua del mar; no lo comprenderían bien. Para ellos es más fácil creer en la ayuda divina: si te dicen que los dioses te protegerán, tendrás menos miedo a la muerte. Creedme, provengo de un pueblo que vive junto al mar Interior, mi ciudad está a la orilla de ese mar, y sé bien de lo que hablo.

—Yo diría que les es más cómodo creer que son los dioses quienes hacen esas cosas para favorecerles —dijo Aro acariciando su torques—. Como si los dioses de los cartagineses fuesen a quedarse mirando.

—Yo no creo que los dioses se entrometan en todos y cada uno de nuestros asuntos —objetó Teitabas encogiéndose de hombros—. Tal vez haya estado escuchando demasiado a los filósofos helenos. Pero los romanos son muy diferentes. Suelen explicar la mayoría de estos sucesos atribuyéndolos a acciones de sus dioses, como nosotros los indiketes, como vosotros, los arévacos o los vacceos. Son un pueblo muy práctico, pero bastante inculto, a diferencia de los helenos. Como sabéis, estos son más espirituales, más sensibles con la naturaleza. Los romanos son distintos: son más pragmáticos; dan a sus dioses, en su mayoría asimilados de los de los helenos, formas humanas, y apenas adoran a formas de la naturaleza. Entre ellos apenas ha florecido la filosofía, tan habitual en los helenos. Pero aún conservan a sus dioses originales, que no tienen rostro, sexo ni forma, que son terribles y siniestros, y también a los dioses familiares y domésticos, genios que les protegen en todo momento.

—Extraña gente, esos romanos —murmuró Clouto.

—Sin embargo —dijo Silo mirando a Teitabas—, diréis que se trata de una casualidad, pero aquel día sopló viento del norte coincidiendo con la hora de la marea baja. Puede que a los dioses de Roma no les parezca tan banal el que los romanos venzan a los cartagineses.

Nadie respondió. Todos miraron en silencio al bardo, y la sonrisa irónica del indikete desapareció de sus labios.

—Por cierto —intervino Docio frunciendo el ceño—, Assalico nos habló una vez de una derrota, humillante para los romanos, tras la que sus enemigos los hicieron pasar bajo un yugo, pero no conocía lo que ocurrió.

—Sí, es cierto —repuso el numantino—. Pero seguro que Teitabas conoce esa historia mejor que cualquiera de nosotros.

—Sí, es una vieja historia —dijo el mercader indikete con una nueva sonrisa, tratando de olvidar las palabras de Silo. Bebió un largo trago de *caelia* y se dispuso a relatarles aquellos antiguos hechos—. Os la contaré. Hace más de doscientos inviernos, Roma estaba en plena expansión por el centro de Italia, en continuas guerras con los pueblo vecinos. Uno de estos pueblos, los samnitas, ocupaban las colinas centrales de Italia meridional. Antes, ambos pueblos habían sido aliados, hasta que se convirtieron en enemigos.

»Tras algunos años de escaramuzas, los samnitas se retiraron a sus colinas; a partir de aquel día, los romanos y ellos estuvieron espiándose. La desconfianza entre ellos era mutua; sabían que, tarde o temprano, habría guerra.

»La frontera que separaba sus territorios era un río; los romanos ocupaban la orilla occidental y los samnitas, la oriental. Los romanos decidieron fundar a orillas del río una colonia, a la que llamaron Fregellae. Como respuesta, los samnitas, sintiéndose amenazados, pactaron con la ciudad de Neapolis y la apartaron de su alianza con Roma. Esta era la excusa que buscaba Roma para declarar la guerra, y así lo hizo.

»Sin embargo, durante los primeros años no hubo más que escaramuzas; los romanos no se atrevían a penetrar en las colinas de los samnitas y estos rehusaban la lucha en campo abierto. Por fin, el Senado romano se decidió a atacar, por lo que los dos cónsules unieron sus ejércitos para aplastar a los samnitas. Estos estaban bajo el mando de un buen general, llamado Gavio Poncio, que buscó el lugar ideal para enfrentarse a los romanos: las Horcas Caudinas, un estrecho desfiladero que se encontraba en el camino al territorio samnita. Escondió a sus hombres en las colinas que rodeaban el desfiladero y esperó a los romanos.

»Estos penetraron en el desfiladero, pero al llegar al final se encontraron con que la salida había sido bloqueada con troncos de árbol al mismo tiempo que los samnitas salían de sus escondites. Los cónsules ordenaron la retirada con rapidez, pero al llegar a la entrada del desfiladero, descubrieron que también estaba bloqueada. El combate desesperado duró varios días, pero al fin, agotados, los romanos tuvieron que rendirse. Los samnitas no impusieron unas condiciones duras: los romanos tendrían que retirarse del territorio samnita y abandonar sus colonias a lo largo de las orillas del río Liris, así como entregar, en calidad de rehenes, a seiscientos *equites*. Los dos cónsules firmaron el tratado.

»El ejército romano fue perdonado, pero los samnitas les infligieron una humillación que los romanos ya habían impuesto a otros pueblos con anterioridad: tuvieron que abandonar todas sus pertenencias y, vestidos sólo con una túnica, tuvieron que *pasar bajo el yugo*. Se trataba de un armazón formado por dos lanzas clavadas en el suelo y otra atada a ellas horizontalmente a una altura tal que, para pasar por debajo, un hombre debía agacharse.

—Vaya –interrumpió Docio–, los romanos fueron humillados.

—Sí –prosiguió Teitabas con una media sonrisa–, pero este acto encendió su sed de venganza. Los romanos nunca olvidan.

—Y los samnitas serían más tarde derrotados –dijo Clouto.

—En efecto –prosiguió Teitabas–. Hubo paz durante cinco años, pero después comenzó la guerra otra vez. Los samnitas estuvieron a punto de volver a derrotar a los romanos, esta vez de manera irremisible, pero dudaron. Dejaron pasar el tiempo. Roma se repuso del golpe; a pesar de que los etruscos, umbros y otros pueblos del norte de Italia se unieron a los samnitas, los romanos salieron victoriosos del combate, parece ser que gracias a la repentina deserción de los etruscos y los pueblos del norte que se habían unido a aquellos esperando acabar con el poder de Roma. Desde entonces, los samnitas perdieron su independencia.

—Parece ser que los romanos siempre se salen con la suya –intervino Silo.

—Sí, son realmente tozudos –convino Assalico.

—Por cierto –dijo Teitabas cambiando de conversación–, he oído que vosotros, los vacceos, tenéis una extraña forma de repartir vuestro grano.

—¿Extraña? –inquirió a su vez Aro, sorprendido. Miró a Docio y a Silo, como si ellos pudieran ayudarle a entender las palabras del indikete–. ¿A qué te refieres?

—¿No es cierto que cada año sorteáis las tierras de la ciudad entre las familias, que cada cual trabaja los campos que le han sido asignados, y que después repartís la cosecha entre todas las familias, de acuerdo con el número de miembros de cada una de las mismas?

—Exacto –contestó Silo–, así es. Entre nosotros viene haciéndose de esa manera desde hace muchas generaciones. En realidad, es una manera justa de repartir los alimentos entre los miembros del clan. Así no hay peligro de que nadie pase hambre mientras a otros les sobra la comida. Los excedentes nos sirven para comerciar con los arévacos, lusitanos o con otros clanes vecinos.

—Interesante –dijo Teitabas–. Pero ¿nadie ha robado alguna vez grano?

—Por supuesto –repuso Aro con seriedad–, pero si el ladrón es descubierto y se prueba su culpa, la sentencia es clara: la muerte.

—¿La muerte? –pareció escandalizarse Teitabas–. ¿Por robar comida?

—No olvides –dijo Silo– que la comida es lo más importante en las épocas de carestía; quien no comparte sus bienes con el clan, por escasos que sean, no merece el honor de pertenecer a él, ni siquiera de caminar por el mundo.

Un murmullo de aprobación recorrió el grupo de arévacos que escuchaba.

—Bien, se me hace tarde –dijo Teitabas tras unos momentos de silencio, apurando su jarra–. He de descansar; mañana será un día duro para mí. Tengo que vender mis mercancías.

—¿Te interesaría comerciar con nosotros? –preguntó Aro. La perspectiva de obtener productos y objetos de los pueblos del este le resultaba interesante.

—Podría ser —respondió el indikete despacio, mesándose la corta barba—. ¿Qué habéis traído?

—Tenemos lana, buena lana negra de nuestras ovejas —enumeró Aro pausadamente—, trigo, cebada, pieles de vaca o de toro...

—Bien, de acuerdo —le interrumpió Teitabas poniéndose en pie—. Mañana nos reuniremos y trataremos de llegar a un acuerdo si vuestros productos son de buena calidad. Llévalos mañana a mi lugar en el mercado, Assalico.

Cuando el indikete se marchó, Assalico, Clouto y los vacceos terminaron su cerveza y se dirigieron a la cabaña del numantino.

Al día siguiente, Assalico los condujo hasta el mercado, en la ladera este del cerro, fuera de las murallas. Arévacos, belos, lusones, titos, pelendones, vacceos, vascones, incluso algunos cántabros y carpetanos habían llevado allí sus mercancías esperando poder intercambiarlas por otros bienes necesarios de los que careciesen o por regalos para sus familiares. Allí se encontraron con Teitabas. El indikete, como había asegurado la tarde anterior, examinó con atención las mercancías de los vacceos, que parecieron convencerlo a pesar de que simuló estar dudando durante un buen rato. Tras una larga negociación, les cambió gran parte de la lana y las pieles por coloridas telas traídas desde Massalia, cerámica helena de Emporion, algunos broches, fíbulas y otros adornos de oro y bronce, fabricados por los indiketes, lacetanos y otros pueblos vecinos. Aunque los vacceos no eran amantes de lucir excesivos adornos ni joyas, tampoco rehusaban dichos complementos, sobre todo las mujeres, por lo que Aro y los otros decidieron regalar a sus familiares alguna pequeña alhaja. Teitabas también pidió precio por *Nieve*, tras observarlo durante un buen rato, comprobar su musculatura y la salud de su dentadura, pero Aro se negó a vender al enorme mastín a pesar de que el indikete llegó a ofrecerle una sustanciosa cantidad de telas y oro.

Tras cerrar el trato con Teitabas, Aro logró canjear la mayoría del trigo, la cebada y la lana con otros mercaderes, obteniendo a cambio hierro de buena calidad para fabricar armas y otros utensilios. Los pueblos de la zona ibera sabían, como habían descubierto los romanos hacía muy poco tiempo, que tanto los vacceos como los pueblos que ellos llamaban celtíberos, es decir, los arévacos, lusones, titos y pelendones, eran excelentes forjadores de hierro. Los útiles que fabricaban con él eran excelentes, sobre todo las afiladas espadas forjadas por arévacos y vacceos, que los mismos romanos habían adaptado como espadas para los legionarios.

Así, varios días más tarde, tras una descansada estancia en la cómoda casa del hospitalario Assalico, los tres vacceos emprendieron el regreso a Albocela. Por suerte para ellos, el tiempo fue apacible, por lo que pudieron cruzar con rapidez, aunque con temor, el valle donde habían descubierto el cuerpo quebrado de Babbo, del que apenas quedaban ya unos jirones de ropa y algunos restos del cadáver devorado por las alimañas; pasaron junto al bosque donde se les había aparecido la bella y mortífera diosa de las montañas. Se detuvieron un par de días en la aldea de montaña en la que acostumbraban a reunirse varios pueblos para comerciar. Trataron allí con un cántabro alto y peludo del pueblo de los tamáricos, que llevaba una gruesa torques en el cuello, con largas greñas negras y una poblada barba, que les compró el poco grano que les quedaba a cambio de un par de caballos cántabros, de pelaje gris, largas crines y pequeño tamaño, aunque famosos por su velocidad. El cántabro sonrió ampliamente al cerrar el trato mostrando una blanca y fuerte dentadura. Docio lo observó durante un momento, con una mezcla de curiosidad, respeto y temor; había oído en numerosas ocasiones que los cántabros solían sacrificar caballos, cuya sangre se bebían. Sin embargo, el cántabro conversó durante un largo rato con ellos mostrando su buen humor mientras compartía su cerveza con los tres vacceos.

Después prosiguieron su camino hasta alcanzar las márgenes del Pisorica; siguieron su curso hacia el sudoeste, dejando Pallantia a su derecha y prosiguiendo hasta Septimanca. Al fin, tras el largo viaje, reconocieron a lo lejos los campos y bosques que rodeaban Albocela. Poco después volvían a contemplar con una sonrisa la poderosa muralla de adobe de la ciudad.

IV

Durante aquella primavera, Publio Cornelio Escipión logró grandes progresos para los intereses de Roma en Hispania. Confió a su hermano Lucio la consolidación de sus posiciones en la Bastetania y este conquistó Auringis, la capital de los bastetanos, lo que provocó que los accitanos, habitantes de Acci, atemorizados, se pasaran al bando romano. Por su parte, Silano fue enviado por delante del general para recoger a los *auxiliares* cedidos por Culcas, un reyezuelo turdetano que reinaba sobre veintiocho ciudades y había enviado a los romanos un refuerzo de tres mil quinientos hombres. El propretor avanzó por una ruta interior: tomando el valle del Iberus, remontó el valle del Salo y, atravesando las sierras, alcanzó el valle del Tagus. En su camino consiguió una gran victoria en Celtiberia sobre Hannón y Magón, a causa de la cual los púnicos no tuvieron más remedio que retirarse hacia el sur. Mientras tanto, Escipión avanzó hacia el norte por el camino de la costa que unía Tarraco y Cartago Nova, atravesando Bastetania por Basti. La reunión de ambos tuvo lugar en la ciudad de Baecula.

Mientras tanto, en Italia, Roma tuvo que hacer frente a una nueva amenaza. Asdrúbal Barca había conseguido cruzar los Alpes y se proponía reunirse con su hermano Aníbal. La noticia precipitó los acontecimientos y obligó a llevar a cabo la elección de los nuevos cónsules. Los elegidos fueron el patricio Cayo Claudio Nerón, el propretor de Hispania al que había relevado Silano, y el plebeyo Marco Livio Salinator, que había vencido a los ilirios doce años antes. Roma contaba con veintitrés legiones para aquel año. Había que reforzar las tropas de Italia, por lo que Escipión envió desde

Hispania ocho mil guerreros iberos y galos, dos mil legionarios veteranos y un contingente de caballería de mil ochocientos iberos y númidas. Además, el gobernador de Sicilia, Cayo Mamilio, envió tres mil arqueros cretenses y honderos baleáricos. Pero Salinator no confiaba en la totalidad de estas tropas, por lo que pidió al Senado que alistase a los esclavos desmovilizados, que estarían destinados a reforzar dos legiones. Roma consiguió reunir así las veintitrés legiones, un contingente de ciento cincuenta mil hombres, a los que había que unir los aliados latinos. En el mar, los romanos tenían tres flotas: en Hispania, en Sicilia y en Grecia.

Por su parte, Aníbal no estaba teniendo suerte. Aquel año se había visto en problemas. Durante el invierno anterior había perdido de manera definitiva la fortaleza de Tarentum, cuya ciudadela nunca había conseguido conquistar, y Roma lo sometía a la estrecha vigilancia de dos ejércitos. Se vio obligado a retirarse al Bruttium, donde consiguió liberar a su aliado Magón el samnita, que estaba sitiado en Locro. Juntos pasaron allí el invierno.

Los romanos decidieron no enfrentarse a Asdrúbal en batalla campal. Era peligroso enfrentarse a él en territorio insubro y se quedarían sin reservas si eran derrotados. Por tanto, decidieron que el pretor Lucio Porcio Licinio, al mando de dos legiones recién reclutadas, se retirase a una línea entre Ancona y Ravenna, a orillas del mar Adriático, a esperar acontecimientos, dejando como obstáculos en el camino de Asdrúbal las plazas fortificadas de Placentia y Cremona, a orillas del Po.

El púnico decidió que sería prudente tomar una fortaleza que después le sirviese como base en su lucha contra los romanos, como fuente de reclutamiento y abastecimiento, al encontrarse en territorio de pueblos enemigos de los romanos. Se volvió contra Placentia y la sitió. Pero al igual que le había sucedido a su hermano, su ejército no estaba preparado para una guerra de asedio. Los romanos habían guarnecido la ciudad y la habían reforzado con numerosos colonos. Asdrúbal fue rechazado. Ante la imposibilidad de tomar la ciudad, se dedicó a forrajear y a reclutar nuevas tropas. Poco después se enteró de que en Etruria se había producido un levantamiento contra Roma a causa de las levas y de los impuestos, y decidió aprovecharse de la situación. Se dirigió hacia allí atravesando la Galia Cisalpina, hostigado por Licinio, siguiendo la Via Emilia y la costa del Adriático; tras conquistar Ariminum llegó al valle del río Metauro. Durante el camino, Asdrúbal envió varios mensajeros a Aníbal para informarle de su situación, tratando de acordar con él un lugar donde encontrarse y unir sus ejércitos.

Allí, en la colonia de Sena Gallica, se encontraba el cónsul Marco Livio Salinator al mando de dos legiones. El pretor Licinio unió sus dos legiones a las de Salinator; los romanos se dispusieron a hacer frente a Asdrúbal.

Aníbal había planeado trasladarse a la Galia para unir su ejército con el de su hermano y, juntos, hacer frente a los romanos, ya que, aunque estos contaban con un gran número de legiones, parte de estas tropas debían permanecer como guarniciones en las ciudades importantes si no querían dejarlas indefensas ante posibles ataques púnicos, lo que mermaría el poderío del ejército romano. Por otra parte, Aníbal no podía abandonar el Bruttium con todo su ejército, ya que podría perderlo a manos de los romanos si lo dejaba indefenso, y con él, los dos únicos puertos por los que podría evacuar a sus tropas en caso de sufrir una derrota que le obligase a abandonar Italia: Locro y Croton. Además, si perdía el Bruttium, también perdería a unos aliados fieles que habían engrosado su ejército durante muchos de los años de su estancia en Italia.

Los romanos conquistaban las ciudades importantes que no podía ocupar Aníbal a causa de su escasez de tropas, restringiendo así la capacidad de movimientos del púnico. Este tomó todas las tropas de que podía disponer, formó un ejército con buena capacidad de maniobra y avanzó hacia Lucania, seguido por dos ejércitos romanos. Acampó en Grumentum, una de sus ciudades aliadas. Allí llegó desde Venusia con dos legiones el cónsul Nerón, a quien se unió el procónsul Quinto Fulvio Flacco con otras dos procedentes del Bruttium. En total, un ejército de cuarenta mil infantes y dos mil quinientos jinetes. La batalla que tuvo lugar no fue decisiva; Aníbal avanzó hacia Venusia, donde se produjo otro enfrentamiento en el que el ejército púnico perdió dos mil hombres. Durante la noche, Aníbal consiguió escabullirse de sus perseguidores avanzando por caminos de montaña y llegó a Metapontum, donde se encontraba su sobrino Hannón, hijo de Bomílcar, al mando de la guarnición de la ciudad. Aníbal reforzó sus tropas con los hombres de Hannón, envió a este al Bruttium para reclutar más hombres, regresó a Venusia por el mismo camino y desde allí avanzó sobre Cannae, donde acampó de nuevo.

Mientras tanto, el propretor Quinto Claudio Flaminio, que se encontraba estacionado en Apulia con dos legiones, capturó cerca de Tarentum a los mensajeros de Asdrúbal e informó a Nerón de la situación del púnico. El cónsul, consciente de la amenaza que supondría el encuentro de los dos hermanos en la Galia, informó de ello al Senado y le pidió permiso para avanzar hacia el norte. Su plan consistía en dirigirse hacia la Galia con una fuerza móvil, dejando un ejército para vigilar a Aníbal. Tras recibir la autorización de Roma, Nerón tomó tropas de caballería de varias legiones y una tropa de infantería selecta, en total mil jinetes y seis mil legionarios. Se dirigió al norte mientras dejaba un ejército de tres legiones y una tropa de aliados —en total, unos treinta y cuatro mil infantes y mil quinientos jinetes— bajo el mando de su lugarteniente, el legado Quinto Catio, y del procónsul Quinto Fulvio Flacco. Sus órdenes eran no enfrentarse al púnico en campo abierto.

Gracias a que sus hombres llevaban equipo ligero, Nerón llegó muy pronto a Sena Gallica, donde le esperaban Salinator y Licinio. Para evitar que los púnicos se diesen cuenta de su llegada, Nerón acomodó a sus exhaustos hombres entre los de su colega, pero Asdrúbal se enteró de su llegada a pesar de todo, por lo que decidió retirarse durante la noche, dejando un pequeño contingente en el campamento para que el enemigo no se diese cuenta de su maniobra. Se dirigió hacia el río Metauro y trató de encontrar un vado para sus hombres y elefantes. Pero sus guías, al darse cuenta de que la situación de los púnicos se había tornado complicada, desertaron y Asdrúbal pasó toda la noche buscando el vado que necesitaba. Su plan era cruzar el Metauro y tomar la Via Flaminia para presentarse ante Roma, defendida tan sólo por dos legiones urbanas que habían quedado como guarnición.

Sin embargo, Nerón ya había previsto ese movimiento. En el plan enviado al Senado había propuesto que, en caso de que Asdrúbal avanzase sobre la ciudad, las dos legiones se desplazasen hacia Narni, ciudad situada en la Via Flaminia, sobre el río Nar, y ocupasen el puente para impedir el paso del púnico al otro lado del río. Estas legiones serían sustituidas por la que se encontraba en Capua, bajo el mando del pretor Cayo Hostilio Tubulo, reforzada por levas de la ciudad.

Al amanecer, la caballería de Salinator y Nerón dio alcance al ejército púnico. Asdrúbal ya no tenía lugar donde escapar y se vio obligado a presentar batalla. Sus hombres fueron desplegados con prontitud, pues el ejército romano se les echaba encima. A su izquierda se alzaba una colina que terminaba en un barranco. Decidió que esa sería la defensa de su flanco izquierdo y situó sobre la colina a un contingente de galos aliados en los que apenas confiaba. Al menos, pensó, no podrían huir por aquel lugar. En el centro alineó en profundidad a los ligures, con la infantería ligera balear y africana y los elefantes delante. En el ala derecha desplegó, también en profundidad, a la infantería hispana, a la infantería pesada púnica, y a la caballería cerrando el flanco.

Los romanos, al ver que Asdrúbal al fin presentaba batalla, desplegaron a sus tropas. Para que las fatigadas tropas de refuerzo de Nerón no sufrieran un fuerte castigo durante el combate, Salinator las situó en el flanco derecho, frente al risco que ocupaban los galos aliados de Asdrúbal. En el centro se desplegaron las dos legiones romanas más los aliados al mando del pretor Licinio; a la izquierda, Salinator formó a sus dos legiones, a las correspondientes tropas aliadas y toda la caballería. No era difícil darse cuenta de que la parte decisiva de la batalla se libraría en aquel flanco, y Salinator quería asegurar la victoria.

Los romanos retiraron sus insignias a retaguardia para evitar que fuesen capturadas. Asdrúbal comenzó el combate como solía hacerlo: haciendo avanzar a los elefantes y la infantería ligera, que arrollaron a los *velites* e hicieron retroceder a los *hastati* de Salinator, quienes se agruparon con los manípulos de *principes* para oponer una línea consistente a sus adversarios.

Los ligures avanzaban poco a poco a pesar de la resistencia romana, y los veteranos de Asdrúbal, acostumbrados a luchar contra las legiones en Hispania, presionaban sus líneas con fuerza. El combate estaba indeciso, pero Asdrúbal estaba consiguiendo hacer retroceder al centro y la derecha romanos.

Entonces entró en acción Nerón. Al ver que no podía hacer retroceder a los galos a causa de la ventajosa posición de estos y que Salinator estaba en apuros, decidió ayudar a su colega. Los ligures, en su empuje contra el centro romano, habían roto la línea púnica, ya que los galos permanecían en su colina. Nerón no perdió el tiempo; dejó una parte de sus hombres para enfrentar a los galos, y con el resto penetró por el hueco para lanzarse contra la retaguardia de ligures e hispanos. El centro y la derecha púnicos quedaron destrozados entre el yunque y el martillo, tras ofrecer una gran resistencia; la caballería de Nerón se volvió sobre los galos y los masacró. Asdrúbal supo que todo estaba perdido, pero no iba a rendirse a Roma. Decidió morir con honor luchando en lo más cruento del combate.

Los romanos capturaron cuatro elefantes y mataron seis, e hicieron diez mil prisioneros. Por su parte, perdieron dos mil soldados romanos y aliados.

A Nerón aún le faltaba algo por hacer. Realizó el camino de vuelta hacia el campamento de Aníbal, tan veloz como había llegado a Sena Gallica. Llegó a Cannae en seis días. Ordenó arrojar la cabeza de Asdrúbal en el campamento de Aníbal y envió a dos oficiales púnicos de entre los prisioneros para que le contasen lo sucedido a orillas del río Metauro. Aníbal lloró a su hermano y maldijo a los romanos por su forma de actuar, pues él había tratado con honor a los cónsules vencidos. Supo entonces que todo estaba perdido, ya que Hispania pronto sería propiedad de los romanos sin un general brillante que defendiese las posesiones púnicas, y él mismo también estaba perdido en Italia, sin esperanza de recibir nuevos refuerzos.

Cuando el Senado romano conoció la noticia, declaró tres días de acción de gracias y premió al cónsul Salinator con el triunfo. Sin embargo, cuando este paseaba en su carro triunfal, al aparecer Nerón tras él en su caballo blanco, la multitud le aclamó a él, pues sabía que había sido el auténtico artífice del triunfo sobre Asdrúbal.

Cartago había sufrido una dura derrota en Italia y ya no poseía en Hispania más que parte del valle del Betis, es decir, la Turdetania. Pero Escipión sabía que los púnicos defenderían con uñas y dientes la base naval más importante que les quedaba en Hispania: Gades. Ahora la iniciativa en Hispania estaba en manos romanas. Escipión no iba a dar un solo instante de respiro al rival; no podía dejar que su enemigo, herido ya de gravedad, se recuperase. Debía actuar con rapidez para asestarle el golpe definitivo.

V

Valle del Betis, verano de 207 a. C.

Publio Cornelio Escipión observaba sobre su fogosa montura negra cómo sus tropas levantaban el campamento junto a la ciudad de Castulum. Apenas había amanecido, pero el calor de la región bética ya se hacía notar. Junto al general se encontraban su hermano Lucio y sus subordinados, Lelio y Silano. Escipión tenía buenas razones para estar satisfecho: las noticias de aquella primavera eran buenas para Roma. Además, contaba con un poderoso ejército de cuarenta y cinco mil infantes, veinticinco mil de ellos romanos, y tres mil jinetes, un ejército con el que podría vencer a los púnicos, tomando sus ciudades una a una si era necesario. Pero él no quería detenerse demasiado tiempo en el valle del Betis, deseaba decidir la suerte de la guerra en una batalla decisiva y llegar cuanto antes a Gades. Actuando con rapidez, acabaría con el dominio púnico en Hispania y también, de manera indirecta, con las correrías de Aníbal en Italia. Una nueva victoria en Hispania, unida a la del Metauro, minaría aún más la moral de los púnicos. Entonces el Senado de Cartago llamaría a Aníbal de vuelta a África. Si la guerra iba a África, tendría la oportunidad de conquistar Cartago. Su estrategia estaba dando los mejores resultados.

En consecuencia, el comandante en jefe de las tropas romanas en Hispania decidió avanzar directamente hacia Gades siguiendo el curso del Betis, esperando que los púnicos le salieran al encuentro y presentasen batalla en campo abierto. Si se encerraban en Gades, les ocurriría lo que en Cartago Nova: la ciudad terminaría cayendo, bien por las armas, bien por hambre, pero un nuevo asedio le costaría un tiempo que no deseaba perder, y la ciudad-isla de Gades le retrasaría demasiado. La moral era muy alta entre las legiones debido al número de victorias consecutivas, a las buenas noticias llegadas desde Italia y a la justificada fe ciega de los soldados en su joven general. Por el contrario, los púnicos sólo recibían reveses en el campo de batalla y las tropas debían estar muy desmoralizadas. A pesar de todo, los espías de Escipión le habían informado de que Asdrúbal Giscón, el general que había derrotado a su padre en Castulum, había conseguido reunir un gran ejército y marchaba hacia el nordeste, remontando el curso del Betis, para enfrentarse a las legiones de Roma. Asdrúbal Giscón era hijo de Giscón, un general púnico que se había distinguido en la primera guerra librada entre Roma y Cartago. Ahora Escipión esperaba que el hijo estuviera a la altura de su padre y que fuese capaz de presentar batalla a sus legiones.

Los *cornicines* hicieron sonar sus instrumentos, obligando al ejército a ponerse en marcha. Como era habitual en terreno hostil, se formaron las tres columnas de *triarii*, *principes* y *hastati*; el convoy con la impedimenta, dividido en dos, se situó entre ellas.

—Bien –dijo Escipión a sus oficiales mientras se situaban entre las dos legiones–, marchamos sobre Gades. Que los hombres estén atentos a los posibles ataques. Espero que los púnicos presenten batalla pronto, y que esta campaña sea definitiva para el curso de la guerra.

—Ojalá tengas razón –observó Lucio, que había situado su montura junto a la de su hermano–; espero que los indígenas se unan a nosotros o, al menos, decidan mantenerse neutrales.

—Si todos los indígenas que habitan este condenado valle se alzasen contra nosotros –intervino Silano–, la lucha sería dura.

El corpulento propretor estaba visiblemente contento ante la perspectiva de entrar de nuevo en combate. Sonreía sólo de pensarlo, sudando bajo el casco corintio.

—No os preocupéis –les tranquilizó Escipión–. Conocen el desarrollo de la guerra porque me he encargado de que se les informe de forma adecuada de todo, incluido lo que ha pasado en el Metauro; saben que Roma está venciendo a Cartago en Hispania y en Italia, que somos más fuertes que los púnicos. Además, estamos acabando con sus opresores. La propaganda es un instrumento muy útil. No creo que osen salir de sus casas si no es para aclamarnos como sus aliados, como vencedores de los púnicos. Fortuna ha hecho girar su rueda y ahora nosotros estamos arriba.

—Sí –apuntó Lelio–, no son estúpidos ni temerarios, saben en qué bando les conviene estar. La victoria está muy cerca de nuestro lado.

Marcharon durante varios días por el amplio y rico valle del Betis, alejándose de las moles montañosas del Saltus Castulonensis, dejando a su derecha las brillantes aguas del río cada vez más ancho y caudaloso, sufriendo el calor y los insectos de la Turdetania. Cada día les llegaban nuevas noticias sobre los indígenas y los púnicos; cada vez se les unían más aliados.

Al fin, cuando se encontraban cerca de la ciudad de Ílipa, un *frumentarius* se acercó cabalgando a Escipión y su estado mayor.

—Los *extraordinarii* informan —dijo el oficial— de que han visto soldados púnicos a doce millas de aquí.

—¿Son tropas en orden de batalla o sólo se trata de grupos de soldados vivaqueando? —preguntó Silano.

—Sin duda se trata de la vanguardia del ejército púnico —aseguró el *frumentarius*—, según han informado a los exploradores unos indígenas de ciudades cercanas. Su comandante es Asdrúbal Giscón. Avanzan hacia nosotros, aunque su marcha es lenta.

—Bien, puedes irte —dijo Escipión—. Informadme inmediatamente de cualquier movimiento del enemigo.

El *frumentarius* se alejó al galope y Escipión se volvió hacia su hermano.

—Lucio, envía a un tribuno en busca de un lugar ventajoso para acampar.

—¡Por Marte! —dijo Silano lanzando una carcajada—. ¡Han mordido el anzuelo! ¡Los púnicos nos atacan! Por fin podremos medirnos a ellos.

—Yo más bien invocaría a Minerva —intervino Lelio—, pues lo que vamos a necesitar es sabiduría, y también a Fortuna en nuestro bando. Me temo que esta batalla va a decidir en gran medida quién dominará Hispania.

—Sólo si nosotros vencemos, amigo mío —le corrigió Escipión—. Sólo si Roma vence estará claro quién es el dueño de Hispania. Porque si vencen los púnicos, la situación aún no estará decidida, a menos que este ejército sea aniquilado y todos nosotros caigamos. Supongo que es un intento desesperado de los púnicos de conservar lo poco que les queda en Hispania.

—No serán capaces de expulsarnos de Hispania —dijo Lucio—, aunque nos derroten.

—No quieren expulsarnos de Hispania, Lucio —explicó su hermano—; mejor dicho, no pueden. Al menos por el momento no pueden conseguirlo. Lo que necesitan es una victoria, aplastante si es posible, para ganar tiempo y tratar de ayudar a Aníbal en Italia. Aníbal es su única esperanza de vencer a Roma. Esa esperanza es que él triunfe en Italia. Si Italia cae, si los aliados italianos rompen su alianza con nosotros, se unen a Aníbal y al fin la misma Roma cae en manos de los púnicos, ¿de qué servirá que conservemos Tarraco, Cartago Nova y todo lo demás? Tenlo muy claro, Lucio, tenedlo todos muy claro: si Aníbal entra en Roma, nuestros esfuerzos serán vanos. Hasta ahora, los púnicos han utilizado la misma estrategia que Quinto Fabio Máximo *Cunctator* en Italia durante tantos años: eludir la batalla, el enfrentamiento directo, esperando que se desarrollaran los acontecimientos. Confiaban en que Asdrúbal consiguiera reunirse con Aníbal, llevando consigo a los supervivientes de Baecula y quizá con algunos aliados recogidos en su camino, y volver a formar un ejército tan poderoso como el que nos venció en Cannae, pero ha caído en las orillas del Metauro y tienen que actuar deprisa, pues la situación de Aníbal en Italia empeora por momentos.

—Entonces –preguntó Silano–, ¿por qué no ha pedido el Senado que le enviemos más hombres para combatir contra Aníbal en Italia en vez de mantenerlos aquí, en Hispania? Podríamos prescindir incluso de dos legiones.

—Muy fácil, amigo mío –respondió Escipión–. Para los púnicos, Hispania es vital, tanto como lo es Italia para nosotros. Necesitan todos los suministros que les ofrece esta tierra para mantener a Aníbal a las puertas de Roma. Si pierden a sus aliados hispanos, sus suministros de alimentos, oro, plata, metales, madera, y tantas otras cosas, la suerte de Aníbal en Italia estará echada. Sin Hispania están perdidos, y nosotros nos encargaremos de conseguirlo. Espero que en poco tiempo, en cuanto derrotemos a ese ejército y lleguemos a las puertas de Gades. Hasta hace poco, no estaba seguro de que Aníbal no consiguiese destruir la liga italiana y pasearse victorioso por el Foro. Pero ahora sé que eso no ocurrirá.

—¿Cómo puedes estar seguro? –inquirió Silano.

—No estoy seguro, pero ahora es casi imposible que eso suceda. La derrota de Asdrúbal en el Metauro ha privado a su hermano de la última posibilidad de obtener refuerzos, de nutrir a sus tropas con nuevos hombres de total confianza. Su ejército ya está muy menguado, los pocos hombres que le quedan ya están cansados de tantas guerras, de estar tantos años lejos de sus casas; Aníbal no podrá hacer frente a nuestras legiones con garantías de victoria. Él mismo sabe que su suerte en Italia está decidida.

El campamento fue emplazado en un altozano a dos millas y media de la ciudad de Ílipa. Mientras los legionarios construían la zanja y el terraplén, Escipión inspeccionó los alrededores acompañado de su estado mayor y de los lictores.

Invitó a cenar en su tienda a sus oficiales de mayor rango, pero antes convocó a los tribunos, a los prefectos y a los jefes indígenas aliados para explicarles la táctica que había decidido emplear ante el ejército de Asdrúbal Giscón.

—La llanura que tenemos enfrente, en la que es muy probable se librará la batalla, es muy amplia –dijo a los presentes–. Esperaremos formados a que lleguen los púnicos.

—Pero –interrumpió Silano, siempre impaciente– ¿por qué no les atacamos por sorpresa en cuanto amanezca? ¡Les aplastaríamos con facilidad!

—No, Marco Junio, escúchame –respondió el general mirándolo con severidad–. He analizado cuidadosamente la situación, y creo que la táctica que utilizaremos esta vez será diferente. Como decía, esperaremos a que lleguen ante nosotros. La caballería aliada formará en el ala izquierda, y la caballería romana estará en el ala derecha. La infantería hispana y las legiones itálicas formarán en las alas, y las legiones romanas formarán en el centro, en la manera habitual. Sin embargo, haremos lo posible para no entrar en combate.

—¿Cómo? —exclamó Silano sorprendido—. ¿No atacarles? ¿Qué te propones hacer? ¿Dejar que nos destrocen?

—Por supuesto que no —afirmó Escipión sonriendo—. Voy a hacer lo mismo que su mejor general. Utilizaré la misma táctica con la que Aníbal nos humilló en Cannae.

—¿Vas a utilizar una táctica púnica contra los púnicos? —preguntó Lucio pensativo.

—Recordad que ya funcionó en Baecula —respondió el general—. Opino que Asdrúbal Giscón no es demasiado buen general, al menos no tanto como Asdrúbal Barca, el hermano de Aníbal, a quien ya derrotamos en Baecula. Ellos no esperarán que combatamos así; pensarán que lucharemos como siempre y esperarán una batalla en línea, en la que tendrían la mayor probabilidad de vencer, si es cierto que su ejército es mayor que el nuestro. Tened en cuenta que se aprende más de los fracasos que de los éxitos y, a veces, la mejor lección puede venir de nuestro peor enemigo.

Escipión continuó explicando la táctica a sus oficiales. Cuando estuvo claro lo que el general esperaba de ellos, les ordenó que diesen las instrucciones pertinentes a sus soldados a la mañana siguiente. Después, los despidió y cenó relajado con su estado mayor.

La mañana siguiente amaneció nublada. Pesadas nubes grises oscurecían la luz del sol. El ambiente era ya bochornoso cuando los legionarios fueron llamados a formar. Ante todo el ejército, Escipión consultó a los dioses sobre si la batalla sería propicia a Roma. Hizo sacrificios y los augures le confirmaron que la diosa Fortuna estaba de su parte. Escipión sonrió satisfecho cuando el augur le comunicó el resultado; sin perder un instante ordenó a su ejército formar en orden de batalla. Las tropas se desplegaron en la llanura tal como su general había dispuesto la noche anterior, esperando a los púnicos. Silano, al frente de la caballería romana, comandaba el flanco derecho, Lelio el izquierdo, al mando de la caballería aliada, y Lucio permanecía junto a su hermano, tras las legiones que integraban el centro de la formación romana.

Escipión había situado a sus tropas en la formación de batalla habitual que solían utilizar los romanos: las legiones romanas se encontraban en el centro de la formación, flanqueadas por las *alae* de aliados italianos y el resto de las tropas indígenas aliadas, con la caballería cubriendo los flancos. También la disposición de las legiones era la habitual antes de comenzar la batalla, el *triplex acies*. Los *hastati* formaban la primera línea, ordenados en manípulos, entre los que dejaban el espacio equivalente a un manípulo. Detrás, en la segunda línea, se situaban los *principes*, alineados con los huecos que habían dejado los *hastati*; en la tercera línea se colocaban los *triarii*, que se alineaban con los huecos dejados por los manípulos de *principes*. Los *velites* se situaban delante de la línea de *hastati*, en aparente desorden.

Dentro de cada una de las líneas, cada manípulo formaba con su centurión en jefe, el centurión elegido, a la derecha, mientras el otro centurión, el designado, se situaba a la izquierda. Por su parte, los dos *vexilliarii* solían situarse en cabeza del manípulo, aunque durante el combate solían permanecer en el centro de su respectiva centuria. A la hora de entrar en combate, los legionarios se separaban ligeramente para lanzar sus *pila* y cubrir los huecos entre los manípulos, de manera que la rígida formación inicial se transformaba en otra más flexible que permitía un mayor margen de maniobra a los legionarios.

—Bien, Lucio –dijo Escipión–, ha llegado la hora. Espero que Niké nos guíe hacia la victoria.

Casi habían pasado dos horas de espera bajo las nubes plomizas cuando uno de los *frumentarii* galopó hacia Escipión.

—¡Ya están ahí! –informó jadeante–. Se acercan en orden de batalla. Su ejército es numeroso, mayor que el nuestro, al menos cincuenta mil infantes y cinco mil jinetes. Además, ¡tienen elefantes!

Escipión asintió en silencio; ordenó que las tropas estuvieran atentas. Pronto pudieron ver a los púnicos a lo lejos. Se acercaban despacio desde el sudoeste formando una falange, con la caballería númida y la hispana formadas en ambas alas. Algunos exploradores a caballo galopaban aquí y allá por delante de las filas ordenadas. En las alas marchaban los infantes hispanos aliados de los púnicos, tocados con sus gorros de fibra con cresta roja, protegiéndose con sus alargados escudos y empuñando sus temibles *saunion*. Formando el centro avanzaba la infantería púnica, vestida a la usanza helena, con yelmos tracios, grebas atadas con correas, escudos redondos y las pesadas lanzas de siete metros. Escipión pudo ver el estandarte púnico, coronado por un disco y una media luna creciente. Cuando se encontraba a una distancia de un tiro de lanza de los *velites*, sonaron las trompetas; el ejército púnico de Asdrúbal Giscón se detuvo, esperando los habituales lanzamientos de *pila* de los legionarios. Pero estos, obedeciendo las órdenes, se mantuvieron inmóviles. El silencio pesaba tanto como las nubes que cubrían el cielo, apenas roto por el piafar y el relincho de los caballos inquietos. Los hombres de ambos bandos, tensos, miraban a sus adversarios apretando las mandíbulas, cerrando con fuerza las manos sobre las armas. Los legionarios observaban con cierto temor y nerviosismo a los elefantes alineados por delante de las filas enemigas, temiendo ser aplastados bajo las gruesas patas de aquellos enormes animales cuando sus conductores les hiciesen avanzar hacia ellos.

Pero nadie se movió. Asdrúbal Giscón aguardaba a que los romanos tomasen la iniciativa, a pesar de que sus efectivos eran mayores. Era la táctica habitual de los romanos, y desconfiaba de que no la pusieran en práctica. Por su parte, Escipión también esperaba, pero nadie sabía a qué, ni siquiera sus oficiales de confianza. Durante todo el día, ambos rivales se mantuvieron en formación frente a frente, pero sin que se intercambiase ningún tipo de enfrentamiento, ni siquiera verbal. Al anochecer, ambos ejércitos se retiraron a sus respectivos campamentos sin haber entablado combate.

La extraña situación se mantuvo igual durante varios días. Romanos y púnicos formaban sus tropas por la mañana, después de desayunar, se mantenían frente a frente durante toda la jornada, y se retiraban a sus campamentos al anochecer sin entablar combate. Lelio y Silano preguntaban constantemente a Escipión el porqué de esta situación e insistían cada vez más en atacar a los púnicos, pero este no les respondía; se limitaba a sonreír, a levantar la mano para que guardasen silencio y a mirar hacia las filas enemigas. Ahora que el ejército púnico se encontraba ante él, no tenía prisa por entrar en combate. Deseaba que su plan funcionase a la perfección, para lo cual era imprescindible que fuesen los púnicos quienes llevasen la iniciativa en la batalla. Por su parte, Lucio observaba en silencio a su hermano preguntándose qué tramaba, pero sabiendo que las razones que le llevaban a obrar de tal modo eran poderosas.

Por fin, una mañana, el ejército romano formó antes de la hora del habitual desayuno; Escipión había tomado una decisión y había obligado a sus hombres a levantarse antes del amanecer. El general envió patrullas para atacar a las avanzadillas púnicas, al mismo tiempo que, marchando con el grueso de sus tropas, obligó a Asdrúbal a formar a su ejército a toda prisa. Cuando las líneas púnicas estuvieron formadas, Asdrúbal se dio cuenta, demasiado tarde, de que Escipión había cambiado la disposición de sus hombres: ahora las tropas hispanas y las *alae* formaban el centro de su ejército, con las legiones romanas en los flancos de la formación. El general púnico supo entonces que Escipión intentaría un movimiento envolvente, y supo también que era tarde para cambiar su propia formación; en aquel momento tuvo miedo, pero aun así confiaba en la capacidad de su caballería en los flancos y en la experiencia de su infantería africana en el centro. Ahora veía clara su táctica: rompería el centro romano porque sus africanos eran mejores combatientes que los hispanos de Escipión; entonces su caballería númida destrozaría a la de su enemigo y después aniquilaría la retaguardia de las legiones. Pondría en fuga a aquel engreído romano y, si conseguía capturarlo, tal vez podría cambiar el sino de aquella guerra.

Sin embargo, Escipión ordenó a su ejército que se detuviera a la misma distancia del enemigo que los días anteriores. Los púnicos no habían tenido tiempo de desayunar. Esperar en pie, sin poder probar bocado adecuadamente, los cansaría conforme fueran pasando las horas. Había que ser pacientes.

El tiempo pasó muy despacio. Asdrúbal empezaba a respirar aliviado, pensando que su rival repetía su táctica de días anteriores. Sin embargo, no acertaba a adivinar sus intenciones. Un día tras otro le mostraba su ejército, pero no entablaba combate. Tal vez trataba de ganar tiempo, esperando nuevos refuerzos. Pero no, sus agentes no le habían informado de movimientos de tropas romanas. Estaba despistado, pero lo más importante era hacer frente al ejército que tenía delante. Sus hombres comenzaron a protestar, a pedir agua y comida. Pero no era tan fácil distribuir alimentos. En cuanto Escipión advirtiese una mínima relajación en sus filas, lanzaría su ataque. No se podía permitir perder la batalla por dar de comer a sus hombres.

Y entonces, poco antes del mediodía, Escipión dio la orden de ataque y su ejército avanzó contra el enemigo.

Las tropas romanas se acercaban muy deprisa a las líneas púnicas. Pocos minutos más tarde, Asdrúbal Giscón dio la orden de ataque, aún desconcertado por el repentino cambio de táctica de Escipión. Las trompetas sonaron con fuerza en el bando púnico, y el ejército comenzó a avanzar con un griterío ensordecedor.

Escipión conocía bien a las fuerzas adversarias; sabía que los jinetes númidas, que montaban sin brida, bocado ni silla, eran completamente inútiles como fuerza de choque. Su verdadero valor residía en que eran insuperables para la descubierta y para la persecución del enemigo en fuga. Por lo tanto, era imprescindible que su caballería aliada resistiese el ataque de los númidas, dirigidos por el rey Masinissa, y que no fuesen atraídos por ellos a una emboscada. Sin perder un instante envió a su caballería aliada y a los *velites* contra los elefantes. Tenía que acabar con aquella amenaza cuanto antes. Las bestias comenzaron a barritar enfurecidas y a revolverse cuando recibieron los certeros impactos de las jabalinas de los *velites* y los venablos de los jinetes. A pesar de los esfuerzos de sus conductores para calmarlos y dirigirlos contra las filas romanas, no tardaron en desbandarse, barritando enloquecidos, arrollando a la sorprendida caballería de Asdrúbal e inutilizándola. El púnico veía que sus planes comenzaban a torcerse.

Entonces entró en escena la infantería. Las legiones chocaron con los hispanos aliados de Asdrúbal. El combate era encarnizado; por todas partes se oían los gritos de los hombres heridos o moribundos, los relinchos de los caballos, mezclados con el entrechocar de las armas y los toques de las cornetas de ambos bandos, comunicando las órdenes de los comandantes. Se levantó una densa polvareda, causada por la sequedad del terreno, que envolvió a los combatientes, mientras efectuaban alternativamente sus movimientos de repliegue y ataque.

Las expectativas de Escipión se cumplían de manera inmejorable: su caballería resistía en las alas el empuje de los jinetes hispanos y númidas, diezmados por sus propios elefantes en fuga, e incluso Lelio comenzó a hacer retroceder a la caballería hispana en el flanco izquierdo del ejército romano. Parecía que el no haber podido desayunar estaba afectando a las fuerzas del enemigo. Escipión sabía que corría un gran riesgo al situar a los indígenas hispanos en el centro mientras sus legiones se encontraban en los flancos, pues así el centro quedaba expuesto al ataque de la infantería púnica, más peligrosa y combativa que los hispanos aliados de Asdrúbal. Sin embargo, los africanos parecían desconcertados ante el ataque romano en las alas y no se decidían a atacar a los hispanos que tenían delante. El general se preguntó durante mucho tiempo después de aquel combate por qué la falange púnica no había avanzado contra la línea hispana que ocupaba el centro de la formación romana. Aquel movimiento hubiese podido desbaratar todos sus planes.

El cielo, que había amanecido despejado, se había ido cubriendo de nubes tormentosas durante la mañana. Hacia el mediodía comenzaron a caer las primeras gotas de lluvia. Escipión exigió entonces un último esfuerzo a las tropas. En las alas, tras un brioso combate, los jinetes de Masinissa y los hispanos fueron derrotados y perseguidos por la caballería romana. Las legiones resistieron con su eficacia habitual el cuerpo a cuerpo con la infantería hispana, pese a las temibles *falcatas* que blandían los indígenas y a la pericia de los honderos baleares; a pesar de la feroz resistencia de los hispanos, consiguieron dispersarlos tras un encarnizado enfrentamiento. En aquel momento se oyó un gran clamor en medio de la batalla: Attenes, un caudillo turdetano aliado de Cartago, decidió pasarse entonces al bando romano; a una orden de su jefe, los turdetanos se giraron en redondo y comenzaron a utilizar sus afiladas *falcatas* contra los púnicos, ante el estupor y la rabia de sus, hasta ese momento, aliados.

Aquel suceso terminó por decidir la batalla a favor de los romanos. La falange púnica se hundió al perder el apoyo de sus alas; sus hombres comenzaron a huir en el momento en que la caballería romana regresaba y les atacaba por retaguardia, destrozados por las espadas romanas y por las *falcatas* hispanas, o aplastados bajo los cascos de los caballos. El ejército púnico se deshacía entre la infantería hispana, las legiones y la caballería; habían sido derrotados por completo. Asdrúbal Giscón dio la orden de retirada y comenzó a galopar hacia Gades sin mirar atrás. Hacía rato que lloviznaba, pero en el momento de la derrota púnica la lluvia se tornó torrencial. Los soldados y oficiales púnicos resbalaban en el barro ensangrentado mientras trataban de huir de la muerte o la esclavitud y eran diezmados por los legionarios romanos.

Escipión decidió que, en aquellas condiciones, la persecución podría ser peligrosa y agotadora para sus hombres, por lo que les impidió hostigar a los púnicos. Las trompetas sonaron de nuevo para hacer regresar a los legionarios. Sobre el campo de batalla, además de los muertos y heridos, sólo quedaba un pequeño grupo de númidas que aún combatían sobre una colina, capitaneados por el rey Masinissa. El general ordenó a Silano, exultante por la victoria, que la rodease y terminase con toda resistencia. Retornó al campamento con el resto de sus tropas, agotadas por el duro combate, pero victoriosas. Sabía que el camino hacia Gades estaba despejado de enemigos y que la suerte de la guerra en Hispania estaba decidida.

VI

La última resistencia del númida Masinissa sobre la colina fue vencida sin necesidad de armas: llegó a un acuerdo con Marco Junio Silano y se rindió, prometiendo aliarse con Roma. Escipión se retiró entonces a su base de Tarraco, dando por concluida la campaña de aquel año. Tenía buenas razones para sentirse satisfecho por el resultado. Los púnicos se habían retirado a Gades.

Ya en la primavera del año siguiente, Marco Junio Silano fue encargado de sitiar Castulum, que se había sublevado contra los romanos durante el invierno anterior. Al final, la ciudad fue entregada a Silano por Cerdúbelo, un jefe turdetano que simpatizaba con los romanos. Mientras, Escipión conquistó Iliturgi y acto seguido se retiró a Cartago Nova para celebrar unos fastuosos juegos fúnebres en memoria de su tío y de su padre, muertos años antes en la guerra contra los púnicos. Durante este tiempo, Silano y Marcio se dedicaron a saquear la comarca de Castulum. Los romanos necesitaban dinero urgentemente para pagar a sus tropas y evitar posibles motines.

Marcio sitió la ciudad de Astapa, que se había mantenido fiel al bando púnico pese a la evidente superioridad romana sobre los ejércitos de Cartago. Sus habitantes habían capturado a los forrajeadores de las legiones, y a los incautos mercaderes desperdigados por el campo que osaban internarse en territorios aún no controlados por las legiones les habían despojado de todo cuanto llevaban encima, e incluso habían asesinado a algunos de ellos. La ciudad resistió el asedio hasta la muerte por suicidio en masa de sus habitantes, quienes, cuando vieron las legiones al otro lado de sus murallas, comprendieron que, debido a su actuación, no apaciguarían la furia de los romanos ni siquiera rindiéndose. Como no esperaban resistir un asedio ni mucho menos vencer al ejército romano, los indígenas amontonaron en la plaza de la ciudad sus objetos más preciados, colocaron sobre ellos a sus esposas e hijos, y levantaron una pira alrededor sobre la que apilaron haces de ramaje seco. Dejaron en la ciudad una guardia de cincuenta hombres que vigilasen el lugar mientras el resultado del combate fuese dudoso, y se dispusieron a presentar batalla. Las instrucciones para los guardianes de la ciudad eran claras: si los guerreros que se disponían a combatir eran derrotados y la ciudad corría el riesgo de caer en manos de Marcio, sería porque todos los que habían luchado estaban muertos. En ese caso, debían encender la pira para que no quedase nada valioso en manos del enemigo. A esta orden, añadieron terribles invocaciones y conjuros a los dioses para que castigasen a aquellos que vacilasen, por traición o debilidad, a la hora de cumplir las órdenes.

El combate fue feroz; el ímpetu de los indígenas puso en peligro el campamento romano en dos ocasiones. A pesar de todo, las legiones eran más numerosas y estaban mejor adiestradas. Finalmente acabaron con la resistencia de sus rivales. Sin embargo, la matanza más espantosa ocurrió dentro de la ciudad: siendo evidente la derrota de los indígenas, las mujeres y los niños eran degollados por los guardias y, aunque la mayoría de ellos aún estaban vivos, eran arrojados a la pira encendida, empapada por la sangre de los sacrificados. Después, los propios guardias se precipitaron sobre las llamas. Cuando llegaron los romanos al lugar, la matanza ya se había consumado. Atónitos, contemplaron la terrorífica escena durante largo rato. Sin embargo, muchos de ellos codiciaron las riquezas que aún brillaban, fundiéndose en medio del fuego, y algunos murieron devorados por las llamas al intentar sacar de ellas aquellos tesoros. Así cayó Astapa, y Marcio quedó tan impresionado por el valor de sus habitantes que, por orden suya, la ciudad no fue arrasada por sus legionarios.

Acto seguido, Escipión planeó la toma de Gades, la última base importante que les quedaba a los púnicos en Hispania. Para ello, como había caído enfermo, ordenó a Marcio y a Lelio que llevasen a cabo una operación conjunta por tierra y por mar para conquistar la ciudad-isla. Lelio se dirigió hacia allí con su flota, pero tropezó durante la travesía con una pequeña escuadra de ocho naves capitaneada por el púnico Adérbal, que transportaba prisioneros a Cartago. Venció a su rival, pero el combate alertó a los defensores de Gades, que se aprestaron a rechazar el ataque romano. Como el factor sorpresa, que era en el que se basaba el asalto, había fallado, los romanos decidieron suspender la operación debido a la dificultad para sitiar la poderosa fortaleza púnica.

Pero los problemas se multiplicaban para Escipión: al enterarse de la enfermedad del general, creyendo por un rumor que su muerte estaba cercana, las tropas acuarteladas en la ciudad de Sucro se sublevaron y expulsaron a los tribunos del campamento con el pretexto de que les retrasaban el pago de los estipendios. Al mismo tiempo, más al norte, los ilergetas, ausetanos y lacetanos, comandados por Indíbil y Mandonio, con el apoyo de los púnicos, invadieron los territorios vecinos de los suessetanos y edetanos, aliados de Roma, con un ejército de treinta mil infantes y cuatro mil jinetes. La situación se tornaba crítica para los romanos. El mismo Escipión, a pesar de su enfermedad, tuvo que ponerse al frente de las legiones. Venció a los indígenas en territorio lacetano, a los que causó fuertes pérdidas: cerca de mil doscientos muertos y más de tres mil heridos. Indíbil consiguió escapar con parte de su ejército, pero Mandonio se entregó a los romanos y fue crucificado.

Mientras tanto, Magón, el hermano de Aníbal, se enteró de los problemas de Escipión. A pesar de que el Senado cartaginés le había ordenado acudir a Italia a auxiliar a su hermano, decidió hacer un intento de reconquistar Cartago Nova. Su operación fue un fracaso, pues sus tropas se dispersaron por la playa cercana a la ciudad, dedicándose a saquearla, por lo que la guarnición romana tuvo tiempo de reaccionar y rechazó el ataque sin ninguna dificultad. Pero la mayor sorpresa se la llevó Magón a su regreso a Gades: se encontró con que los habitantes de la ciudad le habían cerrado las puertas. El general púnico, enfurecido por la traición, desembarcó en la cercana aldea de Cimbis y envió emisarios a Gades con el pretexto de negociar con los magistrados gaditanos. Cuando estos acudieron a hablar con el Bárcida, Magón los apresó y ordenó que los crucificaran como escarmiento a la ciudad rebelde. Sin embargo, este castigo fue inútil, pues los gaditanos, sintiéndose protegidos por sus murallas, no cambiaron de opinión. Magón, todavía furioso, comprendió que había perdido la ciudad y se embarcó hacia su base de Mahón en las islas Baleares.

Así, Gades, la última de las colonias púnicas en Hispania y una de las más importantes, se entregó a Roma, con lo que la presencia de Cartago en Hispania llegaba a su fin.

Los romanos firmaron pactos con aquellas ciudades que habían negociado la paz con ellos y se habían rendido sin resistencia. Estos tratados les garantizaban a aquellas ciudades una amplia autonomía administrativa, leyes propias, la posibilidad de acuñar sus propias monedas, además de prometerles que no tendrían que pagar impuestos ni albergar guarnición romana alguna. Entre las ciudades que gozaban de estas condiciones se encontraban Gades, Saguntum y Emporion.

Al año siguiente, a principios de verano, Escipión fundó la colonia de Itálica en el valle del Betis con el objetivo de controlar las rutas que atravesaban aquel lugar y cuidarse de que nadie se rebelase. Después partió de nuevo para Tarraco. Desde la base romana regresó de nuevo a Gades por mar para negociar con el númida Masinissa su adhesión definitiva al bando romano.

Tras cinco largos años de guerra en Hispania, y habiendo conseguido su gran objetivo de expulsar a los púnicos de allí, Publio Cornelio Escipión regresó a Italia, entregando el ejército de Hispania a Silano y a Marcio. El primero tendría el mando de las tropas hasta la llegada del nuevo procónsul.

Roma dominaba entonces la costa del mar Interior, desde los Pirineos hasta las Columnas de Hércules, y más allá, hasta el territorio de los conios; hacia el interior, dominaba el valle del Betis hasta los territorios de los túrdulos y los oretanos. El Senado dividió el territorio conquistado hasta aquel momento en dos provincias con el fin de administrarlo y explotarlo mejor: la Hispania Citerior, que englobaba los territorios al norte del Iberus; y la Hispania Ulterior, que constituía el resto de las tierras hispanas dominadas por Roma. Esta división originaba que tuviesen que ser elegidos dos nuevos magistrados con poder proconsular.

Influido por el mismo Escipión, el Senado envió a Hispania como procónsules a Lucio Cornelio Léntulo a la Citerior y a Lucio Manlio Acidino a la Ulterior, a pesar de que ninguno de los dos había cumplido aún las magistraturas superiores que incluían mando militar. El ejército romano se redujo a una legión más quince cohortes aliadas en cada una de las dos provincias.

VII

Los vacceos que trabajaban en los campos al norte de Albocela observaron azorados al jinete que se dirigía al galope hacia la ciudad bajo las finas gotas de lluvia de aquel otoño desapacible. Por fortuna para los albocelenses, la cosecha recogida durante el verano había vuelto a ser abundante, pero los lobos volvían a descender de las colinas, aullando en la noche, merodeando por las cercanías de la ciudad en busca de alguna res descuidada. Esto significaba una mala señal para todos ellos. Todo hacía sospechar que el invierno sería frío y duro. Los albocelenses se envolvían en sus capas de lana para protegerse de la fina lluvia y del viento molesto que el otoño había traído consigo.

El jinete entró en la ciudad como un rayo, entre las protestas de los transeúntes que corrieron el peligro de ser arrollados, y se presentó ante la sala de asambleas, identificándose como un mensajero llegado desde Intercatia. Le hicieron entrar en la estancia para que se calentara ante el fuego y condujeron su caballo agotado y sudoroso a un establo. Aquella noche habría asamblea; los albocelenses deseaban conocer las últimas noticias sobre los romanos y la situación de la guerra.

Al caer la tarde, los albocelenses fueron convocados a asamblea en el gran salón central de la ciudad. Se trataba de una gran cabaña que se alzaba en el centro de la localidad, compuesta por una sola estancia en la que se reunían los albocelenses para celebrar sus asambleas. Poco a poco, la gran sala se fue llenando de gente, que se sentaba en asientos más o menos cerca de los druidas y los ancianos del clan, conforme a su rango. Aro entró acompañado por Coriaca, Docio, Maducena, Silo y otros guerreros clientes suyos. Pudo ver, sentados junto al fuego, a los druidas y a los ancianos, entre los que se encontraba Buntalo. Junto a ellos, silencioso, se sentaba el mensajero llegado de Intercatia. Mientras Coriaca y Maducena se dirigían hacia otra parte de la gran estancia, Aro y los demás se acomodaron en los lugares próximos a los ancianos, reservados a los guerreros principales del clan, entre los que se encontraba Aro.

La sala se llenó muy pronto de gentes que hablaban en murmullos y observaban impacientes al forastero, que permanecía sentado junto al fuego. Entonces, uno de los druidas se puso en pie, levantó la mano derecha para que todos callasen y habló.

—¡Albocelenses! –Su voz sonó cavernosa en la estancia atestada–. Como la mayoría de vosotros sabe, esta tarde ha llegado a la ciudad un mensajero de Intercatia con nuevas noticias relacionadas con la situación en el este, en las tierras más allá del territorio de los arévacos. Escuchemos sus palabras.

El druida se sentó de nuevo y el intercatiense se levantó pausadamente. Era un hombre alto y fornido, un verdadero guerrero vacceo de cabellos rizados de color del bronce. En su cuello brillaba un grueso torques de oro, y llevaba en sus brazos unos brillantes brazaletes del mismo metal. Miró despacio a su alrededor, observando a los albocelenses que le miraban esperando las noticias que tenía que comunicarles; por fin habló con voz fuerte y vibrante:

—La guerra sigue en el este. Pero ahora ya no es una guerra entre los romanos y los cartagineses. Estos ya volvieron a África. Ahora son los pueblos del este los que se enfrentan a Roma. Hace casi dos lunas, los ilergetas, ausetanos y lacetanos se levantaron contra el invasor, encabezados de nuevo por Indíbil de los ilergetas, al igual que el verano pasado. Y también como en el verano pasado, los romanos los han aplastado, esta vez en territorio sedetano.

»Pero eso no es lo peor. Esta vez su caudillo, el valeroso príncipe ilergeta Indíbil, ha sido capturado y asesinado. –Estas palabras levantaron un murmullo de sorpresa entre los asistentes–. Sí, como lo fue su cuñado Mandonio el año pasado –añadió el intercatiense por encima del murmullo.

»Esta vez ya no es Escipión quien está al mando del ejército romano, y ahora Roma ya no es amiga; Roma quiere castigar con severidad a los indígenas: ha doblado el tributo que les exigía, el mantenimiento del ejército durante un tiempo de seis meses, la entrega de todas las armas y de rehenes; por último, ha establecido guarniciones en las principales fortalezas de cada pueblo. Los indígenas han hecho cuanto han podido para pagar lo exigido, pero más de treinta aldeas han tenido que entregar rehenes al no poder satisfacer la codicia romana.

Con estas palabras, el intercatiense finalizó su discurso. Su voz, que había ido alzándose indignada al enumerar las abusivas condiciones impuestas por los romanos, se había ido apagando después hasta convertirse en apenas un murmullo.

Cuando el mensajero volvió a sentarse, envolviéndose en su capa, varias voces se alzaron irritadas. Los ancianos ordenaron a los presentes que se calmasen, recordando la costumbre de hablar por turnos.

—¿Hasta dónde van a llegar esos romanos? —preguntó indignada una de las mujeres albocelenses—. ¿Creen acaso que esta tierra es suya? ¿Es que no se van a volver a sus casas después de vencer a los cartagineses?

—No —respondió sombríamente uno de los ancianos—, no se marcharán jamás de esas tierras; ya no. Ahora las consideran de su propiedad. Es más, me temo que ahora no se contentarán con ellas, sino que intentarán adueñarse de todo, desde el mar Interior hasta el Exterior, desde las tierras de los indiketes en el este hasta las de los galaicos, desde Gades hasta el territorio de los cántabros.

—¿Estás diciendo —inquirió otro hombre— que también nosotros corremos peligro?

—Sí —terció Buntalo—, lo corremos, eso es claro, al menos para mí; tarde o temprano marcharán hacia el oeste. Roma posará sus ojos sedientos de riquezas en estas tierras, y ni siquiera nosotros estaremos a salvo de ellos, ni siquiera los lusitanos lo estarán. Ahora Roma nos mostrará su verdadero rostro.

—Entonces —preguntó uno de los guerreros—, ¿qué podemos hacer? ¿Hemos de tomar el camino de la guerra nosotros también?

—Sólo esperar —dijo el primer anciano que había hablado—, sólo podemos esperar y, si vienen, resistir su ataque como mejor podamos.

La asamblea finalizó poco después con el compromiso por parte de los albocelenses de que al día siguiente enviarían un mensajero a Helmántica para comunicarles las últimas noticias.

Tras la cena, los albocelenses salieron a las puertas de sus cabañas. Aquella noche había luna llena y aquellas ocasiones se celebraban bailando toda la noche, hasta el amanecer, para adorar a la diosa lunar, aquella cuyo nombre no está permitido pronunciar. Ante la cabaña de Buntalo se reunió toda la familia junto con los amigos más cercanos y los siervos; escucharon las canciones e historias, unas alegres y otras sombrías, que Silo les contaba a la luz de la luna, acompañado por los tañidos de su lira; otros ratos se concentraban mecidos por los dulces sones de la flauta que tocaba el bardo con tanta habilidad, y se pasaban toda la noche danzando a los sones de la música, hasta la llegada del alba.

La luna redonda y blanca ya estaba alta. Silo estaba iniciando una larga historia sobre el legendario viaje de sus antepasados desde las remotas tierras junto al río Rhenus, cuando Aro rozó el hombro de su esposa y le hizo una seña para que le siguiera. Hacía ya largo rato que Coroc y Deocena dormían en la cabaña; el resto escuchaba a Silo con atención.

Coriaca y Aro se alejaron en silencio hasta la muralla del sur. Se escuchaban los ecos de los cantos de las diferentes familias y no se veía a nadie más por allí. La noche no era demasiado fría; los pesados nubarrones que habían descargado su agua sobre ellos durante el día se alejaban ya hacia el este. La luna llena rielaba en las tranquilas aguas del Durius, que fluía muy por debajo de ellos. Los dos miraron hacia el río y Aro abrazó a Coriaca.

—Sólo espero que la Reina de la Noche nos proteja —dijo ella—. Mírala, Aro, se nos ha mostrado esta noche en todo su esplendor. Ha apartado las nubes para que podamos contemplarla y adorarla.

—Sí, es cierto —repuso él, y tras un breve silencio prosiguió—, pero los romanos también la adoran.

—¿Ah, sí? Pensé que sus dioses tienen forma humana. Tú me lo contaste en una ocasión.

—Es cierto —asintió Aro—, pero según nos contó en Numantia un mercader indikete, amigo de Assalico, sus dioses primitivos son extraños y aterradores, aunque los romanos han adoptado a los dioses de los helenos, que poseen forma humana porque parecen humanos: se pelean entre sí, son caprichosos, veleidosos y tienen numerosos defectos, como nosotros, los humanos. Los romanos los representan como hombres y mujeres hermosos, de inigualable belleza, pero la mayoría de ellos son vanidosos y se ofenden con facilidad.

—Pero acabas de decir que también adoran a la Reina de la Noche —insistió Coriaca.

—Así es —explicó él—. Acostumbran a asimilar o adoptar a los dioses de los pueblos que conquistan para que los conquistados piensen que sus dioses también aceptan a los romanos. También adoran a las fuerzas naturales, al sol, a la Reina de la Noche, al viento, al mar… Pero también a ellos los han personificado. Por ejemplo, a la Reina de la Noche la llaman Diana, la han copiado de la diosa helena llamada Ártemis; al igual que los helenos, la representan como una virgen cazadora, engreída y vengativa, que se pasea por los bosques.

—¿Y el mar y el sol?

—Bueno —dijo Aro sonriendo y tratando de recordar lo que había oído de Teitabas durante sus charlas en Numantia—, al mar lo llaman Neptuno, tomado del Poseidón de los helenos; es el hermano de Júpiter, el más poderoso de sus dioses; dicen que se traslada por el fondo del mar, armado con un tridente, subido en un carro y acompañado por seres marinos que poseen extraños nombres. Y Helios es su dios del sol, uno de los muchos nombres del poderoso dios Apolo, hermano gemelo de Diana, la diosa de la que acabo de hablarte. Tiene un carro de fuego sobre el que recorre el cielo cada día de este a oeste. Y es tan vengativo como la misma Diana. Por algo son gemelos.

—¡Qué complicados son esos romanos!

—Bueno, quienes son complicados de verdad son los helenos. Teitabas, el amigo indikete de Assalico, nos explicó todo esto la última vez que fuimos a Numantia. Nos contó muchas cosas sobre los romanos, y no me fío de ellos: sé que tarde o temprano tratarán de conquistar todas estas tierras, como se ha dicho en la asamblea.

—El problema —dijo Coriaca— es que no sabemos desde dónde vendrán, si desde el sur, como hizo Aníbal, o desde el este. Si consiguen vencer a los arévacos y a los demás vacceos.

—Si se lo proponen, lo conseguirán, estoy convencido de ello.

Coriaca se dio la vuelta y clavó sus ojos en los de su esposo.

—Pero les costará —dijo con voz firme—. Pagarán un alto precio si quieren esclavizarnos. A mí no me cargarán de cadenas.

—Nunca seremos esclavos, Coriaca, ni de los romanos ni de ningún otro. Somos un pueblo libre, que ama los bosques y los ríos, que ríe, que canta con alegría. Pero si nos roban la libertad, perderemos el vigor y nos apagaremos lentamente hasta desaparecer bajo el dominio de Roma. Ellos nos borrarán de la tierra. Nadie nos recordará, nadie recordará que aquí vivió alguna vez el pueblo vacceo. A veces he pensado en aquello que me dijiste una vez sobre la posibilidad de que los clanes se unieran contra Roma bajo el liderazgo de un guerrero…

Los ojos de Coriaca brillaron a la débil luz de la luna. ¿Era posible que Aro estuviese considerando aquella idea? Decidió comprobarlo y, si era necesario, incitarlo para que aquella idea siguiera rondando su cabeza.

—¿De verdad? —fingió sorpresa llevándose las manos al pecho—. ¿Crees que alguien sería capaz de acaudillar a los vacceos? Tendría que ser un guerrero poderoso, capaz de dominar a los hombres, de hacer que todos se sometieran a él.

—No conozco a ninguno. —Aro sacudió la cabeza con desánimo—. En los últimos años no se oye hablar de ningún guerrero destacado entre los vacceos. Tal vez haya pasado demasiado tiempo sin lucha…

—Pero ahora Roma nos amenaza —concluyó ella asintiendo despacio.

—No, Roma aún no nos amenaza —discrepó Aro. Hizo un gesto negativo con las manos—. Roma aún se encuentra demasiado lejos. Todavía nos separan de ella los arévacos, titos, belos, lusones, carpetanos o vettones.

—Pero llegará el momento en que los tengamos en nuestras fronteras —protestó su esposa, temiendo que la falta de inminencia de la amenaza aletargase la idea en la mente del guerrero—. Todos los pueblos que has nombrado serán vencidos por los romanos, tarde o temprano, si no se unen a ellos. Tal vez sólo los arévacos sean capaces de oponerse a la fuerza de Roma.

Cuando todos hayan caído y Roma entre en nuestras tierras, será muy tarde, Aro. ¿No te das cuenta? ¿No ves que es necesario que el pueblo vacceo se vaya preparando para la amenaza romana? ¿No crees que deberías hacer que se dieran cuenta de que todos nosotros estamos en peligro?

—¡Basta, mujer! —la cortó él, exasperado por la vehemencia de Coriaca—. ¿Es que te propones que reúna a los vacceos y me proclame su líder? ¿Qué crees que dirían los druidas? ¿Qué crees que dirían los consejos de las ciudades, incluyendo Albocela? ¿Un guerrero, instándolos a la lucha contra alguien que aún no es nuestro enemigo? ¿Sin que los druidas ni los ancianos lo hubieran decidido? Pensarían que tengo la absurda pretensión de convertirme en su rey, en el rey de todos los vacceos. No, Coriaca, eso sería muy peligroso para mí.

Ella alzó la mano tratando de apaciguarlo. Había conseguido una pequeña victoria: su esposo ya tenía la idea de que los vacceos necesitaban un líder. Sonrió para sí. La semilla estaba plantada. Con paciencia la haría germinar y crecer en la cabeza de Aro; él llegaría a convertirse en el caudillo de los vacceos, el caudillo que los guiaría a la victoria. Pero por ahora tenía que desviar la atención de aquella idea.

—¿Crees que tendremos que enfrentarnos a los romanos para seguir siendo libres? —los brazos de Coriaca se aferraron a la cintura de Aro.

—Tal vez así sea —respondió él muy despacio recuperando la calma—. Pero yo soy un guerrero vacceo, y prefiero morir a ser un esclavo de otro hombre, sea cual sea su clan o su raza.

—Yo moriré a tu lado —aseguró ella bajando la voz y apretando su cuerpo contra el del guerrero— si ese momento llega alguna vez.

—Ruego a Albocelos que no ocurra nunca. —Aro miró hacia la ciudad. Después de respirar hondo, prosiguió—: Volvamos con los demás, tenemos que danzar para mostrar nuestra alegría a la Reina de la Noche.

Regresaron junto a los demás, que bailaban ante la puerta de la cabaña al ritmo de la flauta de Silo, y se unieron a ellos. Cuando hubieron danzado un buen rato, Maducena dijo a Silo mientras el bardo se sentaba junto a Docio:

—¿Por qué no nos cuentas alguna de las leyendas que conoces?

El bardo reflexionó unos instantes sonriendo. Después les dijo alegremente:

—¿Queréis que vuelva a contaros la leyenda de la llegada de Lugh?

Todos asintieron, animados, acercándose al fuego y mirando con atención el rostro de Silo. Este tomó su arpa, la tañó, cerró los ojos unos instantes para concentrarse y comenzó a narrar la historia:

—Como sabéis todos, Lugh, a quien otros pueblos llaman Lugovibus o Luguei, o con otros muchos nombres, es nuestro dios solar. Esta es la historia de su llegada al mundo:

»En tiempos inmemoriales habitaban en el lejano norte del mundo los poderosos fomorianos, un pueblo cruel, violento y deforme. A la tierra de los fomorianos llegaron un día otros pueblos, entre los que se encontraban los danaanos, que lucharon contra ellos hasta que lograron expulsarlos a una isla de altos precipicios y acantilados.

»Una vez conquistada la tierra de los fomorianos, los Hijos de Danu eligieron como rey a un jefe llamado Bres, pero este era un hombre vago y poco hospitalario; los danaanos se cansaron de él, le expulsaron y coronaron rey a Nuada, un buen hombre. Pero Bres era hijo de un fomoriano, el rey Elatha, a quien pidió ayuda para recuperar su trono. Así, ayudados por el más poderoso de los fomorianos, el rey Balor —llamado el Ojo Diabólico, pues mataba con su único ojo a quien mirase con odio—, regresaron a la tierra de los danaanos, combatieron con ellos y los esclavizaron durante muchos años.

»Pero el maligno Balor había escuchado una profecía que le anunciaba que sería asesinado por un nieto suyo. Sólo tenía una hija, una niña de belleza sin igual llamada Ethlinn. Para impedir que la profecía se hiciese real, ordenó construir una alta torre en la isla de los fomorianos y encerró en ella a su hija Ethlinn, bajo la custodia de doce mujeres que recibieron la orden de que la hermosa princesa nunca viese la cara de un hombre, para que ignorase que existían personas que no fuesen de su mismo sexo. Así, solitaria, creció la sin par princesa Ethlinn.

»En tierra firme vivían tres hermanos: Kian, Sawan y Goban el Herrero. Kian era dueño de una vaca mágica, que todo el mundo quería poseer, pues su leche era muy abundante, por lo que el joven tenía que vigilarla estrechamente. Balor el Cruel era uno de los que más ansiaba tener el mágico animal; urdió un malvado plan para hacerse con él. Un día, Sawan y Kian fueron a la herrería para que su hábil hermano les fabricase unas armas con un hierro excelente. Kian dejó fuera de la herrería a Sawan al cuidado de la vaca y entró en la herrería.

»Entonces apareció el oscuro Balor transformado en un niño pelirrojo. Dijo a Sawan que sus hermanos habían planeado utilizar todo el excelente hierro que habían llevado hasta allí para fabricar sus propias armas y dejar para las suyas un hierro común. Sawan se enfadó y entró en la herrería dejando la vaca mágica junto al astuto Balor, que se la llevó a su isla.

»Kian se enteró de lo ocurrido y decidió vengarse en persona de Balor. Pidió ayuda a una druida llamada Birog, quien lo vistió de mujer y lo transportó con sus artes mágicas hasta la isla. Los dos se presentaron ante las guardianas que custodiaban a la princesa pidiéndoles refugio, pues eran dos damas que huían de un secuestrador. Birog hizo dormir a las guardianas y así Kian pudo acceder a la estancia de la hermosa Ethlinn. Cuando las mujeres despertaron, los dos habían desaparecido, pero Ethlinn había hecho el amor con Kian y estaba embarazada. Como temían la cólera de Balor, las guardianas convencieron a la princesa de que todo había sido un sueño para mantener todo en secreto... hasta que Ethlinn parió trillizos. Balor, atemorizado por la profecía, ordenó que los tres niños fuesen ahogados en un remolino en la costa. El encargado de la misión envolvió a los niños en una sábana, pero uno de ellos se cayó del envoltorio cuando se dirigían hacia el lugar del crimen. Este niño afortunado era Lugh. El mensajero ahogó a los otros dos recién nacidos y dijo a Balor que había cumplido su misión.

»Pero la druida Birog encontró al niño y se lo llevó a Kian. Este lo dio en adopción a su hermano Goban, el herrero, quien instruyó al niño en todas sus artes y lo hizo hábil en cualquier oficio. Cuando se convirtió en un joven, fue enviado a servir al rey Nuada, el de la mano de plata. Allí, a la puerta de las estancias del rey, dijo a los hombres del soberano que era carpintero, pero le dijeron que no le necesitaban, pues tenían uno muy hábil. Después dijo que era herrero, y la respuesta fue la misma. Dijo que era poeta, arpista, curador, todo lo que se le ocurrió, pero la respuesta que se le dio siempre fue la misma: ya vivía en palacio alguien que ejercía aquel oficio con gran habilidad. Entonces dijo Lugh al guardián: "Pregúntale al rey si tiene a su servicio algún hombre que tenga gran talento en todas estas artes, y si es así no me quedaré más tiempo ni intentaré ocupar su lugar". Así Lugh fue admitido al servicio del rey; le dieron el apodo de *Ildánach*, que significa 'El de todas las Artes', el príncipe de la ciencia; también solían llamarlo *Lamfada*, 'El del Largo Brazo'.

»El dorado Lugh había traído consigo muchos tesoros y objetos de gran valor: el barco de Mananan, hijo de Lir, el dios del mar, que conocía el pensamiento del hombre y viajaba por donde quisiera; el caballo de Mananan, que cabalgaba tanto por tierra como por mar, y una poderosa espada de nombre *Fragarach*, 'La Garante', que podía cortar cualquier cosa. Con estos objetos se presentó un día ante la asamblea de jefes danaanos, que estaban reunidos para pagar el tributo a los tiranos fomorianos. Al verle, ellos creyeron que contemplaban la salida del sol en un caluroso día veraniego. Lugh les convenció de que sería más conveniente para su pueblo atacar a los fomorianos en vez de pagarles tan grandes tributos. Los enviados fomorianos fueron muertos, todos menos nueve, que fueron enviados de regreso para anunciar al terrible Balor que los danaanos no volverían a pagar y que le desafiaban. Entonces Balor se preparó para la batalla. También Lugh se preparó, pero para el combate necesitaba algunos objetos mágicos que debía conseguir.

»Envió a Kian al norte para reclutar más hombres, pero en el camino Kian se encontró con tres hermanos: Brian, Iuchar e Iucharba, hijos de Turenn, con los cuales su familia estaba enemistada. Intentó evitarlos convirtiéndose en un cerdo y uniéndose a una piara que se encontraba allí cerca, pero los hermanos le vieron y le hirieron con una lanza. Entonces Kian volvió a su aspecto real para morir con forma humana. "Prefiero matar a un hombre que a un cerdo", dijo Brian, el mayor de los hermanos. Pero Kian respondió: "Si hubieseis matado a un cerdo, no pagaríais más que la eric de un cerdo, pero ahora pagaréis la eric de un hombre; nunca hubo mayor eric que la que vosotros pagaréis; las armas que me asesinarán contarán la historia a los vengadores de sangre". "Entonces tendrás que ser asesinado sin armas", dijo Brian, y los hermanos le mataron a pedradas y le enterraron a la profundidad de la altura de un hombre.

»Cuando Lugh pasó por aquel lugar más tarde, oyó cómo las piedras le gritaban y le contaban que los hijos de Turenn habían asesinado a su padre. Lugh desenterró el cuerpo de Kian y regresó ante el rey clamando venganza. El rey escuchó sus acusaciones y permitió a Lugh que ejecutase a los asesinos o que decidiese el impuesto que pediría en remisión de la sentencia. Lugh eligió el tributo y pidió a los hermanos varios trabajos costosos y agotadores, aunque no lo pareciesen: tres manzanas, la piel de un cerdo, una lanza, un carro con dos caballos, siete cochinillos, un perro podenco, un asador y, por último, dar tres gritos en una montaña. Cuando los hermanos se hubieron comprometido a pagar dicho impuesto, Lugh les contó la verdad: las tres manzanas son de las que crecen en el Jardín del Sol; la piel de cerdo es mágica y cura cualquier enfermedad o herida si es colocada sobre el paciente, y la posee un rey de un lejano reino de oriente; la lanza es un arma mágica, propiedad de otro rey de oriente; los siete cochinillos son del rey Asal de los Pilares de Oro, y deben ser matados y comidos cada noche para ser encontrados enteros al día siguiente; el asador pertenece a las ninfas del mar de la hundida isla de Finchory; los tres gritos debían ser dados en la montaña del guerrero Mochaen, quien, con sus hijos, tenían el voto de no permitir que nadie alzase la voz en esa colina. Los hijos de Turenn se sintieron desfallecer por un momento, pues era casi imposible cumplir cualquiera de estas tareas, pero los hermanos debían realizarlas todas para saldar la deuda contraída con Lugh por la muerte de Kian.

»Así, con gran osadía y muchos recursos, los hijos de Turenn consiguieron reunir los objetos que Lugh les había pedido. Sin embargo, cuando sólo les restaba obtener el asador y dar los tres gritos, Lugh hizo que olvidaran dichas tareas y regresasen con los objetos ya obtenidos.

»Con ellos, en especial con la piel y la lanza, Lugh ya estaba en condiciones de enfrentarse a los fomorianos, pero recordó a los hermanos lo que les restaba por hacer; estos volvieron abatidos a tratar de conseguir lo que les faltaba. Brian consiguió robar el asador de oro a las ninfas y se encaminaron a la montaña de Mochaen. Entonces lucharon contra Mochaen y sus hijos; tras asesinarlos, y heridos de muerte a su vez, los hijos de Turenn lograron dar los tres gritos, completando así la deuda. Sin embargo, al regresar a presencia de Lugh y pedirle la piel de cerdo para curar sus heridas, este se negó, por lo que los tres hermanos y su padre murieron juntos. Así se cumplió la venganza de Lugh por el crimen.

»Entonces, Lugh y los danaanos pudieron combatir contra sus enemigos los fomorianos. Los hábiles artesanos de los danaanos, Goban el herrero, Credné el orfebre y Luchta el carpintero, se dedicaban a reparar las armas con velocidad mágica, los heridos eran curados con la piel mágica, el llano resonaba con el clamor de la batalla. Espantoso era el trueno en el campo de batalla; los gritos de los guerreros, el brillo y el choque de las espadas erguidas de puño de marfil, la música y armonía de los dardos, el gemido y el vuelo de las jabalinas y lanzas. El rey Nuada, el de la mano de plata, y muchos otros danaanos cayeron ante la terrible mirada de Balor, pero Lugh se acercó a él aprovechando que había bajado el párpado a causa del cansancio, y cuando Balor abrió de nuevo su terrible ojo, le lanzó una gran piedra que se le incrustó hasta el cerebro. Así Balor fue muerto por su nieto, y así se cumplió la profecía. En ese momento, los crueles y malignos fomorianos fueron derrotados y se retiraron para siempre. Lugh, el *Ildánach*, subió al trono de los danaanos, y así triunfó el héroe sobre las fuerzas del mal.

Silo dejó de hablar, aunque siguió tañendo el arpa durante unos instantes.

Los demás le contemplaron unos momentos y después se sobresaltaron, como si hubiesen estado soñando o hipnotizados por las palabras del bardo. Las palabras de Silo tenían aquel extraño poder, parecían transportar a los oyentes a otros mundos u otras épocas, allí donde tenía lugar la narración que el bardo estuviese contando.

—Bien —dijo Silo con voz queda—, parece que la historia de Lugh os ha impresionado. Pero la noche avanza y sería mejor que danzaseis un rato alrededor del fuego, ¿no os parece?

—La historia es hermosa —dijo Docio mientras se ponía en pie—. ¿Dónde la oíste, Silo?

—Fue hace mucho tiempo —respondió, y sus ojos miraron al fuego recordando un tiempo lejano—, mucho tiempo, durante mis viajes por las islas del norte, Britania y Erin la verde... Tuve tiempo para aprender muchas más historias. Pero ahora es momento de que dancéis.

Todos estuvieron de acuerdo y, tras beber unos sorbos de cerveza, todos bailaron con alegría al son de la flauta del bardo hasta la llegada del alba.

Varios días más tarde llegó a Albocela la noticia de que una banda de guerreros lusitanos había penetrado en territorio vacceo al sur de Ocellodurum. No habían atacado la ciudad, sino que la habían evitado vadeando el Durius a varias millas de las murallas, pero se habían dedicado a saquear las numerosas granjas de la zona, matando a los hombres y capturando a varias mujeres, además de apropiarse de numerosos animales, alimentos y objetos de valor. Su marcha hacia el este había sido tan rápida que cuando los guerreros de Ocellodurum habían conseguido organizarse para atacarles y rescatar a las mujeres capturadas, los lusitanos ya se encontraban más cerca de Albocela que de Ocellodurum. La noticia había volado, gritada de boca en boca por los granjeros que vivían entre ambas ciudades.

Los ancianos de Albocela llamaron rápidamente a los guerreros disponibles; les ordenaron que acabasen con aquella amenaza. Aro, presto para el combate, besó a Coriaca y subió a su caballo gris. Ella le alcanzó el escudo y la lanza.

—Sé cauto –dijo ella–, los lusitanos son muy peligrosos. Ni siquiera te has puesto tu cota de malla.

—Han invadido nuestro territorio –replicó Aro con gesto serio–, han matado o capturado a varios de los nuestros y seguirán haciéndolo hasta que los detengamos. No tengo tiempo de ponerme la cota, pero no dejaré que me hieran.

—Pero las fieras acorraladas atacan a la desesperada. Tengo un mal presentimiento, Aro.

—No olvides que soy un buen cazador, Coriaca –sonrió él confiado–. Que me teman las fieras a mí. Reza a los dioses por nosotros y todo irá bien. Tengo que partir.

El grupo, formado apresuradamente por poco más de cien guerreros a caballo, marchó al trote hacia el oeste, enviando por delante varios hombres como avanzadilla. Aro volvió a sentir la excitación previa a la lucha. El día estaba nublado y las hojas de los árboles caían secas sobre el suelo frío. Cerca del mediodía, varios de los exploradores volvieron al galope junto al grueso de la tropa.

—Están muy cerca de aquí. No son muchos, unos cincuenta. Marchan a buen paso por este mismo camino –informó uno de ellos señalando hacia el oeste. El sendero penetraba en un frondoso robledal de hojas amarillentas.

—Será mejor que nos escondamos entre esas hayas –sugirió Aro refiriéndose a un grupo de árboles que coronaba una pequeña colina, al norte del camino–. Cuando esos tipos pasen por aquí, podremos atacarles por sorpresa desde su flanco.

Todos estuvieron de acuerdo. Galoparon hacia los árboles corpulentos, bajo los que esperaron en silencio. Aro se dio cuenta de que había tomado la iniciativa al sugerir la táctica a seguir, y de que los albocelenses la habían aceptado sin discrepancias. De manera espontánea, él se había convertido en el cabecilla de aquel grupo, y el resto había aceptado sin rechistar aquel liderazgo. Pero no era el momento de pensar en ello. El grupo de lusitanos apareció en el camino poco más tarde surgiendo del robledal entre gritos y risas. Eran hombres robustos, con largas melenas y barbas pobladas, la mayoría de ellos vestidos con túnicas vistosas, aunque algunos llevaban pieles de venados u osos. Como había informado el explorador, eran medio centenar de guerreros que marchaban a pie, conduciendo varias vacas, bueyes y caballos, sobre los que habían cargado los alimentos y demás objetos robados. Tras los animales caminaba penosamente un grupo de mujeres vacceas, atadas a varias cuerdas largas, que no dejaban de insultar y escupir a sus captores, quienes se burlaban de ellas profiriendo grandes carcajadas. Marchaban por territorio vacceo como si estuvieran en el suyo propio, sin tomar ningún tipo de precaución.

Los albocelenses esperaron en silencio entre las hayas hasta que el grupo casi hubo pasado ante ellos. Entonces, Aro lanzó la orden de ataque y los vacceos se lanzaron al galope colina abajo. Los lusitanos fueron sorprendidos; apenas tuvieron tiempo de organizar la defensa. Varios de ellos cayeron atravesados por las lanzas vacceas antes de poder aprestarse para la lucha. El resto opuso una pequeña resistencia, pero los albocelenses les superaban en número y los lusitanos no tardaron en huir corriendo hacia el oeste. Algunos vacceos les persiguieron hasta el robledal y mataron a un par de ellos más, pero después regresaron con los otros albocelenses.

—Dejemos que corran —sonrió Docio. Él era uno de los que les había perseguido hasta los lindes del robledal—. Los de Ocellodurum se encargarán de ellos. ¿Dónde está Aro?

Algunos albocelenses habían sido heridos, aunque ninguno había muerto. Aro era uno de ellos. Un lusitano le había clavado un puñal en el costado derecho y ahora yacía en el suelo, pálido y sangrando abundantemente por la herida, asistido por uno de los guerreros de su séquito. Docio, alarmado por el aspecto de su hermano, trató de detener la hemorragia tapando la herida con un trozo de tela, mientras algunos hombres preparaban parihuelas y las mujeres, ya desatadas, ayudaban a otros a atender a los heridos.

—Tiene mala pinta, ¿verdad? —jadeó Aro tratando de parecer animado—. Ese lusitano me sorprendió con su puñal. Coriaca se va a poner furiosa conmigo por no ponerme la cota de malla.

Docio lo miró; su hermano apenas podía hablar. Respiraba con dificultad. En sus ojos leyó el dolor y la angustia, pero sabía que su hermano no tenía miedo a morir en combate, como un buen guerrero vacceo.

—No te preocupes —dijo, sin apartar la mirada de la herida, temiendo encontrarse con los ojos de su hermano—, te llevaremos a Albocela enseguida y los druidas te curarán. ¡Malditos lusitanos!

Aro había sentido la cuchillada que le lanzara el lusitano como una aguda punzada de dolor. El reflejo le obligó a lanzar el brazo hacia la derecha, con lo que cercenó de un solo golpe la cabeza de su adversario. Después había extraído el puñal de su costado y la sangre había comenzado a manar con profusión de la herida. Un dolor intenso se le había extendido por todo el costado haciéndole tambalearse y caer al suelo. Los suyos y las mujeres recién liberadas le habían atendido con presteza, pero sentía que las fuerzas le abandonaban con rapidez.

Cuando las parihuelas estuvieron listas, varios de los hombres se ofrecieron a acompañar a las mujeres a sus respectivas viviendas, aunque les contaron que la mayoría de ellas habían sido quemadas y sus hombres asesinados; las mujeres decidieron entonces viajar hasta las casas de algún familiar que les diese cobijo, en alguna granja, o en Ocellodurum o Albocela. El resto de los albocelenses regresó a su ciudad lo más deprisa posible. Aro perdió el conocimiento de inmediato, debilitado por la pérdida de sangre.

Se apresuraron en llegar a Albocela, los druidas ya estaban preparados para atender a los heridos. Constituían una de las tres castas, y ellos mismos también se dividían en tres ramas: los druidas propiamente dichos, los vates o adivinos y los bardos; estos últimos se encargaban de recordar y recitar las leyendas de los clanes, mientras los druidas realizaban multitud de funciones: médicos, jueces, consejeros, filósofos... Todos los druidas varones llevaban la cabeza tonsurada, con el pelo afeitado en la parte delantera, en una línea que iba entre las orejas. En Albocela, la jefa de los druidas era Vindula, una prima de Coriaca. Se trataba de una mujer alta, esbelta, con largos cabellos negros que solía llevar trenzados, recogidos con una cinta en la nuca. Su rostro largo siempre tenía un gesto serio, en el que destacaban sus profundos y misteriosos ojos negros, sus labios carnosos bajo la nariz recta y estrecha. Al igual que Silo, había pasado gran parte de su adolescencia y juventud en el norte, en Erin y Britania, educándose en la mítica isla de los druidas. Cuando regresó de allí, todos pudieron percibir el gran cambio que Vindula había experimentado desde que partiese hacia el lejano norte, el gran poder que había adquirido. Vestía una larga túnica blanca bajo el grueso manto de lana, también blanco. Cuando el grupo llegó a Albocela, ella ya esperaba a las puertas de la ciudad. Observó un instante a los heridos, diez en total. Sin perder un momento, ordenó a los guerreros que los transportasen a la cabaña de asambleas.

Ella misma inspeccionó a los heridos y atendió a los más graves, conversando e intercambiando opiniones en voz baja con los demás druidas. Al cabo de un rato, se acercó al lugar donde uno de sus compañeros atendía a Aro, auxiliado por Coriaca. El druida había rasgado la túnica ensangrentada y había limpiado la herida profunda. Vindula hizo un gesto de asentimiento al otro druida, que acudió a atender a otros heridos, y se arrodilló junto a Aro. Su semblante serio permanecía impasible.

—¿Está muy grave? —le preguntó Coriaca con rostro preocupado. Sus manos se aferraban a la mano derecha de Aro.

La druida observó unos momentos la herida del costado y después alzó sus profundos ojos hacia su prima. Su expresión no hacía presagiar nada bueno.

—Sinceramente, esta herida no tiene buen aspecto, Coriaca —dijo con voz grave.

—Pero ¿se salvará? —insistió Coriaca.

—Sí, si se cuida —asintió Vindula esbozando una sonrisa leve—. Pero la recuperación será lenta; no podrá moverse de aquí en varios días, ha perdido mucha sangre. Ha tenido suerte, las costillas han impedido que el puñal le atravesase un pulmón.

—Aunque se lo advertí, no quiso ponerse la cota de malla.

—Los hombres son muy cabezotas —respondió la druida meneando la cabeza sin dejar de observar el costado de Aro, pero con tono tranquilizador.

Colocó un extraño emplasto de hierbas sobre la herida y presionó con fuerza. Cerró los ojos y canturreó una canción entre dientes ante la mirada atenta de Coriaca. Después permaneció unos minutos concentrada en silencio. Abrió los ojos y miró el rostro de Aro.

—Aprieta esto contra la herida durante un rato —le explicó a su prima—. Cuando se seque, llama a uno de los druidas; él mismo vendará la herida. Esto tendría que detener la hemorragia. De momento, tendréis que permanecer aquí vigilándole, ¿de acuerdo?

Coriaca asintió y le dio las gracias. Vindula se levantó y acudió a atender a otros guerreros. Coriaca se sentó junto a su esposo presionando la masa sobre la herida como le había indicado su prima. Miró el rostro pálido y demudado de Aro, sudoroso a pesar del frío reinante, y una lágrima se escapó de sus ojos azules.

Aquel invierno fue duro y frío. Las lluvias de finales del otoño pronto dejaron paso a la nieve. El mundo se cubrió con un grueso manto blanco que amortiguaba los sonidos y en el que reinaba el silencio. Los albocelenses apenas podían salir de la ciudad; varias granjas y pequeñas aldeas de los alrededores quedaron aisladas durante numerosos días. Los lobos se acercaban más que nunca a los lugares habitados, acuciados por el hambre. Atacaban con frecuencia a las reses, de modo que los albocelenses se vieron obligados a organizar grupos para vigilar los alrededores de la ciudad y proteger a su ganado.

Aro tuvo que permanecer gran parte del invierno recluido en su cabaña reponiéndose de la herida en el costado. No soportaba la inactividad. Deseaba ayudar a su padre y a Docio en los quehaceres diarios, pero Vindula le prohibió realizar esfuerzos e incluso salir de su casa, lo que provocó el descontento y las protestas de Aro. La misma Coriaca tuvo dificultades para retenerle cuando él se empeñaba en salir a la nieve con los demás hombres, pero en cuanto trataba de incorporarse, el costado le dolía terriblemente, por lo que tenía que tenderse de nuevo en la cama, resignado y protestando. Al final la mirada amenazadora de Coriaca le convenció de que lo mejor para él sería permanecer en el lecho cálido.

> Una vez más transformado,
> He sido salmón azul,
> He sido perro y ciervo,
> He sido corzo en la montaña,
> He sido tronco y azada,
> He sido taladro en la fragua,
> Durante año y medio
> Fui un gallo blanco moteado,
> Ganoso de gallinas.

—Me ha gustado esa canción, Silo –dijo Aro al bardo con un asomo de dolor en la voz.

Aquel día la nevada arreciaba. Todos se habían refugiado en la acogedora calidez de la cabaña para resguardarse del frío. Incluso Vindula se encontraba allí. Había acudido a supervisar la recuperación de su pariente. Tras comprobar su estado, se hallaba de pie en medio de la cabaña tendiendo las manos hacia el fuego del hogar, con el rostro serio y los ojos misteriosos clavados en las llamas, conversando con Coriaca, que manejaba con presteza y habilidad las pesas de barro del pequeño telar, tejiendo un nuevo manto de lana negra para lo que restaba de invierno. La pequeña Deocena miraba con atención a Vindula, asomada tras el cuerpo de su madre, fascinada por el atuendo de la druida y su gesto impasible.

—Es un poema compuesto hace mucho tiempo –explicó el bardo quitándole importancia–. Tiene más de quinientos veranos.

—Pero tú sabes recitarlo muy bien, amigo –insistió Aro–, mejor que ningún bardo que yo haya escuchado antes.

Silo, halagado, comenzó a cantar otra canción y Coroc se sentó junto a su padre a escuchar la historia con la barbilla apoyada en las manos.

—Entonces, ¿opinas que está casi recuperado? –preguntó Coriaca a su prima en voz baja mirando brevemente a Aro.

—Sí –respondió esta sin separar los ojos del fuego–. Pronto podrá salir, quizá dentro de media luna. Esta vez ha tenido suerte. Pero debes seguir vigilándolo e impedir que realice esfuerzos.

—No imaginas lo que me ha costado retenerlo aquí. A veces pensé que tendría que atarlo a la cama para impedir que saliese al campo.

—Tu esposo es testarudo como una mula –asintió Vindula–. Espero que sus hijos no se parezcan demasiado a él –añadió mirando fija y severamente a Deocena.

La pequeña se asustó de los ojos profundos de la druida y se escondió tras su madre. Esta dejó su labor frotándose los ojos, se dio la vuelta sonriendo y la alzó en brazos mientras se ponía en pie.

—No tengas miedo de la prima Vindula, cariño —tranquilizó a su hija—. Es un poco seria, pero es muy buena. Ella ha sido la que ha curado a papá.

—¿Cuántos años tiene? —preguntó la druida sonriendo a la niña y mirándola con interés.

—Acaba de cumplir tres años.

—¿No te interesaría que fuese druida?

—Me gustaría que lo fuera, claro que sí —respondió Coriaca mirando a su hija con ternura y orgullo. Se trataba de un honor para una familia que los druidas quisiesen iniciar a uno de los hijos—. Aunque es claro que a ella le asustas, pareces tan seria... Es la propia Deocena quien tiene que elegir si quiere ser druida o no. Además, no sé si tendrá facultades para ingresar en la Orden...

—Bien, entonces, cuando cumpla diez primaveras, envíala a mi cabaña. Quiero ver si reúne las cualidades necesarias; si es apta para ello, yo misma trataré de persuadirla para que aprenda el saber de los druidas. Además —rio con una risa clara poco frecuente en ella—, tú sabes bien que no soy nada seria, Coriaca, pero soy una druida y eso me exige mantener la compostura para ganarme el respeto de los demás.

—Y mantener las distancias con ellos —sonrió Coriaca.

—En efecto, y mantener las distancias... —asintió Vindula desviando su mirada hacia el fuego.

En ese momento, alguien abrió la puerta. Era Docio, que traía un bulto de buen tamaño bajo el brazo. La nieve permanecía sobre sus hombros y sobre la capucha de su capa de lana. Una ráfaga de viento empujó varios copos de nieve dentro de la cabaña, y Docio cerró la puerta. Silo interrumpió su canción mientras Docio inclinaba la cabeza con respeto al ver a Vindula. Después sonrió a los presentes.

—¡Hola a todos! —dijo con alegría mientras se bajaba la capucha—. ¿Qué tal va eso, hermano? ¿Cómo estáis todos? ¡No vais a creer lo que me ocurrió ayer por la tarde!

—Creo que no vamos a poder evitar que nos lo cuentes —dijo Aro con resignación sonriendo a su hermano menor.

Docio se despojó de su capa mojada y la arrojó sobre el banco de piedra de la pared, tomó un taburete y lo acercó al lecho de Aro sin que la sonrisa desapareciese de sus labios. Se sentó y dejó el bulto que portaba en el suelo, entre sus pies.

—Ayer salí con un grupo de hombres a vigilar los alrededores —explicó con vehemencia—, en busca de lobos. Algunos decían que los habían oído por los alrededores. Inspeccionamos los robledales y encinares al noroeste de la ciudad durante toda la tarde, sin ver un solo lobo o jabalí merodeando por aquí, aunque los aullidos no se oían demasiado lejos y en numerosos puntos de los bosques. Al atardecer, cuando ya regresábamos a casa, tuve ganas de orinar, por lo que me oculté entre unos robles. Cuando terminé, me dispuse a reunirme con los demás, pero entonces escuché unos gruñidos sordos algo más lejos. No podía avisar a los otros por temor a perder a las presas. Preparé mis lanzas y avancé entre los árboles hasta llegar a un pequeño claro, donde media docena de lobos estaban dando buena cuenta de una vaca, que sin duda se había escapado y extraviado. Pensé de nuevo en volver a buscar a los otros, pero temí hacer demasiado ruido y ahuyentar a las bestias, por lo que decidí actuar por mi cuenta. Lancé una de las jabalinas. Un lobo cayó herido; sin perder un momento, arrojé la segunda cuando otro de los lobos se abalanzó sobre mí. Desenvainé la espada dispuesto a defenderme del resto de la manada, pero los demás salieron huyendo hacia el norte.

—¿Cazaste dos lobos, tío Docio? —preguntó Coroc con los ojos muy abiertos, impresionado por la hazaña de su tío—. ¿Tú solo?

—Sí, yo solo lo hice —asintió este hinchando el pecho con orgullo, mirando a los demás con gesto triunfal.

—Vamos, Docio —rio Aro—, es una buena historia para impresionar a los niños o a las jovencitas, pero tú ya estás casado. Y a Vindula no la vas a impresionar. ¿Qué dirá Maducena cuando se lo cuentes? Seguro que se burla de tu presunción.

—Ella ya lo sabe, hermano —dijo Docio con aire ofendido, después de mirar un instante el rostro serio de la druida—. Si no me crees, mira esto.

Tomó el fardo que había traído consigo y se lo lanzó a Aro. Este lo abrió. Con lentitud, extendió sobre la manta el contenido: dos pieles de lobo. Después miró asombrado a su hermano.

—He traído estas pieles de lobo para ti —dijo Docio orgulloso; había impresionado a Aro—. Un regalo para mi hermano mayor, herido en una lucha contra los lusitanos. Tu Coriaca podrá hacerte una buena capa: eran animales de un buen tamaño, de los lobos más grandes que he visto nunca, tan grandes como nuestros mastines. Las cabezas me las he quedado yo como trofeo. Las colgaré en el interior de mi cabaña.

—Son unos buenos trofeos —intervino Vindula, que se había acercado junto con Coriaca al oír la historia de Docio—. El espíritu del lobo os protegerá, es un animal poderoso. Sucellos actúa a través de él.

—Sí, pero son una amenaza para nuestro ganado —replicó Aro—. ¿No podrías evitar que se acercasen a nuestro territorio, Vindula? ¿No podrías hacer un conjuro o invocar a los dioses? La magia de los druidas es poderosa. Podríais hacer que se mantuvieran alejados de nuestro ganado. Podrías pedirle a Sucellos, su señor, que los mantuviese bien atados.

—Nuestro territorio, como tú lo llamas, es muy extenso –respondió con seriedad la druida, irguiéndose de pronto y mirándolo fijamente con sus amenazadores ojos negros, que atemorizaron a Docio–. Y no es nuestro. Los lobos de Sucellos ya corrían por estos lugares antes de que nosotros llegásemos, igual que otros pueblos habitaban este lugar antes de que nosotros les expulsásemos o los convirtiésemos en nuestros siervos. Ahora debemos compartir esta tierra con los lobos y con los demás seres que habitan esta región. Mantener a raya a los lobos requiere una magia muy poderosa, una magia que muy pocos poseen ya entre los hijos de Danu. No conozco a nadie capaz de hacerlo, tal vez ya no quede nadie con ese poder. Además, los dioses alejarán a los lobos de nosotros cuando lo crean conveniente. Sucellos se llevará a sus lobos cuando finalice el invierno, no cuando una druida vaccea se lo pida porque un guerrero vacceo piensa que están amenazando al ganado.

Tomó las pieles de lobo de las manos de Aro, las inspeccionó con cuidado y cerró los ojos. Durante unos minutos pareció estar en trance. Todos la observaban en silencio. Después abrió los ojos como si volviera de una ensoñación. Miró a Aro.

—Estos dos lobos eran hermanos, de la misma camada. Ten cuidado –le advirtió despacio, con voz profunda–. El lobo te llevará muy cerca del peligro y la muerte. Te hará poderoso, pero debes cuidarte.

Prosiguió un tenso silencio a estas palabras. Aro y Vindula se miraban intensamente.

—Hablas con enigmas, Vindula –dijo él al fin con esfuerzo, el ceño fruncido–. ¿Qué significado tienen tus palabras?

—Lo ignoro –admitió ella tras un breve silencio sacudiendo la cabeza–. Sólo puedo decir lo poco que me comunican los espíritus de los animales a través de sus pieles. Si tuviera su corazón o sus vísceras, quizá fuera capaz de ir más lejos. Tal vez uno de los vates podría interpretar…

—Siento deciros –intervino Docio– que el resto de los cadáveres de los lobos se quedó en el bosque, excepto las cabezas. Si te sirven para algo… Aunque yo mismo las lavé con nieve y después con agua en mi casa, pues estaban cubiertas de sangre.

—Entonces no hay nada que hacer –repuso Vindula encogiéndose de hombros–. Si no las hubieses manoseado demasiado, tal vez, pero así… Incluso la piel del lobo dice más.

—O sea –dijo Aro–, que si me pongo esas pieles, estaré en peligro. ¿Es eso lo que quieres decir, Vindula?

—Yo no quiero decir nada, sólo siento el poder del animal. Os traduzco a palabras lo que me transmite, pero ya os digo que no es mucho. Además, esa contradicción entre el peligro y la victoria me desconcierta.

—Sabes bien —intervino Silo inclinándose hacia adelante— que ambos conceptos no tienen por qué estar reñidos. Es difícil conseguir una gran victoria sin haber corrido un grave peligro...

—Por supuesto, Silo —respondió ella—, tienes toda la razón, y yo también lo creo así. Sin embargo, hay algo que me preocupa en todo este asunto.

Miró fijamente a Aro y él le devolvió la mirada. Los demás callaban, incluso Coroc y Deocena. Un silencio sepulcral se adueñó de la estancia.

La primavera llegó despacio; las primeras flores se abrieron con timidez entre los restos de la nieve que aún se demoraba entre los árboles y en los páramos. El sol todavía no les daba calor, pero su presencia al menos alegraba los corazones de los vacceos que tanto habían sufrido las inclemencias de aquel duro invierno. Los campos comenzaron a verdear; las hojas hicieron su aparición en las ramas desnudas de los árboles. Muy despacio, la naturaleza despertó de su largo sueño bajo la nieve.

Aro pudo salir al fin de su cabaña para pasear por la ciudad, aunque aún no podía ayudar a los suyos en las tareas del campo, pues la severa Vindula se lo había prohibido hasta, al menos, el solsticio de verano, y Coriaca le había advertido seriamente de que no lo intentara siquiera con un relámpago en sus bellos ojos. Él se resignó a obedecer, amedrentado por la mirada de su esposa, aunque se sentía inútil sin hacer nada. Tendría que esperar con paciencia hasta que llegase la fiesta de Beltain. Así, todas las mañanas, cuando Coriaca, Buntalo, Docio, Silo y el resto salían a trabajar al campo, él bajaba a la orilla del río, acompañado por Deocena y Coroc; pasaba el tiempo pescando y charlando con Aiiogeno, el barquero. Este vivía en una cabaña a orillas del Durius y, aparte de cuidar su pequeño huerto, se encargaba de cruzar de una orilla a otra del río a los viajeros en una ancha almadía de madera.

Mientras los dos hombres charlaban y pescaban, los niños corrían entre los árboles, siempre alejados de la orilla, jugando o recogiendo las flores que brotaban en el bosque.

Un caluroso día, ya próximo al verano, conversaban sentados junto a la orilla del río con los pies metidos en las claras y frescas aguas.

—Prueba estas cerezas lusitanas —dijo Aiiogeno a Aro ofreciéndole un puñado de cerezas rojas que sacó de una bolsa de tela que tenía a su lado—. Mi hermano las trajo el otro día. Estuvo comerciando en Lusitania.

—Excelentes —afirmó Aro saboreando las sabrosas frutas rojas—. ¿Cómo están las cosas en Lusitania?

—Parece que los lusitanos están tranquilos, ven a los romanos muy lejos de su país y aún no temen una guerra.

—Sí, hasta que estén cerca... Mira, perros de agua.

Una pareja de nutrias nadaba ante ellos jugueteando y buscando algún pez para comer. El barquero les lanzó una piedra para asustarlas. Las nutrias huyeron nadando grácilmente.

—Si siguen nadando por aquí —explicó—, nos espantarán los peces.

—También los espantarás tú con tus pedradas —rio Aro.

La fauna era abundante y variada en las orillas del río Durius. Los corzos, cisnes, castores, ánades y garzas eran pobladores asiduos y característicos de las márgenes y las aguas del río. En cuanto a la pesca, abundaban las anguilas y los barbos.

Aiiogeno y Aro habían extendido una pequeña red para tratar de capturar alguna anguila; de pronto, Aiiogeno se levantó y lanzó al agua un pequeño palo afilado. Después, sonriente, se metió unos pasos en el río tratando de no enturbiar las aguas en exceso, recogió la lanceta y la alzó en el aire con un barbo de buen tamaño ensartado en ella.

—¡Buena pieza! —rio—. Iguálala, Aro, si puedes.

Este observó al joven barquero. Era un tipo corpulento, de cabello y bigote cobrizos recogidos en abundantes trenzas. Tenía casi diez años menos que Aro. Sus ojos verdes siempre brillaban animados, pues su carácter era jovial; nunca dejaba de reír y bromear.

—Me lo has puesto difícil, amigo, pero te superaré.

—Necesitarás la ayuda del dios del río en persona —repuso Aiiogeno confiado.

El barquero volvió a sentarse junto a Aro, feliz por la captura. Ambos miraron río abajo, donde una bandada de cisnes surcaba las aguas contra corriente, en dirección a ellos. Entre los álamos, a sus espaldas, se oían las risas de Deocena y Coroc. En el cielo azul, las nubes blancas viajaban hacia el este como vaporosos barcos en un mar infinito.

—¿Sabes que esperamos otro hijo? —preguntó el barquero con orgullo—. Mi esposa está embarazada de nuevo.

—Vaya, enhorabuena, Aiiogeno, parece que no pierdes el tiempo...

—¡Las caderas de mi esposa no me lo permiten! —exclamó Aiiogeno haciendo un gesto explícito y guiñando el ojo a su amigo.

Ambos hombres rieron dejando de vigilar por un momento las aguas cristalinas del río, de las que surgieron las cabezas de la pareja de nutrias, que los miraban con curiosidad.

—Otra vez los perros de agua —dijo Aiiogeno con fastidio alargando el brazo para alcanzar una piedra de la orilla.

—Déjalos —dijo Aro—, o tendrás que pasarte el día tirándoles piedras. Tendremos que pescar aunque estén aquí. Además, pronto se aburrirán de mirarnos y se marcharán a otra parte. No creo que les resultemos muy divertidos, a pesar de la expresión de tu cara.

—Está bien —gruñó Aiiogeno soltando la piedra que ya tenía en la mano—, los dejaré en paz, pero terminarán alejando a los peces de aquí. Ya lo verás, nos quedaremos sin pesca.

Por fin, como había pronosticado Aro, las nutrias se marcharon nadando río abajo; la mañana transcurrió apacible. Silo se presentó poco después del mediodía y se unió a ellos en la pesca, conversando animadamente, mientras los niños dormían a la sombra de los árboles, fatigados por los juegos.

Más tarde, Aiiogeno le pidió a Silo que cantase algo para ellos; el bardo le complació. Los tres hombres dejaron de pescar, se sentaron entre los árboles y los niños se les unieron al ver que Silo tomaba su arpa y acariciaba sus cuerdas. Siempre escuchaban embelesados al bardo, que les deleitó con sus cantos hasta el atardecer. Entonces Aro se puso en pie.

—Creo que es hora de regresar a la ciudad, Aiiogeno —dijo—. Los niños deben cenar y acostarse, o Coriaca no me dejará entrar en la cabaña esta noche —añadió con una sonrisa.

—Tu esposa tiene mucho carácter —rio el barquero mientras daba una palmada en el hombro a su amigo—, es una verdadera vaccea. Si no te deja entrar, puedes venir a dormir a mi cabaña. En fin, nos veremos mañana si vienes de nuevo a visitarme.

—Claro que sí. A ver si consigo pescar más peces que tú de una vez.

Se despidieron de Aiiogeno y ascendieron despacio por la pendiente pronunciada. A Aro le costaba subir la cuesta, pues la herida del costado aún le molestaba un poco, aunque aquel día se encontraba con más fuerzas. Sonrió a Coroc, que subía alegre a su lado, y a la pequeña Deocena, que acribillaba a Silo con sus preguntas. El bardo sonreía divertido mientras contestaba con paciencia a la niña, que Aro había subido a sus hombros.

Coriaca acababa de llegar cuando entraron en la cabaña. Estaba lavándose la cara y los brazos con agua fresca. La jornada, explicó después de secarse mientras abrazaba a sus hijos, había sido larga y calurosa, pero ella nunca perdía la alegría en los ojos azules. Saludó sonriente a su esposo e invitó a Silo a cenar. El bardo aceptó cortésmente. Coriaca ordenó a su sierva que le ayudase a preparar la cena.

Después de la suculenta cena alrededor del fuego, a la que se añadieron también Docio y Maducena, Silo tomó el arpa y la flauta exhibiendo su arte ante todos ellos una vez más. Los bardos gozaban de gran respeto entre los vacceos como transmisores de la tradición y las leyendas antiguas, así como maestros de los niños. Silo era uno de los mejores bardos entre los vacceos, pues conocía gran número de historias y leyendas de la tradición no sólo vaccea, sino del resto de pueblos emparentados con ellos y de muchos otros pueblos de Hispania. También conocía un buen número de narraciones galas y britanas, aunque estas no solía recitarlas más que en contadas ocasiones.

Aquella noche, Docio y Maducena le pidieron que narrase alguna leyenda de un país lejano. Silo se resistió al principio, pero los jóvenes insistieron, y Coriaca se unió a ellos.

—Vamos, Silo —dijo Coriaca—, no nos vendrá mal escuchar alguna historia de tierras lejanas y mágicas.

—Está bien —accedió por fin el bardo. Había mirado a Aro, y este se había encogido de hombros—, ya que tanto insistís, os contaré alguna leyenda de tiempos muy lejanos.

Tomó de nuevo su arpa y la tañó suavemente cerrando los ojos, como hacía cada vez que se disponía a narrar uno de sus bellos relatos.

—La historia que voy a contaros —comenzó a hablar Silo— la escuché de labios de alguien que llegó del sur, de las tierras donde nace el Camino del Estaño y que ahora dominan los romanos. No ocurrió en un país remoto, pero es muy hermosa.

»En los bosques de los tartesios habitaron en una época muy antigua los cunetes, cuyo rey más antiguo conocido se llamó Gargoris. Este gran rey era sabio: fue quien descubrió cómo aprovechar y utilizar la miel. Gargoris tuvo una hermosa hija, que se convirtió en la doncella más hermosa de todos los cunetes. La princesa era tan bella que incluso Gargoris, su padre, se enamoró de ella y, tras un largo acoso, al que su hija no accedió, terminó por violarla.

»Con el tiempo, la princesa parió un niño; pero Gargoris se avergonzó entonces de aquella prueba clara de su amor incestuoso y decidió matarlo. Primero, dando muestra de gran crueldad, ordenó que abandonaran al niño en los bosques. Así se hizo a pesar de las súplicas desgarradoras de su hija, pero cuando volvió a preguntar por él un tiempo después, supo que había sido alimentado por la leche de varias fieras.

»Gargoris mandó a sus hombres que trajeran el niño ante su presencia. Entonces mostró su comportamiento más cruel, pues en vez de una muerte sencilla inventó una muerte dolorosa para su nieto: ordenó a sus servidores que lo colocasen en un desfiladero que era lugar de paso frecuente de los ganados. Prefería ver sufrir al pequeño antes que darle una muerte rápida. Pero el niño tampoco recibió daño alguno en esta ocasión y, además, fue alimentado por las reses. Entonces Gargoris lo arrojó a unos perros hambrientos, atormentados por el ayuno de varios días, pero los perros tampoco lo mataron. Y después lo arrojó a los cerdos, pero estos tampoco le atacaron.

»Ante aquella situación, como no sólo no conseguía que el niño muriese, sino que crecía gracias a la leche de algunas fieras, Gargoris, desesperado, ordenó que lo arrojasen al mar. La orden fue cumplida al punto, pero el niño fue protegido por los dioses en medio de las terribles olas y de las tempestades, y llevado con cuidado de nuevo hacia la orilla. Allí llegó poco después una cierva que encontró y amamantó al pequeño. A partir de aquel día, el niño fue adquiriendo agilidad gracias al contacto con su nueva y peculiar nodriza. Creció en medio de las manadas de ciervos, con los que recorría los bosques y los montes a la misma velocidad que aquellos gráciles animales.

»El niño vivió con los ciervos hasta que un día fue cazado con lazo por unos cazadores, que lo entregaron como presente al rey Gargoris, quien lo reconoció de inmediato por los rasgos familiares y por sus signos corporales. El rey, al fin, impresionado por los peligros y riesgos superados por el niño, lo nombró su sucesor en el trono.

»Al niño le puso por nombre Habis. Cuando ascendió al trono, el reino alcanzó tal gloria que nadie tuvo duda de que habían sido los dioses quienes habían protegido a Habis de tantos peligros. Llegó a someter a los pueblos vecinos sin civilizar dándoles unas leyes, fue el primero que enseñó a arar la tierra con bueyes y a cultivarla. Además, como odiaba que se matase a los animales a causa de lo que él mismo había padecido, Habis obligó a los hombres a alimentarse con alimentos del campo.

Silo calló al fin, aunque siguió tañendo su arpa. Coriaca sonrió con la mirada en el fuego.

—Es en verdad una hermosa historia —dijo apoyando la cabeza en el hombro de Aro—, pero no comprendo cómo alguien puede desear matar a su propio hijo.

—Es sólo una leyenda —dijo Aro—. Además, procede del sur. No deberías buscarle una respuesta lógica.

—No estoy de acuerdo —interrumpió Silo, el semblante serio—. Cualquier mito o leyenda, proceda de donde proceda, siempre tiene un significado, Aro.

—¿Ah, sí? —repuso este—. ¿Cuál es el significado de lo que acabamos de escuchar?

—No es esa mi labor, Aro —dijo Silo meneando la cabeza—. Yo sólo transmito los conocimientos que he adquirido. En cuanto a la interpretación de lo que os sea contado, cada uno debe buscarla en su interior. No todos debemos buscar la misma enseñanza en los mitos. Yo mismo obtengo mis propias conclusiones de los mitos y leyendas que aprendo, pero es fácil que mis conclusiones no sean las mismas que las de cualquier otro. Incluso puede que algunas de mis historias fuesen ciertas, aunque no lo creamos o no queramos creerlo. ¿Recuerdas a la hermosa mujer que vimos una vez en las montañas, a la que Docio y tú hubieseis seguido con gusto, la que se llevó a Babbo, el turmódigo? Os dije entonces que se trataba de la vieja diosa de las montañas, pero no quisisteis creerme hasta que no encontramos el cuerpo de Babbo despeñado en el fondo del desfiladero. Entonces, y sólo entonces, os convencisteis de que lo que os había contado era cierto. Ya veis, no todo es lo que parece; existen aún muchas cosas desconocidas para nosotros, y muchas de ellas no las conoceremos nunca, por mucho que lo deseemos.

Cuando todos se hubieron marchado, Coriaca mandó acostarse a Coroc y depositó a Deocena, que dormía en sus brazos, en el jergón junto a su hermano.

Regresó junto al fuego y se sentó en silencio al lado de su esposo. Aro la miró con dulzura y sonrió.

—Silo cuenta unas historias muy hermosas –susurró Coriaca.

—Es un bardo excelente –admitió él–, el mejor que he escuchado nunca. Estoy orgulloso de tener un bardo como él a mi lado.

—Es muy inteligente...

—Además, su voz y sus palabras tienen una magia extraña.

—Sí, parece que nos transporta a todos con sus palabras... ¿Vamos a dormir? Estoy agotada.

Se dirigieron a su lecho. Los niños ya dormían apaciblemente en su jergón. Aro corrió la cortina y admiró el cuerpo desnudo de su esposa en la penumbra. Se acercó a ella y la abrazó con ternura enterrando el rostro en su espeso y ensortijado cabello negro. Acarició su piel suave y miró sus ojos. Ella sonrió y le besó con ternura advirtiendo el deseo en sus ojos, mientras le quitaba la túnica. Sus cuerpos desnudos se entrelazaron sobre el lecho. Aro se sentía fuerte de nuevo tras la larga convalecencia invernal. Acarició con ardor el cuerpo suave y fragante de su esposa, que le correspondió a pesar de su cansancio. Se irguió a horcajadas sobre él y comenzó a moverse rítmicamente mientras las manos de Aro acariciaban sus pechos firmes. Ambos deseaban hacer el amor; aquella noche lo hicieron con pasión durante largo rato, hasta quedar agotados.

VIII

A su llegada a Roma, Escipión informó al Senado de lo acontecido durante su mandato en Hispania en una reunión celebrada en el templo de Belona, fuera del *pomerium*, el recinto sagrado de la Urbe. Aportó al tesoro romano más de catorce mil libras de plata sin acuñar, junto con gran cantidad de metal acuñado. Sin embargo, el Senado se negó a concederle el triunfo, alegando que había conseguido sus victorias siendo *privatus cum imperio*, sin desempeñar ninguna magistratura, aunque se le hubiese concedido el *imperium proconsular*.

Como el Senado no le concedía el triunfo, tenía abiertas las puertas de la ciudad, ya que un general triunfante no podía cruzar las murallas hasta que no se celebrase la procesión del triunfo. Por lo tanto, libre de esa prohibición, dejó a sus legiones acampadas en el Campo de Marte y cruzó las murallas de manera triunfal acompañando al botín conseguido; el pueblo, orgulloso del general, le aclamó como a un héroe mientras caminaba por las calles siguiendo a los carros que transportaban el botín conseguido en sus campañas hispanas hacia el templo de Juno Moneta. Pero no todos los patricios romanos estaban contentos con su labor en la guerra que había librado en Hispania contra los púnicos. Los generales más viejos, encabezados por Quinto Fabio Máximo, llamado *Cunctator* por su estrategia ante Aníbal, estaban celosos de sus éxitos y no deseaban verle ascender más alto. Además, querían expulsar a Aníbal de Italia antes de organizar cualquier operación en el exterior. No terminaban de aceptar el argumento de Escipión de que para vencer a Cartago había que llevar la guerra a África. Al contrario, consideraban prioritario resolver el asunto de la presencia de Aníbal en el sur de Italia. Deseaban concentrar sus esfuerzos en expulsarlo de allí, venciéndolo en la misma península itálica. Pero no era fácil vencer a Escipión, y sus enemigos lo aprendieron pronto; poco después de su regreso, las centurias lo votaron por unanimidad y fue elegido cónsul, junto a Publio Licinio Craso, que era *Pontifex Maximus* y, por tanto, no podía salir de Italia, por lo que sería Escipión el encargado de dirigir las operaciones contra los púnicos en el exterior. El joven cónsul sólo tenía treinta años y no había sido pretor. Algunos senadores influyentes sabían que no podían enfrentarse al pueblo que aclamaba a su héroe, pero tenían envidia de aquel joven y brillante general. Le concedieron como destino la provincia de Sicilia para librarse de él, mantenerlo alejado de Roma y confinado en una isla de la que le sería complicado salir mientras ejerciera su magistratura.

Pero Escipión tenía sus propios planes: Sicilia era una gran base para iniciar la invasión de África. Lo que sus rivales habían concebido como un exilio, él lo transformó en una pieza fundamental para lograr sus propósitos. Para celebrar su nombramiento, el nuevo cónsul sacrificó a Júpiter un centenar de bueyes en el Capitolio; aquella hecatombe era un sacrificio que había prometido a los dioses años antes, durante la guerra en Hispania. También cumplió otra promesa que había hecho cuando se amotinaron los soldados de Sucro: celebró grandes juegos, costeados con el tesoro que había conseguido en Hispania.

En Sicilia, Escipión se encontró otra sorpresa poco agradable: las dos legiones que estaban bajo su *imperium* estaban formadas por los restos del ejército que había combatido y había sido destrozado en Cannae, nada menos que once años antes. Ante la desoladora visión de aquellos veteranos inactivos y perezosos, confinados en Sicilia como castigo por la deshonrosa y dolorosa derrota, el nuevo cónsul pidió refuerzos a Roma insistentemente, pero el Senado se los negó una y otra vez. Escipión enfureció: la República, que tanto le debía, rehusaba ayudarle una vez más. Pero estaba decidido a finalizar lo que había comenzado y no se rindió; comenzó la tarea de reclutar, organizar y entrenar un nuevo ejército para enfrentarse a Aníbal, además de volver a preparar a las dos legiones de veteranos, pues en todos aquellos años no había perdido de vista su objetivo principal: derrotar al más famoso de los generales púnicos para dar fin a la larga guerra. Además ordenó construir una flota; en sólo cuarenta y cinco días, se construyeron veinte quinquerremes y diez cuatrirremes.

Aquel mismo año envió a Lelio a África para que le mantuviese informado de los movimientos del enemigo. Mientras, decidió atacar Locri, uno de los últimos puertos con que aún contaba Aníbal en Italia. Contactó con una de las guarniciones de la ciudad, ayudado por algunos exiliados en Sicilia y por varios prisioneros tomados por los romanos que habían sido canjeados por los exiliados, y fomentó una conspiración para que la ciudad se entregase a los romanos. Desde Rhegium envió al propretor Quinto Pleminio al mando de tres mil hombres para apoderarse de Locri, objetivo que cumplió Pleminio, pues se hizo con la ciudad, a excepción de una parte de la fortaleza, en la que resistía con tenacidad una guarnición púnica. Aníbal envió una orden a esta guarnición para que hiciese una salida mientras él mismo atacaba la ciudad y el otro reducto, del que se habían adueñado los romanos. Escipión se enteró de los planes de su enemigo, zarpó desde Messana con una flota hasta Locri e hizo desembarcar un contingente de soldados que se ocultaron en la ciudad. Cuando atacó Aníbal, los romanos lo sorprendieron, saliendo por una de las puertas de la ciudad para caer sobre su flanco y su retaguardia. Los púnicos se desmoralizaron enseguida y se retiraron, perdiendo la ciudad definitivamente. Aníbal estuvo a punto de ser capturado.

Al año siguiente, Escipión no podía ser elegido cónsul, ya que el mandato era anual, pero logró retener el mando de Sicilia como procónsul. En la primavera, después de estudiar en profundidad los informes de su lugarteniente Lelio, embarcó a su ejército en Lilybaeum y desembarcó en África, en el Promontorium Pulchrum, cerca de Utica. Allí se le unió el númida Masinissa, que había sido expulsado de Cirta, su capital, por su rival Sífax, cuya capital se encontraba en Siga. Además de sus dos legiones de veteranos de Cannae, el ejército de Escipión estaba formado por los voluntarios que había logrado reclutar por sus propios medios; en total, cerca de veinticinco mil hombres y cuarenta naves de guerra.

Gracias a los informes de sus espías supo que Asdrúbal Giscón había regresado a África y había conseguido formar un ejército púnico de veinte mil infantes, seis mil jinetes y ciento cuarenta elefantes; estaba esperando la llegada de un ejército de mercenarios celtíberos y otro contingente de tropas enviado por el rey Filipo de Macedonia. Además, Sífax estaba reclutando un fuerte contingente de caballería. Este no había sido siempre amigo de los púnicos, e incluso Escipión había tratado de hacerle aliado suyo con anterioridad, pero el númida se casó con la hermosa Safanbaal, hija de Asdrúbal Giscón, a la que también había pretendido Masinissa, y se unió a la causa púnica.

Por otra parte, Hannón Barca, al mando de una pequeña tropa de caballería, recibió la orden de observar los movimientos de los romanos, pero Escipión envió a Masinissa para que les hiciera frente con sus jinetes númidas. Los púnicos fueron aniquilados y Hannón murió en el combate.

Escipión no perdió un solo instante. Sitió Utica, pues necesitaba una base de operaciones con urgencia. Sin embargo, Asdrúbal y Sífax se encontraban demasiado cerca; tuvo que levantar el sitio y se retiró al Promontorium Pulchrum, donde levantó un campamento defensivo al que llamó Castra Cornelia. Allí pasó el invierno el ejército romano.

Escipión y sus hombres estaban acorralados, y Sífax ofreció condiciones de paz al romano. Era cierto que el procónsul se encontraba en una situación complicada, sobre todo porque no le era posible forrajear, a causa de la numerosa caballería enemiga que patrullaba los alrededores del campamento. Pero de nuevo fue más astuto que sus rivales: se mostró deseoso de obtener la paz ante Sífax y Asdrúbal, ganando un tiempo precioso para él al alargar las negociaciones, mientras sus espías, que acompañaban a los negociadores, reconocían los campamentos enemigos, que se encontraban a unas seis millas del suyo. Tenía la intención de atacarles por sorpresa porque era su única opción de conseguir la victoria. Los espías le informaron de que la mayor parte de las construcciones del campamento eran de madera, pero que los númidas habían construido sus cabañas de juncos y cañas cubiertas con esteras de hierbas, y que se encontraban dispersas por todo el campamento, sin guardar ningún orden. Además, informaron a su general de la disposición del campamento, de sus entradas, del lugar ocupado por las tropas en cada campamento, de los movimientos de los centinelas y de la distancia entre los campamentos de Asdrúbal y de Sífax.

Por su parte, los púnicos se sintieron seguros pensando que Escipión estaba en una posición desesperada y que verdaderamente deseaba un pacto. El romano simuló estudiar la propuesta de paz púnica, que proponía un acuerdo a base del *statu quo*, después de que Aníbal y Magón saliesen de Italia y Escipión de África. Estas eran las mejores condiciones que podía ofrecer Cartago. Tal vez si el comandante romano hubiese sido el viejo Quinto Fabio Máximo, se habría llegado a un acuerdo, pero Escipión no había viajado a África para obtener aquellas condiciones de paz tan pobres. Su intención era vencer a Cartago y lucharía hasta conseguirlo.

Debido a la actitud amistosa de Escipión, y a que había aceptado mantener las negociaciones, los púnicos supusieron que aceptaría sus condiciones. Sin embargo, el procónsul rompió la tregua poco después, de manera repentina. Como los púnicos pensaban que los romanos deseaban firmar la paz a toda costa para salir de aquella difícil situación, añadieron a la negociación una serie de exigencias por completo inaceptables. Esa era la excusa que daba a Escipión una razón para romper las negociaciones y atacar a sus enemigos. Dijo a los enviados de Sífax que se reuniría con sus legados para tomar una decisión. Al día siguiente les comunicó que había unanimidad entre ellos para rechazar las propuestas púnicas. Al anochecer, tras ordenar a Lelio y Masinissa que atacasen el campamento de Sífax y lo incendiasen, ordenó formar a las legiones a toda prisa y se puso en marcha. Mientras sus lugartenientes cumplían la misión que les había encomendado, él mismo cayó sobre el campamento de Asdrúbal cuando vio las llamas en el del rey númida.

Los púnicos estaban confiados debido al tratado de paz; no sospechaban ninguna acción por parte de los romanos. Esta confianza les había llevado a descuidar la vigilancia de sus campamentos y fueron sorprendidos por sus enemigos. La mayoría de ellos dormía cuando sus campamentos comenzaron a arder; el alboroto que siguió fue tremendo, el espectáculo fue horrible. Algunos hombres corrían desconcertados, sin rumbo; otros ardían alcanzados por las llamas. Todos ellos habían abandonado sus armas creyendo que el incendio era fortuito; los caballos y elefantes trotaban de un lado a otro, enloquecidos por el fuego, causando un caos aún mayor. Los romanos, por su parte, esperaban, aleccionados por los espías, en las puertas o fuera de los campamentos y asesinaban o apresaban a los púnicos que trataban de salir de los recintos para salvarse de las llamas. El ejército de Asdrúbal y Sífax fue diezmado, aunque ellos consiguieron escapar. Los romanos hicieron aquel día cinco mil prisioneros y capturaron ciento setenta y cuatro insignias, dos mil setecientos caballos númidas y seis elefantes.

Asdrúbal huyó con una escolta de caballería. Se refugió en una pequeña ciudad, pero temía ser capturado por los romanos y la abandonó en mitad de la noche. No se equivocaba el general en su desasosiego, pues la ciudad se rindió poco después a los romanos, abriendo sus puertas al enemigo. Mientras Asdrúbal huía hacia Cartago, Sífax se hizo fuerte en una posición fortificada a ocho millas de distancia del lugar donde se habían encontrado sus campamentos. El púnico quería tranquilizar al Senado ante la noticia de la derrota, puesto que en la ciudad todo el mundo pensaba que tras este movimiento, Escipión levantaría el sitio de Utica para poner cerco a la misma Cartago. El sufete convocó una asamblea en la que se votaron tres propuestas: la primera, enviar emisarios a Escipión para negociar la paz; la segunda, enviar mensajeros a Aníbal para recordarle el gran peligro en que se encontraba su patria; y la tercera, reunir un ejército para enfrentarse a Roma, aunque fuera a la desesperada, e instar a Sífax a que se mantuviera firme ante los romanos. Esta última propuesta fue apoyada por el partido de los Bárcidas, y fue la elegida. Por tanto, los púnicos defenderían su territorio hasta el final. La guerra no había terminado.

Escipión había conseguido derrotar de nuevo a Asdrúbal, pero no se lanzó sobre Cartago. Comprendió que aquella acción sería arriesgada en exceso; por tanto, decidió ser prudente, regresó a Utica y reanudó el sitio de la ciudad con mayor energía. Asdrúbal y Sífax, mientras tanto, intentaron formar un nuevo ejército aprovechando el respiro concedido por su enemigo, partiendo de los cuatro mil mercenarios celtíberos y de un contingente de macedonios que al fin se les habían unido.

El procónsul romano tenía muy claro el plan que debía seguir a partir de aquel momento. En aquel entonces, Aníbal aún permanecía en Italia, pero Escipión sabía bien que era muy probable que el Senado de Cartago le ordenase regresar a África, puesto que la ciudad corría grave peligro tras la derrota de Asdrúbal. Además, los púnicos le habían enviado a Italia una flota formada por cien naves de transporte repletas de víveres, pero una tormenta las desvió hacia la isla de Sardinia, donde los romanos capturaron sesenta naves y hundieron veinte. La situación de Aníbal en Italia era pues muy precaria, y era fácil que no tardase en regresar a África. Por tanto, Escipión decidió que era imprescindible aplastar de una vez por todas a Asdrúbal y a su nuevo ejército antes de que Aníbal estuviese de vuelta. Así, marchó a su encuentro.

Se puso a la cabeza de una legión y de toda su caballería, que había reforzado tras su reciente victoria, dejando al resto de sus tropas ante Utica. Encontró a sus enemigos en las llanuras del río Bagradas y los derrotó de nuevo, siguiendo una táctica similar a la utilizada en Ílipa. Durante tres días, Escipión se limitó a atacar a las avanzadas enemigas y a involucrar a su caballería en diversas escaramuzas. Al cuarto día, ordenó a su ejército que formara en orden de batalla, situando a Masinissa con sus númidas a la izquierda y a la caballería italiana a la derecha. Masinissa superó a Sífax, mientras en el otro flanco los púnicos huían ante la caballería itálica. Tan sólo los celtíberos habían luchado hasta el final, manteniendo su formación incluso después de ver como sus alas eran destrozadas, pensando que no podían esperar piedad del general romano tras acudir a combatir a África contra Roma, que los había librado del yugo cartaginés. Escipión incluso llegó a asombrarse de la torpeza de Asdrúbal, a quien había derrotado dos veces de la misma forma; al mismo tiempo, una vez más, admiró el valor de la infantería hispana. No sólo sabían fabricar espadas de una calidad extraordinaria, también sabían combatir con valor. Por primera vez en toda la historia de Roma, el enemigo fue derrotado por cargas de caballería. Escipión había aprendido a apreciar el valor de la caballería gracias a los púnicos, a quienes ahora derrotaba con su propia táctica.

Aquella importante victoria tuvo doble valor para Escipión: por un lado, reinstauraba a su aliado Masinissa en el trono númida y, por el otro, privaba a los púnicos de su zona de reclutamiento de caballería más importante. Además, este territorio pasaba ahora a sus manos, puesto que varias ciudades se rindieron sin combatir y aunque otras trataron de resistir al ejército romano, terminaron cayendo.

Asdrúbal fue arrollado por los jinetes de Escipión; Sífax pudo escapar con un pequeño resto de su caballería, pero fue perseguido por Lelio y Masinissa hasta Cirta, donde fue apresado junto a la bella Safanbaal. Los maessilios aclamaron a Masinissa como nuevo rey, expulsando de sus ciudades a las guarniciones estacionadas por Sífax y confinando a este y a sus tropas en su antiguo reino. Pero Safanbaal y su padre presionaron al númida para que volviera a combatir a Roma. Sífax reunió a cuantos hombres eran aptos para la guerra y se dirigió de nuevo contra sus enemigos, que contaban con la caballería que había participado en las llanuras del Bagradas y con un buen número de infantería ligera, si bien dos legiones se acercaban muy deprisa.

Sífax acampó cerca de ellos y comenzó a provocarlos enviando pequeñas partidas de caballería que envolvían en escaramuzas a la vanguardia romana. Poco a poco, se fueron uniendo más y más unidades a la escaramuza hasta convertirla en batalla, en la que los númidas de Sífax parecían tener la iniciativa. Pero todo cambió cuando la infantería ligera romana entró en acción, desbaratando las líneas de los poco entrenados númidas. Por si fuera poco para Sífax, las legiones ya estaban cerca y los númidas comenzaban a huir aterrorizados. El depuesto rey trató de que volvieran a la batalla cabalgando hacia las líneas romanas, pero su caballo fue alcanzado por un proyectil y él cayó al suelo.

Capturado y llevado ante Lelio, Sífax tuvo que sufrir la humillación de contemplar la felicidad de su rival en el trono. Masinissa estaba exultante: su enemigo había sido derrotado y era prisionero de Roma. Habían caído unos cinco mil númidas, y la mitad de este número pereció en el posterior asalto al campamento de Sífax. No obstante, parte del ejército númida había huido a la capital de Sífax, Cirta. Masinissa solicitó a Lelio permiso para avanzar con su caballería hasta allí para poder apoderarse de la capital de su rival mientras aún reinaba la confusión; el romano le seguiría con la infantería. Lelio accedió y el númida cabalgó hasta Cirta. Una vez allí, convocó a los notables de la ciudad, quienes sólo creyeron que su rey había sido capturado cuando Masinissa se lo presentó cargado de cadenas. Aquello produjo el desmoronamiento de los cortesanos númidas, que rindieron la capital sin resistencia y dejaron que el nuevo rey acudiese a palacio para tomar posesión de su trono. A la puerta encontró a la hermosa Safanbaal, que al ver a Masinissa escoltado por gente armada, supuso que su esposo había caído y temió por su vida. Pidió al nuevo rey que la protegiese, pues temía lo que los romanos pudiesen hacerle. La púnica se había presentado ante el númida ataviada con sus mejores galas, con los hermosos cabellos de azabache cuidadosamente peinados y con el bello rostro bronceado triste y suplicante. Se había maquillado con los mejores afeites y se había vestido con sus ropas más sugerentes para causar una honda impresión en el númida, pues sabía que aún la amaba. En efecto, Masinissa, que todavía estaba enamorado de ella, no resistió la visión de sus bellos ojos rasgados de color avellana anegados en lágrimas; se conmovió con los ruegos de la bella púnica, le prometió protección y se casó con ella ese mismo día, ya que no encontraba otra manera de protegerla del cautiverio a manos de los romanos. Lelio no estuvo conforme con lo que había hecho Masinissa. Enfurecido, le informó de que todos los prisioneros, incluida la hija de Asdrúbal Giscón, debían ser llevados ante Escipión. Sin embargo, el númida logró convencer al legado de que fuese el procónsul quien decidiese la suerte de su nueva esposa.

Masinissa entró de manera triunfal en el campamento de Escipión, exhibiendo al rey prisionero y al resto de sus nobles para dar mayor importancia a su victoria, mientras sus propios soldados exageraban los méritos de Sífax, al que habían adulado y pretendido como aliado tanto Roma como Cartago, y a quien el mismo Asdrúbal Giscón había concedido la mano de su hermosa hija para asegurarse la fidelidad del númida.

Sífax fue conducido ante Escipión, que le preguntó por las razones de haber iniciado una lucha contra Roma, cuando la República nunca había sido hostil con los númidas. El rey admitió que había sido una locura combatir contra Roma, pero que aquella locura había sido causada por una mujer. Aquella locura había comenzado la primera vez que había visto a Safanbaal, quien con su belleza y sus malas artes lo había convencido para que se pusiera en contra de Roma, apoyando la causa púnica. Ahora Masinissa no se mostraba más inteligente que él al acceder a casarse con la hija de Giscón.

El procónsul se volvió hacia Masinissa y le felicitó por su victoria, pero después le reprochó que no hubiese podido resistir su pasión por Safanbaal. Le informó de que Sífax era prisionero de Roma. Safanbaal, como esposa suya, sería enviada con él a Italia, no por ser púnica e hija de uno de los generales de Cartago, sino por ser esposa de un prisionero. Escipión mantuvo su decisión a pesar de los ruegos del númida. Este se avergonzó de su actuación y, de regreso en su tienda, ordenó a un criado de confianza que le llevase a Safanbaal un veneno con un mensaje recordándole que era hija de Asdrúbal Giscón, el púnico. Ella comprendió el mensaje, miró brevemente con sus ojos felinos el frasco que le había sido entregado, alzó la mirada con orgullo y bebió el veneno.

Escipión envió a Lelio de regreso a Roma, acompañado por los enviados del nuevo rey Masinissa y custodiando a Sífax y a otros prisioneros ilustres. El procónsul continuó preparando el asalto final a Cartago.

Por su parte, el Senado púnico se aterrorizó al conocer el resultado de la batalla. Se apresuró a ofrecer la paz a los romanos, mientras ordenaba el regreso urgente a África de Magón, que combatía en el valle del Po, al norte de Italia, después de haber invadido Genua, en la costa de Liguria, con catorce mil hombres, y de Aníbal, que se encontraba entonces en Bruttium. Al mismo tiempo, los púnicos lanzaron un ataque por sorpresa a las naves romanas situadas en Utica; tuvieron un éxito relativo, pero la falta de confianza de la flota púnica impidió lo que hubiese sido una importante victoria. Escipión, tras conseguir su primer objetivo, que era que Aníbal saliese de Italia, realizó una generosa oferta de paz a los púnicos, esperando conseguir el segundo y más importante: el fin de la ya larga guerra con unas condiciones favorables a Roma.

Mientras Escipión negociaba las condiciones de paz con treinta miembros del Senado de Cartago, Magón consiguió escapar de los romanos. Al final su ejército alcanzó las costas de África, pero él murió durante la travesía, cerca de Sardinia, a causa de una herida sufrida en una batalla contra el procónsul Marco Cornelio en la Galia Cisalpina mientras mantenía su posición para permitir la retirada de su ejército. Por su parte, Aníbal recibió la orden de retirarse hacia Cartago cuando se encontraba en Croton. El general púnico se encolerizó al conocer la decisión del Senado y sintió gran dolor, arrepintiéndose de no haber atacado Roma tras la victoria en Cannae. Pensaba que lo que no habían conseguido los romanos en tantos años, obligarle a abandonar Italia, lo lograban ahora el Senado cartaginés y sus rivales en su propia patria. No volvería a tener la oportunidad de conquistar la capital de sus enemigos. A pesar de todo, había previsto lo que ocurriría, pues ya había ordenado que se preparase una gran cantidad de barcos para zarpar rumbo a África. Dejó una parte de su ejército como guarnición en diversas ciudades y se aprestó para partir hacia Cartago, pero muchos soldados italianos se negaron entonces a seguirle y se refugiaron en el templo de Juno Lacinia, que hasta entonces había sido un santuario inviolable. Aníbal los hizo degollar en el mismo templo.

Tras matar a todos sus caballos, pues no poseía suficientes naves de transporte, protegido por el momentáneo armisticio, embarcó a sus veinte mil hombres, de los cuales ocho mil eran veteranos de sus largas campañas en Italia, y los llevó a Leptis Minor; desde allí viajó a Hadrumentum con el objetivo de obtener cuanta caballería pudiese. Al fin Aníbal había abandonado Italia, y Roma se vio libre del peligroso general enemigo. Los senadores púnicos que negociaban mientras tanto con Escipión echaron toda la culpa de la guerra a Aníbal en una hábil maniobra diplomática, pero el procónsul no se dejó engañar y les exigió la rendición. Los púnicos hicieron una nueva oferta: esta vez le proponían la entrega de todos los prisioneros, desertores y esclavos fugitivos, la confirmación de Masinissa en su trono, la evacuación de Italia y la Galia, el abandono total de Hispania y todas las islas entre Italia y África, la entrega de toda la marina, excepto veinte naves, y una indemnización de cinco mil talentos. Además, los púnicos tendrían que pagar y abastecer al ejército de Escipión mediante la entrega de un millón de galones de trigo y seiscientos mil de cebada hasta que se ratificara el tratado. Estas condiciones humillaban a Cartago, pero los púnicos sabían bien que su situación era desesperada.

Sin embargo, al conocer los movimientos de Aníbal, los componentes del partido patriótico de Cartago rechazaron firmar cualquier tipo de tratado de paz con Roma. Además, un convoy de naves que llegaba desde Roma con provisiones para los hombres de Escipión fue hundido por una tormenta en la misma bahía de Cartago, ante la ciudad. Los habitantes de la ciudad temían al hambre al tener que mantener a los romanos; entonces se propuso en el Senado la captura de las naves, a lo que se accedió sin apenas oposición. Escipión envió una embajada para protestar por lo ocurrido, pero los púnicos apresaron a sus enviados.

Aquellos últimos hechos despertaron la ira de Escipión, quien, tras pasar el verano reclutando hombres, se había puesto en marcha pocos días antes en dirección a Cartago, ascendiendo el valle del Bagradas; estaba decidido a poner fin a la guerra de una vez por todas. Había ordenado incendiar cuantas ciudades y aldeas encontrase a su paso con el fin de privar a los púnicos de la mayor parte de sus suministros. Ahora, pensó sombrío, los habitantes de Cartago estarían de nuevo aterrorizados y habrían ordenado a Aníbal que preparase a sus tropas para enfrentarse al ejército romano.

Por si esto fuera poco, Escipión tuvo que superar un nuevo obstáculo, que provenía de la misma Roma: el cónsul Cneo Servilio Cepión, un hombre ambicioso, decidió que el honor de derrotar definitivamente a Cartago y asegurar la paz para Roma le correspondía a él, pues era quien ejercía el cargo de cónsul cuando Aníbal había abandonado Italia. Por lo tanto, viajó a Sicilia con la intención de pasar a África y ponerse al mando del ejército, pues su magistratura le otorgaba un *imperium* superior al de Escipión. El Senado se vio entonces en dificultades, pero las solventó con rapidez y habilidad nombrando dictador a Publio Sulpicio Galba, el cual ordenó a Cepión que regresase a Roma. Así, Escipión estuvo en condiciones de afrontar el duelo decisivo contra su enemigo Aníbal.

IX

Valle del Bagradas, otoño de 202 a. C.

El calor era sofocante en el norte de África, a pesar de que el verano ya había quedado atrás. Por ello, el campamento romano, situado en el valle del río Bagradas, parecía adormecido a aquella hora del día, cuando el sol se encontraba en lo alto del cielo despejado. En la penumbra de la tienda del general en el *praetorium*, a salvo de los ardientes rayos solares, Escipión y Lelio conversaban disfrutando del buen vino romano.

—¿Crees que los púnicos se atreverán a salir de Cartago para enfrentarse con nosotros? –preguntó Lelio dejando su copa sobre la mesa. Por culpa del calor, su túnica blanca presentaba marcas de sudor en numerosas partes.

—Eso espero –respondió Escipión–. Creo que Aníbal desea entrar en combate de una vez, que se produzca el desenlace de esta guerra. Aunque el Senado púnico le ordene que salga de Hadrumentum y se dirija a Cartago para reforzar las defensas, él no aguantará detrás de las murallas. Tampoco esperará mucho tiempo en Hadrumentum. No hace nada allí.

—Pero tal vez el Senado de Cartago le ordene permanecer en Hadrumentum…

—No –repuso el procónsul meneando la cabeza–, creo que no esperarán a que recorramos el valle del Bagradas, incendiando cuanto encontremos a nuestro paso, destruyendo su país, privándoles de sus suministros, hasta encontrarnos a las puertas de su capital. Como mucho, ordenarán a Aníbal que vaya a Cartago…

—… Pero él no querrá ir –terminó Lelio tomando su copa de nuevo y haciendo girar el vino–. Aunque le ordenen ir a Cartago, la situación sería la misma.

—Así es, amigo –asintió Escipión después de saborear el vino de color rubí–. Aníbal no soporta esconderse tras los muros. Su capacidad como estratega aumenta considerablemente en campo abierto, y es como a él le gusta combatir. Encerrarse en una ciudad supondría desperdiciar su genio militar.

—Sin embargo, aún no entiendo por qué los púnicos esperan tras sus murallas. Si, como dices, no van a dejarnos arrasar su país, ¿a qué esperan para salir a nuestro encuentro?

—Supongo que desean que su mejor general organice el ejército para hacernos frente con garantías de victoria.

—Aun así, nuestras fuerzas son más numerosas que las púnicas –dijo Lelio.

—Pero no olvides que Aníbal es un gran general –repuso Escipión–; aún no ha sido derrotado... De manera contundente, quiero decir.

—Deseas enfrentarte a él, ¿no es cierto?

—Por supuesto –los ojos de Escipión brillaron–. Él humilló a Roma, y tanto yo como mi padre estuvimos a punto de morir en la desgraciada batalla del río Trebia. También estuve presente en Cannae; tuve que recurrir a toda mi personalidad para conseguir que muchos romanos mantuvieran el valor y no huyesen al último rincón de Italia. Ahora, muchos de esos romanos, tras largos años de destierro en Sicilia, de ser tratados como chusma indigna de la ciudadanía de Roma, están aquí a mis órdenes para desquitarse, vencer a Aníbal y demostrar al Senado que merecen ser rehabilitados. Deseo vencerle no sólo por mí, sino también para acabar definitivamente con el mayor enemigo de la República. Sin embargo, hubiera deseado no tener que decidir las condiciones de paz que darán fin a esta guerra en la batalla que se avecina, que seguro que será decisiva. Si Cartago hubiese firmado la paz, si me hubiese entregado a Aníbal para que regresase con él a Roma, o si este se hubiese retirado de Italia antes de que nosotros hubiésemos invadido África, entonces la paz habría sido posible sin lucha, pero ahora...

En ese momento entró el *praefectus castrorum* en la tienda y saludó llevándose el puño derecho al pecho.

—Publio Cornelio, un *frumentarius* desea verte con urgencia. Ha llegado un mensaje desde el norte.

Escipión se incorporó ligeramente en su asiento, interesado por la llegada de aquellas noticias inesperadas.

—Que entre –ordenó al centurión asintiendo despacio y apurando el vino de su copa.

El *frumentarius* entró en la tienda seguido por un hombre bañado en sudor, vestido con una túnica cubierta de polvo. Ambos saludaron a los oficiales de la misma manera, llevándose el puño al pecho.

—Procónsul, este hombre acaba de llegar de Cartago –informó el *frumentarius*–. Trae noticias urgentes.

El procónsul, poniéndose en pie, le hizo una seña para que hablase.

—Anoche capturamos a un mensajero púnico; venía de Hadrumentum. Regresaba a Cartago con noticias de Aníbal. Según el mensaje que llevaba, Aníbal informaba al Senado de que saldría ayer con su ejército desde Hadrumentum hacia Cartago. El Senado púnico le ha ordenado que se enfrente a nuestro ejército.

—¿Conocen esa noticia en Cartago? —preguntó el procónsul.

—Por desgracia, sí —admitió el hombre tras un titubeo, sin atreverse a levantar la vista. Era evidente que temía un castigo por haber dejado escapar a un mensajero enemigo—. Otro púnico consiguió escapar hacia la ciudad a pesar de nuestros intentos por capturarlo.

Pero Escipión estaba de buen humor aquel día. Además, aquello era precisamente lo que había estado esperando y deseando: el encuentro con Aníbal en el campo de batalla.

—No importa que lo sepan en Cartago —dijo el procónsul volviendo a sentarse muy despacio—, no creo que puedan reforzar en exceso las tropas de Aníbal; están demasiado asustados como para salir de detrás de las murallas. Bien, podéis retiraros. Que le den algo de comer a este hombre. —Se volvió hacia su legado y sonrió—. Ha llegado el momento, Cayo Lelio, ha llegado mi momento. Por fin me enfrentaré a Aníbal. Esta será la batalla decisiva entre Roma y Cartago, no para decidir la guerra, de sobra decidida ya, sino para ver en qué condiciones se rinde Cartago. Creo que el mensajero capturado podría informar a Aníbal.

Lelio devolvió la mirada a su comandante sin comprender.

—Que se le muestre a ese hombre el tamaño de nuestro ejército —explicó el procónsul—. Informadle incluso de que Masinissa acaba de llegar con seis mil infantes y cuatro mil jinetes, que los vea. Quiero que Aníbal sepa a qué va a enfrentarse. Da las órdenes necesarias para partir mañana al encuentro del ejército de Aníbal. Y ahora déjame solo, amigo mío, necesito pensar.

Lelio salió en silencio del fresco pabellón al calor exterior acompañado por su superior. El legado resopló al sentir el calor sofocante y se apresuró a refugiarse bajo la lona de su propia tienda. Escipión regresó a su pabellón, se sirvió una nueva copa de vino y se sentó de nuevo en la silla curul cerrando los ojos. Recordó de nuevo todo lo ocurrido desde que dejase Hispania, hacía ya casi tres años: la reunión en el templo de Bellona, fuera del *pomerium*, la negativa del Senado a concederle el triunfo, la oposición de la facción de *Cunctator*, el amor de las centurias, su elección como cónsul, Sicilia y aquellos veteranos de Cannae, África, y ahora… Aníbal.

Al día siguiente, las legiones partieron hacia Zama Regia, situada a cinco días de marcha al sur de Cartago, que era el lugar hacia el que se había dirigido Aníbal. Como había mostrado al púnico, Escipión había recibido el importante refuerzo de su aliado Masinissa, que había regresado de Numidia, donde había estado reclutando nuevas tropas. El númida aportaba a sus fuerzas otros seis mil infantes y cuatro mil jinetes. Escipión se sintió animado; sabía que con tan alto número de jinetes, la ventaja se situaba en el bando romano, pues el ejército de Aníbal difícilmente podría hacer frente a una caballería tan numerosa.

Los romanos levantaron su campamento en las cercanías de Zama Regia. Escipión ordenó que se extremase la vigilancia en los alrededores del recinto. No quería ninguna sorpresa por parte de Aníbal, cuyas tretas eran ya bien conocidas por los romanos. Aquella misma tarde, se presentó en el campamento romano un mensajero del general púnico: este deseaba negociar con Escipión. El procónsul accedió y, al siguiente día, salió de su campamento acompañado por una escolta de varios jinetes, entre los que se encontraban Masinissa y Lelio. Pronto distinguieron a lo lejos a otro grupo montado, que se detuvo a cierta distancia. Ambas legaciones se observaron en silencio durante unos minutos. Entonces, del grupo de púnicos se adelantaron dos jinetes; uno de ellos no llevaba ni armas ni armadura. Escipión se volvió hacia su escolta.

—Esperad aquí —dijo—. Iré a hablar con Aníbal; sólo me acompañará el intérprete. Pero manteneos alerta, no me fío de ellos.

Hizo una seña al intérprete para que le acompañase y avanzó hacia su enemigo. Ambos generales se reunieron en el centro del espacio que quedaba entre las escoltas. Por fin pudieron verse cara a cara. Escipión observó a Aníbal; había esperado aquel momento desde hacía más de dieciséis años, desde que estuviera a punto de morir en el Trebia. El púnico había superado ya los cuarenta años —tenía casi cuarenta y tres—, pero su rostro era el de un hombre cansado y envejecido por las constantes guerras y la lejanía de su patria. Su barba espesa estaba poblada de canas; había perdido el ojo izquierdo hacía años en Italia a causa de una infección que había sufrido cruzando una región pantanosa en las riberas del Arno, tras la batalla del Trebia, y había tenido que ser extirpado; ahora el párpado cerrado ocultaba el hueco de la órbita vacía. Aunque su rostro estaba poblado de arrugas, su expresión aún era firme y decidida; su ojo derecho miraba fijamente a Escipión. Su hermosa coraza muscular de bronce brillaba bajo la amplia capa azul.

—Os he citado aquí —dijo Aníbal al fin, con su voz profunda, en un latín casi perfecto—, oh, valiente Publio Cornelio, para hablar de la paz entre Roma y Cartago. Me alegro de que seáis vos con quien tengo que negociar, pues sois un hombre inteligente. Admito que yo he sido el agresor y también que Cartago ha agravado esta situación violando el pacto que tenía con vos. Sin embargo, conocéis bien lo cambiante y caprichosa que es la suerte en las guerras; estaréis de acuerdo conmigo en que conseguir una paz segura es mejor que guardar una esperanza incierta de victoria. Es el que concede la paz, no el que la pide, quien dicta los términos, pero tal vez puede no ser presuntuoso en nosotros evaluar nuestra propia pena. Consentimos que permanezca vuestro aquello por lo que fuimos a la guerra: Sicilia, Sardinia, Hispania y todas las islas que se encuentran entre África e Italia. Nosotros, los cartagineses, confinados en las costas de África, estamos contentos, ya que tal es la voluntad de los dioses, de ver que gobernáis todo fuera de nuestras fronteras por mar y tierra como vuestros dominios. Me veo obligado a admitir que la falta de sinceridad demostrada recientemente en la solicitud de paz y en la no observancia de la tregua justifica vuestras sospechas en cuanto a la buena fe de Cartago. Pensadlo bien: si pactáis la paz conmigo ahora, veréis coronados todos vuestros éxitos; por otra parte, si tentáis una vez más a la Fortuna, vuestro prestigio puede rodar por los suelos.

Tras un breve instante, Escipión replicó:

—Tenéis razón, ilustre Aníbal Barca, vos habéis sido el agresor, y Cartago la gran culpable de esta guerra, y de muchas otras desgracias y catástrofes, no sólo en Italia, también en la Galia, Hispania y en la misma África. Sin embargo, Cartago no merece unas condiciones de paz más favorables que las que yo mismo le impuse en el tratado que violó hace muy poco, apoderándose de los suministros de las naves romanas destinados a mis hombres y agrediendo a mis emisarios. Si hubierais evacuado Italia por vuestra propia y libre voluntad, si hubierais embarcado a vuestro ejército antes de que yo hubiese partido hacia África y después hubieseis venido con propuestas de paz, admito que habría actuado con espíritu prepotente y arbitrario si las hubiera rechazado. Pero ahora que os he arrastrado a África no estoy obligado a mostrar la menor consideración. Aunque Cartago ofreciera ahora una compensación por no haber respetado el anterior pacto, el Senado romano, y yo en su nombre, se verá obligado a pedir que la rendición sea incondicional. La reciente ruptura del pacto me lleva a no confiar en vos ni en ningún otro púnico. Si no aceptáis estos términos, la única solución será zanjar nuestras diferencias mediante el uso de las armas. Decidid ahora lo que deseáis para vos y para vuestra ciudad.

—Os repito, Publio Cornelio —replicó el púnico—, que los hados son caprichosos. La poderosa Niké tiene alas y podría volar desde vuestro hombro hasta el mío...

—No serán los dioses quienes combatan en este campo, serán hombres, romanos, púnicos, hispanos, númidas... Muchos de ellos morirán, ya os lo he dicho, si Cartago no acepta las condiciones de Roma y se rinde.

Aníbal permaneció impasible al escuchar las palabras de su enemigo. Le estaba empujando de manera irremisible al combate, a pesar de sus palabras, puesto que aceptar aquellas condiciones supondría la total humillación de Cartago ante Roma. Después asintió levemente.

—Entonces –dijo al fin–, no hay otra solución; mañana nos encontraremos en el campo de batalla.

Dicho esto, volvió grupas y se alejó seguido por su intérprete. La breve conferencia había finalizado; habría batalla. Escipión le miró en silencio mientras el púnico cabalgaba hacia sus hombres. Al fin había conocido en persona a su más importante y peligroso enemigo. Al día siguiente, por fin, se enfrentaría con él en el campo de batalla.

Al amanecer, ambos ejércitos se situaron en orden de batalla. El ejército púnico estaba formado por unos cincuenta mil hombres. En calidad y adiestramiento, exceptuando a los veteranos que habían combatido en Italia, estos soldados eran inferiores a los legionarios con los que contaba Escipión. Aníbal conocía perfectamente esta circunstancia, y trató de alinear lo mejor posible a su ejército; lo dividió en tres cuerpos de infantería: el formado por sus veteranos de tantos años de lucha en Italia, el de los hombres que habían estado al servicio de Magón, que habían combatido en Liguria y el norte de Italia, y otro reclutado con rapidez por el Senado púnico, formado por púnicos y tropas africanas. Aníbal sabía que no podía confiar en este último cuerpo de ejército. Por tanto, situó en primera línea a los hombres de Magón: *auxiliares* ligures y galos, en orden abierto de unidades, entre las que colocó honderos baleares e infantería ligera africana.

Justo detrás de esta línea, mandó situar a los hombres reclutados hacía poco tiempo por el Senado púnico, la tropa en la que menos confianza tenía, mientras que sus propios hombres, reforzados con una buena cantidad de brutianos, se mantuvieron en reserva por detrás de la segunda línea. Ante la primera línea situó a ochenta elefantes, y en las alas formó a dos mil jinetes, los púnicos a la derecha y los númidas a la izquierda.

Aníbal sabía que, dada la debilidad de su caballería, no podría rodear los flancos romanos como había hecho con brillantez en Cannae. Por tanto, planeó romper el frente romano, para lo cual serían decisivos los elefantes, a pesar de que las bestias no siempre se comportaban de manera adecuada. Además, no estaban suficientemente entrenados y existía un considerable peligro de que se desbandasen. Pero si tenía suerte y los elefantes se empleaban bien, el frente romano quedaría roto, lo que, además de facilitar el ataque de su primera línea de infantería, animaría a la segunda, en la que él mismo no confiaba. Si todo salía bien, sus propios veteranos podrían decidir entonces la batalla. No le quedaba más remedio que esperar a que las cosas saliesen como él deseaba. Una vez más, recordó con amargura las palabras de su fiel Maharbal, el comandante de su caballería, cuando había rehusado asediar Roma tras la gloriosa batalla de Cannae. Maharbal le había dicho entonces: «Sígueme, yo iré delante con la caballería, y dentro de cinco días celebrarás la victoria con un banquete en el Capitolio». Pero Aníbal se había negado a marchar contra la capital de sus enemigos, esperando que Roma se rindiese o que, al menos, sus aliados la abandonasen, debilitando aún más su poder y provocando que quedase en manos de Cartago. Entonces Maharbal, frustrado, añadió: «Los dioses no derraman todos sus favores sobre un solo hombre. Sabes cómo ganar una victoria, Aníbal, pero no cómo aprovecharla». Aquella indecisión suya tal vez había salvado a Roma de la derrota definitiva. Roma no se rindió y la mayor parte de sus aliados permaneció fiel. Recordó también a su bella esposa Himilce, hija de un reyezuelo de Castulum, con quien se había casado en Cartago Nova antes de partir hacia Italia. La había amado en verdad, aunque muchos habían dicho entonces que el matrimonio era de conveniencia, para asegurarse la riqueza de las tierras de Castulum y obtener además un buen número de mercenarios. De aquel matrimonio había nacido su único hijo, Aspar. Pero ambos habían muerto tras contraer unas fiebres. Su dolor y su ira se intensificaron al recordar que, tras la toma de Castulum, los romanos habían profanado la tumba de Himilce.

Por su parte, Escipión mantuvo la alineación habitual en las legiones, el *triplex acies*, pero la adaptó a la situación táctica a la que se enfrentaba. Al ver ante él a los elefantes de Aníbal, ordenó a sus tribunos que, cuando aquellas bestias cargaran, los manípulos de los *principes* se situasen enseguida detrás de los de los *hastati*. Así formarían pasillos por los que podrían pasar los elefantes causando el mínimo daño posible a sus hombres. Mantuvo a los *triarii* muy a retaguardia para que no se viesen atacados por los elefantes en el caso de que estos superasen las dos primeras líneas. Tanto *hastati* como *principes* debían producir todo el estruendo posible para asustar a los elefantes y conseguir que buscasen la salida por entre los pasillos dejados entre aquellas masas ruidosas. Muchos de los centuriones temían que sus hombres se aterrorizasen al ver llegar a los elefantes y no cumpliesen las órdenes de forma adecuada, pero, una vez más, confiaban ciegamente en su general. Mantendrían la disciplina si era necesario.

También ordenó a los *velites* que, cuando cargasen los elefantes, se situasen en los pasillos entre los manípulos para hostigar y rechazar a las bestias, con orden de retroceder si no eran capaces de resistir el empuje de los poderosos animales. Lelio se situó en el flanco izquierdo con la caballería italiana, y Masinissa, a la cabeza de la caballería númida, se alineó en el ala derecha.

Se inició la batalla con un clamor de cornetas y trompas. Aníbal ordenó la carga de sus elefantes, que se abalanzaron contra las filas romanas. Escipión había ordenado a sus *cornicines* y *tubicines* que, llegado ese momento, hiciesen sonar sus instrumentos con todas sus fuerzas; así lo hicieron estos, a pesar del temible espectáculo que representaban las bestias dirigiéndose hacia ellos. Además, los *hastati*, *principes* y *velites* comenzaron a gritar con fuerza y a golpear sus *pila* y jabalinas contra los grandes escudos para aumentar el estruendo formado por los instrumentos. Los elefantes estaban mal adiestrados a causa del poco tiempo que habían tenido sus cuidadores para entrenarlos; conforme se acercaban al enemigo, el estrépito de las trompetas y cuernos romanos, unido a los alaridos de los legionarios, los aterrorizó de tal modo que los de la izquierda retrocedieron y se echaron sobre sus propias filas, sembrando la confusión y el terror en la caballería númida de Aníbal, que, arrollada por los animales, rompió la formación. Masinissa, atento a aquella circunstancia, aprovechó el momento para atacar, eliminando a los númidas enemigos del campo de batalla y persiguiéndolos en su huida. En el centro, los elefantes que siguieron adelante empujaron a los *velites* por los pasillos, haciéndolos retroceder y castigándolos de forma muy dura. La infantería ligera era aplastada por los enormes animales y empujada violentamente hacia las líneas de *triarii*, aunque consiguió causar daños a las bestias y sus conductores. Lelio, que se había mantenido inactivo hasta aquel momento, vio entonces su oportunidad y sacó provecho de la misma. Mientras los elefantes avanzaban hacia la retaguardia romana, cargó veloz contra la caballería púnica de Aníbal, muy inferior a la italiana, haciéndola retroceder desordenada y sin oponer demasiada resistencia, persiguiéndola a través del campo, igual que acababa de hacer Masinissa en el otro flanco.

La infantería no entró en acción hasta entonces, cuando la caballería de ambos bandos había desaparecido del campo de batalla y los elefantes se hallaban tras las líneas romanas. Mientras los *velites* supervivientes se encargaban de los conductores y soldados que montaban las bestias, los ejércitos rivales aproximaron sus líneas. Los manípulos volvieron a su formación acostumbrada. Los de *hastati* se acercaron unos a otros y avanzaron hacia la primera línea púnica al son de las cornetas. La lucha fue cruenta y dura, un forcejeo cuerpo a cuerpo, hombre a hombre; tanto púnicos como romanos combatían encarnizadamente. Los gritos de dolor y rabia de los hombres se mezclaban con el entrechocar de las armas; las bajas eran numerosas. Al principio del encuentro la ventaja parecía estar del lado de Aníbal, pero cuando su segunda línea, la menos fiable del ejército púnico, dejó de apoyar a la primera, esta se vio obligada a retroceder poco a poco ante el empuje de los legionarios hasta que, comprendiendo que había quedado abandonada por la segunda línea, retrocedió ya de manera alarmante. Pero como la segunda línea, inmovilizada por el miedo y la indecisión, le impidió el paso, sus hombres, presas del pánico, trataron de conseguirlo a viva fuerza. Escipión mismo contemplaba, estupefacto, cómo combatían entre sí las dos primeras líneas del ejército púnico, mientras sus propios hombres seguían avanzando. Se produjo entonces una tremenda confusión durante la cual los componentes de ambas líneas púnicas, presionados por los *hastati*, que habían sido reforzados por los *principes*, cayeron sobre la tercera línea de Aníbal, pero al no poder ser asimilados por la misma, huyeron por los flancos, arrojando sus armas y echando a correr.

En aquel momento, el campo de batalla ofrecía una visión espeluznante a causa del enorme número de muertos que cubría el terreno y de los montones sangrientos de heridos. Escipión ordenó a sus hombres que trasladasen deprisa a los heridos a retaguardia con el fin de mantener despejado el campo de batalla para facilitar a las legiones el asalto final; luego realizó un cambio táctico: hizo colocar a los *hastati* en el centro de la formación y adelantó por los flancos a *principes* y *triarii*. Así se formó una falange compacta que se enfrentó a la última línea púnica. Los legionarios superaron muy despacio los macabros obstáculos que constituían los montones de cadáveres. Los *hastati*, *principes* y *triarii* se alinearon como había ordenado su comandante. Acto seguido, romanos y púnicos cargaron unos contra otros con tal furia y denuedo que la batalla quedó sin decidir durante largo tiempo, ya que ambos enemigos eran similares no sólo en número, sino también en carácter, ánimo, coraje y armamento. Los combatientes de uno y otro bando peleaban con obstinación, prefiriendo caer muertos antes que retroceder un paso.

Escipión se dio cuenta entonces de que, de haber seguido así la batalla, con tan sólo la intervención de la infantería, es posible que Aníbal hubiese conseguido la victoria, mas por fortuna para él, en el momento preciso regresaron Masinissa y Lelio de su persecución de la caballería enemiga. Cargaron contra la retaguardia de Aníbal y acabaron con la mayor parte de ella, pereciendo muchos de los que intentaron escapar. Los veteranos púnicos y los hombres reclutados por Aníbal en Bruttium se vieron sorprendidos por los jinetes romanos y por los númidas de Masinissa. Rompieron su formación al ver perdido el combate. Ocurrió en el momento preciso, pues Escipión, temiendo sufrir una derrota, ya estaba rogando a los dioses para que hiciesen regresar a su caballería. Ello representó la total derrota de los púnicos. Al contemplar cómo su último ejército se deshacía ante las legiones de Escipión, Aníbal escapó hacia Hadrumentum acompañado por unos cuantos jinetes. Cartago había sido derrotado definitivamente.

Finalizada la batalla, el procónsul pidió a sus *frumentarii* que realizasen un recuento de bajas y prisioneros. El informe que recibió más tarde fue definitivo: por el bando romano cayeron algo más de mil quinientos combatientes; los púnicos perdieron más de veinte mil, y se había hecho un número casi igual de prisioneros. Se capturaron ciento treinta y dos estandartes púnicos.

Escipión decidió entonces no avanzar hacia Cartago. La razón principal era que no estaba en condiciones de iniciar un sitio prolongado. Además, él mismo sabía que, al igual que su rival Aníbal, no era tan buen general cercando ciudades como combatiendo en campo abierto. La guerra había sido larga, Roma deseaba un final rápido, pero Cartago estaba fuertemente fortificada, pues la ciudadela de Byrsa en Cartago se levantaba en una altura junto al extremo de una península unida a tierra firme por un istmo de poco más de tres millas y media de anchura, defendido por una triple línea de fortificaciones, cuyos muros exteriores eran extraordinariamente gruesos, con numerosas torres; la península medía algo menos de treinta millas y media de circuito. Por otra parte, sospechaba que si sitiaba la ciudad y después era llamado a Roma, sería el hombre que le sucediera quien se llevaría los honores del triunfo, un triunfo que, no sin razón, Escipión consideraba suyo. Sin embargo, ante sus adversarios, adujo que la dignidad de Roma aconsejaba suavidad y adoptar una conducta magnánima con el vencido.

Así pues, Escipión decidió que era esencial que Cartago firmara la paz cuanto antes. Envió sus condiciones al Senado púnico: Cartago entregaría sus naves de guerra —a excepción de los trirremes— y sus elefantes, y no se adiestrarían más en el futuro; los esclavos romanos, desertores y prisioneros serían devueltos a Roma; Cartago se comprometería a no entablar ninguna guerra sin el consentimiento de Roma; Masinissa sería reinstaurado en su trono de manera definitiva y los púnicos le devolverían todo cuanto le habían arrebatado; Cartago pagaría una suma de diez mil talentos de plata en un plazo de cincuenta años; por fin, serían entregados a los romanos un centenar de rehenes de edades comprendidas entre los catorce y los treinta años, que serían elegidos por el mismo Escipión y que serían llevados a Roma. A cambio de esto, los púnicos podrían vivir en libertad en las ciudades y territorios que previamente poseían en África, conservando sus bienes, esclavos y rebaños, pudiendo regirse por sus propias leyes, sin que les fuese impuesta ninguna guarnición.

Cuando se leyeron estas condiciones en el Senado púnico, un senador se puso en pie para protestar, pero el mismo Aníbal le obligó a sentarse, tras arrancarlo de su sitial. Algunos se escandalizaron, pero muchos otros comprendieron que Aníbal había actuado así a causa del dolor que le causaban las desgracias acaecidas a su patria, por la que lo había dado todo. El general afirmó que ya no era tiempo de deliberar. Era necesario aceptar por unanimidad las proposiciones que se les hacían, ofrecer sacrificios a los dioses y suplicarles que hicieran ratificar el tratado por el pueblo romano. La mayoría de los senadores estuvo de acuerdo con él. Finalmente, las condiciones fueron aceptadas por los púnicos, y se enviaron emisarios a Roma para que fuesen confirmadas. Sin embargo, el Senado romano acogió con frialdad el tratado; el cónsul Cneo Cornelio Léntulo vetó la paz, pues deseaba que la guerra continuase para conseguir una victoria fácil, y que esta se consiguiera durante su consulado. Entonces, el Senado sometió el asunto a la aprobación del pueblo, quien votó por firmar la paz con Cartago. Además, se decidió que el hombre que debía firmar el armisticio y devolver las tropas a Italia tenía que ser Escipión. Así lo hizo este cuando los emisarios estuvieron de regreso ante él; se recogieron las provisiones, se entregó a los prisioneros, y las naves púnicas fueron quemadas.

Cuando el Senado púnico se enfrentó al problema de realizar el primer pago a los romanos, los senadores se mostraron muy preocupados, de forma que, al ver sus rostros, Aníbal rompió a reír, burlándose de ellos. Los senadores le reprocharon su actitud tan poco patriótica, que riese en una situación tan desesperada para Cartago. Aníbal respondió a los que le increpaban que el momento de llorar había sido cuando los romanos les habían arrebatado sus armas y habían quemado su flota; sólo ahora parecían preocuparse los ilustres senadores, cuando la desgracia afectaba a sus propios bolsillos, pero nadie había protestado cuando Cartago estaba siendo desarmada.

Tras restituir a Masinissa en su trono, Escipión embarcó sus tropas y regresó triunfante a Roma. Se había ganado con todo merecimiento el apodo de *Africano*.

De este modo finalizó una guerra larga y cruenta, cuyos resultados inmediatos fueron la conversión de Hispania en provincia romana; la unión del reino de Siracusa, hasta entonces dependiente de Cartago, a la provincia de Sicilia; el establecimiento de un protectorado romano sobre los reinos númidas y, el más importante, la conversión de Cartago de poderoso Estado comercial y militar en una inofensiva ciudad mercantil. Así, Roma consiguió dominar toda la mitad occidental del mar Medio.

X

Mientras Escipión combatía y derrotaba a los púnicos en África, en Hispania las cosas habían cambiado. Tras la marcha de Escipión, los diferentes gobernadores, ya fuera en calidad de procónsules o de pretores, dedicaron sus esfuerzos a enriquecerse a costa de los indígenas, lo que provocó un descontento creciente entre estos. Lucio Cornelio Léntulo y Lucio Manlio Acidino, ambos procónsules, mantuvieron sus cargos durante varios años, mientras hubo guerra contra los púnicos. Cuando el segundo regresó a Roma, solicitó celebrar el triunfo, pero la oposición de Tiberio Sempronio Longo bastó para que el Senado se lo negara, puesto que nadie había celebrado nunca un triunfo sin ostentar los cargos de dictador, cónsul o pretor. Manlio había sido procónsul, por lo que tuvo que conformarse con la *ovatio*, en la que mostró a Roma el botín que había obtenido en Hispania: cuarenta y tres mil libras de plata y dos mil cuatrocientas cincuenta libras de oro. Manlio se mostró generoso con sus hombres: aparte del botín, le asignó ciento veinte ases a cada uno.

Los gobernadores que les sucedieron también se dedicaron a enriquecerse sin ningún tipo de miramientos. Cneo Cornelio Blasio regresó a Roma con un botín de mil quinientas quince libras de oro y veinte mil de plata, más treinta y cuatro mil quinientos denarios de plata.

A causa de los abusos cometidos por los gobernadores, la ciudad de Gades envió una embajada ante el Senado para quejarse de la imposición de un *praefectus* que fiscalizaba la recaudación de los tributos, pues esto estaba en contra del tratado que habían firmado con Marcio años antes. Meses después de producirse la queja de los gaditanos, el procónsul de la provincia Ulterior, Lucio Sterninio, ordenó erigir dos arcos en el Foro Boario, delante del templo de Fortuna y del de la diosa Mater Matuta, además de un tercero en el Circo Máximo. Sobre ellos colocó estatuas doradas, todo ello pagado con las riquezas que había conseguido en Hispania.

Dos años más tarde, el Senado aumentó el número de pretores anuales de cuatro a seis. A partir de ese momento, las dos provincias hispanas fueron gobernadas por pretores proconsulares, pues el Senado deseaba poner freno al excesivo poder personal de los procónsules. Además, los pretores eran acompañados por doce *lictores*, como los cónsules, en lugar de los seis que seguían a sus colegas de otras partes, como señal de que su *imperium* era el mismo que el de un procónsul, aunque su cargo fuese el de pretor. Cada pretor contaba con un ejército itálico de una legión formada por ciudadanos romanos y cinco cohortes de aliados itálicos, es decir, aproximadamente ocho mil infantes y mil cuatrocientos jinetes, y cuatrocientos aliados. El resto del ejército estacionado en Hispania hasta ese momento fue licenciado y enviado a Roma.

Aquel mismo año estalló una nueva revuelta, protagonizada por los turdetanos, bajo el mando de un antiguo aliado de Escipión, el rey Culcas, que acaudillaba diecisiete ciudades, y de Luxinio, bajo cuyo mando se encontraban las ciudades de Bardo y Carmo, a quienes se adhirieron las ciudades libiofenicias de la costa: Malaka, Sexi y Abdera. La provincia Ulterior fue de nuevo el escenario de la lucha. El ejército romano fue derrotado y el pretor, Cayo Sempronio Tuditano, murió a causa de las heridas. El otro pretor, Marco Helvio, envió entonces un informe al Senado explicándole la situación tras la revuelta. Sin embargo, la situación en Roma era complicada a causa de las negociaciones de paz que se mantenían con Filipo, el rey de Macedonia, y de la guerra que se libraba contra el rey Antíoco de Siria. Además, el informe de Helvio había llegado a Roma a finales de otoño, lo que postergó el caso hasta la elección del nuevo pretor a finales del año. Se sucedieron las revueltas de los pueblos dentro de las provincias hispanas, y la situación llegó a ser crítica para Roma, que perdió el control de toda Hispania, salvo la colonia griega de Emporion. Por otro lado, aquel mismo año, los romanos lograron una importante victoria en oriente, en su guerra contra Macedonia, en la batalla de Cinoscéfalos. Helvio enfermó tras ceder el mando y se vio obligado a permanecer en Hispania hasta aquel mismo año. Cuando regresó al fin a Roma, el Senado le negó el triunfo, pero no la *ovatio*.

El año siguiente, el procónsul de la Citerior, Quinto Minucio Thermo, al mando de un ejército de unos quince mil soldados, venció al ejército comandado por los jefes Budares y Besadines, apresando al primero. Las bajas indígenas fueron de doce mil hombres. Acto seguido, el procónsul sitió y conquistó la ciudad de Turba. Cuando, finalizado su mandato, regresó a Roma, cargado de riquezas como sus antecesores, se le concedieron los honores del triunfo.

El Senado decidió entonces, en vista de la gravedad de la situación en Hispania, enviar a Marco Porcio Catón, uno de los cónsules electos, para imponer la autoridad de Roma en la provincia Citerior, acompañado por el pretor. Publio Manlio, su lugarteniente. El pretor de la Ulterior sería Apio Claudio Nerón.

XI

Marco Porcio Catón, el nuevo cónsul de Roma, dejó caer, hastiado, el pergamino que había estado leyendo sobre la mesa de campaña, se reclinó en su silla curul y fijó los ojos en el techo de la tienda. Suspiró. Desde el retorno a Italia de su odiado rival Publio Cornelio Escipión, Hispania, la nueva provincia de Roma, no había sido más que una fuente de problemas y quebraderos de cabeza para la República: los levantamientos de los indígenas eran continuos y numerosos, por lo que los gobernadores romanos tenían graves problemas para sofocarlos. Los gobernadores... En su mayoría, magistrados sin escrúpulos que llegaban a Hispania con el fin de enriquecerse a costa de los indígenas para volver a Roma cubiertos de oro en busca del triunfo y de una gloriosa carrera política. Eso era lo que Catón se proponía.

Catón era el modelo de romano tradicional. Había nacido hacía treinta y nueve años en Tusculum y era de familia plebeya. Había conseguido llegar a ser *quaestor* gracias a la tutela de Lucio Valerio Flacco, un noble que poseía tierras en la propia Tusculum. Catón era un estoico, pero también era tradicionalista y patriota; se oponía con todas sus fuerzas a cualquier movimiento de tipo renovador, sobre todo a la corriente helenista que llegaba a Roma desde oriente cada vez con más fuerza. Era enemigo irreconciliable de Escipión por todo lo que este simbolizaba, por su lujosa manera de vestir y de vivir, que él, como nuevo miembro de la aristocracia romana, envidiaba desde lo más profundo de su alma. Representaba al nuevo tipo de propietario latifundista, para el que la explotación del campo se basaba en el uso despiadado de la mano de obra esclava. Era defensor de una nueva tendencia económica, que en gran medida fue la causante de la destrucción de la clase media campesina italiana y que más tarde precipitaría la gran crisis social en la que se vio inmersa la República años más tarde.

Había combatido en el Metauro a las órdenes de Cayo Claudio Nerón, y había sido partícipe de aquella memorable victoria. Después había sido el *quaestor* del odioso Escipión en Sicilia. El venerable Quinto Fabio Máximo le había encomendado la misión de vigilar la actuación del entonces cónsul y encargarse de controlarlo cuanto fuera posible. Había llegado a oponerse a la decisión de Escipión de invadir África desde Sicilia, poniéndose del lado de *Cunctator*, pero el terco enemigo se había salido con la suya designándolo, junto a aquel corderillo escipiónico de Cayo Lelio, como escolta del convoy de buques de transporte. Se había quejado de la actuación de Escipión al atacar Locri, saliéndose de los límites de su *imperium* consular. Había protestado una y mil veces por el derroche que hacía Escipión de los fondos del ejército, así como por la relajación de aquella caricatura de ejército en la que se habían convertido los legionarios derrotados en Cannae, siempre enfrentándose a su superior, siempre fiel a su antiguo general. Aquel despreciable amigo de los griegos le había contestado que mirase las victorias y no el dinero. Tras aquella desfachatez, dimitió de su puesto de *quaestor* y volvió a Roma, donde informó de los desmanes cometidos por Escipión. La facción de Máximo había conseguido que se enviase una comisión a Sicilia para investigar al cónsul. Pero aquellos ineptos no habían sabido encontrar prueba alguna del derroche del cónsul de Sicilia.

Había sido elegido edil hacía cuatro años y pretor al año siguiente, con destino en Sardinia, donde mostró a toda Roma que se podía dirigir una provincia con total austeridad.

Finalmente, aquel año había sido elegido cónsul, junto a su amigo Lucio Valerio Flacco. Cuando el Senado había anunciado que aboliría la *Lex Oppia*, Catón se opuso a su derogación, aunque no tuvo éxito. La *Lex Oppia* había sido propuesta veinte años antes por Cayo Oppio, un tribuno de la plebe perteneciente a la *gens* Oppia, e iba dirigida contra el lujo ostentado por las mujeres romanas: por ella se prohibía a las mismas tener más de media onza de oro, llevar vestidos de diversos colores y circular en carros; sin embargo, no afectaba a las mujeres patricias ni a las pertenecientes a ciudades aliadas. Las mujeres consiguieron al final la abolición de la ley y Catón había sido enviado poco después a Hispania.

El cónsul había desembarcado pocos días antes en Rhode, de donde expulsó a los indígenas que habían asaltado y tomado la ciudad. Dirigía un ejército consular de dos legiones, con quince mil aliados —lo que hacía un total de más de veintiséis mil infantes—, ochocientos jinetes y veinticinco naves largas de guerra, de las que cinco pertenecían a los aliados itálicos. Añadiendo a estas tropas las dos legiones antiguas aumentadas en dos mil doscientos hombres, el número de efectivos aumentó en trece mil soldados más, que fueron asignados a los dos pretores. Como premio por la conquista de Rhode, Catón había concedido a cada soldado una libra de plata, aparte del botín obtenido en la toma de la ciudad. Sabía que su botín en Hispania sería suculento, por lo que valía la pena derrochar un poco de plata para tener contenta a la tropa.

Acto seguido, el cónsul se dirigió hacia Emporion, acompañado por un viento favorable; tras ser recibido con alegría por los foceos, acampó en el mismo lugar en el que lo había hecho el odiado Escipión quince años antes, dejando en las naves sólo a sus tripulantes. Era pleno verano y las mieses aún no habían sido cosechadas, por lo que Catón decidió confiscar parte de la cosecha para alimentar a sus hombres. Así, despidió a los suministradores de trigo y los devolvió a Roma con una escueta frase que después se haría famosa:

—La guerra se alimentará de sí misma.

La situación en la colonia massaliota era tensa porque, debido al levantamiento generalizado de los pueblos circundantes, los griegos temían un ataque o cualquier otro tipo de sorpresa desagradable por parte de los indiketes, por lo que mantenían una guardia vigilando el muro de separación entre la ciudad griega y la indígena, en especial en la puerta de separación entre ambas ciudades, que siempre custodiaba, día y noche, uno de los magistrados de la ciudad. También se apostaron guardias en lo alto de los muros, tanto de día como de noche, por lo que todos los ciudadanos griegos tuvieron que turnarse en la vigilancia. De noche montaba guardia un tercio de los empuritanos. Sólo había mercado, en el que participaban los indígenas, durante las horas en las que lucía el sol, y esto fuera de los muros de la ciudad. Los indiketes, por su parte, también se mostraban intranquilos. Pero era inevitable que las dos partes llegasen a un acuerdo: si los indiketes necesitaban las mercancías que las naves traían al puerto heleno, los griegos necesitaban a los indígenas como intermediarios para el comercio y como clientes para sus productos. Catón decidió no tomar partido en principio por ninguno de los bandos; esperaría a que tanto unos como otros acudiesen a él exponiéndole sus quejas. Mientras analizaba la situación, ordenó que los legionarios siguieran entrenándose y se sentó a esperar.

Sin embargo, la primera embajada que recibió no vino ni del campo de los griegos de Emporion ni del de los indiketes. Una mañana de calor sofocante, mientras reinaba la calma en Emporion y Catón reflexionaba sobre si su actitud habría sido la más correcta, el *praefectus castrorum* se presentó en su tienda. El hombre parecía congestionado por el calor bajo su armadura y respiró aliviado al sentirse protegido por la lona del *praetorium*.

—Marco Porcio, un grupo de hombres desea hablar contigo –dijo con voz ronca tras recuperar el aliento–. Son sólo tres. Dicen que vienen en representación del rey de los ilergetas, que desean transmitir un mensaje al representante de Roma y que el asunto es muy urgente.

—¿Dónde están? –inquirió el cónsul extrañado.

—Esperan ante la *porta decumana*.

—Bien –asintió Catón tras reflexionar unos momentos–, que dejen sus armas a la puerta del campamento; traedlos aquí y vigiladlos bien. Y ordena a uno de los guardias que vaya a avisar a Manlio. Quiero verlo aquí inmediatamente.

El pretor no tardó en presentarse ante su superior. Catón aún le explicaba el asunto cuando el *praefectus castrorum* regresó conduciendo a los ilergetas a lo largo de la *via praetoria*, flanqueada por las tiendas que ocupaban los *extraordinarii*. Como había dicho el *praefectus castrorum*, se trataba de tres hombres, uno de ellos de avanzada edad. Todos ellos iban ataviados con túnicas, pantalones y capas de vivos colores y adornados con numerosos brazaletes de oro; miraron con admiración y respeto los *vexilla* clavados en el suelo frente a la tienda del cónsul. Entraron en la tienda con un intérprete. El más fuerte de ellos era un hombre alto, con los largos cabellos morenos y rizados cayéndole sobre los hombros, que observó desde lo alto de su talla al jefe de los romanos; ante él veía un hombre delgado, de mediana estatura, cabello moreno, con una desagradable expresión de mal humor en su ceño fruncido sobre los penetrantes ojos oscuros y la enorme nariz aguileña, que paseaba por la tienda de campaña con las manos cruzadas en la espalda, absorto en sus pensamientos como si los ilergetas no hubiesen entrado aún. En la tienda había una mesa sobre la que yacían desparramados varios rollos de pergamino, la silla curul, un catre y, colgada en una percha, la armadura del romano: la coraza de lino, el escudo ovalado, la espada envainada en su vaina de adornos dorados y el casco de bronce con un penacho de crin de caballo teñida de rojo. El otro romano, su lugarteniente, devolvió al joven ilergeta la mirada desafiante con sus ojos verdes. Era más joven que Catón, su cabello era más claro y abundante, con aspecto más fornido que el de su superior.

Los ilergetas, vigilados por dos legionarios que se habían apostado a los lados de la entrada de la tienda, esperaron en silencio a que el cónsul terminase de pasear.

—Y bien –dijo Catón al fin, mirándolos de repente–, hablad. ¿Quiénes sois y qué deseáis de mí?

El intérprete repitió las palabras del cónsul a los ilergetas en su propia lengua.

El más anciano, de larga barba y cabellos blancos, se adelantó un paso.

—Nos envía Bilistages, el noble rey de los ilergetas –dijo con una leve inclinación de cabeza–. Venimos a pedirte ayuda en su nombre.

—¿Ayuda? —preguntó el cónsul frunciendo el ceño aún más. Su gesto era amenazador—. Explícate.

—Nuestro pueblo siempre ha sido amigo de Roma, poderoso señor; por ello, los pueblos vecinos nos atacan con frecuencia.

—Tenía entendido —dijo Catón prosiguiendo con su paseo y dando la espalda al anciano ilergeta— que los enfrentamientos entre vuestros pueblos son frecuentes, podría decirse habituales, y que nunca se ha pedido ayuda a Roma para solucionar esa clase de problemas.

—Así es —admitió el anciano—, pero esta vez se trata de una alianza de nuestros vecinos contra nosotros. La única razón por la que ahora nos atacan es por ser vuestros amigos.

El guerrero ilergeta se adelantó impaciente; tras lanzar una breve mirada al anciano, como si le pidiese permiso para hablar, se dirigió al cónsul.

—Romano —dijo con voz potente—, si no nos ayudas con tus hombres y provisiones, nuestro pueblo será vencido y nosotros seremos esclavizados o muertos.

—¿Quién eres tú? —preguntó Catón deteniendo su paseo y mirándolo con curiosidad.

—Me llamo Tilego. Mi padre es Bilistages, sucesor del gran Indíbil, rey de los ilergetas. Mi padre te ruega encarecidamente que nos ayudes. Necesitamos tres mil de tus hombres para mantener alejados a nuestros enemigos de nuestras tierras. Sólo con ver ese número de soldados romanos ante ellos, huirán y no volverán jamás.

El cónsul meneó la cabeza con desagrado. No deseaba malgastar a sus tropas en escaramuzas, tratando de solventar las diferencias entre vecinos. Sólo deseaba realizar una muestra de fuerza entre los indígenas para que conociesen el poder de Roma y, de paso, hacer un buen botín con el que regresar a Italia. Sin embargo, no podía negarse abiertamente a socorrer a los ilergetas, pues corría el riesgo de que estos cambiasen de bando.

—Seré sincero: os comprendo, y me preocupa vuestro bienestar y seguridad. Pero en este momento no me es posible enviaros la ayuda que me pedís —dijo por fin mirando al anciano de barba cana e ignorando intencionadamente al joven príncipe—. Mis hombres no están adiestrados para entrar en combate tan pronto. Además, ahora espero a las legaciones de los empuritanos y los indiketes para resolver importantes asuntos. La situación en Emporion es tensa en estos momentos. No tengo suficientes hombres como para prescindir ni siquiera de una parte de ellos, ya que el enemigo está muy cerca y la batalla podría tener lugar en cualquier momento. Pero enviad mis saludos al rey de los ilergetas e informadle de que le enviaré mi ayuda en cuanto solucione los problemas en Emporion. Ahora, por favor, os ruego que me dejéis solo.

La orden de Catón no admitía réplica. Pero los ilergetas no iban a darse por vencidos tan pronto. Se arrodillaron ante Catón suplicándole ayuda, pidiéndole un grupo de hombres que les ayudase a vencer a sus enemigos, tratando de hacerle comprender la dificultad de su situación. Pero el romano se dirigió hacia la mesa y se puso a consultar un mapa.

—¡Por favor! –imploró el anciano–. ¡No nos abandonéis en este momento de angustia! No tenemos más aliados que Roma. Si Roma nos rechaza, ¿a quién podemos pedir socorro?

Catón no se dignó siquiera a darse la vuelta para mirar a los ilergetas y siguió mirando los mapas sobre la mesa.

—Tal vez –intervino Tilego alzándose de nuevo, ayudando al anciano a incorporarse– nuestros problemas habrían terminado si nos hubiésemos unido a nuestros enemigos…

Catón se puso rígido de pronto. De modo que aquellos bárbaros estaban considerando la posibilidad de abandonar el bando romano.

—Pero no lo hemos hecho –continuó Tilego– porque confiamos en nuestros amigos romanos. Ni la intimidación ni las amenazas de otros pueblos nos han hecho abandonar el lado de Roma confiando en que seríamos ayudados. Pero si Roma nos deniega su ayuda, los dioses y los hombres son testigos de que, en contra de nuestra voluntad, esa coacción nos obligará a abandonar el lado de quienes han sido nuestros aliados hasta ahora, pues no deseamos sufrir lo que sufrieron una vez los saguntinos. En ese caso, preferimos compartir el destino de nuestros vecinos antes que sufrir el nuestro a solas.

Catón se volvió despacio. Las palabras del joven príncipe habían logrado el efecto buscado. El cónsul temía perder la amistad de los ilergetas y hacerse un nuevo enemigo. La situación de Roma en Hispania era muy complicada en esos momentos; al Senado no le gustaría que se le informase de que un antiguo aliado había cambiado de lado porque él, un cónsul de la República, les había negado un puñado de hombres que, por otra parte, tal vez ni siquiera tuviesen que entrar en combate.

—Dejadme –dijo a los ilergetas con tono seco–. Dejadme solo. Mañana tendréis una respuesta. Pero os advierto que es muy peligroso tratar de chantajear a Roma.

Una vez solo, el cónsul se sentó en su silla curul y meditó sobre la cuestión durante largo rato. Fue una noche de zozobra para Catón. No quería descuidar hombres para no debilitar a su ejército, pero tampoco podía prescindir de aliados fieles como los ilergetas. Su retaguardia se vería desprotegida si decidían cumplir su amenaza. Pasó largas horas buscando una salida que le permitiese salir airoso y no comprometer la posición de Roma. Por otra parte, le parecía una humillación ceder al chantaje de aquellos salvajes.

No podía dejarles ver que se podían realizar aquel tipo de amenazas a un cónsul de Roma.

Cuando los indígenas se presentaron ante él al día siguiente para conocer su decisión, Catón se plantó ante el joven Tilego.

—Roma no desea que los ilergetas —dijo mirando fijamente al príncipe, que era una cabeza más alto que él—, a quienes considera unos aliados valerosos, dejen de serlo. Por lo tanto, tendréis vuestra ayuda. La tercera parte de mis hombres será destinada a ayudaros. Dentro de unas horas partirán hacia vuestro país para acabar con las amenazas que acosan al pueblo del rey Bilistages. Si no me creéis, seguidme.

Salieron de la tienda en penumbra entrecerrando los ojos para evitar ser deslumbrados por el sol. El cónsul alzó el brazo señalando hacia una parte del campamento donde varios manípulos se dedicaban a recoger sus pertenencias y a preparar sus armas y escudos.

—Ahí tenéis a los hombres de Roma que partirán en ayuda de los ilergetas. Podéis volver. Decidle a vuestro rey que pronto estarán allí.

Los ilergetas se miraron sonriendo y hablando entre ellos con evidentes muestras de alegría. Era claro que estaban encantados por la decisión del general romano. Tras despedirse de él, se encaminaron hacia la puerta del campamento. Catón hizo una seña a Manlio para que los guardias se mantuvieran alerta.

—¡Esperad un momento! —dijo dirigiéndose a los ilergetas, que se giraron hacia él—. No me gustaría que el valiente pueblo ilergeta cambiase de bando después de todo, a pesar de recibir la ayuda de Roma, por encontrarse en una situación demasiado difícil. Quiero tener una garantía de que no será así.

—Te damos nuestra palabra, señor —dijo el anciano portavoz abriendo los brazos—. Seguiremos siendo aliados de Roma, puedes estar seguro de ello.

—Esa no me parece una garantía suficiente —objetó Catón meneando la cabeza, frunciendo el ceño.

—¿Y cuál te agradaría entonces? —inquirió Tilego en tono iracundo cerrando los puños, echando chispas por los ojos. Comenzaba a irritarlo aquel pequeño y malhumorado oficial romano.

—Bastaría con un rehén —respondió Catón encogiéndose de hombros, como si quisiera quitar importancia a lo que decía—, y sería mejor garantía cuanto más valor tenga ese rehén. Digamos, por ejemplo, un guerrero importante, uno de los hijos del rey. Es una costumbre muy extendida entre las naciones más civilizadas del mundo.

Los ilergetas se indignaron al oír estas palabras. Trataron de marcharse de allí, pero estaban desarmados y se vieron rodeados por los legionarios, que les amenazaban con sus *pila*.

—Pero ¡esto es un ultraje! —protestó el anciano temblando de rabia—. ¡Los emisarios son sagrados! ¡No tienes derecho a tratarnos así!

—Oh, vamos, no os preocupéis —sonrió el cónsul torvamente—. Vuestro príncipe no correrá ningún peligro aquí... mientras os mantengáis leales a Roma, claro está. Transmitid mis palabras a vuestro rey. Recordadle que muy pronto tendrá las tropas romanas solicitadas. Podéis marcharos ya. Manlio, que levanten una tienda cerca de la mía, pero fuera del *praetorium*, encerradlo en ella y vigiladlo bien —añadió, dirigiéndose al pretor—, que no trate de escapar. Mientras tanto, que se quede en mi pabellón.

El pretor hizo una seña y cuatro de los legionarios condujeron a empellones al furioso príncipe ilergeta al interior de la tienda de Catón. Los otros dos ilergetas fueron obligados a abandonar el campamento romano. Una vez fuera, se detuvieron a unos pasos de la empalizada y observaron durante largo rato a los romanos en silencio, con gesto amenazante. Después, meneando la cabeza, regresaron a su poblado, esperanzados tras ver a los legionarios preparándose para seguirles, y comunicando por todas partes en su camino de regreso que un importante número de tropas romanas se desplazaría al territorio ilergeta para defenderlos de sus enemigos.

Una vez que los ilergetas se hubieron alejado, Catón ordenó que los hombres que estaban aprestándose para partir volvieran a acampar en los lugares que les correspondían. Sonrió satisfecho. Bilistages y los ilergetas mantendrían la esperanza de recibir una ayuda que les había sido prometida. Sus emisarios habían verificado que estaba pronta a ponerse en camino, pero nunca saldría del campamento romano, al menos en dirección al territorio de los ilergetas. Estos se aferrarían a la esperanza de ver aparecer a los romanos en su tierra y mantendrían su posición. Con esto le bastaría a Catón para distraerlos hasta resolver la actual situación. Además, el joven príncipe haría que se pensasen traicionar la confianza de Roma.

Pocos días después, al no tener noticia ninguna de los empuritanos ni de los indiketes, Catón, impaciente, ordenó levantar el campamento y sacó a su ejército de las cercanías de Emporion por vía marítima para no provocar reacciones hostiles en ningún pueblo; desembarcó de nuevo al sur de la ciudad y acampó a algo menos de cuatro millas de las murallas, en un lugar más favorable para la defensa. Los indígenas rebeldes comenzaron a reunirse en torno a Indika, la capital de los indiketes, que era el nombre de la ciudad indígena situada junto a Emporion. Catón, bien aprovisionado ya, se vio obligado a quemar los campos del enemigo y a mantener una serie de escaramuzas con los indígenas, mientras se dedicaba a estudiar con todo detalle las fuerzas de sus adversarios y sus planes, información que obtuvo de los prisioneros gracias a la habilidad de sus *quaestionarii*. Las salidas de los romanos comenzaban tras caer la noche, con el fin de recorrer la distancia entre el campamento y los objetivos sin ser vistos y sorprender a los indígenas. Estos ataques sirvieron de entrenamiento a las tropas menos adiestradas. Todos estos movimientos y la captura de prisioneros provocaron que los indiketes se encerrasen tras las murallas de su ciudad.

Cuando hubo preparado un buen plan de ataque, cuando supo de lo que podían ser capaces sus hombres, cuando hubo estudiado a fondo al enemigo, ordenó a los tribunos y a los *praefecti* que hicieran formar a las legiones. Catón les habló:

—Habéis deseado a menudo que llegue el momento en que podáis tener la oportunidad de mostrar vuestro valor; el tiempo ha llegado. Hasta la fecha vuestras operaciones se han parecido más a las de los merodeadores que a las de los soldados, pero ahora os enfrentaréis con el enemigo en un combate regular. En lo sucesivo podréis, en lugar de asolar los campos, liberar a las ciudades de su riqueza. Cuando los comandantes y ejércitos púnicos se encontraban en Hispania, nuestros padres no tenían un solo soldado aquí y, sin embargo, insistieron en que se añadiera una cláusula en el tratado fijando el Iberus como límite de su dominio. Ahora, cuando un cónsul, dos pretores y tres ejércitos romanos ocupan Hispania, y no se ha visto ni un solo púnico en esta provincia durante los últimos diez años, hemos perdido el dominio de este lado del Iberus. Es vuestro deber ganarlo de nuevo por las armas y el valor, obligar a los indígenas, que han iniciado una guerra con espíritu de temeridad más que con mano firme, a someterse una vez más al yugo que habían desechado. Esta misma noche avanzaremos contra el campamento enemigo. Ahora, descansad y reponed fuerzas.

Catón ordenó romper filas. Se retiró a su tienda para ultimar sus preparativos. Por fin aquella noche comenzaría el fin de los indígenas.

A medianoche, tras consultar los auspicios, se dirigió hacia el campamento indikete. Tras rodearlo, se situó a su retaguardia y tomó posiciones en espera del amanecer.

Al llegar el alba, envió a nueve manípulos contra la muralla del campamento e hizo formar al resto del ejército en orden de batalla. Sorprendidos ante un enemigo que parecía haber surgido del suelo, los indiketes se aprestaron a defenderse. El cónsul habló brevemente a sus hombres:

—No os queda otra esperanza de salir vivos de aquí que la que podáis tener en vosotros mismos y en vuestro valor; yo mismo me he cuidado bien de que así sea. Entre nosotros y nuestro campamento está el enemigo, y detrás de nosotros, su país. Lo mejor que podéis hacer es depositar vuestras esperanzas en vuestro valor.

En ese momento, los manípulos que habían atacado la muralla se retiraron, perseguidos por los indiketes, que creyeron que los romanos huían tras fracasar su ataque a la muralla. Los indígenas salieron en masa de su campamento y ocuparon el terreno que había entre este y el ejército de Catón. Los nueve manípulos en falsa retirada se situaron en su posición. El cónsul dio orden de que comenzase el ataque.

La caballería cargó contra las alas indiketes, pero la de la derecha se encontró en inferioridad y fue rechazada, huyendo en desorden, creando confusión entre la infantería de ese flanco. Catón, al darse cuenta del posible desastre en aquel ala, ordenó a varios manípulos que rodeasen la derecha enemiga por detrás de la caballería romana y apareciesen en su retaguardia para aliviar la presión sobre su propio flanco derecho, en el que la confusión era cada vez mayor. Entonces decidió tomar la iniciativa él mismo: dirigiéndose hacia su desmoralizada ala derecha, les ordenó seguirle y cargar contra el enemigo. Poco a poco consiguió que sus hombres ganasen terreno lentamente, mientras en la izquierda los indiketes estaban siendo presionados cada vez más entre el ataque frontal de las tropas en esa ala y los manípulos que los habían rodeado, que estaban sembrando el pánico entre ellos. La lucha se había vuelto aún más furiosa y sangrienta, pues tras los lanzamientos de venablos y de *pila*, la lucha cuerpo a cuerpo estaba causando numerosas bajas.

Cuando los *hastati* estuvieron agotados, Catón ordenó avanzar a los *principes*. Ahora, los indiketes se las tenían que ver con tropas frescas tras haberse desgastado contra la primera línea romana. Los *principes* cargaron con contundencia contra las líneas indiketes, que no resistieron su empuje y se deshicieron. Los indígenas huyeron en desorden. Entonces Catón ordenó a la II legión, que permanecía como reserva, que avanzase en orden tras sus *signa* y *vexilla* contra el campamento enemigo. La lucha junto al campamento ya había comenzado, pero los indiketes habían frenado a sus perseguidores lanzándoles piedras y todo tipo de proyectiles, impidiéndoles que se aproximasen a las murallas. Sin embargo, la aparición de la II legión animó a los atacantes y les dio nuevas energías para alcanzar el campamento indikete, cuyos ocupantes redoblaron sus energías en defensa de su posición. Catón, que estaba observando con atención la situación, se dio cuenta de que el punto más débil de la defensa era la puerta izquierda del campamento. Envió hacia allí a los *hastati* y *principes* de la II legión. Una vez más, los indiketes no soportaron el ataque romano, y abandonaron la puerta atropelladamente, dejando el camino libre a los hombres de la II legión. Cuando los demás defensores vieron a los romanos dentro de su campamento, abandonaron todo intento de repelerlos. Unos se rindieron, arrojando las armas y estandartes; otros trataron de huir, cayendo en la aglomeración de las puertas, atrapados en su retaguardia por la II legión.

Tras retirarse del campamento con el botín en las manos, se permitió a los victoriosos legionarios un breve descanso de unas horas. Después se les volvió a enviar a asolar los campos indiketes, aprovechando que el enemigo se había dispersado y ya no podía ofrecer ninguna resistencia. Así, los hombres de

Catón arrasaron una gran extensión del territorio de los indiketes, lo que provocó la rendición de Indika y, con ella, la de aquellos que se habían refugiado tras sus murallas. El cónsul fue clemente con ellos: les ordenó que regresaran en paz a sus tierras y no volvieran a alzarse contra Roma. Los ausetanos fueron sometidos. El mismo Catón se encargó de engrandecer su victoria, proclamando que había aplastado a todos los indígenas rebeldes de la zona.

Pero esto no era cierto; la demostración de fuerza realizada por Catón no surtió el efecto deseado por este. Poco después, al enterarse del falso rumor de que el cónsul planeaba dirigirse a la Turdetania en apoyo de su colega, los bergistanos se alzaron en armas contra los romanos. La revuelta fue rápidamente aplastada por Catón, que tomó la ciudad amurallada de Bergium, su capital, vendió a los supervivientes como esclavos y repartió su territorio entre los pueblos vecinos. Se cuidó bien de que Tilego estuviese cerca de él en todas las batallas, bien custodiado, para que presenciase con sus propios ojos el poderío y la capacidad de las legiones romanas.

Acto seguido, tras un pequeño descanso, Catón marchó hacia Tarraco. A lo largo del camino recibió a los representantes de los diferentes pueblos, que se apresuraban a rendirle pleitesía, a devolverle los prisioneros romanos que habían hecho con anterioridad y a someterse a los ejércitos de Roma. Ya en Tarraco, envió al pretor Manlio a la provincia Ulterior con el ejército heredado de su predecesor, Quinto Minucio Thermo, para que ayudase a Apio Claudio Nerón. Diversos pueblos indígenas se rindieron al paso del pretor, como ya había ocurrido en el nordeste. Mientras, Catón ordenó desarmar a todos los pueblos sometidos al norte del Iberus y que fueran desmanteladas todas las murallas de dicho territorio. Además, impuso un enorme tributo sobre las minas de hierro y plata. Sólo la ciudad de Segestica se resistió a la orden, pero fue sitiada y no tardó en ser tomada. La orden de desarmarse causó gran tristeza y consternación entre muchos de los indígenas, que decidieron que era preferible quitarse la vida antes que vivir sin poder defenderse. Catón informó a los representantes de los pueblos de que aquella medida trataba de impedir que surgieran nuevos brotes de violencia entre ellos o contra Roma, pero los indígenas siguieron sin comprender que un guerrero pudiese vivir sin sus armas.

Por su parte, Manlio y Nerón realizaron pequeñas operaciones en la provincia Ulterior, enfrentándose a las ciudades turdetanas del valle del Betis que seguían a Culcas y Luxinio, utilizando además mercenarios titos y belos para combatir contra los romanos, a causa de su falta de aptitud y de capacidad militar para formar un ejército propio. La situación se les complicó a los romanos, que no consiguieron vencer a los indígenas, por lo que al final hubieron de llamar a Catón en su ayuda. Sin embargo, una vez en la Ulterior, el cónsul tampoco consiguió una victoria aplastante. Se vio en problemas, por lo que decidió utilizar otros métodos más sutiles: contactó con los mercenarios al servicio de los turdetanos e intentó sobornarlos. Les daba tres opciones: la primera consistía en unirse al ejército romano cobrando una remuneración que ascendía al doble de lo que les pagaban los turdetanos; la segunda era volver a sus casas en paz; la tercera era que, si en verdad deseaban combatir contra Roma, fijasen el momento del enfrentamiento. Así creó un clima de confusión y desconfianza entre los turdetanos y los guerreros del norte, impidiendo una batalla inmediata, para gran alivio suyo, pues aunque le habían pedido un día para tomar una decisión, tal era la confusión y la suspicacia entre ellos y los turdetanos, que no pudieron dar la respuesta al cónsul. También permitía que sus hombres intercambiasen víveres con los titos y belos, y trató de provocar un ataque turdetano, asolando parte de su territorio. Incluso atacó el lugar donde se encontraba la mayor parte de la impedimenta de los titos y belos, pero ninguna de estas medidas parecía capaz de romper aquella alianza. Al fin, los titos y belos regresaron a sus territorios y los turdetanos se rindieron a Catón, lo que tuvo como consecuencia la pacificación de la provincia.

Acababa de finalizar el verano; el clima aún era benigno, por lo que Catón, acompañado sólo por veintiún manípulos y dejando el resto del ejército en manos de Manlio, decidió regresar a la provincia Citerior cruzando los valles de los ríos Anas y Tagus, penetrando así en el territorio de los carpetanos y más tarde en el de los arévacos con la intención de intimidar a los pueblos de aquella zona. Sitió la ciudad de Segontia, pero no consiguió tomarla, por lo que prosiguió su camino hacia el norte, internándose en territorio arévaco; incluso acampó en los alrededores de Numantia, a poco más de cinco millas de las murallas de la ciudad, lo que encrespó a los arévacos, hasta ese momento neutrales, y provocó la belicosidad de los pueblos del norte y oeste; Catón, lejos de lograr intimidarlos, había alentado un sentimiento de desconfianza en aquellos pueblos. Sin embargo, el romano prosiguió su viaje de regreso a la provincia Citerior sin provocar más enfrentamientos con los indígenas.

A su vuelta a Tarraco, Catón se encontró con otra desagradable sorpresa: varios pueblos de la región, encabezados por los lacetanos, se habían sublevado y habían atacado a los indígenas aliados de Roma aprovechando la lejanía del ejército consular. Esta vez, debido al escaso número de tropas romanas de que disponía, el cónsul tuvo que recurrir a sus aliados suessetanos, quienes le ayudaron a vencer a los rebeldes, con quienes tenían cuentas que ajustar. Los suessetanos avanzaron hacia las murallas lacetanas, cuyos defensores, al reconocerlos, se enfurecieron y salieron en masa de la ciudad para enfrentarse con ellos. El cónsul aprovechó la situación y tomó la población carente de defensores. Cuando los lacetanos regresaron, al ver que la ciudad estaba en manos romanas, no tuvieron otro remedio que rendirse. Al mismo tiempo, un grupo antirromano de los bergistanos se había adueñado otra vez de Bergium, pero tras derrotar a los lacetanos, Catón los redujo con la ayuda de otro grupo prorromano de los bergistanos.

Todos los vencidos, tanto lacetanos como bergistanos, fueron vendidos o ejecutados. Tilego, el príncipe ilergeta cautivo, había presenciado todas aquellas campañas, viajando siempre prisionero del ejército romano. Catón consideró que el príncipe había visto suficiente. Los ilergetas ya no se sublevarían gracias a sus recientes y reiteradas victorias. Además, si Tilego era liberado, contaría a su padre, el rey Bilistages, y al resto de su pueblo lo que había presenciado; si los ilergetas tenían aún intenciones de cambiar de bando, se les quitarían definitivamente gracias a su príncipe. Por tanto, Tilego pudo regresar por fin al territorio ilergeta.

Después de la expedición de Catón, los romanos ocupaban una región cuya frontera occidental se extendía desde las estribaciones de los Pirineos centrales hasta las márgenes del Iberus, a la altura de Salduie; desde aquel punto se extendía hasta los valles del Sucro y el Tader, llegando hasta la parte oriental del valle del Betis, que marcaba el límite a partir de esa zona.

Catón dedicó el resto del año a organizar la explotación de las minas de hierro y plata de forma que fuesen lo más productivas posible para dotar a Roma de los mejores suministros de metal. Así, la provincia sería cada vez más próspera.

Al año siguiente, finalizado su mandato, Catón regresó a Roma, pero no lo hizo con las manos vacías: con él viajaron veinticinco mil libras de plata no trabajada, ciento veintitrés mil con el cuño de la biga, quinientas cuarenta libras de *argentum oscense* y mil cuatrocientas de oro. El cónsul había conseguido enriquecerse en su campaña hispana.

Los nuevos gobernadores de Hispania, que de nuevo eran pretores debido al relativo restablecimiento de la paz, fueron Publio Cornelio Escipión Nasica, hijo de Cneo Cornelio Escipión, en la Ulterior y Sexto Digitio en la Citerior. El nombramiento de los nuevos pretores fue propiciado por el círculo de Escipión, enemigo acérrimo de Catón. Este había conseguido parte de sus objetivos, como la explotación de los pueblos indígenas, pero no así otros, como la represión de los hispanos y su sumisión a la República.

Aquella primavera, Digitio fue vencido, perdiendo casi todo su ejército tras una nueva sublevación en la provincia Citerior, en un intento desesperado de los indígenas por liberarse de la tiranía romana. Escipión Nasica tuvo que acudir a toda prisa al nordeste en ayuda de su colega, lo que aprovecharon los lusitanos para irrumpir en el valle del Betis y saquearlo. Escipión Nasica regresó a su provincia en cuanto se enteró. Consiguió vencer en Ílipa a los lusitanos, que transportaban un gran botín fruto de sus incursiones. El enfrentamiento fue largo, pero los romanos tenían ventaja porque su formación de combate se enfrentó a una larga fila de lusitanos obstaculizada por los rebaños de ganado que habían obtenido como botín. Además, los legionarios estaban frescos, mientras sus contrincantes estaban agotados por una larga marcha que habían iniciado la noche anterior tratando de escabullirse del ejército de Escipión. Al principio, el combate fue equilibrado, pero pronto se impuso la mayor frescura romana y los lusitanos comenzaron a ceder terreno. Escipión Nasica rogó a los dioses que le concedieran la victoria; prometió celebrar unos juegos en honor a Júpiter si los hombres de Roma lograban la victoria. Finalmente, el enemigo cedió y huyó. Durante la batalla y la persecución posterior murieron más de doce mil lusitanos y quinientos cuarenta fueron hechos cautivos. Se capturaron ciento treinta y cuatro estandartes. El general romano llevó entonces a sus tropas y el botín a Ílipa, donde lo expuso ante la ciudad. Permitió a los propietarios que recuperasen las pertenencias robadas. El resto, aquello que no fue reclamado por nadie, lo entregó a su *quaestor* para que lo vendiese y repartiese las ganancias entre las tropas.

XII

Los nuevos pretores designados por el Senado romano para gobernar las provincias hispanas aquel año eran Cayo Flaminio en la Citerior y Marco Fulvio Nobilior en la Ulterior. Flaminio sufrió un retraso en su llegada a Tarraco. Había insistido ante el Senado para que se le proporcionasen tropas nuevas ante la que se suponía grave situación en Hispania. Incluso llegó a solicitar una de las legiones urbanas. Pero el Senado le dijo que no debía hablar de la situación en Hispania por rumores o por noticias traídas por particulares, sino que debía guiarse por los informes de los pretores. Por tanto, no se concedió a Flaminio una nueva legión que sustituyera a la que había combatido a las órdenes de Digitio, cuyos hombres estaban completamente desmoralizados como consecuencia de la grave derrota sufrida el verano anterior frente a los rebeldes de la provincia Citerior. Al nuevo pretor sólo se le permitió hacer reclutamientos fuera de Italia, en los territorios de Sicilia o África, lo que dificultó la labor de Flaminio y retrasó su llegada a Hispania.

Debido a este retraso, Nobilior hubo de comenzar él solo las operaciones, que habían sido planeadas de manera conjunta antes de salir de Roma. El gobernador de la Ulterior concentró sus tropas en el valle del Betis, en las cercanías de Castulum. Esta situación alarmó a los vettones y, sobre todo, a los carpetanos, quienes temían una invasión de su territorio desde el sur por parte de los romanos. Así, enviaron mensajeros en busca de ayuda a los lusitanos y a sus vecinos del norte: vacceos, arévacos, titos y belos. Estos dos últimos pueblos, de menor tamaño e importancia, se excusaron de intervenir alegando temer un ataque directo de Roma. Los lusitanos también les negaron su ayuda, pues preferían seguir haciendo la guerra por su cuenta. Los arévacos y vacceos acordaron someter el asunto a asamblea dentro de sus respectivos pueblos. Los últimos decidieron reunirse en la ciudad de Septimanca, que guardaba un importante vado que cruzaba el Durius muy cerca de la ciudad.

La delegación de Albocela divisó a media tarde la muralla de Septimanca. La ciudad, poderosamente amurallada, se encontraba sobre un promontorio, una colina escarpada al norte de la confluencia de los ríos Durius y Pisorica. La tarde era desapacible, los negros nubarrones que cubrían el cielo amenazaban con descargar sobre la ciudad una temible tempestad. Los albocelenses enviaban a la gran asamblea a Vindula, como jefa de sus druidas, cinco ancianos y diez guerreros, entre los que se encontraban Buntalo y Aro. Esta delegación se encargaría de comunicar a la asamblea la opinión de su ciudad sobre la petición de los carpetanos y vettones. A ellos se habían unido los quince representantes de Ocellodurum, con los que habían recorrido el camino hasta Septimanca.

Los albocelenses desplegaron sus estandartes, rojos con un toro negro embistiendo, descendieron la suave pendiente y cruzaron el vado que atravesaba el Pisorica junto a Septimanca, seguidos por los de Ocellodurum, que también habían desplegado sus banderas, amarillas con un disco solar azul. La explanada situada entre la muralla de la ciudad y los frondosos bosques de los alrededores se encontraba salpicada por grupos de tiendas multicolores, pertenecientes a las delegaciones de otras ciudades importantes: Pallantia, la ciudad más importante de los vacceos; Cauca y Secobia en el sur, cercanas a las montañas que les separaban de los carpetanos; Rauda en el este, también sobre el Durius; Intercatia, otra importante ciudad en los páramos al norte de Albocela; Brigeco, a orillas del río Astura, en la frontera con los astures; Viminatium, lejos en el norte, y otras ciudades vacceas. Entre las tiendas ondeaban los estandartes multicolores de cada ciudad. Los de Ocellodurum se dispusieron a acampar cerca del vado, mientras que los albocelenses, tras despedirse de sus compañeros de camino, avanzaron algo más, hasta un espacio libre junto a los robles, al norte de la ciudad. Mientras Vindula acudía a visitar a los druidas de Septimanca, los guerreros plantaron las banderas, levantaron sus tiendas de pieles y recogieron leña para hacer hogueras que les calentaran en la fría noche que se avecinaba. Junto a ellos se alzaban las tiendas de los caucenses, llegados del sur del territorio vacceo, y las de los intercatienses, sus vecinos al norte.

Pronto comenzaron a arder las hogueras en diversos puntos del campamento; el atardecer invernal se pobló con el resplandor del fuego que congregaba a su alrededor a los guerreros vacceos. La noche era fría y todos se apiñaban en torno a las llamas, envueltos en sus gruesos mantos y capas. Los albocelenses cocinaron un ciervo que habían cazado aquella misma mañana y lo comieron con avidez: la jornada había sido larga y fría, el viaje, fatigoso; los estómagos estaban vacíos. Después comenzó a correr la cerveza e hicieron su aparición los chistes y las chanzas. Algunos pronto estuvieron borrachos, y tras algunas bromas más, se fueron a dormir a sus tiendas; los druidas así lo habían ordenado, pues era necesario evitar las peleas habituales en tales ocasiones. Los demás fueron retirándose poco a poco hasta que el silencio fue adueñándose del campamento, sólo interrumpido por los ronquidos de los durmientes o por los relinchos de los caballos.

Al día siguiente se reunirían todos los delegados ante la muralla de Septimanca y expondrían las posturas de las diferentes ciudades y aldeas. Después se abriría el debate entre unos y otros para intercambiar pareceres, lo que previsiblemente llevaría todo el día, dada la gran cantidad de representantes vacceos presentes, muestra de la importancia que se daba a aquella reunión. Sin embargo, el acto más importante tendría lugar un día más tarde: después de escuchar a todo aquel que quisiese hablar en la gran asamblea, los druidas y ancianos de las ciudades y aldeas se reunirían en la sala de asambleas de Septimanca, donde deliberarían sobre la decisión final, que después comunicarían a la asamblea. Esta decisión debía ser aceptada por todos los clanes.

La mañana amaneció fría, pero despejada. En cuanto el sol se alzó sobre el horizonte, los vacceos se pusieron en pie y se prepararon para la reunión. Había helado, los arbustos y las ramas de los árboles estaban recubiertos de una capa de escarcha. Sonaron los cuernos que les convocaban a la asamblea. Los guerreros dejaron sus armas en las tiendas para evitar que una posible pelea se convirtiese en una batalla y se dirigieron al punto de reunión. Se congregaron frente a la puerta de Septimanca, ante la que se había colocado una gran pila de leña y se había encendido una enorme fogata, alrededor de la que se sentaron sobre piedras y troncos de árbol. Los hombres procedentes de las diferentes ciudades se saludaron amistosamente y se prepararon para intervenir. Antes de comenzar, los druidas hicieron sacrificios a los dioses más importantes: Esus, Bel, Taranis, Cernunnos... para que les ayudasen a tomar la decisión acertada. Tras esto, comenzó la asamblea. Uno tras otro, los portavoces de las diferentes ciudades se pusieron en pie e informaron al resto de los asistentes de sus posturas ante la petición de ayuda de sus vecinos del sur.

La mayoría de las ciudades del norte del territorio vacceo se oponía a intervenir en una alianza con vettones y carpetanos: las ciudades de Brigeco y Viminatium se veían demasiado lejos aún de las tropas romanas como para provocar las iras de Roma. «Cuando ataquen el territorio vacceo, entonces será cuando intervinamos; antes no», dijeron sus representantes de manera rotunda. Además, en ambas ciudades tenían bastante con vigilar a los astures que amenazaban sus territorios como para distraer hombres más allá de las montañas del sur. Del mismo parecer que ellos eran los que representaban a Sabariam, una aldea situada entre Helmántica y Ocellodurum, cuyos habitantes se veían continuamente amenazados por los lusitanos y que, en caso de ataque romano, podrían huir a cualquiera de las dos ciudades vecinas. En Ocellodurum se sentían protegidos por sus murallas y por el Durius. Además, la ciudad se encontraba bastante alejada de las rutas principales, excepto de la Ruta del Estaño, que llegaba allí desde Helmántica. Los habitantes de esta última ciudad, sin embargo, se sentían amenazados; deseaban intervenir ayudando a los carpetanos y vettones, pues si el valle del Tagus caía en manos romanas, su ciudad se vería en un serio peligro.

—Después de Helmántica, caerá Ocellodurum, y los vacceos estarán rodeados por Roma —concluyó su portavoz mirando hacia los de Ocellodurum, que bajaron la mirada y no contestaron.

Los representantes de Amallobriga y Uruningica tenían la misma opinión: los vacceos debían auxiliar a carpetanos y vettones. Ambas ciudades se alzaban en la región de montes y páramos situada entre Albocela y Septimanca, al norte del Durius; en particular, Uruningica estaba construida sobre un alto cerro, que dominaba los páramos de alrededor y que era inexpugnable por el sur y el oeste. La situación de las dos ciudades era cómoda, en el centro del territorio vacceo. Sin embargo, tanto los amallobrigenses como sus vecinos estaban convencidos de que si los romanos penetraban en territorio vacceo y lograban cruzar la línea del Durius, sus ciudades no tardarían en caer debido a su pequeño tamaño.

Aro sacudió la cabeza pensando que sería muy difícil que los representantes de las ciudades se pusieran de acuerdo en la decisión a tomar. Las posturas estaban demasiado enfrentadas, cada cual miraba sus propios intereses inmediatos, sin considerar lo que ocurriría si los romanos invadían el territorio vacceo. Además, se encontraba incómodo: sentía continuas punzadas en el costado derecho, le molestaba la cicatriz de la herida que le hiciera aquel lusitano hacía años. Miró hacia Vindula; la druida de ojos brillantes escuchaba en silencio a los diferentes portavoces de las ciudades, pero Aro presentía que la mujer deseaba ponerse en pie y hablar ante los guerreros con la misma vehemencia con la que había abogado en Albocela por intervenir de manera activa en la lucha contra Roma.

Los delegados de Lacobriga, Eldana, Tela y Pintia opinaban que sería mejor y más prudente reservar a los guerreros vacceos para el caso de que se produjese una posible derrota de los vettones y carpetanos. Si esta se producía, podrían defender mejor su propio territorio, incluso la línea al norte del Durius.

Los de Segisamo no querían saber nada de guerras: su ciudad se encontraba demasiado al norte, cerca de los territorios de cántabros, autrigones y turmódigos; de momento no se veían afectados directamente por la amenaza que constituían los romanos.

Las ciudades al sur del Durius y algunas de las que se encontraban en la orilla derecha del río estaban de acuerdo en que era necesaria una intervención inmediata. De esta opinión eran Rauda, Septimanca y Albocela a orillas del Durius, y Nivaria, Secobia, Acontia y Cauca, además de Helmántica. Secobia se sentía amenazada en caso de derrota de vettones y carpetanos, pues la ciudad se encontraba muy cerca de la cordillera Carpetovettónica. Su cercanía a los pasos de montaña la convertían en un objetivo apetecible para dominar las rutas entre los valles del Tagus y del Durius. Cauca poseía gran cantidad de guerreros y murallas poderosas, además de encontrarse en una posición fácilmente defendible, pero su representante explicó que preferían detener el peligro fuera de su propio territorio. Septimanca guardaba el principal vado del Durius y la ruta hacia Pallantia a través del valle del río Pisorica; no deseaba una gran batalla a los pies de sus murallas.

Albocela y Rauda consideraban que sería difícil defender la línea del Durius si los romanos lograban llegar hasta ella, y que si los invasores cruzaban el río, todo el territorio vacceo caería en sus manos. Era preferible, por tanto, acudir en ayuda de los carpetanos.

Los de Intercatia también estaban en contra de acudir a la guerra. Su ciudad estaba alejada de los posibles lugares de penetración de los romanos en territorio vacceo. Además, si esto ocurría, tendrían tiempo de prepararse para combatir o para encerrarse detrás de sus fuertes murallas.

Pallantia argumentó que lo más juicioso sería esperar el desenlace de la guerra entre los romanos y los vettones y carpetanos. Si los romanos se imponían, entonces podrían reunir un ejército vacceo que defendería su propio territorio.

Tras la exposición de las diferentes opiniones, se abrió el turno para que cada cual expusiese sus razones y tratase de convencer a los demás. La mayoría de las ciudades estaba en contra de acudir en ayuda de vettones y carpetanos, pero había ciudades importantes que estaban a favor de la guerra: Cauca, Albocela, Septimanca, Helmántica y Rauda. Esto equilibraba el debate, que sería largo y arduo.

Cuando los representantes de las ciudades terminaron de hablar, un guerrero intercatiense, un hombre corpulento, vestido con túnica amarilla y calzones marrones bajo el manto de lana, se puso en pie y tomó la palabra. Arguyó que la lucha en el valle del Tagus no era asunto de los vacceos, sino de los pueblos que vivían allí. Además, nadie aseguraba que, si los romanos vencían, fuesen a cruzar las montañas hacia el norte para invadir el territorio vacceo.

—¿Y si las cruzan y nos atacan? —inquirió un caucense alto y fornido. Tenía el cabello y la barba dorados, el rostro rubicundo y los ojos verdes. Lucía una gruesa torques alrededor de su cuello ancho, y bajo su capa de lana asomaba una túnica de cuadros blancos y rojos—. No serían las primeras montañas que cruzan para conquistar otros territorios. Tanto nuestra ciudad como Secobia, sobre todo Secobia, estarán en peligro. Tendremos que encerrarnos dentro de ellas, pero detrás de las murallas no resistiremos demasiado tiempo, por muy fuertes que nos sintamos. El hambre y la sed son más fuertes que cualquier guerrero.

—Si hacen eso —respondió el intercatiense encogiéndose de hombros—, formaremos un ejército que acudirá en vuestra ayuda.

—¿Un ejército? —repuso el caucense con sorna—. Claro, vendréis a decidirlo ante los muros de Septimanca: os sentaréis, dialogaréis y discutiréis cuanto sea necesario. Al final, tal vez decidierais socorrernos y reclutar ese ejército. Y cuando ese ejército estuviese preparado para marchar hacia el sur, es muy posible que los romanos ya hubiesen saqueado nuestras ciudades y estuviesen llamando tan tranquilos a las puertas de Septimanca —señaló hacia las murallas cercanas—, por lo que no tendríais que ir muy lejos para enfrentaros a ellos. Pero con seguridad vuestras fuerzas no serían tan grandes como podrían serlo ahora.

—Nuestras murallas no resistirían mucho tiempo un asedio, al menos no más que las de Cauca o Secobia —intervino un septimanticense, un guerrero con el largo cabello castaño recogido en trenzas y que iba envuelto en una gran capa de lana—. Si nuestra ciudad cae, escuchadme todos bien, los romanos dominarán el paso del Durius y con él, la ruta a Pallantia y al corazón de nuestro territorio.

—Opino que deberíamos acudir en ayuda de los carpetanos y vettones —dijo un helmanticense de largas trenzas rubias—. Así podríamos detener a los romanos en el valle del Tagus, fuera de nuestras tierras y de nuestras familias.

—¿Tú, un helmanticense, quieres ayudar a los vettones? —exclamó el intercatiense expresando su sorpresa—. ¿Ya has olvidado las continuas incursiones que realizan en vuestro territorio, matando a vuestros hombres, violando a vuestras mujeres y robando cuanto pueden? Helmántica no hace más que quejarse de los ataques vettones a sus tierras y ganados, de sus robos y el secuestro de sus mujeres. Pero ahora quiere ayudar a sus enemigos...

—Prefiero enfrentarme a los vettones —repuso el helmanticense con voz fuerte—, a quienes ya conocemos bien, que a los romanos. Sabéis bien que las luchas entre pueblos vecinos son habituales, vosotros mismos os enfrentáis continuamente a los astures. Los vettones no intentan apropiarse de nuestro territorio, pero si alguna vez lo intentan y lo consiguen, no tardamos en recuperarlo. Si los romanos llegan a Helmántica, nunca más los echaremos de allí. Además, nuestras tierras ya han sufrido bastante en esas guerras contra ellos; si ahora penetran en ellas los romanos, puede que queden arrasadas para siempre. Preferimos que sufran las tierras de los vettones.

—Si los romanos vencen y cruzan las montañas –terció un pallantino de cabello rojo con voz tranquila–, podemos pedir ayuda a los cántabros, astures, autrigones, turmódigos y a los demás pueblos del norte.

—Claro –intervino un secobiense de gran estatura, larga barba y cabellera rubia, con una gran cicatriz en la mejilla izquierda–, ellos también se reunirán para debatir si nos ayudan: lo pensarán durante un tiempo, discutirán sobre el asunto como estamos haciendo nosotros ahora y, si al fin deciden ayudarnos, tal vez lleguen a tiempo de presenciar el fuego sobre las murallas de Intercatia, Brigeco o Pallantia. O tal vez piensen como tú, deseen esperar a verse amenazados ellos mismos en sus altas montañas y nos nieguen su ayuda. ¿Es eso lo que deseáis? ¿Qué derecho tendremos a pedir ayuda a otros pueblos cuando nosotros mismos estamos negándosela a carpetanos y vettones?

—Estoy seguro –insistió el pallantino– de que los pueblos del norte nos ayudarán. Si nosotros caemos, ellos no tardarán en ser dominados por los romanos.

—¡Por Cernunnos! –repuso el secobiense con tono irónico abriendo los brazos–. Estoy seguro de que los vettones y carpetanos piensan que les ayudaremos. Incluso puede que estén esperando que aparezca en cualquier momento un poderoso ejército vacceo, que se presente ante las murallas de Toletum y que les asegure que los romanos serán aplastados. Por lo que veo, van a llevarse una sorpresa... Tal vez nosotros también nos la llevemos si Roma nos ataca en el futuro y pedimos ayuda a los del norte sin haber intervenido ahora –añadió, y volvió a sentarse.

—Estáis hablando como si los romanos estuviesen ya en las montañas –dijo un guerrero de Ocellodurum tratando de apaciguar los ánimos–. Pero aún tienen que vencer en el valle del Tagus, y les será difícil, los vettones son duros.

—Y los romanos son numerosos –añadió un grueso hombre de Uruningica–. Enviarán ejército tras ejército, insistirán en combatir a vettones y carpetanos, los diezmarán y proseguirán hasta que el valle sea suyo.

—¿En qué cambiará que intervengamos nosotros o los arévacos? –preguntó el pallantino de cabellos rojos.

Aro había escuchado en silencio a unos y otros. Las razones de todos parecían lógicas, pero deseaba exponer sus pensamientos. Una y otra vez, la idea de unir a los vacceos bajo el mando de un caudillo martilleaba en su cerebro. Pero el problema estaba claro: cada ciudad miraba por sí misma, por sus propios intereses, y no por los vacceos.

—Tal vez, si nosotros intervenimos o lo hacen los arévacos —dijo poniéndose en pie y alzando la voz para que pudieran oírle con claridad. Vindula miró a su pariente con los ojos brillantes y el rostro serio. Aro creyó ver un leve gesto de aprobación en su rostro—, la situación cambie. Imaginad que les infligimos una derrota aplastante, como ocurrió hace tres primaveras en el sur, cuando los turdetanos, gentes poco amantes de la guerra, se levantaron contra los romanos, arrastrando a otros muchos pueblos, hasta hacerlos retroceder hasta el norte del Iber. Si ayudamos a vettones y carpetanos, si vencemos a Roma, tal vez todos esos pueblos vuelvan a rebelarse, tal vez incluso los lusitanos podrían ponerse de nuestro lado si les mostramos que somos un pueblo fuerte y unido. Tal vez así dejen de hacer la guerra por su cuenta. Quizá entonces comprendan, quizá entonces entendáis todos que la única forma que tenemos de vencer a los romanos, nuestra única esperanza, es unirnos, combatir juntos contra el invasor. Si todos nos uniésemos, Roma estaría en un buen aprieto y tendría que renunciar a conquistar nuestras tierras.

—Podría ser —intervino un intercatiense, un hombre achaparrado y encorvado que se apoyaba en un bastón—, pero Roma volvería una y otra vez, hasta vencernos.

—¿Y qué preferís, por Taranis? —dijo Aro con vehemencia—. ¿Acaso es preferible que nos quedemos en nuestras ciudades, encerrados, esperando a que Roma llame a nuestras puertas y nos domine, uno tras otro? ¿No preferís acudir ahora a la guerra para conservar nuestra libertad? Porque eso es por lo que luchan ahora vettones y carpetanos, y por lo que más adelante, tarde o temprano, tendremos que luchar nosotros, o los arévacos, o los astures, o los galaicos, quien sea, por seguir siendo libres, por conservar nuestras tierras y a nuestras familias...

Vindula apenas hizo un movimiento perceptible, pero en sus ojos negros se reflejó la satisfacción por las palabras de Aro.

Este llevaba el manto de piel de lobo bajo la capa, pero al abrir los brazos mientras hablaba quedó al descubierto. Un anciano druida septimanticense lo miró fijamente, los ojos negros muy abiertos. Se puso en pie muy despacio apoyándose tembloroso en su vara y señalando a Aro.

—¡Es él! ¡Es el lobo! —gritó—. ¡Le he visto en mis sueños!

—¿Qué es lo que has visto? —preguntaron a coro los septimanticenses que permanecían a su lado. Al parecer, como explicaron a los demás, el anciano era el jefe de los druidas de la ciudad. Todos lo miraban con gran respeto.

—Él es el lobo de brillantes ojos azules de mis sueños —explicó el anciano druida tratando de recordar, alzando los ojos para escudriñar el rostro sorprendido de Aro—. Lo he visto repetidas veces en sueños. Luchaba contra un águila, una y otra vez... Al principio, la rapaz le vencía, pero después el lobo la atrapaba entre sus fauces y la devoraba. Tal vez se trate de la reencarnación misma del poderoso Sucellos, señor de los lobos.

El druida volvió a sentarse con esfuerzo. Aro lo miraba en silencio, sin poder creer del todo sus palabras. Estaba desconcertado. Sintió una mano en el hombro; se volvió y se encontró con los ojos de Buntalo, que lo miraba de una extraña manera. No podía entender lo que decía el anciano druida septimanticense. Vindula lo observaba, concentrada en él, tratando de penetrar en su interior, de ver lo que el druida de Septimanca había visto en el interior de Aro, de escrutar, atrapar y comprender la extraña magia que parecía poseer el manto de piel de lobo, o el mismo Aro. La jefa druida de Albocela apenas se movía, apenas respiraba, su espíritu parecía haber salido de su cuerpo y parecía tratar de entrar dentro de la cabeza del guerrero albocelense...

—Será mejor que nos sentemos –dijo Buntalo.

El debate prosiguió durante todo el día. Las discusiones cesaron durante la comida, que se celebró allí mismo, pero se reanudaron en cuanto los hombres tuvieron los estómagos llenos. Durante toda la tarde, los guerreros trataron de convencerse unos a otros, pero parecía imposible llegar a un acuerdo. La mayoría no miraba el futuro a largo plazo, sino que se limitaba a defender sus intereses inmediatos, frente a otros que comprendían que si se abstenían de intervenir en aquel momento, tarde o temprano se verían en la misma situación que sus vecinos del sur.

Los hombres miraban con frecuencia a Aro, casi todos de reojo, preguntándose por el significado de las palabras del jefe druida septimanticense. Los druidas le observaban con extrañeza y respeto. Sin embargo, Aro, incómodo por aquellas miradas, no volvió a intervenir ante los demás vacceos. Vindula no separó sus ojos del albocelense buscando en su cabeza... En su cabeza, donde no cesaba de repetirse la idea de unir a los vacceos bajo el mando de un caudillo guerrero, y ahora un viejo druida daba a entender que ese caudillo era él, el guerrero del manto de piel de lobo.

Por fin, al anochecer, tras largas discusiones y después de comprobar que estaban lejos de cualquier posible acuerdo, decidieron disolver la asamblea y dejar la decisión en manos de los ancianos, que se reunirían al día siguiente.

Buntalo y Aro regresaron silenciosos a su tienda en la penumbra del atardecer. Aro estaba cabizbajo, pensaba en lo que le había dicho el viejo adivino y recordaba los rostros asombrados de todos los presentes ante los muros de Septimanca. Recordó también las palabras de Vindula cuando Docio le había regalado las pieles de lobo. Apenas probó bocado y no dijo una sola palabra durante la cena ni en toda la noche, a pesar de que su padre trató de hablar con él.

Un buen rato después de cenar, Vindula apareció en la puerta de su tienda envuelta en su manto blanco, con la cabeza cubierta por la capucha del mismo. Deseaba hablar con Aro, dijo. Este, casi a regañadientes, se envolvió en su manto y salió al exterior.

—¿Cómo te encuentras? —preguntó Vindula. Su voz parecía preocupada de verdad. Aro trató de encontrar su mirada, pero la capucha de su manto le ocultaba el rostro. La mujer dejó caer la capucha entonces y sus ojos brillaron a la luz del fuego. Su rostro delgado le pareció hermoso a Aro, el de una bella mujer vaccea.

—Aturdido —respondió Aro con franqueza—. No me esperaba que un druida me dijese que puedo ser la reencarnación de un dios, y menos delante de los representantes de todos los clanes. Casi significa señalarme como un posible caudillo para los vacceos...

—Sígueme —dijo ella con voz firme comenzando a andar hacia los árboles que se alzaban en la oscuridad junto al campamento. Aro la observó; se movía con elegancia entre los arbustos y las raíces a pesar de ir envuelta en el pesado manto blanco. Pensó por un instante que su espigado cuerpo debía ser atractivo bajo las holgadas vestiduras druídicas. Casi al instante se avergonzó del pensamiento y miró hacia arriba. En lo alto del cielo oscuro, la Cadena de Lugh parecía un brillante camino de estrellas que recorría el firmamento de este a oeste, como se decía que habían marchado los hijos de Danu hacía muchas generaciones, siguiendo el camino que les habían marcado las estrellas.

Caminaron hasta que los robles los rodearon, lejos del campamento que circundaba Septimanca. Entonces la druida se volvió de nuevo hacia él. Sus ojos se clavaron en los de Aro. A pesar de encontrarse entre los árboles, brillaba una luz tenue en torno a ellos. Aro miró a su alrededor, pero no pudo descubrir de dónde procedía. Casi retrocedió un paso ante la intensidad de la mirada de la mujer; si no se hubiese tratado de una druida, si no hubiesen sido los ojos de Vindula, habría creído ver un asomo de deseo en ellos. Pero no podía ser, se trataba de la prima de Coriaca, su esposa. Sin embargo, parecía que la mujer se había desprendido de su muralla protectora; a Aro le volvieron a la cabeza sus propios pensamientos de hacía unos minutos y percibió bajo la espesa capa el leve movimiento de los senos de la mujer alzándose y descendiendo al ritmo de su pausada respiración. El deseo empezó a encenderse en su interior; pensó en abrazar y besar a Vindula, en acariciar y explorar su cuerpo.

—Aro —dijo ella en un susurro. Su tono parecía preocupado—, se trata de un asunto muy serio. Burralo ha visto algo en ti...

—¿Tú también crees que Sucellos ha entrado en mi cuerpo? —inquirió Aro, sorprendido e incrédulo, olvidando al momento sus pensamientos lascivos y volviendo a la zozobra que lo había envuelto durante todo aquel día.

—No estoy segura —admitió Vindula sin dejar de mirarlo intensamente—. Pero Burralo es mucho más viejo y más sabio que yo, Aro. Lo único que consigo ver en ti es lo que te dije cuando Docio te llevó las pieles de lobo, sólo puedo ver el poder del animal. No puedo saber si es el mismo Sucellos quien se hace presente, aún no estoy preparada para saber algo así. Pero muy pronto lo estaré.

—Entonces, ¿qué quieres contarme? —repuso él. La intensidad de la mirada de Vindula le atrapaba, le excitaba... Le tomó las delicadas manos de curadora entre las suyas, fuertes manos de agricultor, cazador y guerrero—. ¿Por qué me has traído aquí, lejos del campamento? ¿Qué deseas de mí?

La expresión de los ojos oscuros de la druida cambió; se había dado cuenta de lo que Aro pensaba. Tal vez ella había deseado lo mismo y comenzaba a arrepentirse. Debía controlar aquella situación, era una druida. El tono de su voz se hizo al instante más frío mientras sus ojos le miraron con expresión neutra. La muralla se había alzado de nuevo entre ellos.

—¿Desear? No, no deseo nada de ti —se liberó de las manos de Aro y levantó las suyas en un gesto de rechazo mientras negaba con la cabeza—. Te he traído aquí porque hemos de hablar con urgencia. Porque quiero que comprendas algo, algo muy importante. Aro, tienes que disipar cuanto antes ese mar de dudas en el que te has hundido desde que ese viejo druida te habló. Porque gracias a Burralo y a sus sueños tenemos un arma para hacer que los vacceos ayuden a los pueblos del sur. —Los ojos de Vindula brillaron de nuevo por un instante, pero esta vez lo que denotaban era ambición; sus labios dibujaron una sonrisa cruel y le acarició levemente la mejilla—. Si los clanes llegan a creer que el propio Sucellos se ha personificado en ti, los vacceos te seguirán donde sea, incluso a la guerra contra Roma.

—¿Vas a utilizarme para llevar a los vacceos a la guerra? —protestó él, molesto porque ella había leído los pensamientos que tanto lo turbaban. Al momento percibió el verdadero deseo de la druida y sintió una mezcla de decepción e inseguridad. Sacudió la cabeza con tristeza y se giró para volver al campamento.

—¡No he dicho que puedas marcharte, guerrero! —restalló la voz severa de Vindula a su espalda. Aro se volvió a su pesar, obligado por el tono imperioso de su voz; ella siguió hablando en un tono más amable acercándose a él hasta que sus rostros estuvieron muy cerca—. Aro, escucha, los dioses desean que los vacceos luchen contra Roma, que ayuden a los vettones y carpetanos. Tú mismo has defendido ese argumento ante los clanes esta mañana. Necesitan unirse frente a un rival muy superior a ellos. Tal vez Burralo tenga razón: tal vez Sucellos haya ocupado tu cuerpo.

—Vindula, no digas tonterías...

—¿Tonterías? —los ojos de Vindula brillaron de ira en la oscuridad—. Aro, un druida nunca dice tonterías, ¡a no ser que estés sugiriendo que los dioses dicen tonterías!

El aspecto de la druida era ahora temible. Ella misma parecía una deidad a punto de castigar a Aro por su blasfemia. Él decidió no provocar la cólera de Vindula, pero seguía sin comprender.

—Entonces, ¿por qué no decís a la asamblea que los dioses quieren la guerra?

—Los hombres son libres, tienen el poder de elegir su destino, lo sabes muy bien, Aro. Pero temen a los dioses, temen a lo desconocido, al poder de la naturaleza. No podemos hacer que luchen sólo porque los augurios y las señales de los dioses indiquen que así lo quieren. Temerían contrariar a los dioses y estaríamos obligándolos a luchar. Si así lo hiciéramos, coartaríamos su libertad.

La mano de Vindula se había posado sobre el pecho fuerte de Aro.

—Pero vais a ponerme como pretexto para conducirlos a la lucha —dijo él rechazando aún la idea—, diciendo que Sucellos ha descendido a este mundo para guiarlos a la guerra...

—No les obligaremos —repuso Vindula mirándolo con la misma intensidad de pocos momentos antes—, te lo repito. El consejo de ancianos decidirá. Te repito que son libres; ellos mismos podrán elegir su camino. Si les dijésemos que los dioses lo desean, les obligaríamos a combatir; si les decimos que tú eres la personificación de Sucellos, habrá muchos que te sigan, pero otros no nos creerán y no acudirán a la lucha, a menos que seas capaz de volar o de derribar las murallas de Septimanca con tus manos.

—Los que no me sigan estarán arriesgándose a sufrir la cólera de los dioses si no van a la guerra...

—Aro —dijo ella poniendo la otra mano en su hombro. Sus manos eran extrañamente cálidas, pensó Aro, y aquel calor lo reconfortaba—, muchos de ellos no comprenden la magnitud de lo que se acerca. Pero tú lo entiendes, lo entendiste hace mucho tiempo. El mundo está cambiando, pero ellos sólo son conscientes de eso a pequeña escala, en sus campos, en sus ciudades; no son capaces de ver cómo cambiará todo cuando se produzca la victoria final de Roma. Desapareceremos, Aro, nuestro mundo, nuestro legado, nuestras creencias y nuestra forma de vida se hundirán en la noche de los tiempos. Llegará un tiempo en que nadie nos recuerde, en que nadie sepa que un día nuestro pueblo, nosotros, pisamos esta tierra, que caminamos sobre ella y la cultivamos, que nos enfrentamos y nos amamos en ella... Roma absorberá todo. Quizá dentro de muchos años, cuando alguien encuentre la estatua de piedra del toro de Albocelos, semienterrada o cubierta de maleza, ignore qué significa, incluso de qué animal se trata. Seguro que muchos lo confundirán con un vulgar cerdo, como esas grotescas figuras de los vettones. Puede que incluso muchos ignoren que alguna vez hubo allí una ciudad vaccea, o que lo nieguen. Hay que evitar todo eso, Aro, y para eso te necesito; los druidas te necesitamos, los vacceos te necesitan...

»Cuando era una niña, más o menos de la edad de tu Coroc, tuve un extraño sueño. Un lobo se enfrentaba a una loba con la ayuda de los cuervos de Lugh. Ese sueño se repite con frecuencia desde entonces. El lobo representaba a los vacceos; la loba, a Roma. Cuando Docio llevó aquellas pieles de lobo a tu casa, el sueño apareció vívido en mi cerebro. Y aún más hoy, cuando Burralo ha hablado de sus visiones ante toda la asamblea. Puede que tú seas ese lobo... pero también podemos equivocarnos, y tú eres libre para elegir. Sólo te explico mis razones. ¿Nos ayudarás?

Aro la miró un largo instante. Sentía en su rostro la respiración de ella, sus ojos oscuros y misteriosos y sus labios carnosos tan cercanos a los de él. De nuevo deseó besarla y se dio cuenta de que sus manos abrazaban la delgada cintura de Vindula por debajo de la capa, sintiendo el calor de su cuerpo. Sus labios se acercaron y se rozaron levemente mientras sus manos se deslizaban por la cintura hacia abajo. Pero la imagen de su amada Coriaca cruzó por la mente de Aro y se separó muy despacio de Vindula.

—Me gustaría tener tiempo para pensar... —dijo en un susurro intentando despejar su mente.

—No esperaba que me dieses una respuesta equivocada. —Aro la miró. La voz de Vindula había sonado cálida y suave como nunca antes la había oído—. Has demostrado ser prudente una vez más, Aro —añadió ella con una sonrisa. Volvió a cubrir su túnica con la capa blanca y pareció romperse el extraño hechizo que flotaba en el ambiente. Aro respiró hondo. Vindula estaba satisfecha, aquel podía ser un buen caudillo.

—No te avergüences de tus pensamientos, guerrero —Vindula seguía hablándole con amabilidad y una abierta sonrisa se dibujó en sus labios mientras miraba a su abultada entrepierna—. Además de druida, soy mujer.

Él se sonrojó, turbado y sorprendido de haber dejado a la mujer que entrase de nuevo en su cabeza. Se dio cuenta de que ella habría entrado aunque él no lo hubiese deseado. Al fin, los dos regresaron al campamento en silencio. Vindula dejó a Aro en su tienda y, tras mirarlo intensamente durante unos minutos, se dirigió al aposento que tenía reservado en Septimanca.

Al día siguiente, cuando Aro despertó de un sueño inquieto plagado de malos presagios, Buntalo se preparaba para acudir a la asamblea de druidas y ancianos, que se celebraría en el salón de asambleas de Septimanca. Aro le miró con ojos soñolientos, recuperándose aún de los malos sueños.

—¿Cuánto tiempo crees que durará vuestra asamblea? —preguntó estirándose. Se sentía pesado, cansado, como el día después de un combate.

—No lo sé —respondió Buntalo meneando la cabeza—. Me temo que la mayor parte del día, pues el asunto es complicado. Se trata de llevar o no a los vacceos a una guerra. Cuando hayamos tomado una decisión, os será comunicada a todos. ¿Cómo te encuentras? La conversación de anoche con Vindula fue larga...

—No demasiado bien, he dormido mal. Estoy agotado. Me turbaron las palabras de Vindula. —Aro se volvió para evitar que su padre notase el azoramiento que sentía al recordar la escena de la noche anterior en el bosque.

—Sí, te has movido mucho. Te has pasado la noche dando vueltas, agitado y hablando en sueños.

—¿Qué decía? —preguntó Aro poniéndose en pie. Temió haber hablado de su entrevista con Vindula.

—No pude entender nada, mascullabas entre dientes —contestó Buntalo. Se abrochó su capa de lana negra y se dispuso a salir—. Tengo que irme, no quiero llegar tarde.

—Espero que todo vaya bien. Supongo que saldré a recorrer los bosques de los alrededores mientras celebráis vuestra asamblea, necesito estar solo y pensar. Que tengas suerte.

—Creo que tenemos un poderoso aliado —dijo Buntalo con una sonrisa misteriosa—, el gran lobo de ojos brillantes. Espero que Vindula me ayude a manejar ese argumento.

Salió de la tienda dejando a su hijo pensativo e inquieto. Aro comió un trozo de carne seca y de pan blando que le había traído uno de los siervos de Buntalo. Después se preparó para salir; se ciñó la espada y, al recoger el manto de piel de lobo, lo miró con una especie de temor, recordando las palabras de Burralo y la entrevista con Vindula. Por un instante, pensó en dejarlo dentro de la tienda, pero sin pensarlo más, se lo abrochó y se puso la gruesa capa de lana por encima. Tomó su lanza y montó en su veloz caballo gris, alejándose al trote hacia los bosques del norte.

La mañana era fría, pero el cielo estaba completamente despejado de nubes. Aro puso su caballo al paso. Marchó durante largo rato entre las escasas sombras de los árboles deshojados. Las ramas desnudas se elevaban hacia el cielo como dedos descarnados. Las hojas secas crujían bajo los cascos del caballo, al que Aro dejó que eligiese el camino mientras su mente se perdía, dando vueltas una y otra vez a las palabras de Burralo y a la conversación con Vindula. Al cabo de más de una hora de paseo, encontró una especie de barranco a su izquierda. Desmontó y llevó a su montura hacia allí. Ató las riendas en la rama muerta de un árbol caído y observó el paisaje: miraba hacia el oeste. A cierta distancia, por debajo de él, el Pisorica corría a reunirse con el Durius por entre los poblados bosques y los campos, que estaban silenciosos bajo el frío sol invernal. Apenas se escuchaban sonidos en el bosque, parecía que todas las bestias se encontraran hibernando.

Aro se sentó sobre el tronco caído. Se arrebujó bien en su capa para protegerse del frío viento que le acariciaba el rostro. Estaba incómodo e intranquilo. Le seguía doliendo la cicatriz del costado derecho. Puso la mano sobre ella; parecía que tenía el costado helado. No podía quitarse de la cabeza el recuerdo del anciano druida señalándolo con el dedo, diciendo que lo había visto en sus sueños con forma de lobo, diciendo que él era el mismísimo Sucellos. Recordó una vez más las palabras sombrías de Vindula, su extraño sueño y su oscuro plan, el camino a la guerra. No estaba seguro de que la mujer tratase de seducirle para que él aceptara o por simple deseo. Vindula deseaba que él los condujese a la guerra, pero él se resistía a admitirlo, aunque aquella idea llevaba en su cabeza largo tiempo, desde que Coriaca y él hablasen de la entonces lejana guerra entre cartagineses y romanos en el este. Sin embargo, aún dudaba de su propia capacidad como jefe. No sería capaz de dirigir a los vacceos en una batalla. Tal vez pudiera hacerlo contra los lusitanos, los vettones u otro pueblo, pero no contra Roma. No podría fingir que un dios había entrado en su cuerpo y después dudar al contemplar la magnitud de un ejército romano avanzando hacia él.

Recordó una vez más las enigmáticas palabras de Vindula años atrás, cuando tomó en sus manos aquella maldita piel que ahora abrazaba sus hombros, aquella piel de unos lobos que él ni siquiera había cazado. Le llevaría cerca del peligro, había dicho la jefa druida de Albocela. Ahora otro druida, un viejo quizá fuera de sus cabales, le señalaba como posible líder de los vacceos. Pero lo que le turbaba era que Vindula había hablado del poder del manto mucho antes de que Roma amenazase a su pueblo, mucho antes de que Burralo hablase de Sucellos... ¡Qué incomprensible era todo aquello!

Aro sacudió la cabeza. No estaba dispuesto a aceptar, no estaba seguro de nada, no comprendía lo que estaba pasando; pero ni siquiera Vindula, la jefa druida de su ciudad, parecía comprender aquello. «No estoy segura», le había dicho la noche anterior. Sólo eran sueños... Por otro lado, si le encomendaban aquella misión, ¿podría negarse sin ser tachado de cobarde? Estaba seguro de que los vacceos no comprenderían su actitud si se negaba a encabezar el ejército, sobre todo después de haber defendido con tanta vehemencia el partido de la guerra. Coriaca no lo entendería. Buntalo no lo entendería. Ni Vindula. La druida lo despreciaría. Él no era un cobarde, pero no se sentía capaz de dirigir a un gran ejército contra los romanos. No era un general. Pero tampoco había nacido para someterse a ningún otro hombre. Además, si se imponía la opinión de la mayoría, ni siquiera habría un ejército que dirigir. Regresarían a sus ciudades, esperarían allí la llegada de los ejércitos romanos y el fin de los vacceos.

Un sonido apagado, a su espalda, le hizo aguzar el oído. Se dio la vuelta con la lanza en la mano, preparado para defenderse de cualquier posible ataque. Un jinete se acercaba a él avanzando lentamente entre los árboles. Aro le reconoció de inmediato: era el pallantino pelirrojo que, el día anterior, se había mostrado partidario de no ayudar a los vettones y carpetanos. Aro volvió a dejar la lanza apoyada en el tronco sin dejar de mirar al guerrero. El pallantino desmontó del caballo a algunos pasos. Iba envuelto en su capa negra de lana, y sus cabellos rojos se movían al viento. Tenía una ancha mandíbula, un gran mostacho rojo cubría su labio superior, y sus ojos verdes brillaban. Saludó a Aro alzando la mano. Llevaba calzones marrones y una túnica azul ceñida a la cintura por un ancho cinturón con hebilla dorada, del que colgaban la espada de antenas y un puñal.

—Paseaba por el bosque —dijo sonriendo a modo de explicación—; te vi aquí sentado. Espero no molestarte.

—Yo también paseaba —repuso Aro devolviendo la sonrisa—. Necesitaba pensar, y hace un buen día para caminar entre los árboles, a pesar del frío. Te escuché ayer en la asamblea.

—Mi nombre es Turaio, soy de Pallantia. —El hombre miró hacia el norte y señaló por encima de los árboles desnudos—. Hacia allá se encuentra mi ciudad; se llega a ella remontando el Pisorica.

—Lo sé —asintió Aro—. Estuve alguna vez en Pallantia, hace mucho tiempo, y he recorrido varias veces parte del camino para ir a Numantia, la capital de los arévacos. Soy Aro, hijo de Buntalo; vengo de Albocela.

Se saludaron, agarrándose por los antebrazos, sonriendo.

—Vaya, no es frecuente recorrer ese camino —dijo Turaio volviéndose hacia el barranco—. Lo más lógico sería seguir el curso del Durius…

—Es probable, pero siguiendo esa ruta se puede aprovechar el viaje para comerciar con los pueblos del norte.

Turaio asintió ante la apreciación de Aro.

—Insistes mucho en ayudar a los carpetanos. ¿De verdad crees que es mejor para nosotros enfrentarnos ahora a los romanos?

—Si no lo hacemos ahora —afirmó Aro con seguridad—, tendremos que hacerlo tarde o temprano en nuestra propia tierra; entonces será una lucha desesperada. ¿Estás seguro de que nuestras murallas nos protegerán de los ejércitos romanos?

—Sabes que bastaría con defender fuertemente la línea del Durius y socorrer a las ciudades del sur del territorio. ¿Dudas de las murallas? Tal vez las de Pallantia puedan aguantar un largo asedio. Además, si los pueblos norteños nos ayudan…

—¿De la misma forma que muchos de vosotros queréis que ayudemos ahora a los vettones y carpetanos? —preguntó Aro con ironía—. Si no les ayudamos ahora, tal vez los demás no nos ayuden a nosotros cuando llegue el momento. Recuerda que los norteños se sentirán bien resguardados por sus montañas. Allí los romanos no podrán desplegar sus ejércitos.

—Sí, sí, ese argumento ya se utilizó en la asamblea. Pero ¿y si los romanos vencen a pesar de nuestra ayuda?

—Al menos habremos aprendido su manera de combatir —explicó Aro—. Y la próxima vez que haya que enfrentarse a ellos, ya tendremos una cierta experiencia. Habrá guerreros que puedan explicar a los demás las tácticas romanas, se podrá estudiar la manera de contrarrestarlas. Además, si no lo intentamos, nunca sabremos si somos capaces o no de derrotarlos. Roma vencerá a carpetanos y vettones sin nuestra ayuda, eso es seguro. Incluso pueden salir victoriosos a pesar de nuestra ayuda o la de los arévacos.

—No creo que para saber cómo luchan esos puercos romanos sea necesario enfrentarse a ellos —dijo Turaio escupiendo a un lado—. Basta con preguntárselo a los titos, belos, e incluso a los lusitanos. Ya sabes que han combatido como mercenarios en las filas de los romanos, o de los púnicos hace años.

—Turaio, sabes bien que no es lo mismo oír contar una historia a un guerrero que ver las cosas con tus propios ojos, participando en una batalla.

—Cierto; sin embargo, una historia no puede matarte —rio Turaio—, pero una batalla sí. Además, ¿no crees que los romanos se volverán contra nosotros si ven que ayudamos a otros pueblos?

—¿Crees que los romanos no piensan ya en nosotros? ¿Piensas que se detendrán tras apoderarse del valle del Tagus? Yo opino que planean lanzarse sobre nuestra tierra; es sólo cuestión de tiempo —respondió Aro—. Por lo que yo sé, Roma no ataca sólo a quienes se enfrentan a ella, quiere conquistar toda la tierra hasta el mar Exterior, explotar sus riquezas y esclavizar a sus habitantes, o sea, a nosotros. Tras el valle del Tagus, desearán apropiarse del valle del Durius; después se volverán hacia los lusitanos, astures, y el resto de los pueblos del norte y del oeste. Dicen que más allá de las tierras de los astures, hacia el noroeste, se extienden tierras fértiles que ambicionaría cualquier pueblo. Si has escuchado las continuas noticias del este, debes saber ya cuáles son, desde hace muchos años, las intenciones de los romanos. Deberías tener todo eso en cuenta a la hora de tomar una decisión.

—Por lo que veo —dijo Turaio—, tú ya la has tomado...

—Tengo mi propia opinión sobre el asunto —repuso Aro extendiendo las manos—; es la de los albocelenses, la que transmití a la asamblea, pero acataré la decisión que tome el consejo de ancianos y druidas.

—¿Sabes que, si hay guerra, es probable que seas nuestro caudillo?

—No sé si harán caso de los sueños de ese viejo druida —dijo Aro bajando la cabeza preocupado—, aunque es probable, pues se trata de un jefe druida. Pero si tengo que dirigir a mi pueblo en la batalla, lo haré. —En su interior no se encontraba tan seguro de sus palabras, pero no podía mostrar sus dudas a Turaio. El pallantino le miró de forma penetrante durante unos segundos retorciéndose el bigote rojo.

—Me gustas, Aro de Albocela —dijo mostrando unos dientes blancos—. ¿Me considerarás tu amigo, aunque nuestras opiniones sean distintas? De todos modos, si los romanos nos atacan, estaremos en el mismo lado, espero...

—Por supuesto, Turaio, claro que somos amigos, pero será mejor que dejemos de tratarnos con tanta cortesía.

Ambos hombres rieron.

—Creo que se acerca la hora de comer, mi estómago protesta —dijo Turaio frotándose el vientre—. ¿Volvemos a Septimanca? Me gustaría invitarte a comer, hay un delicioso jabalí esperándonos en el campamento. Uno de mis guerreros lo cazó ayer.

—Acepto tu invitación —dijo Aro—. Yo también tengo hambre y tu oferta es muy tentadora.

Montaron a caballo y regresaron al campamento junto a Septimanca. Durante toda la tarde, los dos hombres charlaron amigablemente a la espera de que los druidas y ancianos tomasen una decisión.

Ya había caído la noche cuando sonó un cuerno avisando a los vacceos: el consejo había concluido. Varios guerreros septimanticenses, portando antorchas, acompañaron a los ancianos y druidas junto a la gran hoguera. Uno de los ancianos de Septimanca, un hombre grueso de cabello blanco, rostro arrugado y curtido por el sol, que vestía túnica verde y calzones negros bajo la capa negra de lana, habló con voz ronca:

—¡Vacceos! El consejo de los druidas y ancianos ha llegado a un acuerdo tras una larga y ardua deliberación: no hemos logrado llegar a una decisión unánime, por lo que cada ciudad es libre de elegir si acude a la guerra en el valle del Tagus o prefiere esperar al desenlace de la lucha. No obligaremos a nadie a luchar fuera de nuestra tierra contra su voluntad, ni le obligaremos a quedarse en su casa si eso va en contra de sus deseos. Cada cual debe tomar su decisión esta misma noche. Mañana, a primera hora, la haréis saber a los clanes.

Se alzaron varios murmullos entre los guerreros, murmullos de duda y decepción, sabiendo que la noche sería larga para todos ellos deliberando sobre la decisión a tomar. La reunión se disolvió y los representantes de las distintas ciudades se reunieron para deliberar.

Los albocelenses se sentaron alrededor del fuego en medio de sus tiendas. Vindula se unió a ellos, pero permaneció a un lado en silencio con su habitual gesto impasible, aunque sus ojos se posaban con frecuencia en Aro. La hora de los druidas había pasado. Los guerreros eran quienes debían decidir.

—Bien —dijo Buntalo tomando la palabra—, creo que ya habíamos tomado nuestra decisión antes de venir aquí, y los nuestros estaban todos de acuerdo. ¿Alguno de vosotros ha cambiado de opinión tras la asamblea de ayer?

Buntalo miró a su alrededor. Los albocelenses callaban mirando al fuego y meneando la cabeza. Aro los observó un momento. Sus ojos se detuvieron en Vindula, que pareció apremiarle con la mirada. Después volvió la vista hacia su padre, que le miraba esperando una respuesta.

—Sigo opinando lo mismo —dijo, tras un breve instante—. Aún creo que es mejor enfrentarse a los romanos lejos de nuestro territorio.

—Pero no vamos a decidir por todos los albocelenses —repuso Buntalo abriendo los brazos—. Creo que debemos volver a la ciudad e informar a los nuestros de la decisión del consejo de ancianos. Que ellos decidan en consecuencia con la ayuda de nuestros druidas. A pesar de todo, sé que Albocela votará por ir a la guerra, aunque es probable que eso signifique obligar a Aro a dirigir a los vacceos hacia el sur.

Uno tras otro, los demás ancianos y guerreros se ratificaron en su decisión. Aceptaron la propuesta de Buntalo, que asintió satisfecho: al menos había unanimidad entre los representantes de Albocela. Al día siguiente comunicaría la decisión al consejo de ancianos. Vindula se cubrió con la capucha, pero Aro pudo atisbar una sonrisa de victoria en el rostro de la druida, que lo miró fugazmente.

La mañana siguiente siguió siendo desapacible. El sol quedó oculto por las nubes grises. Comenzó a soplar un viento helado desde el norte que dejaba aterido de frío a todo aquel que se pusiera a la intemperie. Los vacceos volvieron a reunirse ante las murallas de Septimanca y, uno tras otro, los portavoces de las diferentes ciudades fueron comunicando sus decisiones.

Cuando todos hubieron hablado, se hizo un recuento. A la espera de lo que decidiera la asamblea de cada ciudad, al final acudirían a la guerra Secobia, Cauca, Rauda, Albocela, Helmántica, Nivaria, Uruningica, Amallobriga y Septimanca. El resto decidió permanecer a la espera, ratificando las opiniones expresadas con anterioridad, pensando que quizá los romanos fueran derrotados en el valle del Tagus o que sus ciudades estaban demasiado lejos de la amenaza romana como para molestarse en combatirla. Esta decisión disgustó a los druidas: un pueblo dividido era un pueblo débil, y esta división traería consecuencias funestas. Pero como Vindula había dicho a Aro, los hombres son libres de tomar sus propias decisiones.

Por fin, tras sacrificar un buen número de vacas, cerdos y ovejas a los dioses para que acogieran su decisión de buen grado, los druidas declararon disuelta la asamblea. Los hombres que habían decidido marchar hacia el sur fueron citados en aquel mismo lugar en un plazo de veinte días.

Aro estaba terminando de recoger su tienda cuando vio que Turaio se acercaba.

—Así que al final marcharás al combate —dijo el pallantino sonriendo—. Espero que tengas suerte y regreses sano y salvo a tu ciudad. Me hubiese gustado combatir a tu lado, Aro.

Este le miró y le devolvió la sonrisa.

—A mí también, Turaio —dijo—. Juntos habríamos hecho correr a los romanos de vuelta hasta el Betis. Pero quizá haya más oportunidades, ¿no crees?

Los dos rieron y se abrazaron.

—Tengo que irme ya —dijo Turaio tendiendo la mano hacia su amigo—, los demás pallantinos me esperan. Que los dioses te protejan, y si alguna vez vas a Pallantia, no olvides visitarme.

—Lo haré —asintió Aro mientras apretaba el brazo del pallantino—, prepara tu mejor cerveza.

Los albocelenses regresaron a Septimanca el día anterior al señalado para la cita. La asamblea de la ciudad había decidido acudir a la guerra. Los ancianos de Albocela habían puesto a Aro al frente de un contingente de mil hombres, doscientos de ellos a caballo, aproximadamente la mitad de los guerreros de la ciudad. Buntalo, al igual que los demás ancianos, ya no acompañaba a los guerreros, pero había hablado durante largo tiempo a su hijo antes de la partida hacia Septimanca. Un par de druidas designados por Vindula acompañarían a los albocelenses. Ella no iría a la guerra.

—Sé cauto, hijo mío —le había dicho Buntalo a Aro—. Debes saber guiar a tus hombres en el combate. Te hemos puesto al frente de nuestros guerreros porque todos sabemos que eres el más capaz de todos los guerreros albocelenses. Lleva puesta la piel de lobo, es probable que, influidos por Burralo y los druidas, deseen hacerte caudillo de los vacceos si se deciden a hacer caso de los sueños del viejo druida. Si así ocurre, estoy convencido de que serás un gran jefe.

Coriaca le había despedido con lágrimas en los ojos, pero orgullosa de que su esposo fuese con casi toda seguridad el líder de los vacceos. Ahora que estaba a punto de conseguir su deseo de que Aro fuese el caudillo de su pueblo, tenía miedo de lo que pudiese ocurrirle a su esposo. Aro la recordaba en pie a la puerta de la cabaña, junto a sus hijos. Deocena, que acababa de cumplir catorce años, lo miraba con el rostro impasible. Desde que, a los diez años, comenzara a aprender de la mano de Vindula las artes de los druidas, se había vuelto más cauta y prudente. Ahora era una adolescente alta y esbelta de largo cabello rubio y profundos ojos azules. Era reservada, poseía un gran ingenio, y pocas veces sonreía. Parecía una extraña copia de su maestra, de la que era una de las discípulas más aventajadas; ella misma había participado, junto a Vindula, en los sacrificados realizados a Albocelos para que protegiese a los guerreros de la ciudad en el combate. Coroc, por su parte, se había convertido en un joven atlético. Pronto cumpliría diecisiete años; su cuerpo era fuerte y musculoso. Además, su rostro era hermoso, pues era el vivo retrato de su madre, con la nariz recta y los ojos azules, aunque con el cabello leonado de Aro. Era inteligente, de vivo carácter, pero a la vez simpático y afable. Por ello era el preferido de las jóvenes albocelenses. Pero él sólo pensaba en la guerra y las batallas; había deseado acompañar a su padre a Septimanca, pero tras una larga conversación y no poco esfuerzo, este le había convencido de que debía quedarse a ayudar a su tío Docio, que también permanecería en la ciudad, ocupado en las labores del campo, pues Buntalo ya era demasiado mayor para hacer algo más que no fuese apacentar a las ovejas cerca de los muros de la ciudad.

Lo más duro para Aro fue despedirse de Coriaca. Ella también deseaba acompañarle, pero finalmente comprendió que debía quedarse en Albocela cuidando de su familia. Sería de más ayuda junto a Docio y Coroc en el campo y con las reses. Aun así, no deseaba despedirse de su amado Aro, pues sabía que no volvería a verlo en mucho tiempo. Por otro lado, su deseo anhelado durante tanto tiempo de que su esposo se convirtiera en el guerrero que guiase a los vacceos a la batalla estaba cerca de convertirse en realidad. Sabía que los druidas se encargarían de que los guerreros eligiesen a Aro como jefe del ejército vacceo, el hombre que guiaría a los clanes a la batalla y vencería a los ejércitos de Roma en el lejano valle del Tagus. Y de repente, este pensamiento la entristeció porque comprendió el peligro que afrontaba Aro. Tal vez cayera en las riberas del Tagus y nunca más volviera a casa. Cuando le vino este pensamiento a la cabeza, se abrazó con fuerza a su esposo, inundada en lágrimas. Le rogó una vez más que la llevase con él. Durante años había conversado con su esposo sobre una eventual guerra contra Roma, sobre la necesidad de unir a los clanes bajo el mando de un guerrero poderoso, tratando de que él asimilase esa idea y ambicionase ser ese guerrero. Pero ahora que llegaba ese momento y era probable que Aro fuese el caudillo de los vacceos, sentía un temor inesperado a perderlo para siempre. Con lágrimas en los ojos, abrió una cajita de madera y sacó algo que relució cuando abrió la mano.

—Tendrás que sujetar esa piel de lobo con algo apropiado —dijo ahogando un sollozo.

Aro tomó el objeto que ella le tendía; lo observó dándole vueltas entre los dedos. Se trataba de una hermosa fíbula de oro con forma de cabeza de lobo, con las fauces abiertas, mostrando los dientes y con las orejas levantadas. En los ojos habían engastado dos pequeñas piedras brillantes. Sin duda, el artesano había realizado un trabajo espléndido dando el máximo de su habilidad.

—¡Es magnífico, Coriaca! —exclamó él—. Sí, será el broche que sujete mi manto de piel de lobo.

Ella asintió y quiso decir algo, pero las palabras no salieron de sus labios. El llanto fue más poderoso.

También a los ojos de Aro asomaron las lágrimas, pero se contuvo. El jefe encargado de encabezar a los albocelenses no podía llorar ante los demás guerreros de la aldea. Se despidió de ella y saltó sobre su caballo en silencio. Cuando se alejaron de la ciudad y volvió la vista hacia las murallas, sólo Coriaca permanecía inmóvil ante las puertas de Albocela.

Una vez en Septimanca, Aro dejó a sus hombres acampando en las afueras. Cruzó las puertas de la ciudad, acompañado por Silo y Araco, uno de los druidas albocelenses, y por dos de sus guerreros. Se dirigió por las callejuelas estrechas hacia el salón de asambleas, donde debía anunciar su llegada a los demás caudillos vacceos. Había una buena cantidad de armas apiladas junto a la puerta. Dejaron las suyas en uno de los montones y entraron, dejando a uno de los dos guerreros a la puerta. Era una estancia sombría, no demasiado amplia. Varios hombres se encontraban sentados cerca del fuego charlando animadamente y bebiendo cerveza. Al verles, se pusieron en pie.

—Soy Aro, hijo de Buntalo —anunció—. Él es Silo, mi bardo, y él Andecaro, uno de mis jefes; el druida es Araco. Venimos de Albocela.

—Te reconozco, albocelense —dijo una voz ronca en la penumbra. De entre el grupo de hombres se adelantó un anciano de cabellos y barba blancos, envuelto en una gruesa capa de lana negra, a pesar del calor sofocante de la habitación. Sus cabellos blancos aparecían despeinados por detrás de la tonsura—. Tú eres aquel con el que soñé varias veces, el guerrero de la piel de lobo. ¿La llevas puesta ahora?

—Por supuesto —repuso Aro muy despacio, sin dejar de observar el gesto ansioso del anciano Burralo—. Aquí está.

—Muéstranosla, albocelense —le ordenó el viejo con expresión anhelante y mirada febril—. Estos hombres desean verla.

Aro se quitó la capa de lana negra y se la entregó a Silo. A la vista de todos quedó la piel parduzca de los dos lobos que había cazado Docio, abrochada en su hombro derecho con la bella fíbula de oro con forma de cabeza de lobo que le había regalado Coriaca. La mayoría de los presentes soltó una exclamación y observaron las pieles de lobo con admiración y respeto.

—Me alegra que hayas venido, albocelense —dijo el anciano druida Burralo con una sonrisa desdentada—. Tengo que darte dos noticias: la primera no es buena, pues los arévacos y pelendones no lucharán a nuestro lado; ayer llegó aquí un mensajero anunciándolo. La segunda es que, como se decidió en la asamblea anterior, tú, Aro, hijo de Buntalo, serás el jefe del ejército vacceo.

Aro temía aquel momento, aunque lo esperaba. Los planes de Vindula y tal vez sus propios deseos se habían cumplido. De nuevo le asaltaron las dudas sobre su capacidad para dirigir a aquellos hombres. De nuevo recordó la sonrisa victoriosa de Vindula al saber que los vacceos irían a la guerra. Ella estaba segura de que su plan se cumpliría. Sin embargo, sabía que no podía mostrar inseguridad ante todos aquellos guerreros, menos aún ante Burralo; el anciano era un druida y, además, lo suficientemente observador como para detectar cualquier asomo de duda en su rostro. Aro sostuvo la mirada penetrante de Burralo unos segundos, al cabo de los cuales el anciano sonrió y se volvió hacia los presentes.

—Este albocelense es el guerrero que os dirigirá en la batalla –dijo–. Debéis acatar sus órdenes, seguirle allí donde vaya. Sí, él es la personificación del mismo Sucellos, señor de lobos.

Los otros hombres mostraron sus respetos al albocelense y después le saludaron y le invitaron a beber cerveza. Pronto estuvieron conversando animadamente. Aro preguntó a los jefes presentes si todos los hombres habían llegado ya a Septimanca, y de cuántos guerreros dispondría para acudir en auxilio de los carpetanos y vettones.

—Además de vosotros, los albocelenses –dijo Burralo–, sólo han llegado los de Amallobriga con doscientos hombres. Nosotros, los septimanticenses, aportamos ochocientos guerreros. Esperamos que mañana mismo lleguen los de Uruningica, aunque se trata de una ciudad pequeña, y por desgracia no podrán enviar demasiados hombres. Los guerreros de las demás ciudades se encontrarán con vosotros en Cauca.

—De momento –repuso Aro tras hacer el recuento–, contamos con dos mil guerreros. No es un número muy alto, pero espero que, con el resto de las ciudades, podamos alcanzar los cinco mil...

—Es posible –intervino un guerrero de Septimanca, un hombre alto y delgado de cabellos y tez morena que se apoyaba en una de las paredes de la sala–. Cauca, Secobia, Rauda y Helmántica son ciudades importantes, y supongo que podrán aportar una buena cantidad de hombres.

—Sí, tal vez puedan hacerlo –dijo Burralo–, pero de eso os tendréis que preocupar a partir de mañana. Ahora tenemos preparado un buen festín para todos vosotros, con buena comida y cerveza en abundancia. Sentémonos ya a comer.

—Antes de eso –repuso Aro alzando el brazo derecho–, hay que atender otro asunto importante. Sería conveniente que enviásemos un mensajero a los carpetanos para comunicar a Hilerno que los vacceos estarán a su lado frente a Roma.

Se volvió hacia Andecaro.

—Encárgate de que mañana, a primera hora, salga un mensajero hacia el territorio de los carpetanos. Le dirá a Hilerno que los vacceos nos dirigimos hacia allí. De paso, que se detenga en Cauca para anunciar a los caucenses que acamparemos allí, y para que vayan preparando a sus hombres para marchar hacia el sur. Otro mensajero irá a Helmántica para comunicarles que nos reuniremos en Cauca. Y otros dos para Rauda y Secobia.

—Veo que no has tardado en asumir el mando, Aro —dijo Burralo sonriente.

—Cuanto más rápido actuemos, mejor. Ahora sí, disfrutemos de la cena que nos tenéis preparada.

Durante el resto de la noche, los hombres comieron y bebieron, bromearon, contaron historias y hazañas, recordando guerras pasadas, olvidándose de la guerra futura por unas breves horas. Terminado el banquete, Aro y Silo se retiraron a sus tiendas, fuera de las murallas de Septimanca. El druida Araco fue invitado por Burralo a permanecer en Septimanca aquella noche.

Dos días más tarde, poco después del alba, la tropa encabezada por Aro marchó hacia el sur, vadeó el Durius cerca de Septimanca y se dirigió a Cauca. El día anterior habían llegado desde Uruningica otros doscientos hombres que engrosaron las filas vacceas y con cuyos jefes dialogó Aro durante mucho tiempo. Marcharon hacia el sur por la ruta natural que marcaban los afluentes del Durius, poblada por extensos y frondosos bosques. Poco a poco, el terreno iría haciéndose más accidentado a medida que se acercasen a Secobia, que se alzaba junto a las altas montañas del sur.

Tardaron dos días en llegar a Cauca, situada en la confluencia entre dos ríos, ubicación que hacía más fácil su defensa. Al sur de la ciudad, por fuera de las murallas, en el espacio delimitado por los dos ríos, se encontraba acampado el resto del ejército vacceo: una gran cantidad de tiendas de campaña llenaba la pequeña llanura como si de hongos se tratara, con los estandartes de los diferentes clanes ondeando al viento. Aro observó desde la grupa de su caballo gris aquel campamento casi atestado de gente. Acababan de salir de debajo de los árboles y se encontraban a la orilla del río, justo al norte de la ciudad. El sol ya estaba bajo; pronto desaparecería tras las copas de los árboles.

—¡Vaya, sí que hay gente! —dijo Silo avanzando hasta su altura—. Ahí tienes a tu ejército. Creo que es hora de hacer más presentaciones.

—Será mejor que te quites la capa y muestres la piel de lobo —sugirió Araco—. Los vacceos deben conocer la llegada de su caudillo.

Aro observó el rostro enjuto del druida. Supo que estaría tomando buena nota de todos sus movimientos para informar a Vindula de todo lo sucedido. Sintió la sombra de la druida planeando por encima del ejército vacceo, y vio en el cielo varios cuervos que sobrevolaban la hueste. Respiró hondo e hizo sonar los cuernos para advertir a los caucenses de su presencia. Haciendo caso del consejo de Araco, desabrochó la capa de lana y la guardó en las alforjas. Ahora, la piel de lobo era bien visible sobre sus hombros y su espalda. Hizo que Andecaro desplegase el estandarte de Albocela y avanzó a lo largo de la orilla. Muchos de los habitantes de la ciudad se asomaron desde lo alto de la muralla al oír la llamada. Gran parte de los vacceos acampados en el exterior de Cauca se aproximó a la orilla opuesta para observar a los guerreros que llegaban desde Septimanca, al saber que con ellos llegaba el hombre que dirigiría a los vacceos en la lucha contra los romanos. Algunos caucenses apostados entre los árboles informaron a los recién llegados de que algo más al sur había un vado por el que podrían cruzar el río; si se apresuraban, podrían estar ante las puertas de la ciudad antes de que la noche fuese cerrada.

Cuando por fin llegaron al campamento vacceo, apenas había luz, salvo la de las grandes hogueras que los guerreros habían encendido en diversos puntos entre las tiendas. Un numeroso grupo, formado por los druidas y ancianos de Cauca y por varios guerreros importantes de todas las ciudades, les esperaba impaciente a la entrada del campamento. Los recién llegados fueron conducidos a un lugar reservado para ellos, justo al sur de la muralla de la ciudad. Mientras los guerreros se ocupaban de montar las tiendas, Aro, siempre escoltado por Silo, Araco y Andecaro, fue recibido por varios ancianos caucenses e invitado a cenar en el interior de Cauca.

En la sala de asambleas les fueron presentados varios hombres valientes, que encabezaban los contingentes de las distintas ciudades, y que iban vestidos con sus mejores galas; el oro recién bruñido lanzaba destellos desde los brazos y los cuellos de los hombres al reflejar las llamas. Las ropas multicolores daban idea del espíritu alegre de los vacceos, que marchaban hacia la guerra con los ojos luminosos y una sonrisa en los labios. Antes de cenar, Aro quiso conocer el número de guerreros que tendría bajo su mando. Los caucenses le informaron: ellos aportaban seiscientos hombres, al igual que los de Rauda; desde Helmántica habían llegado mil hombres; Nivaria contribuía con cuatrocientos guerreros; y en Secobia les esperaban otros seiscientos. Aro sumó rápidamente: en total, disponía de cinco mil cuatrocientos hombres. Sonrió a los presentes para expresar su satisfacción, aunque en el fondo deseó poder contar con más combatientes. Recordó a Turaio… Tal vez con otros cien guerreros como el pelirrojo pallantino, el ejército vacceo fuese una hueste temible, incluso para los romanos, pero no podía contar con él porque Pallantia no iría a la guerra. A pesar de todo, no podía quejarse, pues su ejército era numeroso; además, al otro lado de las montañas esperaban vettones y carpetanos.

—Es un buen ejército –reconoció, mirando a su alrededor y tratando de transmitir seguridad a aquellos hombres–. Espero que los carpetanos y vettones también tengan preparado un buen número de guerreros. Si no superamos en número a los romanos, será difícil conseguir la victoria.

—Les venceremos —afirmó orgulloso un caucense delgado, de ojos vivos y expresión astuta, que llevaba numerosos anillos en las manos—. Nuestros guerreros son valerosos, más que los soldados romanos. Les haremos retroceder hasta el valle del Anas y nunca más querrán regresar a molestarnos.

—Ojalá no te equivoques —repuso un fornido helmanticense rubio de mejillas sonrosadas que sostenía una jarra de cerveza—, aunque sé que el combate será duro, y muchos de los nuestros no regresarán a sus casas.

—Será mejor —interrumpió otro caucense alzando su jarra de cerveza— que nos olvidemos por esta noche de la guerra y disfrutemos del festín que se nos ha preparado. Mañana partiremos hacia el sur en busca de los carpetanos y los romanos, pero esta noche, ¡disfrutemos de la hospitalidad de Cauca!

Aro decidió que era una buena idea. Tomó la pierna de cordero que le ofrecían como invitado más importante y, durante un rato, saboreando la sabrosa carne, no pensó en lo que ocurriría más adelante. Su pensamiento regresó a Albocela, a la cabaña en la que Coriaca estaría dando la cena a sus hijos, en la que Coroc daría vueltas como una fiera enjaulada deseando haber viajado con su padre hacia el sur, en la que Deocena miraría fijamente al fuego invocando a los dioses para que ayudasen a los vacceos. Pensó en los ojos azules y el rizado cabello negro de su esposa, en su hermosa sonrisa y sus manos cálidas, en que tal vez no volvería a verlos... De pronto, la voz de Silo, que comenzaba a cantar acompañado de su arpa, le arrancó de sus sombríos pensamientos.

XIII

'

Los exploradores vacceos informaron a Aro de que el paso de montaña hacia el territorio carpetano se encontraba ante ellos a algo más de una milla; varios guerreros les esperaban del otro lado. Aro miró hacia atrás tratando de que sus ojos traspasaran la espesa niebla. Apenas podía ver unos pasos más allá. Había esperado que la niebla levantase pronto, no quería sorpresas, aun cuando en aquel momento el enemigo era Roma y sus legiones se encontraban muy lejos. A pesar de su inquietud, los mastines se mostraban tranquilos, lo que significaba que no había peligro a la vista. El avance del ejército era lento y pesado debido al barro causado por las lluvias abundantes de aquellos dos últimos días, en el que se hundían las piernas, las patas de los caballos y mastines o las ruedas de los carros. Hasta los vistosos estandartes pendían sucios, empapados, de sus astas. Además, los caminos eran estrechos y sinuosos en lo alto de las montañas. Había que marchar con cuidado para evitar que los hombres o las provisiones cayeran por las laderas.

A menudo tenían que empujar los pesados carros para hacerles salir del barro en el que quedaban atascados; era una labor fatigosa que retrasó mucho el avance, lo que preocupaba a Aro, pues los días iban alargándose y el tiempo era cada vez más benigno, aun allí en las montañas, señal de que la primavera ya estaba cerca. Deseaba llegar cuanto antes junto al ejército de vettones y carpetanos, ahora que sabía, decepcionado, que los arévacos no vendrían, para conocer la magnitud de las tropas que opondrían al avance de las legiones romanas.

Por fin cruzaron las montañas por un paso entre dos cimas cubiertas de nieve. En el estrecho paso reinaba el silencio y los sonidos parecían más sordos a causa de la niebla. Una vez al otro lado, una veintena de guerreros les salieron al paso. Surgieron de repente de entre los árboles frondosos y la niebla y permanecieron montados en silencio ante la vanguardia de la tropa vaccea, como espíritus de los bosques. Detrás de ellos, Aro pudo adivinar, a pesar de la niebla, que un valle estrecho se abría paso entre las altas montañas pobladas de bosques densos que se extendían hacia el sur.

—¿Quién es vuestro caudillo? –preguntó por fin un guerrero alto y moreno de ojos negros, envuelto en su manto de lana negra, que parecía comandar al grupo y les observaba con seriedad.

—Soy yo –dijo Aro haciendo adelantarse a su montura unos pasos. Tras él avanzó Andecaro, portando el estandarte del toro negro–. Me llamo Aro, hijo de Buntalo.

—Yo soy Mentuo, de los carpetanos –se presentó el hombre apeándose de su caballo, tras mirarlo muy despacio de arriba abajo y echar un vistazo al estandarte que portaba Andecaro–. Los mensajeros vacceos nos anunciaron vuestra llegada. Tengo órdenes de llevaros ante el rey Hilerno. Bienvenidos a la tierra de los carpetanos.

—Me alegro de veros –dijo Aro con alivio, desmontando y estrechando la mano que le tendió Mentuo–. Temí que nos perdiéramos en estas montañas y que no llegásemos a tiempo de enfrentarnos a los romanos. El barro nos ha retrasado demasiado.

—Los romanos aún están lejos –repuso Mentuo sonriendo por primera vez–. Aún tenemos tiempo sobrado para llegar a Toletum, nuestra capital. Allí podréis descansar y prepararos para la batalla junto a nuestro rey. Seguidnos.

Los vacceos siguieron a Mentuo y su grupo de carpetanos. Descendieron lentamente por la suave pendiente embarrada. Llegaron al fondo del valle poco antes de que el sol se pusiera por detrás de las montañas. Tras acampar en un pequeño claro, cenaron y se acostaron, agotados por la dura jornada.

El viaje hacia Toletum duró varios días, durante los cuales Mentuo y sus carpetanos guiaron al ejército vacceo hacia el sur por una serie de valles. Dejaron a su izquierda, a una jornada de distancia hacia el este, la ciudad de Ikesancom Kombouto, y siguieron hacia el sur hasta encontrar el curso de un río caudaloso, que siguieron y que desembocó en el Tagus.

Varios días más tarde, el ejército vacceo llegó ante la gran ciudad de Toletum, la capital de los carpetanos, situada en una posición similar a Albocela, en un promontorio escarpado dominando el río Tagus, que fluía al sur de la ciudad. Los vacceos contemplaron las altas y fuertes murallas de la magnífica ciudad, rodeadas por una gran cantidad de tiendas que albergaban al ejército indígena, entre las que ondeaban las banderas de los clanes. Eran numerosas, pero Aro pensó que no eran suficientes; había esperado un mayor número de tropas. Estuvo tentado de preguntarle a Mentuo cuántos hombres se habían reunido ante las murallas, pero decidió esperar a entrevistarse con el propio rey de los carpetanos.

—Hace días que llegaron a Toletum todos los guerreros carpetanos disponibles –le explicó Mentuo a Aro–, así como los vettones. No vendrán más. Al menos Hilerno no los espera.

El carpetano les condujo hacia el este de la ciudad, donde se extendía una gran explanada destinada a servir de campamento a los vacceos. Los carpetanos estaban acampados al norte de Toletum y los vettones, al oeste. Hilerno había dispuesto así el campamento, conociendo la antigua y continua rivalidad entre vettones y vacceos. Los enfrentamientos entre ambos pueblos eran constantes, pues los vettones ocupaban las montañas al sur de Helmántica, cuyas tierras eran asaltadas por aquellos con frecuencia. Los vettones eran un pueblo ganadero, que no se dedicaba a la agricultura. Para abastecerse realizaban frecuentes incursiones en los territorios vacceos y se llevaban cuantas provisiones pudiesen robarles. No esperaba que surgiesen incidentes entre los dos pueblos, pues, en aquel momento, todos eran aliados frente a los romanos, pero estaba dispuesto a mantenerles lo más alejados que fuera posible para evitar todo tipo de peleas.

El rey de los carpetanos recibió en su casa a los jefes del contingente vacceo. Hilerno era uno de los más ricos y poderosos nobles carpetanos y, ante la inminencia de la guerra, le eligieron rey en asamblea. Su cabaña era amplia, y en ella se reunieron los principales jefes aliados. Aro entró en la estancia tras Mentuo, acompañado por Silo, Araco, Andecaro y otros importantes guerreros vacceos.

En el centro de la estancia ardía un fuego acogedor que iluminaba las paredes, de las que, entre los estantes destinados a los útiles domésticos, colgaban varias telas coloreadas y decoradas con motivos geométricos y escenas rituales. De una de las paredes colgaba la panoplia de Hilerno: una cota de malla, un yelmo de bronce coronado por un penacho de crin de caballo teñido de rojo, la espada de empuñadura dorada dentro de la vaina de cuero bellamente adornada y un gran escudo ovalado, pintado de verde y decorado con intrincadas formas geométricas. Los utensilios domésticos de los estantes revelaban el alto estatus social de Hilerno y su familia: platos, jarras y vasos de oro, labrados con los más hermosos relieves, figuritas de oro y bronce ricamente talladas, además de adornos y fíbulas exquisitamente elaborados por los mejores orfebres carpetanos.

Un hombre corpulento y de estatura similar a Aro se acercó a ellos. Tenía los ojos color miel en un rostro alargado enmarcado por una larga melena de cabello oscuro poblado de canas, al igual que la barba y el bigote. Hilerno aún no era un anciano, pero ya había dejado atrás la flor de la vida. A pesar de ello, en sus ojos se advertía una gran tenacidad y una poderosa fuerza de voluntad.

Vestía una túnica roja y unos calzones de color blanco; en su cuello lucía una gran torques rematada por dos cabezas de guerreros con enorme bigote.

—Los vacceos han llegado al fin, Hilerno —dijo Mentuo tras saludar a su rey. El guerrero carpetano era hombre de pocas palabras.

—Os esperábamos con impaciencia, amigos —dijo Hilerno a los vacceos—. Yo soy Hilerno, rey de los carpetanos. Os saludo como a personas libres.

Aro le devolvió el saludo. Se presentó, así como a los hombres que le habían acompañado al interior de la ciudad. Hilerno los invitó a sentarse junto al fuego; les presentó a algunos druidas, a sus jefes carpetanos, entre los que se encontraba Mentuo, y a los vettones presentes. Los saludos entre estos últimos y los vacceos fueron fríos, puesto que había habido incidentes entre ambos pueblos el verano anterior: los vettones habían saqueado granjas pertenecientes a los helmanticenses y estos habían respondido atacando el norte del territorio vettón. Hilerno se dio cuenta de la situación, pues estaba al tanto de lo sucedido, y trató de apaciguar los ánimos.

—Vamos, será mejor que olvidéis lo ocurrido el pasado verano —dijo con voz tranquila extendiendo los brazos—. Ahora estamos todos unidos frente a un poderoso y temible invasor; de él es de quien debemos preocuparnos en este momento.

Varias mujeres carpetanas trajeron más cerveza y la sirvieron a los presentes.

—Hace algo más de una hora ha llegado un mensajero —continuó explicando Hilerno—. Venía del sur, de los confines del valle del Anas. Parece ser que los romanos ya han empezado a ponerse en movimiento. Su comandante, Marco Fulvio Nobilior, ha reclutado mercenarios en el valle del Betis, aunque no ha conseguido muchos. Parece que tienen miedo de invadir nuestro valle... Les hemos enseñado a respetarnos.

—No temas, Hilerno —interrumpió un vettón, que parecía ser el jefe más importante entre los suyos—, he oído muchas veces que esos turdetanos no son buenos luchadores. ¡Hasta hace pocos años contrataban mercenarios lusitanos para que los defendiesen contra los romanos!

—No son los mercenarios los que me preocupan, Atellio —prosiguió Hilerno mirándolo con severidad—, sino los propios romanos. Nobilior tiene dos legiones bajo su mando, aparte de sus aliados italianos, y esos sí son soldados veteranos. El caso es que ya avanza hacia el norte; a estas horas, puede que ya haya entrado en el valle del Tagus. Nosotros hemos convocado aquí a todos los guerreros carpetanos de los que podían prescindir las ciudades al sur del río; por desgracia, no han enviado el máximo número posible de guerreros, muchos se han quedado para defenderse de un posible ataque romano. Con ellos y con vuestra ayuda contamos para enfrentarnos a Roma.

Aro miró con recelo a Atellio. El vettón estaba repantingado en uno de los bancos de piedra que se alineaban a lo largo de las paredes bebiendo cerveza sin parar y mirando a las carpetanas de manera lasciva. No parecía dar importancia a las noticias que narraba Hilerno. Su aspecto era descuidado y sucio, y su melena grasienta, de color castaño, le caía sobre el pecho. Tampoco se cuidaba mucho la barba, que tenía un aspecto desaliñado. En sus ojillos brillantes comenzaban a notarse los efectos del alcohol. Una cicatriz blancuzca recorría su tez morena desde la oreja derecha hasta la boca de labios carnosos, entre los que se veían los dientes amarillentos. Se había despojado de su capa, y vestía una túnica de cuadros rojos y verdes y unos calzones amarillos. Entre los vacceos, los vettones tenían fama de ser vagos y pendencieros. Apenas se molestaban en trabajar la tierra ni mucho menos en construir ciudades, y muchos de ellos vivían en cuevas en las laderas de las montañas. Cuando sus provisiones de grano se terminaban, asaltaban a los pueblos vecinos, sobre todo a los vacceos, para volver a llenar sus despensas. Tampoco solían comerciar con los otros pueblos; simplemente, entraban en sus territorios y tomaban lo que deseaban. Incluso lograron adueñarse de Helmántica varias veces tras el ataque de Aníbal, pero los vacceos eran un pueblo numeroso y en expansión, por lo que no les era difícil recuperar sus tierras y sus ciudades. Por todo esto, las relaciones entre ambos pueblos no eran demasiado amistosas.

—¿Creeis que Nobilior vendrá directamente hacia Toletum? –preguntó Aro aceptando una nueva jarra de cerveza que le ofrecía una de las carpetanas.

—Lo más probable es que entre en nuestro país al sudoeste de aquí –respondió el rey carpetano–, y supongo que vadeará el Tagus al oeste de la ciudad, entre Toletum y Aibura.

—Traigo conmigo cinco mil cuatrocientos vacceos –informó Aro–. ¿Con cuántos hombres contamos en total?

—Atellio ha venido con tres mil hombres –respondió Hilerno asintiendo despacio–. Yo he logrado reunir casi catorce mil carpetanos...

—Eso hace unos veintidós mil guerreros –repuso Aro–. Supongo que podremos hacer frente a ese Nobilior. ¿Cuál es tu plan, Hilerno?

—He decidido que esperaremos al norte del río hasta saber por dónde lo vadea. He apostado vigías a lo largo del curso del Tagus, en los vados, hasta territorio vettón, y Atellio ha hecho lo propio en su territorio. En cuanto los romanos pasen a esta orilla, saldremos a su encuentro.

—A pesar de todo, yo opino que sería mejor avanzar hacia el sur –intervino Atellio, tras lanzar un ruidoso eructo, pasando la mano por su rostro redondo–; así podríamos sorprenderlos en los bosques.

—Por lo que sé –objetó Aro–, las legiones romanas avanzan con muchas precauciones cuando invaden un territorio enemigo. No podríamos cogerlos desprevenidos, al menos nos resultaría difícil.

—Pero podríamos atacarlos de noche –insistió el vettón–. No me dirás que duermen con los ojos abiertos...

—No, pero vigilan durante las noches con atención —repuso Hilerno mirando afirmativamente a Aro.

—¡Vamos, por Esus! —exclamó Atellio haciendo un gesto despectivo con la mano—. Siempre hay centinelas que se duermen. —El vettón bebió un largo trago de cerveza y guiñó el ojo a una de las carpetanas, que pasaba a su lado; la mujer, rubia, alta y atractiva, le miró con desagrado y se alejó de él deprisa, antes de que el vettón tratase de apretujarla con sus manos manchadas de cerveza.

—Tal vez entre los vettones sea así, pero no en la legión romana —dijo Hilerno meneando la cabeza—. El grado de disciplina es muy alto. Si los demás encuentran a un centinela dormido, lo apedrean por haber puesto sus vidas en peligro.

Atellio aceptó al fin, no muy convencido y a regañadientes, el plan de Hilerno, aunque durante largo rato siguió sentado en su sitio bebiendo cerveza, eructando, tirándose pedos, diciendo obscenidades a las mujeres, mirando hacia el suelo y meneando la cabeza, sin duda pensando que tenía que convencer al rey carpetano de que le hiciese caso y cambiase sus planes. Durante aquella noche, se ultimaron los detalles del plan de batalla de los aliados.

La primavera llegó lentamente a la Carpetania. La hierba comenzó a brotar y aparecieron las primeras flores y las hojas en los árboles. Los días eran más largos y el sol subía más alto en el cielo, del que comenzaron a desaparecer las nubes. En Toletum, los indígenas esperaban con impaciencia noticias sobre el avance de Nobilior, que se tomaba su tiempo en su camino hacia el norte. Era probable que esperara a que su colega de la Citerior, Flaminio, terminase su reclutamiento en Sicilia y África para acudir a ayudarlo en la campaña. Pero Flaminio se demoraba; al final, como el año avanzaba y comenzaba la primavera, Nobilior decidió seguir adelante él solo.

Un día, al atardecer, Mentuo se presentó ante la tienda de Aro.

—Disculpa si te molesto, Aro de Albocela —dijo con su habitual seriedad cuando este salió de su tienda—. Hilerno desea hablar contigo. Me ha pedido que te comunique que se trata de un asunto importante, y me ha ordenado que mantengas esta visita en secreto.

—¿En secreto? —Aro estaba sorprendido. Aquello no era normal en Hilerno—. ¿Sabes de qué quiere hablarme?

—Lo ignoro, Aro —el carpetano se encogió de hombros—. Hilerno sólo me ha dicho lo que acabo de explicarte.

—Bien, te acompaño.

Aro volvió a su tienda y recogió su capa negra. Silo, con quien había estado conversando hasta aquel momento, lo miró interrogativamente.

—Silo, voy a hablar con Hilerno. Si alguien pregunta por mí, di que estoy durmiendo. Nadie debe saber que he ido a ver al rey.

—Prepararé un montón de ropa y lo cubriré con un manto.

Aro siguió a Mentuo a través del campamento vacceo tratando de no ser visto. El carpetano no se dirigió hacia la entrada principal de la ciudad, sino que tomó la dirección del Tagus. Salieron del campamento y se ocultaron entre los árboles. Mentuo indicó a Aro que se agachase. Escucharon en cuclillas durante un rato. Cuando el carpetano estuvo seguro de que no les seguían, se incorporó y siguió caminando en paralelo a la linde del bosque seguido por Aro. Estaba claro que Hilerno no quería que nadie supiese de aquella visita.

Pronto estuvieron cerca de las puertas de la ciudad. Atravesaron rápidamente los últimos metros, esperando que la oscuridad creciente los ocultase a ojos indiscretos. Aro se dio cuenta de que, si alguien había seguido a Mentuo, le habría bastado con esperar cerca de las puertas a que regresase.

Una vez dentro de Toletum, se dirigieron a la casa de Hilerno por las callejuelas más oscuras. Mentuo se aseguró bien de que nadie los hubiera seguido hasta allí antes de llamar a la puerta.

Hilerno los esperaba en pie ante el fuego. Vestía una bella túnica a rayas azules y blancas, y unos pantalones azules. Se volvió, miró a Aro con rostro preocupado y le saludó con un leve gesto de la cabeza.

—Gracias, Mentuo —dijo a su amigo—. Por favor, déjanos solos. Espera fuera para acompañar a Aro.

El carpetano se retiró. Una sierva entró en la estancia, depositó dos jarras sobre una mesa y se retiró en silencio. Hilerno señaló un asiento a Aro junto al fuego y se sentó a su lado tendiéndole una de las jarras, que contenía cerveza. Aro lo observó mientras el rey carpetano miraba al fuego pensativo. Las llamas arrancaban destellos azabaches de su cabello negro veteado de canas; una nube parecía oscurecer el brillo de sus ojos color miel. El mentón alargado estaba tenso, y apretaba tanto las manos alrededor de su jarra que los nudillos estaban casi blancos. Aro esperaba impaciente, pero decidió esperar a que su anfitrión hablase.

—¿Puedo confiar en ti, Aro, hijo de Buntalo? —preguntó al fin Hilerno clavando sus ojos en los del vacceo.

Este guardó silencio, sorprendido. No había esperado esa pregunta. Bebió un trago de cerveza para pensar durante unos momentos. ¿Qué ocurría? ¿Por qué lo mandaba llamar Hilerno en medio de la noche? ¿Qué estaba preguntándole?

—He venido aquí en medio de la noche —respondió al fin—, desarmado, sin que Mentuo me haya dado una explicación convincente para hacerlo, he bebido de una cerveza que ni siquiera he visto servir…

Hilerno lo observó un instante. Luego algo parecido a una sonrisa asomó a sus labios. Bebió un trago largo de su jarra de cerveza tras observar el recipiente y su contenido; después volvió a hablar.

—Cierto, pero no pregunté si confías en mí, sino si yo puedo confiar en ti…

—He dicho que estoy desarmado —sonrió Aro, aunque le parecía que las palabras del carpetano estaban muy cercanas al insulto. Siguió hablando con un tono más duro—. Si quisiera acabar contigo, me lo habrías puesto en bandeja. Si desease tu muerte, créeme, Hilerno, ahora mismo estarías reuniéndote con tus antepasados. Dime, Hilerno, ¿qué temes?

—¿Temer? —preguntó Hilerno alzando la voz. Ahora era él quien parecía ofendido—. Soy el rey de los carpetanos, soy Hilerno. Yo no temo a nada.

—Tus ojos no dicen lo mismo, Hilerno.

—Tienes razón —admitió tras unos momentos el carpetano. Sacudió la cabeza y prosiguió, bajando la voz—. En realidad no tengo razones para desconfiar de ti ni de los vacceos, pero sé que los romanos tienen espías por todas partes. Desde hace muchas lunas, desde que me eligiesen rey, tengo pesadillas en las que algún espía romano me clava un puñal en la oscuridad.

»Tampoco creo que haya espías entre los vettones de Atellio, pero no me fío de ellos. No estoy seguro de que Atellio no cambie de bando en medio de la batalla, haga a sus hombres volverse contra nosotros y nos condene a la derrota. Ese hombre piensa que vamos a enfrentarnos con otro pueblo vecino, a entrar en sus casas y llevarnos sus pertenencias.

»Pero se equivoca. No conoce el poder de Roma. No sospecha el temor que despierta entre los enemigos el simple hecho de ver a las legiones formadas antes de la batalla. Yo sí lo conozco. Y también conozco el espíritu de hombres como Atellio, capaces de lo que sea por salvar la vida. Temo que nos traicionen, Aro. Lo temo en la misma medida en que estoy seguro de que los vacceos lucharéis hasta el final.

—De eso puedes estar seguro, Hilerno. Pero si me lo permites, creo que los vettones también lucharán. Puedes llamarme ingenuo, puede extrañarte que te hable así, porque son nuestros enemigos tradicionales y sé que muchos de los vacceos que me acompañan les darían su merecido si se lo permitiésemos, pero también sé que si han venido a Toletum es para estar a tu lado contra Roma, no para traicionarte a la primera oportunidad que se les presente. Para eso les hubiera bastado con quedarse en sus casas esperando tu derrota.

»Yo tampoco he visto nunca un ejército romano, pero estoy aquí en nombre de mi pueblo. Los clanes vacceos me nombraron su caudillo y seguiré a tu lado mientras me quede algo de vida. Los vacceos no te abandonarán, Hilerno.

El carpetano miró a Aro durante unos momentos; después asintió, respiró hondo y miró al fuego.

—Gracias por tus palabras, vacceo —dijo poniéndose en pie tras apurar la cerveza—. Espero que tengas razón.

—Yo también —repuso Aro.

—Puedes retirarte, ya es tarde. Que descanses.

—Descansa, Hilerno. No temas la traición de los vettones.

Aro salió a la oscuridad exterior. Una sombra se movió junto a la puerta y la voz de Mentuo susurró:

—Te acompañaré a tu tienda, vacceo.

Ambos hombres se movieron con sigilo en la oscuridad. Cuando entraron en el campamento vacceo, Aro puso una mano en el hombro de Mentuo.

—Gracias, amigo —susurró—. Puedo seguir solo. Regresa a tu casa.

Mentuo asintió y volvió hacia Toletum. Aro lo observo un instante; después se deslizó en silencio entre las tiendas hasta llegar a la suya.

Silo lo esperaba despierto. Lo miró inquisitivamente.

—Hilerno desconfía de los vettones —susurró Aro—. Teme que lo traicionen en medio de la batalla.

—Esa gente sería capaz de algo así —convino Silo—, pero las señales me dicen que no lo harán.

—Eso no es todo. El rey tiene miedo de ser asesinado por espías romanos. Tiene miedo de que a cualquiera de nosotros nos hayan sobornado los romanos para acabar con él.

—¿Sobornarnos? —Silo arqueó las cejas incrédulo—. ¿Para acabar con Hilerno? No. Hilerno no es para Roma más que una piedra en el camino a la que dar una patada para que deje de estorbar. No merece la pena pagar por acabar con él.

—Hilerno montaría en cólera si te oyese, amigo mío.

—A Hilerno se le ha subido la cerveza a la cabeza si piensa lo contrario. ¿Con cuántos reyes, régulos, príncipes y caudillos ha acabado Roma desde que nació? Nos cansaríamos de contarlos. Ni siquiera pagó por asesinar a Aníbal Barca. ¿Iba a hacerlo por Hilerno? No, Aro, Roma piensa que aplastará a Hilerno y sus carpetanos como a hormigas y que seguirá su camino.

—¿Y qué opinas tú? —preguntó Aro.

—Que tal vez sea Hilerno, o tal vez no, pero que algún día una de esas piedras, una de esas hormigas, causará a Roma un verdadero problema y le hará detenerse en su camino durante una temporada. Ahora —añadió bostezando—, déjame dormir; ya es tarde.

Aro se tumbó y se envolvió con las mantas, pero aunque no podía quitarse de la cabeza los temores de Hilerno, sabía que las palabras de Silo eran sabias. No tardó en dormirse.

Un día vieron una nube de polvo en el este. Muchos pensaron que los romanos habían tratado de sorprenderlos vadeando el Tagus al este de Toletum para tomarlos por la espalda. Pero no era así. Los mensajeros habían traído noticias de la llegada de un contingente de lusones que se unirían a la coalición indígena. No tardaron en llegar ante Toletum. Se trataba de mil guerreros lusones que engrosarían el ejército de Hilerno. Sus jefes se presentaron ante el rey carpetano, le presentaron los respetos de su pueblo y se pusieron bajo su mando. Hilerno pareció menos apesadumbrado; aquellos hombres formarían junto a sus carpetanos.

Por fin, una tarde llegó a Toletum un jinete agotado y cubierto de polvo. Su caballo estaba a punto de reventar. Pidió ver a Hilerno de inmediato. Cuando estuvo ante el rey, aún jadeante, le informó de que los romanos habían vadeado el Tagus a cuatro jornadas al oeste de la ciudad, entre esta y Aibura, como el rey había previsto. Hilerno avisó de inmediato a Aro, Atellio y los jefes lusones. Acordaron ponerse en marcha cuanto antes.

Partieron hacia el oeste al día siguiente, poco antes de mediodía, siguiendo el curso del río. Hilerno quería enfrentarse a los romanos lo más lejos posible de Toletum para no verse encerrado en la ciudad en caso de derrota y no provocar un sitio posterior de la fortaleza a manos de los romanos. Al anochecer del segundo día de marcha, los exploradores les informaron de que las legiones de Nobilior habían acampado en una llanura junto al río, a unas cuatro horas de camino hacia el oeste. El rey carpetano convocó a los jefes a una reunión, tras la que resolvieron atacar a los romanos al día siguiente, a pesar de que Atellio insistía en sorprender al enemigo aquella misma noche. Hilerno y Aro no estuvieron de acuerdo debido al cansancio de sus hombres y a la estrecha vigilancia a la que sin duda estaría sometido el campamento romano. Aro observaba que Hilerno seguía desconfiando de los vettones. Al fin acordaron el orden de batalla. Los carpetanos y los lusones, con Hilerno al frente, se situarían en el centro de la formación. A la izquierda, junto a la orilla del Tagus, se alinearían los vettones, y los vacceos formarían el ala derecha, la más alejada del río.

Aquella noche, Aro tardó mucho tiempo en conciliar el sueño. Sentado en la oscuridad de su tienda, acariciando la ya famosa piel de lobo, pensaba en el combate del día siguiente, en Coriaca y sus hijos, en Docio, en sus padres...Tal vez no volviese a verlos. Respetaba a los romanos y, aunque no tenía miedo, sabía que podía morir en la batalla. Aunque no había dicho nada a Hilerno, le parecía que sus fuerzas serían insuficientes frente a las legiones romanas, pero combatiría con valor al día siguiente. Vindula le había dicho a menudo que el miedo hace más sensatos a los hombres, Burralo se lo había recordado al salir de Septimanca hacia el sur, pero el miedo, aunque lo tenían, era una sensación extraña en los guerreros de su raza, que marchaban alegres al combate, sabiendo que, si caían, serían recibidos por los dioses en el Más Allá. Si moría al día siguiente, su cuerpo sería entregado a los buitres, como los de todos los guerreros caídos en combate, y su alma sería transportada por las aves al otro mundo; incluso era probable que se encontrase con su hermano Clutamo en el Más Allá. Una vez más, los recuerdos se agolparon en su mente. Los soldados cartagineses que habían atacado Albocela, sus rostros morenos, curtidos por el sol, sus lanzas y sus cascos relucientes, el joven Aníbal, el general que los dirigía, los horrores de aquel lejano día: los extensos campos de cereal ardiendo, el cuerpo sin vida de Clutamo, las lágrimas y el dolor de su madre y los suyos propios, la sangre de los vacceos y púnicos muertos... Cuando, años después, supo que Aníbal había sido derrotado por Escipión —de aquello hacía ya nueve años— en la batalla de Zama, Aro había deseado conocer a aquel romano capaz de derrotar a un general de quien, hasta aquel momento, se había dicho que era invencible. Aquella victoria le había dado a Escipión el sobrenombre de *Africano*. Ahora tenía que enfrentarse él mismo a las legiones de Roma, a las que pocos años antes hubiese saludado como amigas, para conservar su libertad y su vida. Además, aún le molestaba la antigua herida del costado derecho, que sentía helado. Seguía dándole vueltas a una idea: tal vez Atellio tenía razón, tal vez hubiese sido mejor impedir a los romanos que vadeasen el Tagus en vez de esperarles en la orilla norte... Que fuese un borracho y un pendenciero no implicaba que fuese un estúpido. Hubiera debido comentar aquello con Hilerno en su día, pero ahora ya era tarde, y el combate tendría lugar al día siguiente. También tenía en su mente el temor del rey carpetano a que los vettones se cambiasen de bando en plena batalla. Él no pensaba que aquello fuese a ocurrir, pero al día siguiente saldrían de dudas.

Oyó un leve movimiento a su lado y vio que Silo se incorporaba en la oscuridad.

—¿Tú tampoco puedes dormir? —preguntó el bardo en un susurro.

—No, no puedo. Pienso en lo que ocurrirá mañana, Silo —respondió Aro—. Tal vez no volvamos nunca a nuestras casas, ni volvamos a ver los campos ni los ganados de Albocela, ni a nuestras familias.

Silo suspiró y cerró su mano en torno a algo que llevaba colgado del cuello.

—Cuando salimos de casa —susurró—, mi pequeña me entregó un amuleto, una pata de conejo. Me deseó buena suerte y me dio un beso. Espero que los dioses nos protejan.

—Eso deseo —repuso Aro—, pero los romanos también tienen dioses, Silo. Ellos también pedirán su protección para mañana. Sin embargo, los que lucharán en el campo de batalla no serán los dioses, sino nosotros, los mortales.

—Tal vez mañana veamos el rostro de los dioses —dijo Silo.

—Pues espero que los dioses no se ofendan, pero lo cierto es que preferiría volver a ver el de Coriaca y mis hijos —dijo Aro volviendo a tenderse entre las mantas de lana—. A los dioses los veremos tarde o temprano, amigo mío. Para serte sincero, no tengo prisa en viajar al Más Allá. Prefiero disfrutar un tiempo más de mi familia. Por ahora, lo mejor será dormir, el día de mañana será muy duro. Y por si fuera poco, el costado me duele.

—¿La herida?

—Sí, siento frío y malestar en la zona de la cicatriz. Espero que no sea un mal presagio.

—Ojalá no lo sea, aunque, ¿quién sabe? Podría tratarse tan solo de la humedad, o deberse a un cambio del tiempo... Por desgracia, no conocemos los deseos de los dioses. Lo mejor será que durmamos ahora.

El día amaneció despejado, aunque un viento frío recordaba al mundo que la primavera no había hecho más que empezar. Los vacceos habían comenzado a prepararse para el combate aun antes del alba, en la silenciosa penumbra que precede a la salida del sol. Aquí y allá, por todo el campamento que se extendía junto al río Tagus, los guerreros comprobaban las puntas de sus lanzas, los filos y puntas de las espadas y puñales, la solidez de los escudos. Se abrigaban bien a causa del frío amanecer y comían y bebían para que no les faltasen las fuerzas y para olvidar el miedo. Aro no olvidó ponerse la piel de lobo sobre su cota de malla, aunque la cubrió con su capa de lana. Tomó sus armas. Tras revisarlas por última vez, salió de su tienda, ante la que permanecían Silo y los guerreros de su séquito. Los hombres le miraron expectantes, hasta que Aro dejó caer al suelo la capa de lana negra y les mostró la piel de lobo. Entonces, los albocelenses sonrieron y suspiraron con alivio. Aro acarició el regalo de Coriaca, la fíbula con forma de cabeza de lobo que sujetaba la capa alrededor de su cuello.

—Creen que el lobo de Sucellos nos conducirá a la victoria –susurró Silo al oído de Aro–. Están seguros de que venceremos a los romanos, de que los dioses nos ayudarán. Si no es así, todos moriremos contigo.

Aro no contestó. Meneó la cabeza tras ponerse el casco de bronce que le había regalado Clouto, el numantino, y saltó sobre la grupa de su caballo. Ordenó a sus hombres que convocaran al ejército vacceo. Muy pronto, justo en el momento del alba, los jinetes vacceos estuvieron presentes ante su jefe, una amalgama de hombres procedentes de varios lugares del territorio vacceo: albocelenses, uruningicenses, caucenses, helmanticenses..., todos se preparaban para marchar a la batalla ataviados con sus mejores galas. Los brazaletes y torques reflejaban con destellos dorados los rayos del sol naciente que iluminaba sus rostros serios y sus ropas de vivos colores. Los ojos brillaban de excitación y los cabellos flotaban al viento, igual que los estandartes de los clanes. Todos sonreían cuando veían el manto de piel de lobo en los hombros de Aro. Los dioses estaban con ellos. No dejarían que los romanos los derrotasen.

Aro observó aquella multitud. Aprovechó el momento para supervisar el estado y el estilo de su armamento. Unos pocos vestían cota de malla, los más ricos o los que habían podido robársela a algún caído en combate. Los demás vestían túnicas multicolores y unos pocos iban desnudos a la batalla. Todos ellos tenían lanzas con una ancha punta de hierro, en cuya utilización eran todos expertos; muchos de ellos llevaban jabalinas. Su arma más valiosa era, sin embargo, la espada de punta y doble filo, que los mismos romanos habían copiado para utilizarla en sus legiones, con la que provocaban verdaderos estragos en los cuerpos de sus enemigos. También llevaban al cinto puñales afilados de ancha hoja triangular, que a veces se guardaba en una pequeña vaina adosada a la vaina de la espada. El tipo de escudo también era variado. Algunos portaban grandes escudos planos y ovalados, fabricados en madera y cuero, con umbos de bronce para proteger la mano, pintados con brillantes colores y decorados con elaboradas formas geométricas o de animales, y reforzados con piezas de hierro en la parte superior y la inferior. Otros se defendían con pequeños escudos circulares llamados *caetras*, también de madera y cuero, con umbo y refuerzos metálicos, influencia de los pueblos del sur y el este, pero a muchos guerreros les resultaba más fácil manejarlo en el tumulto de la batalla que el gran escudo oval. Pocos de ellos podían permitirse el lujo de tener un yelmo de hierro o bronce, a veces adornados con penachos; muchos llevaban cascos de cuero, esparto o fieltro que apenas los protegían de los golpes enemigos.

Minutos después se presentó ante Aro un mensajero carpetano: el rey Hilerno deseaba reunirse con los jefes vacceos y vettones. Aro galopó tras el mensajero hacia el centro del campamento seguido por los principales jefes de su ejército. Allí le esperaban con gesto serio los jefes lusones, vettones y carpetanos, con Hilerno a la cabeza. Atellio les miró con los ojos brillantes; por fin llegaba el momento de la lucha. Aro lo miró con atención para tratar de descubrir algún gesto que delatase sus intenciones, pero no puedo descubrir nada extraño en él. Todos se saludaron brevemente; los druidas carpetanos, lusones, vacceos y vettones procedieron a realizar una ofrenda a los dioses.

Poco después, tras una breve charla entre los jefes, se acordó el orden de marcha. Los semblantes estaban serios y preocupados: los augurios no eran favorables a los indígenas, pero la única alternativa a entablar combate era retroceder para encerrarse en Toletum y esperar allí a las legiones de Nobilior. Los carpetanos abrían la marcha, seguidos por los vettones. En retaguardia avanzaban los vacceos, ansiosos ante la inminencia del combate. Aro, con la mirada fija ante sí, agarraba con fuerza el asta de su lanza.

Los exploradores les informaron muy pronto de que el ejército romano se encontraba en las proximidades. Entonces Hilerno ordenó desplegarse al ejército, lo que sucedió con gran rapidez. Aro condujo a los vacceos hacia una pequeña colina, justo a la derecha de las filas carpetanas y lusonas. Desde allí esperaba tener una mejor visión del terreno. Al llegar a la cima, pudo contemplar por vez primera a las legiones romanas, preparadas para el combate. Nada de lo que le habían contado antes, ninguna de las historias de veteranos que había escuchado, lograba reflejar aquella visión del ejército romano en formación. Aro miró asombrado lo que tenía ante sí. Era evidente que los romanos ya sabían de la cercanía de sus adversarios, pues las tropas de Nobilior ya estaban desplegadas en orden de batalla sobre el terreno ondulado y despejado de árboles. Los vacceos contemplaron por primera vez, asombrados, a los manípulos ya formados en perfectos cuadrados escaqueados, a los legionarios con sus grandes escudos semicilíndricos, con la caballería situada en los flancos y la línea irregular de la infantería ligera delante. Miraron los estandartes de la caballería y las insignias doradas de las legiones, portadas por legionarios tocados con pieles de león, de oso o de lobo que en aquel momento marchaban delante de los manípulos brillando al sol de la mañana. Una masa desordenada de guerreros se alineaba por delante de la infantería ligera de las legiones y de sus aliados italianos, que marchaban en las alas. Aro supo enseguida que se trataba de los mercenarios de los pueblos del sur. Nobilior conocía muy bien la escasa utilidad de aquellos indígenas; no serían una fuerza decisiva, por lo que los había situado ante sus legiones para que el enemigo se desgastase luchando contra ellos. Aro pronto comprendió las intenciones del general romano. La lucha contra los indígenas del sur los cansaría y las legiones, frescas, los derrotarían. Pero no les sería nada fácil. Roma perdería a muchos de sus hijos en aquella jornada.

Aro hizo una seña a Andecaro para que lo siguiera con el estandarte albocelense y avanzó al trote para que todos los vacceos lo vieran. Se volvió hacia ellos y gritó:

—¡Vacceos! ¡Hoy estamos aquí, junto a nuestros amigos los carpetanos, para ayudarles a defender su territorio de las garras romanas! ¡No defenderemos nuestras casas, nuestras tierras ni nuestras familias, sino las de los carpetanos, porque la asamblea vaccea así nos lo ha pedido! ¡Pero si hoy no ayudamos a los carpetanos, el peligro llegará tarde o temprano a nuestra tierra! ¡Hoy luchamos por nuestra libertad y la de nuestro pueblo! ¡Seguidme a la batalla! ¡Hoy haremos que muchos romanos se presenten ante sus dioses! ¡Haremos que teman las espadas vacceas y que se lo piensen antes de volver a enfrentarse con nosotros e invadir nuestras tierras! ¡Por Lugh!

—¡Por Lugh! ¡Por Lugh! ¡Por Lugh! –gritaron los vacceos como un solo hombre.

Hilerno hizo avanzar a su ejército, iniciando la batalla. Aro ordenó que se desplegasen las banderas vacceas; los guerreros bajo su mando descendieron al galope por la colina lanzando sus gritos de guerra y cargaron contra los hombres que tenían enfrente. Aro arrojó su lanza contra un guerrero que parecía ser un jefe indígena. El hombre cayó con la garganta traspasada. Pronto se llegó al cuerpo a cuerpo. Los vacceos desmontaron para pelear con mayor comodidad y se enzarzaron en una lucha furiosa y desordenada. Por todas partes se oía el entrechocar de las espadas, los golpes sordos de los escudos que chocaban entre sí, a los hombres gritando y maldiciendo, a los caballos asustados. Aro, flanqueado por Silo, Andecaro y los otros guerreros de su séquito, repartía tajos a diestro y siniestro, se defendía de las estocadas y lanzadas de los enemigos y trataba de abrirse paso en aquel caos para romper la formación enemiga y provocar su retirada. Tras largo rato de dura lucha, sus adversarios comenzaron a retroceder, sonaron unos cuernos, y los mercenarios empezaron a retirarse en desorden.

Aro se detuvo a recuperar el aliento; el casco le molestaba y le daba calor, pero le había protegido de un par de golpes peligrosos. Silo se encontraba a su lado, cubierto de sangre como él mismo, jadeante, apoyado en su escudo. En aquel momento no parecía un bardo. Andecaro, también sudoroso y ensangrentado, se mantenía firme a su lado, con el estandarte en la mano.

—Atellio tenía razón —dijo Aro con la boca pastosa—, estos mercenarios no eran buenos luchadores. No han ofrecido demasiada resistencia.

—Hemos vencido el primer asalto —asintió Andecaro.

—Sí, pero nos espera la parte más dura —repuso Aro mirando hacia el frente. En el centro de la formación romana, los legionarios comenzaban a avanzar hacia las líneas indígenas, cubriéndose con sus grandes escudos rojos, azules, amarillos, verdes o blancos, algunos de ellos pintados con jabalíes, cabezas de lobo, linces... Flanqueándolos avanzaban los aliados italianos, y en las alas, la caballería. Arrancó una lanza del suelo y buscó su montura. La batalla comenzaba ahora para los romanos.

La infantería ligera romana lanzó entonces sus jabalinas sobre el centro del ejército indígena. Aro vio como numerosos carpetanos y lusones caían heridos por la lluvia de venablos. A pesar de todo, Hilerno volvió a dar la orden de avance. Los romanos se retiraron y desaparecieron corriendo tras los cuadros de la primera línea legionaria, que en ese momento comenzó a desordenarse. Aro contempló maravillado como aquel aparente desorden no era tal. Ahora los legionarios ocupaban todo el frente de batalla, expandiendo sus filas hasta que dejaron apenas un pequeño hueco entre ellos.

Los vacceos volvieron a montar a caballo. Aro trató de reordenar rápidamente a sus hombres, pues la caballería romana ya se acercaba a ellos al galope. No habían tenido demasiadas bajas, y los guerreros se reagruparon de inmediato. Aro miró hacia su izquierda para ver cómo marchaba el combate en el centro. Los carpetanos de Hilerno, auxiliados por los lusones, habían sido eficaces con los mercenarios, pues los habían rechazado con gran rapidez; en aquel momento, tras recoger del campo cuantas jabalinas pudieron, cargaban contra los manípulos romanos. Los vacceos contemplaron el ataque durante unos segundos: los legionarios romanos arrojaron sus jabalinas contra los indígenas, que sufrieron de nuevo numerosas bajas. Aun así, arrojaron sus propias jabalinas, se lanzaron con valor contra los romanos y combatieron cuerpo a cuerpo contra los legionarios.

Aro ordenó cargar entonces a sus hombres, pues los jinetes romanos ya se les echaban encima. El encuentro fue violento: las lanzas se rompían contra los escudos o se clavaban en los cuerpos de los combatientes, arrancándoles gemidos de dolor. Los hombres gritaban por todas partes, de rabia o de dolor, los caballos relinchaban con fuerza. Muchos de los animales eran heridos y caían, lanzando a sus jinetes por los aires. Aro se encontró frente a un joven oficial romano. Lanzó un golpe con su espada, que el romano paró con su escudo redondo, a la vez que tiró una estocada al vacceo, quien logró esquivar la espada y agarró el brazo del oficial. Este perdió el equilibrio sobre su caballo y dejó de defenderse con el escudo. Un rápido tajo de Aro cercenó su garganta y cayó sin vida al suelo. Todo el campo estaba sembrado de muertos y heridos. Los caballos sin jinete corrían desbocados. El hierro chocaba con el hierro, las espadas hendían la carne, la sangre manaba por las numerosas heridas. Los vacceos habían cargado con gran ímpetu; con su acometida hicieron retroceder a sus adversarios. Aro y sus guerreros ganaron terreno muy despacio, hasta que pareció que la caballería romana iba a ser derrotada y retirarse. En ese momento, aparecieron las fuerzas romanas de reserva, enviadas allí por Nobilior.

Esta vez, los vacceos se vieron superados en número por los jinetes romanos y obligados a retroceder lentamente, defendiendo cada palmo del terreno. El desenlace del combate era incierto, y los vacceos consiguieron por fin contener a los romanos que, aunque superiores en número, eran menos diestros en el arte del combate a caballo que los guerreros vacceos. Sin embargo, Aro miró un instante hacia el centro de la batalla. Las fuerzas de Hilerno habían sido rechazadas por la infantería romana; se encontraban muy por detrás de las líneas vacceas y vettonas. Junto al Tagus, los hombres de Atellio habían resistido bien y se encontraban en lo alto de una pequeña colina, casi a la misma altura que las de Aro. Los vettones no se habían pasado al enemigo y estaban demostrando su valor. Sin embargo, los carpetanos y lusones que formaban el centro habían retrocedido mucho, y los manípulos romanos seguían presionándolos. Aro se dio cuenta enseguida de que el ejército indígena corría el grave riesgo de partirse por la mitad, de que los romanos rompiesen su línea dividiéndolo en dos, lo que significaría la derrota absoluta.

Un romano le atacó, y Aro se vio sorprendido, pero cuando el romano alzó su brazo para descargar un golpe fatal, su rostro se desencajó y cayó de su montura. Silo le había salvado la vida atravesando al romano con su espada. Aro le dio las gracias con un movimiento de cabeza y continuaron combatiendo con ardor. Pero la derrota era inevitable. No tardaron en escucharse los cuernos carpetanos que llamaban a la retirada: el centro se había deshecho bajo el tenaz empuje de las legiones romanas y los indígenas se retiraban en desorden en dirección a Toletum.

Aro, resignado a la derrota, ordenó la retirada. Tenía la nariz saturada por el hedor de los excrementos y el olor acre de la sangre. Sabía que sus hombres preferirían morir en el campo de batalla, pero también sabía que aquello supondría un sacrificio inútil que no cambiaría el signo del combate. Los vacceos huyeron al galope en dirección a Toletum. Los jinetes romanos les persiguieron durante un tiempo, pero después regresaron al campo de batalla.

Aro reorganizó a su hueste cuando estuvo seguro de que la persecución había finalizado. Había muchas bajas entre los suyos. Él mismo tenía el cuerpo lleno de rasguños y magulladuras, aunque no tenía heridas de importancia; durante el combate contra la caballería romana había visto caer a dos de los jefes de su séquito bajo las armas romanas, dos buenos guerreros y amigos. Poco después encontraron a algunos lusones que habían combatido en el centro junto a Hilerno y que habían sobrevivido a la batalla. Estos les contaron que la derrota había sido completa: las legiones romanas habían destrozado el centro del ejército indígena, y no hubiesen tardado en aplastar a las alas si no se hubieran retirado.

Cuando al fin llegaron a Toletum, aún les esperaban peores noticias. Los carpetanos que habían logrado escapar con vida les informaron de que Hilerno había sido capturado por los romanos y de que habían sido diezmados. Atellio, el jefe vettón, había sobrevivido, aunque estaba herido en una pierna. Cuando Aro lo vio, se encontraba bebiendo, sentado en el centro de la sala de asambleas, con la pierna vendada y medio borracho debido a la cantidad de cerveza que ya había ingerido. Sus armas y su casco de bronce estaban desperdigados por el suelo de la estancia.

—¿Qué haremos ahora? –preguntó Aro a los druidas y ancianos carpetanos.

Estos se miraron unos a otros, cabizbajos.

—Nombraremos un nuevo jefe –respondió al fin uno de los druidas con tristeza–. Mañana convocaremos una asamblea y elegiremos un nuevo rey entre los mejores jefes supervivientes de la batalla. Vosotros, los vettones, lusones y vacceos, podéis regresar a vuestros territorios si no deseáis quedaros en Toletum ayudándonos contra los romanos. La alianza ha fracasado, y no hay nada que hacer.

—Sí, eso haremos los vettones –dijo Atellio con la voz espesa por el alcohol–. No pienso morir encerrado aquí, lejos de mi país.

Aro pensó que, por una vez, estaba de acuerdo con el caudillo vettón. No estaba dispuesto a esperar una muerte cierta, atrapado tras las murallas de Toletum, lejos de Albocela y de los suyos. No deseaba que los vacceos que habían sobrevivido a la batalla corrieran la misma suerte. Si tenía que morir, prefería hacerlo en su propia casa, defendiendo a su familia, si es que los romanos seguían su camino hacia el norte, tras derrotar definitivamente a los carpetanos. No obstante, se dirigió a estos, tratando de insuflarles nuevos ánimos:

—¿No preferís hacer un nuevo intento, combatir de nuevo a los romanos en una nueva batalla a campo abierto?

—Ya has visto las consecuencias, vacceo –dijo uno de los ancianos meneando la cabeza con tristeza–. Si nuestros guerreros salen de nuevo a combatir, morirán. Ni siquiera tú, con tu piel de lobo, has podido ayudarnos.

—Pero si los romanos os sitian aquí —insistió Aro—, tampoco sobreviviréis. O, peor, seréis esclavizados. Os llevarán a Roma cargados de cadenas y os venderán al mejor postor.

Los ancianos no respondieron, sólo bajaron la cabeza y se sentaron, resignados, en los bancos de piedra. Aro miró a Atellio, pero el vettón mantenía la mirada fija en la jarra de cerveza.

—Bien —dijo al fin con un suspiro—, entonces, si esa es vuestra decisión, regresaré a mi país con mis hombres. Mañana partiremos hacia el norte.

—Mentuo os guiará hasta las montañas —repuso el jefe druida—. Gracias, vacceo, al menos lo habéis intentado, tú y los tuyos; los carpetanos no olvidaremos vuestra generosidad. Que los dioses os protejan.

Al día siguiente, bajo un intenso aguacero que hacía aún más triste la derrota, los supervivientes vacceos marcharon cabizbajos de vuelta hacia su país, con los estandartes recogidos, empapados por la lluvia. Mentuo los llevó hacia el paso entre las montañas por el que habían llegado a territorio carpetano. Apenas habló durante los días que duró el trayecto, encerrado en sus propios pensamientos. Incluso a Aro, con quien había llegado a tener una buena amistad, le resultó difícil arrancarle unas palabras, casi siempre cuando se detenían a descansar cada atardecer.

—Ahí está vuestro país —se despidió Mentuo cuando al fin llegaron al paso montañoso—. Espero que los romanos tarden mucho tiempo en llegar a él. Desde luego, no seré yo quien les enseñe este camino.

—Gracias, Mentuo —le dijo Aro—. Ojalá tengáis suerte y los romanos no logren conquistar Toletum.

—Eso espero —repuso el carpetano. Su semblante reflejaba la gran tristeza que se había adueñado de él—. Os enviaré noticias. Ahora tengo que volver a mi ciudad. Quiero saber quién será nuestro nuevo rey. Tal vez sea el último rey de los carpetanos antes de que los romanos nos aniquilen. ¡Adiós!

Mentuo hizo dar la vuelta a su caballo y descendió por la pendiente al trote. Aro lo miró durante unos minutos, comprendiendo la tristeza y el dolor del guerrero carpetano. Después, se dio la vuelta; ordenó a sus hombres que avanzasen hacia el territorio vacceo. No tardaron en cruzar el paso entre las montañas y contemplar los bosques frondosos de su tierra. Ocho días después de la batalla en las cercanías de Toletum, el vencido ejército vacceo regresaba a su país.

XIV

Inexplicablemente, tras la victoria sobre la coalición de vettones, carpetanos, lusones y vacceos, Nobilior no atacó Toletum. Se contentó con saquear parte del territorio de carpetanos y vettones, advirtiéndoles de que un nuevo levantamiento contra Roma significaría su sometimiento total. Después se retiró hacia el sur para reunirse con su colega Flaminio, que por fin había llegado de Italia. Se llevó consigo a Hilerno.

Al año siguiente, ambos pretores llevaron a cabo sendas campañas en el interior de Hispania. Flaminio tomó la ciudad oretana de Ilucia, al noroeste de Castulum, y la de Licabrum en el territorio de los túrdulos. Además, en esta última ciudad consiguió capturar al rey túrdulo Corribilón.

Por su parte, Nobilior combatió contra los oretanos y sus aliados, consiguiendo conquistar las ciudades de Vescelia, Helos, Noliba y Cusibi, logrando además la rendición de otras. Acto seguido, se volvió de nuevo hacia el norte y avanzó a gran velocidad sobre el valle del Tagus. Derrotó a un ejército vettón que acudía en ayuda de los carpetanos y, esta vez sí, asedió Toletum, conquistándola poco después. A su regreso a Roma, el Senado le concedió los honores del triunfo. Su botín, una vez más, fue cuantioso: doce mil libras de plata, ciento treinta mil denarios de plata y ciento veintisiete de oro.

El pretor de la Citerior, Flaminio, prosiguió un año más en su cargo, aunque no realizó campañas importantes durante ese tiempo. Mientras, el Senado envió como procónsul a la provincia Ulterior a Lucio Emilio Paulo. Los dos gobernadores recibieron nuevos refuerzos: a cada uno de ellos se le enviaron tres mil infantes y trescientos jinetes, de los que sólo un tercio eran romanos y el resto, aliados italianos. El nuevo procónsul no permaneció inactivo: conquistó numerosas ciudades rebeldes en su provincia, aunque las cosas no le fueron tan bien en Bastetania, donde sufrió varios reveses.

El año siguiente, los dos gobernadores romanos permanecieron en sus cargos. Paulo se enfrentó en Bastetania, cerca de la ciudad de Lyko, a un ejército lusitano que había invadido la zona. Perdió seis mil soldados en la desastrosa batalla, mientras que los supervivientes huyeron al campamento, perseguidos por el enemigo. Tampoco fueron capaces de defenderlo, por lo que se vieron obligados a huir a territorio amigo a marchas forzadas.

La noticia de esta nueva derrota llegó a Roma en el momento preciso para empañar el espléndido espectáculo que estaba constituyendo el triunfo de Manio Acilio Glabrio, el procónsul que había derrotado al rey Antíoco III Megas y a los etolios en las Termópilas. Acilio exhibió durante el desfile triunfal toda clase de riquezas. Aparte de doscientos treinta estandartes enemigos, el pueblo de Roma vio pasar ante sus ojos tres mil libras de plata sin acuñar, ciento trece mil tetrachmas áticos, doscientos cuarenta y nueve mil cistoforos y numerosas copas de plata repujada de gran tamaño, así como rico mobiliario de plata y magníficas prendas de vestir que habían pertenecido al rey. Algunas ciudades aliadas presentaron coronas de oro, hasta un total de cuarenta y cinco, y montones de despojos procedentes del botín. Ante el carro del vencedor desfilaron también treinta y seis prisioneros de alto rango: los generales de Antíoco y los etolios.

El Senado romano no perdió el tiempo al conocer los hechos de Hispania: envió a Lucio Bebio Dives con un importante refuerzo de mil infantes y quinientos jinetes romanos, más seis mil infantes y doscientos jinetes aportados por los aliados italianos. Sin embargo, Dives fue asaltado en el camino hacia Hispania por los ligures y murió tres días después en Massalia a causa de las heridas sufridas en el combate; su ejército fue aniquilado mientras Paulo esperaba aquellos refuerzos en vano. El Senado decidió enviar en sustitución de Dives al propretor de Etruria, Cayo Junio Bruto. Mientras tanto, Flaminio había recibido refuerzos en la provincia Citerior: mil infantes romanos, doscientos italianos y doscientos jinetes. Sin embargo, las noticias para el Senado continuaron siendo malas: Paulo volvió a fracasar en otra batalla junto al Betis pocos meses después.

Por fin, a principios del año siguiente, el procónsul consiguió rechazar a los molestos y peligrosos lusitanos hasta la orilla norte del Betis, pacificando la provincia. En la batalla cayeron casi dieciocho mil lusitanos. Otros dos mil trescientos fueron hechos prisioneros después de que los romanos asaltasen su campamento. Como muestra de la hasta entonces escasa magnanimidad romana, Paulo publicó un edicto dejando libres a los esclavos de la ciudad de Hasta que habitaban en la Turris Lascutana y entregándoles tierras de cultivo en usufructo. Unos meses más tarde, entrada la primavera, los gobernadores fueron relevados de sus cargos. Cayo Junio Bruto sustituyó a Paulo y Lucio Plautio Hipseo reemplazó a Flaminio. Aquel caluroso verano fue tranquilo; los romanos no iniciaron nuevas campañas contra los indígenas, que por su parte tampoco se levantaron contra los invasores.

Pero durante los dos años siguientes, la situación volvió a empeorar para los romanos: por un lado, los vettones y los lusitanos se aliaron y atacaron de nuevo la frontera del valle del Betis, saqueando los campos de los aliados de Roma; por otro lado, los arévacos, lusones y pelendones, viéndose amenazados por la cercanía de las legiones, se lanzaron sobre el valle del Iber.

En aquel entonces, Lucio Manlio Acidino Fulviano era el pretor de la provincia Citerior y Cayo Atinio gobernaba en la Ulterior. Ambos pretores habían llegado de Italia con tres mil doscientos aliados y a cada uno se le había asignado una legión en cada provincia. Pronto se vieron en apuros. Atinio se enfrentó a vettones y lusitanos en Hasta, consiguiendo sitiar la ciudad. Sin embargo, el pretor murió durante el asedio al acercarse de forma imprudente a las murallas de la ciudad. Por su parte, Acidino fue capaz de derrotar a los arévacos y sus aliados, que contaban con doce mil hombres, en una batalla en Calagurris, haciéndolos retirarse a la orilla sur del Iber. El resultado de la batalla había sido dudoso, pero durante la noche siguiente, de manera incomprensible, los indígenas cambiaron su campamento de lugar, permitiendo a los romanos enterrar a sus muertos y tomarse un respiro. Sin embargo, los arévacos no iban a ceder tan fácilmente; pocos días después reaparecieron con nuevos efectivos. Y de nuevo, de manera inexplicable, fueron derrotados. Aquel día, más de doce mil indígenas regaron con su sangre el suelo hispano. Los romanos tomaron su campamento e hicieron dos mil prisioneros. Acidino pensó que tenía en su mano la sumisión de los arévacos, pero el invierno se le echaba encima y tenía que volver para entregar su ejército a su sucesor en el cargo.

A pesar de todo, la situación continuaba siendo grave para los romanos, tan grave que se enviaron legados a Roma solicitando nuevos refuerzos. Acidino fue relevado de su cargo, llevándose su correspondiente botín: cincuenta y dos coronas de oro y dieciséis mil de plata.

En aquel momento los vacceos y arévacos creyeron que los romanos jamás conseguirían cruzar aquellas fronteras naturales: el Anas o el Tagus en el sur y el Iber en el este, a causa de la belicosidad de los indígenas y a su eficacia en los combates contra Roma; pensaban que las legiones nunca entrarían de nuevo en Toletum. Ahora, tanto los arévacos, lusones y pelendones como los lusitanos se habían rebelado contra Roma. También vettones, carpetanos y vacceos estaban dispuestos a seguir enfrentándose a los latinos. Los pueblos del norte, desde los autrigones y turmódigos hasta los astures y galaicos, aún no hablaban de guerra, viendo muy lejana la amenaza de Roma, aunque los arévacos y vacceos estaban seguros de que se alzarían en armas en cuanto viesen en peligro sus propios territorios. Pero la situación cambiaría pronto...

A principios del año siguiente se presentaron en sus respectivas provincias los nuevos pretores: Lucio Quincio Crispino en la Citerior y Cayo Calpurnio Pisón en la Ulterior. Ambos habían alistado dos legiones nuevas y habían exigido de sus aliados, tanto hispanos como italianos, un contingente de veinte mil infantes y mil trescientos jinetes; además, obtuvieron otros tres mil infantes romanos y doscientos jinetes. Así, se doblaron los efectivos de cada legión, con lo que el total para las dos provincias era de cuarenta mil soldados, lo que constituía un ejército tan poderoso como los que Catón o Escipión *el Africano* habían tenido bajo su mando. Los dos gobernadores unieron sus ejércitos en la Baeturia, avanzaron hacia la Carpetania y atacaron a los lusitanos, vettones y carpetanos cerca de la ciudad de Dipo, en el valle del Tagus. El ejército indígena era poderoso, contaba con treinta y cinco mil guerreros. La batalla comenzó siendo una escaramuza entre partidas de forrajeadores, a los que poco a poco se fueron añadiendo contingentes de ambos bandos hasta que la escaramuza se convirtió en un tumulto más que en batalla campal, lo que unido al mejor conocimiento del terreno, favoreció a los indígenas. Los romanos fueron rechazados, dispersados y obligados a encerrarse en sus campamentos, a pesar de su superioridad numérica. Pero los indígenas no se aprovecharon de sus desmoralizados enemigos y dejaron en paz a los romanos. Los comandantes romanos, temiendo un nuevo ataque a la mañana siguiente, trasladaron a sus tropas durante la noche. Al amanecer, tal y como Quincio y Calpurnio habían temido, los indígenas atacaron el campamento, sorprendiéndose al encontrarlo desierto, pero aprovechándose de los restos abandonados en la huida desordenada para equiparse con armas romanas. Acto seguido, volvieron a su propio campamento y permanecieron unos días refugiados allí. Las bajas del bando romano se elevaron hasta cinco mil hombres en un combate posterior en Elvas, donde los indígenas volvieron a ser superiores a los legionarios romanos; sin embargo, a pesar de la derrota, los romanos siguieron avanzando de forma tozuda: su objetivo principal se encontraba en la Carpetania, y no era otro que su capital, Toletum. Al darse cuenta de esta circunstancia, los indígenas cometieron un error y se retiraron hacia la ciudad, con los romanos pisándoles los talones.

Para las legiones, la marcha a lo largo del valle del Tagus había sido larga y peligrosa; sin embargo, los comandantes romanos trataron de reorganizar sus tropas, darles ánimo y moral para seguir adelante. Además, reclamaron la ayuda de sus aliados, que les enviaron refuerzos con los que prepararon el ataque decisivo. Al fin, el ejército romano llegó al Tagus, en cuya orilla norte se habían concentrado las fuerzas indígenas, acampadas en una colina. Las legiones, siguiendo a su *vexilla* y *signa*, cruzaron el río muy rápido por los dos vados cercanos, Calpurnio por el de la derecha y Quincio por el de la izquierda. Los indígenas, sorprendidos por la repentina aparición de sus enemigos, se quedaron mirando sin saber bien qué hacer, en lugar de atacar a los romanos mientras atravesaban el río, por lo que estos tuvieron tiempo incluso de pasar todo el tren de la impedimenta al norte del Tagus. Sin embargo, no tenían espacio suficiente para levantar un campamento atrincherado, y además los indígenas ya habían reaccionado, preparándose para entablar batalla, por lo que, a su vez, los romanos dejaron la impedimenta en retaguardia y formaron en orden de batalla, ocupando el centro la V legión, bajo el mando de Calpurnio, y la VIII, a las órdenes de Quincio. Entonces se entabló la batalla definitiva, los indígenas eufóricos por las victorias anteriores, los romanos furiosos por su honor herido. Como el centro romano los rechazaba una y otra vez, los indígenas recurrieron de nuevo a la formación en cuña, que tan buenos resultados había dado a los hispanos frente a las legiones romanas. Una vez más, el centro romano comenzó a ceder ante el feroz empuje de los guerreros indígenas.

Calpurnio, temiendo una nueva e inasumible derrota, hizo llamar ante sí a dos de sus tribunos militares, Tito Quintilio Varo y Lucio Juventio Thalna. Tendrían que convencer cada uno a una de las dos legiones que formaban el centro de que todas las esperanzas de permanencia de Roma en Hispania reposaban en la fortaleza de sus espíritus, de sus brazos y de sus piernas, que si cedían un paso más ante el enemigo, ningún hombre de aquel ejército volvería a pisar la otra orilla del Tagus, por no hablar de regresar a sus casas. Mientras los tribunos se alejaban en dirección a las líneas romanas, Calpurnio tomó la caballería y cargó contra el costado de la cuña formada por los indígenas, mientras su colega Quincio hacía lo propio por el otro flanco. Pero Calpurnio estaba furioso, su orgullo no le permitiría ser derrotado una tercera vez por aquellos bárbaros, y si lo era, no deseaba vivir para verlo. Por ello, cargó con ímpetu y se introdujo profundamente en las líneas enemigas. La caballería, viendo el arrojo del pretor, se enardeció y lo siguió al corazón de las filas indígenas. La infantería, al contemplar semejante muestra de valor por parte de los jinetes, afirmó los pies en el suelo, resuelta a no ceder ni un metro más, pues los centuriones, al ver que los pretores encabezaban el contraataque, vieron que su honor de soldados estaba en juego y ordenaron a sus *vexiliarii* y *signiferi* que avanzasen hacia las filas enemigas y a sus legionarios, que los siguiesen. De entre las filas romanas se alzó la llamada de los *cornicines*; las legiones embistieron entonces con toda su energía contra los indígenas.

Tras un combate feroz y encarnizado, los romanos vencieron y se apoderaron del campamento indígena, persiguiendo la caballería al enemigo en desbandada y haciendo numerosos prisioneros. En el campamento, los jinetes tuvieron que desmontar para combatir contra los que se habían quedado guardándolo, apoyados pronto por la V legión y después por el resto. No escaparon más de cuatro mil indígenas, de los que tres mil se refugiaron en un monte cercano, mientras el resto se dispersaba por el campo. Los romanos capturaron ciento treinta y dos enseñas enemigas, perdiendo algo más de seiscientos romanos y ciento cincuenta *auxiliares* indígenas. Lo peor fue que habían caído cinco tribunos militares.

Al día siguiente, los pretores alabaron a su caballería ante todo el ejército, concediendo a sus jinetes numerosas condecoraciones, al igual que a los centuriones, sobre todo a aquellos que habían combatido en el centro.

Acto seguido, la capital carpetana fue sitiada por los pretores y conquistada por segunda vez en pocos años. Los carpetanos y vettones tuvieron que firmar un tratado mediante el que se comprometían a no levantarse nunca más contra Roma y a acudir en su ayuda si eran requeridos para ello.

Los pretores enviaron legados al Senado. Los elegidos fueron los dos tribunos militares que tan bien habían cumplido su misión durante la batalla del Tagus, Tito Quintilio Varo y Lucio Juventio Thalna, con buenas noticias por primera vez en mucho tiempo: la operación había sido un éxito, los indígenas del valle del Tagus habían sido derrotados y sometidos, y su capital había sido conquistada. Pedían además al Senado el licenciamiento de las tropas, ya que deseaban el triunfo, que sólo era posible si los generales regresaban a Roma con las tropas victoriosas. En contra de esta petición se encontraban los nuevos pretores, pues no consideraban que aquella victoria fuese determinante para la pacificación de las provincias hispanas, y los tribunos de la plebe. Al fin se llegó a un acuerdo: se licenció a los soldados que excedían el número de las dos legiones, escogidos entre los veteranos que hubiesen cumplido seis años de servicio y aquellos que más se hubieran distinguido en combate. Crispino y Pisón se llevaron a Roma un sustancioso botín: ochenta y tres coronas de oro y doce mil libras de plata cada uno.

XV

Aro y Coroc regresaron satisfechos del campo, conduciendo a sus ovejas desde los pastos que se encontraban al norte de Albocela. La cosecha había sido magnífica; el rebaño de su propiedad cada vez era mayor, hasta el punto de que poseían varias vacas y toros. Incluso habían tenido que criar mayor número de mastines para guardar su ganado. Los vigorosos descendientes de Nieve se encargaban de pastorear las ovejas. Albocela pronto volvería a tener la importancia que tuvo antes del ataque de Aníbal. Buntalo había muerto hacía casi seis inviernos, y ahora Aro era el cabeza de familia. Coroc acababa de cumplir veinticinco años y se había casado cinco veranos antes con Assata, una joven albocelense, que ya le había dado una hija llamada Pentila. Deocena tenía veintitrés años y era la segunda druida más importante de Albocela, sólo superada por la misteriosa Vindula.

Aro conocía las noticias de los movimientos de Roma en Hispania por medio de los mensajes que le enviaba su amigo carpetano Mentuo. También tenía noticias recientes gracias a la visita, dos días antes, del numantino Clouto, quien a su vez recibía información de la familia de Teitabas, el indikete, con cuyos hijos seguía comerciando.

Después de dejar a sus ovejas dentro del recinto destinado al ganado, Aro y su hijo se dirigieron a la cabaña del primero. A pesar de que los vacceos eran un pueblo eminentemente agrícola, en la zona sudoeste de su territorio había proliferado la ganadería, sobre todo en Helmántica y Albocela. Esta práctica ganadera se debía al contacto frecuente con los vettones, que se dedicaban a la ganadería cuando no estaban saqueando los territorios de

225

sus vecinos. Esta continua relación había propiciado el surgimiento de la actividad ganadera entre algunos de los vacceos. En Albocela, casi todas las familias poseían cabezas de ganado, ovejas, vacas y toros.

Anochecía y los dos estaban hambrientos. En la cabaña les esperaba el resto de la familia. Mientras Assata, Coriaca y Ategna preparaban la cena ayudadas por las siervas, la pequeña Pentila correteaba por la estancia. La niña, de cuatro años, tenía el cabello igual que su madre, de un rubio como el oro, muy rizado, con unos ojos azules que miraban con atención cuanto le rodeaba. Assata se volvió hacia su esposo. Era una mujer de mediana estatura y cuerpo esbelto, con un rostro ovalado en el que resaltaban los ojos grises que brillaban siempre, aún más cada vez que miraba a Coroc. Llevaba el cabello rubio atado con una cinta roja en la nuca. Sonrió cuando Coroc la saludó y la estrechó en sus brazos. Pentila se agarró a los pantalones de su padre gritando con alegría.

—Esta niña es incansable –dijo Coroc sonriendo, acariciando la rizada cabeza de su hija con ternura.

—Lleva todo el día corriendo por todas partes –asintió Assata riendo.

—Decididamente –dijo Coroc–, no va a seguir los pasos de su tía Deocena.

—Su tía le enviará una maldición por no dejarnos preparar la cena con tranquilidad –dijo Coriaca–. Todavía hay mucho que hacer. Assata, ayúdame con este maldito tostón; parece que aún esté vivo.

Aquella noche habían invitado a cenar a Vindula y Deocena, además de Docio y Maducena. También asistiría Silo, que solía cenar en su casa con frecuencia. El bardo había envejecido un tanto, pero su cabeza y sus manos se conservaban en un estado casi perfecto; su música y su voz seguían siendo tan mágicas como siempre.

Tras la cena y una velada en la que Silo deleitó a todos con su música y sus canciones, cada cual regresó a su cabaña. Junto al fuego crepitante sólo quedaron Aro y Coriaca.

—Ha sido una velada estupenda –dijo Aro rodeando los hombros de su esposa con un brazo que aún seguía siendo fuerte.

—Sí, me gusta verlos a todos aquí reunidos –asintió ella con la mirada fija en el fuego–, alegres, cantando...

—Aún tenemos motivos para cantar, ¿no crees?

Coriaca miró a su esposo. Las arrugas habían comenzado a surcar el rostro de Aro, curtido por el sol y el viento del páramo. Algunas canas comenzaban a aparecer en sus sienes. Sin embargo, aún mostraba unos dientes blancos y brillantes cuando sonreía, lo que era muy frecuente, y sus ojos azules seguían brillando intensamente. Atrás habían quedado la muerte de su hermano Clutamo, la derrota en Toletum y la reciente marcha de Buntalo. Aro no olvidaba todo eso, pero sabía seguir adelante sin amargura.

—Sí, aún somos un pueblo libre, orgulloso, capaz de elegir nuestro destino —dijo apoyando la cabeza en el hombro de él—. Me pregunto si esto durará mucho tiempo.

—¿Sabes lo que dice Clouto, el numantino? Que los romanos nos temen. Sí, nos temen, a nosotros, los vacceos —rio Aro. Coriaca le miró sorprendida—. Sí, es cierto, no me mires así. Nuestro pueblo es grande, somos numerosos y nos respetan demasiado como para enfrentarse a nosotros en igualdad de condiciones. Y no sólo a nosotros; a los arévacos también les temen...

—Pero ya nos vencieron una vez —repuso Coriaca—. ¿Por qué no pensar que lo harían de nuevo?

—Tal vez creyeron que sólo habían luchado contra vettones y carpetanos, los vacceos no teníamos ninguna razón para ayudar a nuestros vecinos del sur...

—No olvides que, según las noticias que nos llegan —repuso ella. Sabía que los romanos no eran unos ingenuos—, tienen espías entre todos los pueblos. Estoy segura de que sabían que había vacceos entre aquellos guerreros.

—Si fue así, comprobaron que somos en verdad temibles —rio Aro acariciando el cabello de su esposa—. Fuimos los últimos en retirarnos, y no lo hubiéramos hecho en otra circunstancia. Ya sabes que los romanos no son tontos, se habrán dado cuenta de lo que ocurrió en aquel combate. Tal vez la profecía de Vindula era esa. Estuve muy cerca de la victoria y de la muerte, sobre todo de la muerte; Silo me salvó la vida.

—¿Por qué ordenaste la retirada en aquella batalla? Me contaste que habíais conseguido rechazar su carga y la de sus refuerzos.

—Tuvimos que retirarnos porque los romanos habían deshecho nuestro centro, nos habían partido por la mitad. La mayoría de los carpetanos huía del campo tirando sus armas. Hilerno, el rey carpetano, había sido capturado, y su pueblo, vencido. Si hubiera seguido combatiendo en la cima de aquella colina, tal vez ahora no estarías hablando conmigo. Tal vez fuésemos superiores a su caballería, pero la infantería romana es poderosa.

—Podrías haber intentado aniquilar a su caballería —insistió Coriaca abrazándolo con fuerza; era la primera vez que Aro le hablaba de aquella nefasta batalla en territorio carpetano—, como hizo Aníbal en la famosa batalla de Cannae. Vosotros erais mejores que sus jinetes.

—Pero nuestro centro había sido destrozado y dispersado por las legiones —dijo él meneando la cabeza—; además, ellos eran más numerosos. El plan de Hilerno era el choque frontal. Ignorábamos que las legiones maniobrasen tan bien en un espacio abierto. Nos lo habían advertido, pero aun así nos sorprendieron. Aníbal los derrotó con frecuencia en campo abierto, pero Aníbal era un gran general. La formación romana es flexible, a la vez que compacta, y nuestro centro no pudo deshacerla. Son disciplinados y saben permanecer juntos para sobrevivir.

—Puede que, si nos temen –dijo ella–, los romanos traten de firmar la paz con nosotros y con los arévacos; tal vez nos dejen tranquilos a todos...

—No lo creo. Esperarán a que llegue la oportunidad de invadir nuestro territorio y poder aniquilarnos. Tal vez nos hubiesen considerado amigos si nos hubiésemos presentado ante ellos por primera vez con regalos y sonrisas, si hubiésemos accedido a unirnos a sus ejércitos. Pero ahora es tarde; ya les hemos hecho frente más de una vez, y Roma no lo olvidará. No han visto nuestros obsequios, han visto nuestras espadas. No pararán hasta que todas las tierras entre el mar Interior y el Exterior sean suyas. Quizá nosotros no estemos aquí ya, pero sí nuestros hijos o nuestros nietos, Coriaca. Roma es poderosa ahora; ya no desea amigos, desea siervos y esclavos, y habrá muchos en esta tierra si algún día se apoderan de ella.

—Tal vez ellos, nuestros descendientes, tengan que morir por su libertad.

—Sí, tal vez...

XVI

Tras la victoria de Quincio Crispino y Calpurnio Pisón sobre los vettones y carpetanos, la conquista de Toletum y el retorno a Roma de los dos pretores, Aulo Terencio Varrón se hizo cargo de la provincia Citerior y Publio Sempronio Longo de la Ulterior. En esta provincia no sucedieron incidentes de importancia. El mandato del nuevo pretor hubiese resultado tranquilo de no haber caído enfermo. Varrón, por su parte, emprendió operaciones de escasa importancia contra los suessetanos; más tarde se dirigió al norte. Atacó y tomó la ciudad fortificada de Corbion, en el territorio de los vascones, ciudad que había sido conquistada con anterioridad por los lusones, quienes habían vendido a sus habitantes. También combatió a los indígenas en las cercanías del Mons Caius.

Ese mismo año el Senado decretó que los pretores alistasen cuatro mil infantes romanos y quinientos jinetes, además de cinco mil infantes y quinientos jinetes entre los aliados itálicos. Estos refuerzos debían unirse a las legiones, con lo que se licenciaría a los soldados que excedieran de cinco mil infantes y trescientos jinetes por cada legión. A pesar de la escasa importancia de las operaciones militares que había llevado a cabo, Terencio Varrón regresó a Roma enriquecido: se llevó nueve mil trescientas libras de plata, ochenta de oro, y dos coronas de oro de sesenta y siete libras de peso.

Mientras, en la provincia Ulterior, Longo murió a causa de su enfermedad. Su sustituto fue Publio Manlio; sin embargo, en aquella provincia se mantuvo la calma, pues los romanos concentraron su atención en las montañas de Idubeda, situadas al este del territorio de lusones, titos y belos.

Para fortalecer sus posiciones ocuparon el extenso valle del río Salo, al que llamaron Saltus Manlianus.

Por su parte, el nuevo pretor de la Citerior, Quinto Fulvio Flaco, tomó en otoño de ese año la ciudad de Urbicua, derrotando en el combate a una coalición de titos, lusones y belos que había acudido en ayuda de la ciudad.

XVII

Coroc jugaba junto a las murallas de la ciudad con Pentila, que ya tenía ocho años, y con Isgeno, su hijo de tres años. El niño había heredado el cabello castaño y rizado de su padre y los ojos grises de Assata, su madre. Jugaba con un pequeño caballo de madera que su padre había tallado para él, mientras Pentila, de cabellos crespos de color rubio dorado, ojos azules y la piel blanquísima, se entretenía con su muñeca.

El verano ya se había ido, pero el calor del estío aún se demoraba en territorio vacceo, y el sol brillaba con fuerza en un cielo sin nubes. Por ello, Coroc se había sentado con sus hijos a la sombra de las murallas tratando de escapar del fuerte calor. Se acercaba el mediodía y el sol se aproximaba a su cénit. La mirada de Coroc se fijó en el camino del norte. De entre los gruesos árboles del bosque habían surgido dos jinetes seguidos por un carro.

Coroc cogió a sus hijos de la mano y se acercó al camino con curiosidad, sin dejar de observar a los viajeros, que se aproximaban a la ciudad con paso lento. Pronto los reconoció y sonrió. Se trataba de dos viejos conocidos: Clouto y su hijo Lubbo, a quienes había visitado con frecuencia en Numantia. El conductor del carro debía ser uno de sus siervos. Coroc se volvió hacia su hija y le dijo:

—Pentila, toma a Isgeno, ve a casa y dile a tu madre que prepare más comida; tenemos huéspedes. Después ve a buscar al abuelo Aro y dile que vaya a casa; le gustará tener noticias.

Los niños entraron en la ciudad. Coroc se volvió hacia los forasteros que ya se acercaban. Cuando los jinetes llegaron a su altura, desmontaron y los tres se abrazaron, alegres por volver a verse. Tras los saludos formales, Coroc les preguntó a qué se debía su visita.

—En cierto modo –dijo Clouto con gesto preocupado–, venimos a pediros ayuda...

—Sé que la situación es complicada en vuestro país –dijo Coroc asintiendo despacio–. Seguidme. En mi casa podréis refrescaros y hablar. Mi padre se alegrará de veros.

Coroc condujo a su casa a los forasteros y les presentó a su familia. Pocos minutos después llegó Aro, que saludó efusivamente a su viejo amigo numantino; los hombres se sentaron en la penumbra de la cabaña a beber las cervezas que les sirvieron las siervas de Deocena.

—Cuéntanos, Clouto –dijo Aro contemplando preocupado el semblante abatido de los arévacos–, ¿qué sucede en vuestro país?

El numantino bebió otro trago de cerveza y fijó los ojos oscuros en la jarra, pensativo. Después miró a Aro y Coroc.

—Los romanos nos amenazan seriamente –dijo al fin con tono sombrío–. Están concentrando su atención en el valle del Iber y en el del Salo. Temo que se preparen para invadirnos. Los pelendones, titos, lusones y belos también temen ser atacados de nuevo por las legiones. La conquista de Urbicua ha sido un duro golpe para todos ellos.

—Los pretores recibieron más refuerzos en primavera –intervino Lubbo en el mismo tono–, y su ejército se convirtió en una amenaza para nosotros. Después de la conquista de Corbion y de Urbicua, temíamos, como seguimos temiendo, que intentasen avanzar hacia nuestro país.

—¿Tan grave era la situación? –preguntó Coroc.

—Cada uno de ellos contaba con un refuerzo de tres mil infantes y doscientos jinetes romanos –asintió Clouto sin apenas levantar la mirada del suelo–, más seis mil soldados y trescientos jinetes itálicos. En total, contaban con una fuerza de entre cuarenta y cinco mil y sesenta mil hombres. Parece ser que Roma se ha decidido a avanzar hacia el oeste, y esa era una buena muestra.

—¿Qué ocurrió entonces? –inquirió Aro, muy interesado por aquellas noticias.

—Los lusones atacaron a los romanos –respondió Clouto volviendo su mirada a la jarra de cerveza–, pues los avances sucesivos del invasor les habían hecho retirarse y abandonar sus tierras hasta que se encontraron en una situación extrema. Los lusones apenas poseían tierras de las que alimentarse a causa de los romanos. No querían entrar en territorio arévaco, pues sabían que eso acarrearía aún más problemas con nosotros; en consecuencia, decidieron recuperar su antiguo territorio y se enfrentaron a los invasores.

»Casi todos los lusones se pusieron en marcha de vuelta a sus tierras legítimas, dispuestos a recuperarlas al precio que fuese. Formaban un ejército de unos treinta y cinco mil guerreros, entre hombres y mujeres, pero cayeron derrotados cerca de la ciudad de Ebura. El general romano fue muy inteligente. Acampó junto a la ciudad y la tomó. Los lusones no tardaron en presentarse en las cercanías de Ebura, acampando a los pies de una colina. Flaco envió a dos escuadrones de caballería para explorar los alrededores del campamento y acercarse a él lo más posible, pero con órdenes de retroceder sin luchar si los lusones salían a por ellos. Así ocurrió durante varios días: en cuanto los jinetes lusones salían a por los romanos, estos corrían a refugiarse en su campo. Al fin, tras varios días sin novedad, los lusones decidieron entrar en combate, y formaron entre los dos campamentos en orden de batalla. Pero los romanos no se movieron durante cuatro días, mientras cada uno de esos días, los lusones salían de su campamento y volvían a formarse para la batalla. Después de esto, los lusones volvieron a encerrarse en su campamento; sólo enviaban a su caballería como avanzada. Tanto romanos como lusones se dedicaron a forrajear y recoger leña eludiendo el enfrentamiento.

»Pero Flaco es astuto, amigos. Esperó unos días a que los lusones se confiaran creyendo que el combate no era inminente porque los romanos no se atrevían a combatir. Después, una noche, envió a uno de sus legados con las tropas aliadas y con varios miles de indígenas a que rodeasen el campamento lusón y se escondiesen tras la colina. Al amanecer envió a un gran número de jinetes hacia el campamento lusón. Estos, al ver que aquellos eran muchos más que los que se habían acercado los días anteriores, salieron en masa del campamento para enfrentarse con ellos. Pero los romanos volvieron a retroceder, perseguidos por los lusones, que creían que había llegado el momento de conquistar el campamento romano. Entonces actuó Flaco. Había formado a sus tropas en orden de batalla dentro del campamento; cuando vio que los lusones se alejaban lo suficiente del suyo como para no poder refugiarse a tiempo en él, mandó salir a sus tropas a campo abierto, dando la señal de que la batalla comenzaba. Cuando lo oyeron las tropas ocultas tras la colina, atacaron el campamento lusón por la retaguardia. Habían quedado tan pocos lusones allí que su campamento fue tomado sin apenas resistencia, y los romanos le prendieron fuego para que su comandante viera que el campamento enemigo había caído. También los lusones vieron las llamas. Comprendieron demasiado tarde que habían caído en una trampa. Vacilaron al ver las llamas tras ellos y al oír los aplausos de los romanos, envalentonados, ante sí. Por un momento dudaron, pero al fin comprendieron que su única salvación pasaba por vencer al enemigo, por lo que atacaron la formación romana con más furia aún que antes. Embistieron a los mercenarios indígenas que combatían al lado de los romanos, pero estos les auxiliaron. Además, aparecieron las tropas que habían quedado como guarnición en Ebura y también los legionarios que habían tomado el campamento lusón.

Los lusones fueron aplastados entre el yunque y el martillo. Huyeron, perseguidos por la caballería, y fueron masacrados. Murieron veintitrés mil hombres; los romanos capturaron ochenta y ocho estandartes. Los lusones supervivientes se refugiaron en Complega, y el pretor Flaco los sitió allí. Después de la rendición de la ciudad, el romano se volvió hacia Contrebia y también la sitió. Los demás no pudieron acudir en ayuda de los defensores a causa de las lluvias torrenciales que cayeron en primavera en aquella zona, por lo que la ciudad cayó en manos romanas. Flaco urdió entonces una trampa: se encerró en la ciudad con parte de sus legiones y, cuando una tropa de titos y belos consiguió llegar al fin allí creyendo que los romanos la habían abandonado, Flaco los sorprendió y aniquiló, aunque muchos de ellos consiguieron escapar gracias al fango, que impidió que la caballería pudiera efectuar una persecución eficaz. Acto seguido, dio licencia a sus hombres para saquear y arrasar toda aquella comarca. Los soldados romanos se comportaron como auténticos bandidos, robando, violando y matando.

»Ahora Flaco se dispone a regresar a Tarraco para volver a Roma después, aunque el tiempo ha empeorado bastante en la costa y puede que los vientos del este lo retrasen en su partida. Parece que se llevará con él a la mitad de las tropas romanas, a los veteranos de sus legiones. A pesar de esta reducción de hombres, los romanos siguen manteniendo sus posiciones cerca de nuestros territorios, pues los pueblos iberos del norte del Iber ya han sufrido bastantes años de guerras y están cansados de sublevarse. Nuestros guerreros están en guardia constantemente y en consecuencia los campos y ganados no se cuidan como sería necesario.

—¿Qué quieres que hagamos nosotros? —preguntó Aro—. ¿Cómo podemos ayudaros?

—Los arévacos tememos un ataque de los romanos y deseamos aprovisionarnos por si se produce esa situación. Para eso necesitamos la ayuda de nuestros parientes los vacceos. Sé que es una extraña petición, pero querría que convencieseis a los vuestros de que nos vendan la mayor cantidad posible de grano, de trigo, cebada, o lo que podáis...

—Pero ¿no dices que el tal Flaco volverá a Roma con la mitad de sus soldados? —objetó Coroc rascándose la barba—. ¿No crees que eso significa que los romanos no van a atacar?

— Sí, se van unos, pero el siguiente pretor llegará con más soldados frescos, ansioso de riquezas y de fama, tal vez con órdenes de avanzar contra nosotros.

Aro suspiró y miró al suelo durante unos momentos.

—Puedo intentarlo con los albocelenses —dijo al fin—. Pienso que nuestro clan será favorable a ayudaros, estoy seguro de que accederán a venderos nuestros excedentes de grano; a pesar de todo, no puedo intervenir en el resto de las ciudades y aldeas. Además, Albocela está muy lejos de

Numantia... ¿Por qué no habláis con los de Rauda, Pallantia o Segisamo? Sus ciudades se encuentran muy cerca de vuestro territorio.

—Otros numantinos han sido enviados allí —repuso Clouto— y a las otras ciudades vacceas importantes. Necesitamos toda la ayuda que podamos conseguir. Yo informé a la asamblea de mi pacto de hospitalidad con vosotros, así que me pidieron que viniese a hablaros. Tal vez haya abusado de vuestra confianza —concluyó bajando la mirada; pedir ayuda así, casi mendigarla, era un golpe para su orgullo.

—Nada de eso, Clouto —dijo Aro poniendo una mano en su hombro—. Nuestra amistad es profunda, nuestros pueblos están emparentados. Mañana convocaré una asamblea, y podrás hablar ante ellos. Yo te apoyaré ante la gente de Albocela.

—Gracias, amigo —dijo Clouto mirándole, y la gratitud brilló en sus ojos oscuros—, sabía que podía confiar en ti.

XVIII

Tarraco, invierno de 179 a. C.

Tiberio Sempronio Graco leyó con gesto impasible el pergamino que le había entregado un mensajero recién llegado de Roma. Arrojó el rollo sobre su escritorio con un gesto de satisfacción y despidió al mensajero con un gesto de la mano. Salió pensativo a la terraza de su aposento y sus ojos oscuros observaron la extensión del mar Medio, de color verdoso en aquel día nublado, que bañaba las playas de arena dorada de Tarraco. Graco era de origen plebeyo, pertenecía a la familia de los Graco de la *gens* Sempronia. Hacía sólo cuatro años había sido tribuno de la plebe. Respiró profundamente el aire húmedo cargado de sal; el Senado le prorrogaba el mando en la provincia Citerior un año más, al igual que a su colega de la Ulterior, Lucio Postumio Albino. En el mensaje que acababa de recibir, además, se le autorizaba a reclutar nuevas tropas, hasta tres mil infantes y trescientos jinetes.

El pretor podría así continuar con su plan de consolidación y estabilización de Hispania. El año anterior no había sido fácil para él: a pesar de su oposición, de su larga discusión con Lucio Minucio —uno de los tribunos de Flaco enviado a Roma para solicitar el retorno del ejército junto con el pretor—, en la que le cuestionó la conveniencia de sustituir las fuerzas veteranas de Hispania por un ejército de reclutas, el Senado había autorizado a los anteriores pretores, Flaco y Manlio, a que se llevasen con ellos a Italia a los veteranos que habían llegado a Hispania varios años antes. La consecuencia fue que los nuevos pretores se encontraron con sus fuerzas disminuidas: diez mil cuatrocientos infantes y seiscientos jinetes romanos, más doce mil infantes y seiscientos jinetes aliados.

Este reclutamiento retrasó a Graco, por lo que Flaco se mantuvo en Hispania. Antes de regresar a Roma, el pretor había iniciado una nueva campaña contra los celtíberos, pero al recibir el mensaje de la próxima llegada a Tarraco de su sucesor, tuvo que suspenderla y volver hacia la costa. Sin embargo, sus enemigos le esperaron, ocupando el Saltus Manlianus. Cuando Flaco llegó, le atacaron, encerrando a sus tropas. El pretor no se intimidó. Situó la impedimenta en un lugar protegido y ordenó a los centuriones mantener la posición y resistir el ataque; el ejército logró situarse en posiciones de combate rápidamente. Su general los arengó recordándoles que ya habían vencido a aquellos indígenas en dos ocasiones y que tenían una más para volver con gloria a Roma. El combate fue duro; ante el empuje enemigo, los *auxiliares* indígenas comenzaron a retroceder, y los celtíberos embistieron a las legiones utilizando la formación en cuña. Todo parecía perdido para los romanos, pero Flaco hizo cargar a su caballería contra el lugar donde los celtíberos presionaban a las legiones y deshizo la cuña, poniéndolos en fuga. El pretor prometió la construcción de un templo a Fortuna Equestris y la celebración de juegos en honor a Júpiter Óptimo Máximo. Flaco afirmó que habían muerto más de diecisiete mil indígenas y que había capturado a cuatro mil, junto con doscientos setenta y siete estandartes y seiscientos caballos. A pesar de todo, sufrió numerosas bajas, sobre todo en el contingente aliado e indígena. Graco hubo de felicitarle por su último éxito cuando recibió el mando. Flaco se llevó a Roma su botín correspondiente: ciento veinticuatro coronas de oro, treinta y una libras de oro y ciento setenta y tres mil piezas de *argentum oscense*.

A su llegada a Tarraco, Graco había tenido que estudiar la situación con detenimiento; el Senado les había exigido, a él y a Albino, que no tratasen de realizar nuevas conquistas en los territorios vecinos a los ya dominados por la República y que fortaleciesen el poder de Roma en las provincias hispanas. Las victorias de Flaco contra los celtíberos y la relativa calma en la provincia Ulterior propiciaban este fortalecimiento. Roma ya estaba cansada de las largas guerras en Hispania, en Macedonia y en África; no deseaba, por el momento, expandir más sus dominios en Hispania, sino afirmar las fronteras existentes en aquel momento. Aquella postura era compartida por Graco. Por ello, los dos pretores habían dedicado aquel año a combatir a los indígenas que hacían peligrar la estabilidad en sus fronteras. Graco había vencido a numerosos pueblos, y otros se habían rendido a él; en total, ciento cinco ciudades, agotadas y diezmadas por las guerras, habían caído en poder de Roma. El pretor se proponía ahora llevar a cabo una pacificación duradera de la provincia Citerior, objetivo que habría de cumplir en su segundo año en Hispania. Era un hombre con las ideas claras; sabía que debía ser duro en la guerra, pero a la vez magnánimo y comprensivo en la paz. Así había actuado durante el año anterior, y el resultado estaba a la vista:

la gran mayoría de los indígenas de la provincia se habían aliado a Roma y Graco había conseguido la práctica pacificación de la Citerior gracias a la sensatez de su política.

Avanzaba la tarde; el cielo comenzaba a oscurecerse en el este. El pretor volvió la mirada hacia las murallas de Tarraco. No lejos de allí, un legionario paseaba despacio montando guardia, envuelto en un manto blanco. Graco apenas se fijó en él, seguía absorto en sus pensamientos. Tendría que hablar cuanto antes con Albino. Decidió meditar un plan aquella misma noche; cuando lo tuviese perfilado, enviaría un emisario a su colega de la Ulterior, convocándolo a Tarraco para trazar un plan conjunto.

Graco se estremeció. Hacía frío incluso en Tarraco; temió que aquel invierno fuese muy crudo y largo, lo que retrasaría las posibles operaciones militares.

Se abrigó con su manto y volvió dentro. El palacio construido por los Escipiones era cálido, a pesar de que sus amplias estancias miraban al mar Medio, gracias al clima benigno de aquella región. Tomó la copa de plata que había sobre la mesa, la llenó de vino italiano mezclado con agua y se sentó en su triclinium mientras los esclavos encendían las lámparas de la estancia. Respiró hondo y bebió un largo trago de la copa. Se preguntó cómo conseguiría afianzar las fronteras de las provincias frente a los temibles indígenas del oeste. Aunque los celtíberos se habían contentado con apoderarse del Saltus Manlianus y se mantenían próximos a las guarniciones fronterizas romanas, Graco no temía un ataque por parte de estos pueblos, pues se limitaban, hasta el momento, a proteger la integridad de su territorio. Graco sabía muy bien que eran un pueblo numeroso y unos excelentes guerreros, pero mientras Roma no tratase de entrar en sus tierras, aquellos indígenas no se moverían de donde estaban. Era evidente que se contentaban con mantener las fronteras de su territorio. Quizá incluso fuera posible llegar a un pacto con dichos pueblos para que se aliasen a Roma sin tener necesidad de combatir contra ellos. Para Graco, esta política sería la más provechosa para la República. El resto de los pueblos del valle medio del Iberus habían sido diezmados y debilitados por los largos años de combates; tras los tratados firmados con él, ya no volverían a levantarse contra Roma. Por lo tanto, Graco había concluido que la provincia Citerior no corría riesgo de nuevas sublevaciones indígenas.

Pero en la provincia Ulterior la situación no era tan favorable; los lusitanos realizaban numerosas incursiones en los valles de los grandes ríos, Betis y Anas; y el valle del Tagus aún no estaba en completo poder de Roma. En aquellos territorios, los levantamientos de los indígenas, aunque escasos, seguían existiendo, alentados por lusitanos y, pensaba el pretor, podría ser que incluso los vettones y carpetanos también tuviesen algo que ver, a pesar de haberse sometido hacía poco tiempo a los romanos.

En el noroeste, pensó Graco, los pueblos celtas, desde los vascones hasta los galaicos, incluyendo a aquellos temibles y poderosos celtíberos, se mantenían en calma. Decidió que, de momento, sería mejor que se mantuviesen así. No pensaba introducir un palo en el avispero para que todo el enjambre se le echase encima. No hasta que los moscones que aún zumbaban alrededor hubiesen sido aplastados.

Graco opinaba que la hostilidad y la belicosidad de los hispanos se debían en gran medida a que siempre habían visto en los ejércitos romanos a un pueblo invasor, que entraba en sus tierras para apoderarse de unas riquezas que pertenecían a los pueblos que vivían allí desde hacía generaciones. Tal vez no les faltase razón, reflexionó el pretor. Lo peor de todo es que los propios romanos se habían encargado de darles la razón a los indígenas con su forma de actuar, saqueando ciudades, quemando campos, esclavizando a los hispanos, mostrando solamente su dureza y el puño de hierro de Roma. Si tras la expulsión de los púnicos de Hispania los gobernadores romanos se hubiesen mostrado conciliadores y magnánimos con los indígenas, tal vez ahora sería todo diferente. Pero ya era tarde para cambiar de actitud. Los que aún se rebelaban en las provincias conquistadas por Roma sólo reconocían el poder de las armas.

Por tanto, propondría a Albino una operación conjunta de castigo en la Ulterior durante la primavera siguiente. Ordenó que uno de los *frumentarii* se presentase ante él a primera hora del día siguiente. Después se sentó ante su escritorio y comenzó a redactar una carta dirigida a su colega Albino. Al fin hizo venir al tribuno de guardia y le entregó otro mensaje en el que ordenaba el reclutamiento de las nuevas tropas, encomendándole dicha misión.

Pasaron casi cuatro semanas antes de que Albino llegase a Tarraco una mañana invernal, fría incluso para aquella región de Hispania. Graco le observó mientras subía por la escalinata del palacio, envuelto en el manto escarlata que cubría su coraza de bronce.

—¡Ave, Tiberio Sempronio! —le saludó Albino alzando el brazo derecho y sonriendo bajo el casco de bronce empenachado de rojo—. Espero no haber tardado demasiado. Debía redactar y firmar algunos edictos. Ya sabes, burocracia…

—Bienvenido, Lucio Postumio —dijo Graco mostrándole la entrada—. No hay prisa. Te guiaré a tus aposentos. Disfrutarás de mi hospitalidad antes de que hablemos. Hemos de planificar las campañas de este año.

Graco condujo a su colega hasta las habitaciones que le había destinado. Un asistente y varios esclavos portaban el equipaje del pretor de la Ulterior. Una vez en sus aposentos, Albino se despojó de la armadura ayudado por un esclavo, se lavó rápidamente con agua tibia y se puso una gruesa toga sobre la túnica blanca.

—Aun siendo de clima apacible —explicó a Graco frotándose las manos—, esta provincia es más fría que la Ulterior. Allí apenas hemos notado los rigores invernales.

—Pero habéis sentido los aguijones de los lusitanos —comentó Graco.

—Sí, deberíamos darles una lección. Acabar con ellos de una vez por todas.

—Para eso te he llamado, Lucio Postumio, pero de eso hablaremos mañana con calma. Ahora podemos cenar tranquilos. He preparado una cena especial en tu honor. Sé que te gustará.

Se dirigieron al salón principal, donde varios esclavos preparaban la mesa. Graco invitó a Albino a que se acomodase en un *triclinium* junto a él, en el lugar principal destinado al invitado más ilustre.

Poco después hicieron su aparición los legados y tribunos subordinados al mando de ambos pretores, que se sentaron alrededor de la amplia mesa sobre la que se dispondría la cena.

Cuando todos estuvieron acomodados, Graco dio dos palmadas y comenzó el desfile de esclavos que traían los aperitivos. Albino se sorprendió al contemplar aquellos manjares, saboreando las delicadas medusas con huevos, los sesos cocidos con leche y huevos, y otros platos que realmente le agradaron: erizos con especias, miel, aceite y salsa de huevos; hongos con salsa de pescado a la pimienta y, por fin, ubres de cerda rellenas de erizos salados.

—¡Exquisito, querido Tiberio Sempronio! —exclamaba Albino al probar cada uno de aquellos platos—. ¡Parece que me encontrase en mi propio palacio de Roma! ¡Qué manjares tan sabrosos! ¿Cómo te las arreglas para conseguirlos tan lejos de Italia? Debes haber encontrado un cocinero excelente. ¿O tal vez te lo has traído de Roma?

Graco se limitaba a sonreír mientras saboreaba la cena. Los entrantes dieron paso a los platos principales, que arrancaron nuevas exclamaciones de asombro del invitado y de sus acompañantes. Había gamo asado con salsa de cebolla, ruda, dátiles, uvas, aceite y miel; jamón hervido con higos y cocido con miel; lirones rellenos de carne de cerdo y piñones; avestruz cocido con salsa dulce y, por fin, un plato en verdad exótico: flamenco hervido con dátiles. Todo ello regado, por supuesto, con buenos vinos griegos.

Tras todas aquellas delicias, sólo restaban los postres, también sabrosísimos: además de las frutas, los esclavos llevaron a las mesas dátiles desosados rellenos de frutos secos y piñones fritos con miel, pastelitos africanos de vino dulce calientes con miel, y una deliciosa fricasé de rosas con pastas. El rostro de Albino lo decía todo: estaba quedando gratamente satisfecho con el festín.

—¿Satisfecho? —preguntó el anfitrión sonriente—. Pues aún falta lo mejor.

Graco hizo un gesto a uno de sus sirvientes, y poco después entró en la sala un grupo de músicos de piel morena seguidos por varias mujeres vestidas con ropajes vaporosos. Los hombres se sentaron a un lado de un pequeño escenario y comenzaron a tocar sus instrumentos: flautas, pífanos y tambores. Las bailarinas comenzaron a bailar con movimientos sinuosos al ritmo de la música, exhibiendo sus cuerpos apenas cubiertos por las telas transparentes y por sus largos cabellos morenos. Los romanos las observaban mientras degustaban los extraordinarios postres.

—Son bailarinas gaditanas –explicó Graco a Albino–. Supongo que ya habrás oído hablar de ellas.

—¿Bromeas? Son famosas en toda Italia. Sólo hay una cosa que haga a Gades más famoso que su exquisito *garum*, y son sus bailarinas. Hace meses que encargué a mis subordinados que me llevasen un grupo a Itálica, pero aún no lo han conseguido, a pesar de que Gades está muy cerca. Parece que están muy solicitadas. También se dice que, además de bailar de manera extraordinaria, son muy complacientes...

—Sí, así es... si eres dueño de una amplia bolsa –rio Graco chupándose los dedos untados de miel–. Conceden sus favores a cambio de un precio elevado, incluso más que el de sus actuaciones sobre el escenario. Pero si deseas que alguna de ellas te acompañe esta noche, no te preocupes, yo lo arreglaré. Todas ellas están a mi servicio.

Albino asintió con una sonrisa, mientras se fijaba en una de las gaditanas, una bella bailarina de mediana estatura y cuyo cuerpo exuberante apenas se escondía bajo las gasas y el abundante y espeso cabello color azabache, mientras danzaba de forma vertiginosa al creciente ritmo de la música.

—¿Ya has elegido? –preguntó Graco cuando el pretor de la Ulterior señaló levemente a la bailarina–. Parece que tienes buen gusto... Haré que la conduzcan a tu alojamiento cuando termine su actuación.

Hizo una seña a uno de los esclavos y le dijo algo al oído. El esclavo asintió y se retiró hasta la puerta. Graco sonrió a Albino; tomó uno de los pastelitos africanos que se apilaban junto a él en una fuente de plata. El pretor de la Citerior observó a los comensales, entre los que se encontraban sus propios tribunos y los asociados a su colega de la provincia Ulterior, que miraban lascivamente, con los ojos enrojecidos por el vino, a las hermosas y exóticas bailarinas mientras disfrutaban de los postres con que su anfitrión les obsequiaba. Reían, gastándose bromas entre ellos y haciendo comentarios obscenos sobre las gaditanas.

El final de la cena transcurrió entre la música de los gaditanos, las danzas de las bailarinas, los comentarios y las risas de los soldados romanos. Tras los postres, Graco dio por terminada la reunión. Dando unas palmadas, ordenó a los músicos que dejasen de tocar, se puso en pie y se despidió de sus invitados. Mientras tanto, el esclavo con el que Graco había hablado se acercó a la bailarina señalada por Albino y, tras decirle algo al oído, le hizo acompañarle. El resto de las gaditanas se retiró por otra de las puertas de la estancia, seguidas por algunos de los romanos, que apenas podían mantenerse en pie.

Graco se despidió de su colega diciéndole con una sonrisa:

—Que te diviertas esta noche, Lucio Postumio, pero ten cuidado con la calidez del cuerpo de esa mujer. Las bailarinas gaditanas son insaciables, y mañana tenemos que discutir asuntos importantes.

A pesar de la advertencia de Graco, Albino se retrasó al día siguiente. Impaciente y suponiendo la causa de la demora de su colega, Graco en persona acudió a buscarlo tras una larga espera; lo encontró aún dormido en los brazos morenos de la gaditana. Junto al lecho había una jarra y dos copas de plata, una de ellas volcada, con el vino oscuro derramado alrededor. Despertó a su colega sin demasiados miramientos, y la bailarina se movió con pereza entre las sábanas, aunque sin tomarse la molestia de cubrir sus senos exuberantes, mostrando sus perfectos dientes blancos al sonreír a Graco con descaro. Este le devolvió la sonrisa brevemente, pues él mismo la había llamado a su lecho en más de una ocasión, y apremió al adormecido Albino para que se asease y acudiese a sus estancias con la mayor brevedad posible.

Un rato después, el pretor de la Ulterior se presentó ante su colega con rostro visiblemente cansado, alegando que la resaca le producía un fuerte dolor de cabeza. A pesar de ello, no tardó en despejarse y ambos gobernadores discutieron los pasos a seguir en la campaña que comenzaría aquella primavera. El objetivo de la misma, como el Senado deseaba y Graco creía necesario, sería el asentar el dominio de Roma sobre los territorios hispanos ya ocupados y sobre los pueblos ya sometidos, además de afirmar las fronteras de dichos territorios. La reunión fue larga; avanzó y finalizó la fría mañana invernal antes de que los planes estuviesen siquiera esbozados. Comieron un refrigerio sin salir de la estancia y transcurrió gran parte de la tarde hasta que los más mínimos detalles de la campaña estuvieron concretados.

Acto seguido, Graco ordenó preparar un banquete igual al de la noche anterior, en el que también estuvieron presentes las bailarinas gaditanas, de una de las cuales, distinta a la de la noche anterior, se encaprichó Albino y a la que terminó llevándose a su aposento.

—Esta noche conoceré a otra de tus gaditanas —le dijo a Graco con una sonrisa y un guiño—, si me lo permites. Son peligrosamente atractivas, ¿no crees?

—Y muy hábiles —comentó Graco—. Saben utilizar bien sus artes para llevarse un hombre a la cama.

—Es una lástima que regrese mañana a la Ulterior —suspiró Albino—. Me gusta tu palacio, tu provincia y, sobre todo, tus bailarinas. Espero conseguir pronto un grupo de ellas para que me deleiten en Itálica.

«Las mujeres terminarán siendo la ruina de Albino», pensó Graco cuando se retiraba a sus estancias, después de haberse despedido del pretor de la Ulterior.

Albino y su escolta regresaron a la provincia Ulterior al día siguiente, un día gris y lluvioso; tras la larga reunión del día anterior, Graco había acordado con él que el día del equinoccio de primavera estaría en la Ulterior con la mayor parte de sus tropas. Las operaciones comenzarían en aquel momento. Graco ordenó aquella misma mañana a sus legados que incrementaran el entrenamiento de los legionarios, que los preparasen para una larga campaña en la que tendrían que recorrer largas distancias y, más que probablemente, participar en numerosos combates. Regresó a sus estancias; una vez que estuvo a solas, observó durante largo rato los mapas de la Ulterior, tomando breves notas y meditando en profundidad sobre el plan que muy pronto llevaría a cabo.

XIX

Como habían acordado los pretores, al llegar la primavera, en cuanto recibió el mensaje de que Graco avanzaba desde Tarraco hacia el sudoeste, Albino se puso en marcha para reunirse con él. Hizo avanzar a sus tropas hacia el norte y los ejércitos de ambos pretores se concentraron en el valle alto del Betis, en las cercanías de Castulum. Tras una breve reunión en la que se concertaron los movimientos de cada uno de los gobernadores, Graco se dirigió hacia el oeste y se lanzó sobre la ciudad de Munda, que no tardó en caer en sus manos tras un ataque nocturno. El pretor tomó rehenes y dejó una guarnición en la ciudad. Después giró hacia el sur, cruzando las montañas, asaltando aldeas y quemando cultivos, hasta alcanzar la costa del mar Medio. Tras la larga marcha de sus legiones, el pretor les ordenó acampar ante la fortaleza de Certima.

Los indígenas se habían encerrado en su ciudad, pero al contemplar el número y la disciplina del ejército situado ante sus puertas, aprestándose a acercar sus torres de asedio a las murallas de la ciudad, decidieron ganar tiempo. En la tarde del segundo día de asedio, se presentó ante el campamento romano una delegación de Certima. Los indígenas fueron conducidos por una escolta ante el pretor, que los esperaba junto a su estado mayor ante su propia tienda, en el *praetorium*, bajo el cálido sol primaveral.

Graco observó en silencio y con gesto serio a aquel grupo de hombres vestidos con sus mejores ropas y adornados con sus brazaletes y collares de oro. Los legionarios les habían ordenado dejar sus armas a la puerta del campamento, pero aunque estaban desarmados, rodeados de legionarios que los vigilaban con hostilidad, los representantes de Certima miraron orgullosos al pretor romano, que no se encontraba de buen humor.

—¿Qué deseáis? —les preguntó con aspereza—. Espero que vengáis a rendiros. Roma no tiene tiempo para perderlo ante vuestra mísera aldea.

Los de Certima se miraron un momento. Después, uno de los más ancianos, alto y de rostro arrugado, se adelantó un paso. Su voz sonó grave a los oídos de Graco.

—Venimos a presentaros nuestros respetos, poderosos romanos —dijo despacio en su latín tosco—, pero nuestra gente ha deliberado. Nos envía para comunicaros que no desean rendirse.

De entre los tribunos surgió un murmullo de asombro y protesta. Graco alzó el brazo para ordenarles que se callasen.

—¿Qué quieres decir? —preguntó con suavidad acercándose despacio al anciano y mirando fijamente sus serenos ojos oscuros—. No ignoraréis que si yo lo ordeno, mis legiones arrasarán vuestra ciudad y vuestros campos; después venderé como esclavos a los supervivientes, si es que los hay.

—Lo sé, todos lo sabemos —respondió el anciano en el mismo tono sereno—. Sería un honor para todos nosotros cruzar nuestras armas contra tan valeroso ejército, pero no lo haremos, a menos que vos nos concedáis un pequeño favor.

Los oficiales romanos se miraron sorprendidos. ¿Cómo osaban aquellos salvajes pedir un favor a un pretor romano cuando su ciudad y sus vidas estaban en manos de las legiones?

—¿Un favor? —dijo Graco con una leve sonrisa. La singular actitud de los indígenas le había hecho cambiar de humor; ahora comenzaba a divertirse—. ¡Por Júpiter Óptimo Máximo, esto sí que es extraordinario! ¡Mis enemigos me piden un favor! ¿De qué se trata?

—Veréis, si tuviésemos fuerzas suficientes, combatiríamos con gusto contra vosotros, los poderosos soldados de Roma.

—Pero por desgracia para vosotros, no tenéis esas fuerzas —le interrumpió Graco con sorna—. Mis soldados son superiores en número a vuestros feroces guerreros.

—Cierto —prosiguió el anciano sin inmutarse—. Por eso nos envían nuestros conciudadanos, para pediros que nos dejéis solicitar ayuda.

Esta vez ni siquiera Graco fue capaz de contener su asombro. Arqueó las cejas, sorprendido por tamaña audacia, y preguntó al anciano:

—¿Ah, sí? ¿Dónde iréis a buscar esa ayuda?

—Si vos nos lo permitís —respondió este señalando hacia el norte—, acudiremos a los campamentos de los carpetanos, vettones y lusitanos, al norte del valle del río Anas.

—¿Creéis que los celtas os van a ayudar? Algunos de ellos ya se han declarado aliados de Roma.

—Si les pagamos lo suficiente, vendrán —dijo el anciano encogiéndose de hombros—. Ya lo hicieron otras veces antes. Pero si nos niegan su ayuda, abandonaremos su bando y seremos fieles a la poderosa Roma.

Graco contempló durante largo rato los ojos serenos del anciano, que no bajó la vista ante la mirada penetrante del pretor. Después se volvió y miró a los tribunos, cuyo murmullo de sorpresa e indignación iba en aumento. Por fin, se giró de nuevo hacia el anciano.

—Muy bien —dijo sonriente—, id hacia el valle del Anas, o donde os plazca, en busca de ayuda, pero recordad que si no la conseguís, vuestra ciudad pertenecerá a Roma sin derramar una sola gota de sangre. Tenéis diez días para regresar ante mí. Si no estáis de vuelta cumplido ese plazo, ordenaré que Certima sea atacada por mis hombres. Ahora podéis marcharos.

El anciano esbozó una sonrisa de satisfacción y agradecimiento, inclinó la cabeza con respeto ante Graco y se dio la vuelta muy despacio. Los indígenas salieron despacio del campamento mientras Graco ordenaba que se dejase atravesar el cerco a los indígenas enviados por Certima en busca de ayuda. Pocos minutos más tarde, como informaron los *frumentarii* al pretor, varios jinetes salieron al galope de la ciudad, tomando dirección norte tras cruzar las líneas romanas sin ningún impedimento.

Durante los días siguientes, mientras esperaba el regreso de los indígenas de Certima, Graco se dedicó a estudiar el terreno de los alrededores. Ordenó a sus espías que averiguasen la situación en aquella comarca, de qué lado estaban los indígenas locales y si había alguna ciudad más que estuviese en disposición de rebelarse contra Roma. Por fortuna para él, pensó, sólo Certima estaba en pie de guerra, así que se sentó tranquilamente a esperar el regreso de aquellos legados que le habían hecho tan extraña propuesta, en contra de las opiniones de algunos de sus oficiales, que deseaban acabar con aquella situación atacando y tomando la ciudad lo antes posible. Se había comprometido con aquel orgulloso anciano a esperar y así lo haría. Al menos, aquellos indígenas habían sido valientes y se atrevían a enfrentarse a Roma.

Diez días más tarde, cuando el plazo tocaba a su fin, Graco recibió la noticia de que un grupo de indígenas deseaba hablar con él. Era el mediodía, el sol brillaba con fuerza en lo alto del cielo. El pretor convocó a sus tribunos ante el *praetorium*, ordenó a uno de los *primi pili* que formase a una centuria de *triarii*, a la que había ordenado estar preparada para aquel momento, y esperó a los indígenas sentado en el umbral de su tienda, protegiéndose del fuerte sol. Sonrió satisfecho al ver llegar ante él al grupo de hombres cansados y cubiertos de polvo, con el orgulloso anciano a la cabeza. Había sabido que, fuesen cuales fuesen las noticias, estarían en su presencia en la fecha indicada. Junto a los legados que se habían presentado ante él la vez anterior se encontraban diez más, de otro pueblo, dedujo Graco a juzgar por su aspecto y vestimenta. Los romanos sonreían despectivamente a los recién llegados.

—Bien, ¿qué noticias me traéis? —inquirió Graco poniéndose en pie con calma—. ¿Habéis encontrado a vuestros aliados?

—Señor —respondió el anciano con su calma habitual—, no desearíamos molestaros ni abusar de vuestra confianza o vuestra hospitalidad, pero venimos cabalgando desde muy lejos y hace mucho calor hoy. Antes de responderos, ¿nos daríais algo de vino para apaciguar nuestra sed?

Graco se volvió meneando la cabeza hacia el *praefectus castrorum*.

—Que les traigan vino —ordenó.

Los indígenas agradecieron las copas de vino que les ofrecieron y bebieron ávidamente su contenido tras observar por unos instantes a la centuria formada a sus espaldas. Los romanos los observaban expectantes y divertidos ante la flema de los indígenas. Cuando el anciano terminó su copa, Graco le interrogó con la mirada. El anciano alargó de nuevo la copa hacia el sirviente.

—¿Podemos beber más?

Los romanos, incluido Graco, no pudieron aguantar más y estallaron en una sonora carcajada, mientras por orden suya se les servía la segunda copa de vino a los indígenas, que los observaban impasibles. Cuando el anciano apuró su segunda copa, miró con calma al pretor. Por fin habló con su voz pausada.

—Los nuestros nos envían ante vos para saber en qué confiáis para atreveros a atacarnos —dijo simplemente.

Una nueva carcajada brotó de entre los romanos. Graco rio y meneó la cabeza. Cuando las risas de sus hombres remitieron, el pretor habló alto y claro para que todos los indígenas le oyesen.

—Os admiro, hombres de Certima. Sois gente valiente y orgullosa. Desearía que combatieseis al lado de Roma, pero vosotros habéis elegido luchar contra mí. Sin embargo, los hombres de Roma también somos orgullosos y nuestro ejército es poderoso. Hace diez días vinisteis a mí rogándome que os dejase pedir ayuda a los celtas del valle del Tagus, pues entonces vuestras fuerzas eran escasas para enfrentaros a mis legiones. Ahora volvéis preguntándome cómo oso atacaros, pero no veo que hayáis traído a vuestros aliados celtas con vosotros..

»¿En qué confío para atreverme a atacaros, preguntas? Los dioses están de mi parte —dijo alzando la voz, pues conocía el temor de los indígenas a los poderes sobrenaturales—; he consultado a mis adivinos y augures, quienes me transmiten el parecer de los dioses de Roma. Ellos me han anunciado que los augurios me favorecen. Los adivinos me han dicho que mis tropas aplastarán vuestra ciudad como si fuese una cucaracha y a todos aquellos que se atrevan a oponerse al poder de los representantes de la República de Roma. Si la advertencia de los dioses de Roma no os parece suficiente, os mostraré lo que son capaces de hacer sus hombres.

Hizo una seña al *primus pilus*, un veterano condecorado con varias *armillae* que estaba al frente de la centuria; el centurión pronunció al momento una serie de órdenes que los legionarios obedecieron al punto. Apenas fue una pequeña muestra de la capacidad de movimiento y disciplina de las legiones, pero Graco vio el temor pintado en los rostros de los hasta ese momento impasibles y orgullosos indígenas. El pretor ordenó al *primus pilus* que detuviese las maniobras; se dirigió a los asustados hispanos.

—Veis ahora en qué confío para atreverme a desafiaros, ¿verdad? —repitió con sorna las palabras del anciano legado, que había palidecido a ojos vistas, igual que sus compañeros, ante la mirada divertida y las burlas de los romanos.

—Si nos lo permitís —dijo el anciano con voz asustada, pero manteniendo la compostura de forma admirable—, informaremos a los nuestros de lo que hemos presenciado hace un momento, y les transmitiremos vuestras palabras. Espero que no sea necesario que lleguemos a derramar sangre.

—Veo que al fin entráis en razón —dijo Graco con un suspiro—. Volved, pues, a vuestra ciudad. Espero, por vuestro bien, que las puertas de Certima se abran antes de que se ponga el sol para recibir de buen grado a mis legiones.

Las maniobras presenciadas debieron impresionar fuertemente a los legados de Certima, así como lo que estos contaron a sus conciudadanos, pues como Graco había sugerido, antes de que anocheciera, las puertas de la ciudad se abrieron y los indígenas anunciaron al pretor que Certima se rendía a los ejércitos de Roma. El pretor les impuso el pago de dos millones cuatrocientos mil sestercios y la entrega de cuarenta jóvenes nobles para que sirvieran en la caballería aliada.

XX

Una suave mañana primaveral, un jinete vacceo procedente de Helmántica llegó a la orilla sur del Durius, frente a Albocela. Aiiogeno le ayudó a cruzar el caudaloso río en su almadía y lo condujo rápidamente al salón de asambleas de la ciudad mientras sonaban los cuernos para citar a los albocelenses en aquel lugar.

El helmanticense estaba cansado, sudoroso y cubierto de polvo. Tras beber un largo trago de cerveza, casi sin recuperar el aliento, habló a los guerreros que le rodeaban expectantes.

—Los romanos... entraron hace días en nuestro territorio. Venían del sudoeste, del territorio lusitano. Atacaron, saquearon algunos poblados y aldeas... quemaron los campos. Helmántica teme un ataque... y os pide ayuda.

—Temía que llegase este momento –dijo Aro con pesar mientras le servían otra jarra de cerveza al helmanticense–. Por fin los romanos se han atrevido a entrar en nuestro territorio.

—Sí, y su ejército es poderoso –añadió el mensajero recuperando poco a poco el resuello.

—Debemos avisar al resto de las ciudades –intervino Araco–. Ahora la situación es grave de verdad. Tenemos que unirnos ante el invasor. A ver si ahora los vacceos se deciden a unirse...

Enseguida se seleccionó a varios guerreros jóvenes que eran jinetes expertos y se les envió a las ciudades cercanas más importantes: Intercatia, Septimanca, Brigeco, Ocellodurum, Amallobriga y Uruningica. Los habitantes de estos lugares se encargarían de alertar al resto de las ciudades.

—Prepararemos a nuestros guerreros para el combate; partiremos hacia Septimanca lo más pronto posible. Supongo que allí será donde se reúna el ejército vacceo —dijo Aro a los presentes tomando de nuevo la iniciativa entre los albocelenses, como había hecho hacía años—. Poned a punto vuestras armas, despedíos de vuestras familias. Mañana partiremos hacia el este.

—Esta vez no se negarán a intervenir —dijo Docio cuando salieron de la cabaña—; es nuestra propia tierra la que está en peligro.

—No estés tan seguro de eso, hermano —repuso Aro—. Algunos no se decidirán hasta que los romanos estén ante las puertas de Septimanca, o a punto de cruzar el Durius de cualquier otra manera.

—Entonces lucharemos nosotros solos —intervino Coroc, que ardía en deseos de combatir—. No tengo miedo a los romanos.

—Hijo mío —dijo Aro poniendo la mano en el hombro de su hijo—, si les hubieses visto luchar, como yo los vi hace años cerca de Toletum, al menos los respetarías. Son buenos guerreros, no podemos menospreciarlos.

—Es cierto —asintió Silo, que caminaba junto a ellos—, son unos guerreros temibles, sobre todo en campo abierto. Sus hombres son muy disciplinados, parecen máquinas de combatir. Muchos de los nuestros cayeron con honor en el valle del Tagus.

Docio y Silo se despidieron de Aro y Coroc. Se marcharon a sus casas. Padre e hijo se dirigieron a la cabaña de Aro.

—¿Qué ocurre? —preguntó Coriaca al verlos entrar—. ¿A qué viene tanto jaleo?

—Ha llegado un mensajero de Helmántica, madre —respondió Coroc—. Los romanos han entrado en territorio vacceo, al sur de Helmántica.

Coriaca miró fijamente a su esposo. En la penumbra de la estancia, los ojos azules de Aro brillaban a la luz de las llamas que ardían en el hogar. Ella leyó enseguida el pensamiento de su esposo y dio un paso hacia él.

—Piensas ir, ¿verdad, Aro? —le tomó las manos y le miró suplicante; sabía bien que él era un guerrero y que su deber era acudir al combate, pero no podía aceptar la idea. Él asintió en silencio—. ¿No puedo hacer nada para convencerte de que te quedes en Albocela? —Sus deseos de que su esposo fuera el guerrero que guiase a su pueblo a la lucha se habían atenuado con el paso de los años. Ahora ya sólo deseaba envejecer en paz junto a él.

—Debo ir, Coriaca —dijo él con serenidad abrazando a su esposa, sosteniéndole la mirada suplicante—. Soy uno de los pocos vacceos que han luchado contra los romanos y que conoce su táctica. Debo ir, aunque sólo sea para instruir a los jefes sobre las legiones romanas.

—¿Instruirles? —exclamó Coriaca, incrédula—. Te conozco bien, Aro, sé que entrarás en combate. No te quedarás mirando cómo luchan otros.

Coroc carraspeó, incómodo, y se dirigió hacia la puerta.

—Tengo que irme —explicó a sus padres—. He de prepararme para mañana, debo hablar con mi familia.

Sus padres asintieron y él salió.

—¿Por qué me has hablado así ante mi hijo, mujer? —dijo Aro, enfadado con su esposa—. ¿Por qué me has hablado como si fuese un anciano que ya no puede ni siquiera alzar su espada porque carece de la fuerza suficiente? Tengo cincuenta y dos años, soy uno de los jefes más importantes de Albocela y aún soy un hombre fuerte, capaz de cazar un jabalí yo solo. He dado órdenes en la sala de asambleas y los albocelenses no han puesto ninguna objeción. Todos reconocen mi experiencia y mi autoridad como guerrero.

—No pretendía humillarte ante Coroc, Aro —repuso Coriaca sacudiendo la cabeza con tristeza—. Sabes que antes no me importaba que combatieses contra los romanos, los vettones o los lusitanos, pero ahora... Ahora siento que necesito estar a tu lado. ¿Recuerdas el ataque de los astures, cuando te hirieron? En aquella ocasión estuviste cerca de la muerte; yo no podía hacer nada por ti, ni siquiera podías oírme, a pesar de que yo no dejé de hablarte.

—Sí, estuve cerca del Más Allá, cerca de los dioses, pero regresé —Aro abrazó con fuerza a su amada Coriaca—. Regresé porque quería estar contigo y con nuestros hijos. También combatí en Toletum; de nuevo estuve de vuelta, indemne. Esta vez también lucharé y volveré, volveré para estar contigo el resto de nuestros días. Recuerda que Vindula predijo una vez que la piel de lobo me protegería. Recuérdalo, Coriaca, volveré.

—¿Hasta cuándo, Aro? ¿Hasta que vuelvan los romanos u otra amenaza?

—No lo sé, Coriaca —la voz de él sonó dura, brusca—, hasta que los clanes me necesiten. Tal vez hasta que mi brazo no tenga ya fuerza para alzar la espada. Desearía no separarme nunca de tu lado, pero soy un guerrero vacceo. Si mi clan me necesita, debo ayudar a defenderlo. Eso lo sabes muy bien, querida.

—Sí, es cierto, lo sé —asintió ella tratando de apaciguar su ánimo—, sé que debes acudir a la lucha, pero me cuesta tanto separarme de ti... Además, Coroc también irá mañana contigo, ¿no es cierto?

Aro asintió en silencio. Él también era un guerrero vacceo.

—Entonces —añadió Coriaca—, prométeme que lo protegerás, que si tenéis que participar en alguna batalla, estará a tu lado y no permitirás que le hieran.

—Te aseguro que no sufrirá ningún daño, Coriaca, estará a mi lado. No dejaré que se separe de mí, pero es un hombre joven y fuerte, en la plenitud de la vida. Él mismo ha de saber desenvolverse en la lucha.

—¿Por qué no me dejas ir con vosotros? —preguntó ella de pronto, ansiosa.

—No, Coriaca —dijo Aro—. Serás más útil aquí, cuidando de todos los nuestros.

—Siempre tengo que quedarme –dijo ella furiosa–. Siempre aquí, en mi cabaña, con el resto de las mujeres, esperando a que llegue un mensajero a decirme que mi esposo ha caído en algún lugar lejos de aquí, que nunca volveré a verle. Yo soy vaccea, yo soy capaz de blandir una espada para enviar enemigos al Más Allá. Puedo hacer que los romanos teman a las mujeres vacceas.

—Toma, Coriaca –le entregó la fíbula de cabeza de lobo, que él utilizaba para abrochar el manto de piel de lobo–. Guárdalo. Esta vez no lo llevaré a la batalla.

—¿Por qué? –preguntó ella desconcertada.

Él meneó la cabeza.

—No lo sé. Sólo un presentimiento. Creo que estará mejor contigo. Servirá para unirnos en la distancia. Tal vez sirva para que nos comuniquemos…

Ella apretó la joya en su mano y sintió cómo se clavaba en su carne. Las lágrimas asomaron a sus ojos y abrazó a Aro. Él acercó sus labios a los de Coriaca; los dos se unieron en un largo y cálido beso.

Aquella noche, los guerreros albocelenses se despidieron de sus familias, que se reunieron para cenar. Sonaron las canciones, abundó la comida, corrió la cerveza hasta bien entrada la noche. Los vates leyeron los augurios a petición de cada uno de los guerreros. Después todos se retiraron a descansar, preparándose para partir hacia el este al día siguiente.

El sol primaveral caldeaba la pradera donde estaban acampados los vacceos, ante las murallas de Septimanca. Aro, Coroc, Docio y Andecaro conversaban sentados en unos troncos ante sus tiendas cuando una numerosa hueste llegó al campamento cabalgando desde el norte. Al frente de la tropa avanzaba un hombre alto y fuerte, con una larga melena pelirroja y un poblado bigote rojo, vestido con una túnica negra y calzones verdes. Al verlo, Aro se puso en pie.

—¡Turaio! –gritó alzando el brazo derecho–. Esos guerreros vienen de Pallantia, amigos. Yo conocí una vez al que cabalga al frente, hace quince inviernos, antes de cabalgar al sur para luchar contra los romanos.

Al oír su nombre, Turaio detuvo a su montura, saltó de ella y caminó hacia Aro.

—¡Aro, el albocelense! –gritó y sonrió ampliamente; ambos hombres se saludaron con alegría–. Yo te saludo como a un hombre libre ¡Cuánto tiempo ha pasado desde que nos conocimos en este mismo lugar!

—Te saludo como a un hombre libre, Turaio –respondió Aro–. Deseaba volver a verte en una ocasión como esta.

—Veo plata en tus sienes, amigo, pero también veo que tu espíritu sigue siendo de fuego. Por desgracia, sólo hemos podido venir una pequeña cantidad de guerreros desde Pallantia. Nos acompañan algunos más desde

Segisamo y otras ciudades cercanas, pero no somos tantos como desearíamos.

—Siéntate con nosotros y bebe un poco –le invitó Aro–. Estos son mi hermano Docio, mi hijo Coroc y Andecaro, uno de mis guerreros.

—Tu hijo parece un hombre fuerte –dijo Turaio tras saludar a los tres albocelenses–, me recuerda a ti hace años, Aro. Tiene esos mismos inquietantes ojos azules y el mismo cabello leonado.

En aquel momento, uno de los albocelenses del séquito de Aro les informó de que había llegado un jinete procedente del sur. Se dirigieron al centro del campamento, donde el guerrero, que tenía un largo corte en el brazo derecho que un druida estaba limpiando, comía con ansia un muslo de cordero sentado sobre un tocón. Todos esperaron con paciencia a que el recién llegado repusiese sus fuerzas. Cuando terminó de comer, bebió un largo trago de cerveza y habló:

—Los romanos nos han vencido. Les atacamos hace una semana y nos destrozaron. Pero ni siquiera se acercaron a Helmántica después de la batalla. Nosotros cruzamos el río y luchamos a campo abierto. Pero sus fuerzas eran muy superiores, no tardaron en imponerse a nosotros. La derrota fue aplastante. Huimos despavoridos hacia las murallas de la ciudad.

»Sin embargo, no nos siguieron, ni sitiaron o rodearon la ciudad. Se limitaron a acampar a más de una milla al sur del río, a recoger a sus muertos y heridos. Al día siguiente levantaron sus tiendas y se dirigieron hacia el este. Me han enviado aquí para informaros de lo ocurrido y para advertiros de la extraña conducta de los romanos.

Aro y Turaio se miraron extrañados. ¿Qué se proponían los romanos?

Mientras Graco marchaba por el valle del Betis, atacaba Munda y después se dirigía hacia el sur, Albino, el pretor de la Ulterior, había marchado hacia el oeste. Había entrado en Lusitania y luego se había dirigido al territorio vacceo. Su propósito era realizar una maniobra de distracción para permitir a Graco que regresara hacia la provincia Citerior marchando hacia el norte por el camino que atravesaba el territorio vettón y carpetano. Si Albino mantenía entretenidos con su presencia a los vacceos, estos no podrían acudir en ayuda de sus vecinos del sur y Graco podría regresar a su provincia sin demasiados problemas. Sin embargo, tanto Graco como Albino querían evitar un posible levantamiento de los pueblos celtas; esto requería que los movimientos de Albino en el territorio lusitano y vacceo fuesen cautelosos, por lo que marchó por Lusitania evitando atacar ciudades importantes, al igual que hizo más tarde dentro del territorio vacceo. Debía demostrar la fuerza de Roma, pero no incitar una sublevación de los celtas. Se trataba de asustarlos para mantener la paz, no de irritar a los indígenas y provocar una guerra.

Por ello, al penetrar en territorio vacceo y acercarse a Helmántica, Albino se limitó a rechazar a los indígenas de la ciudad que le atacaron temiendo un posible asedio. Tras derrotarlos permaneció un día estudiando las murallas y fortificaciones de la ciudad vaccea. Entonces decidió internarse aún más en aquellas tierras, pero acercándose a las montañas Carpetovettónicas, manteniéndose alejado de las grandes ciudades vacceas y evitando batallas contra tropas masivas, mientras Graco maniobraba más al sur, en los territorios de vettones y carpetanos. Los romanos respetaban a los vacceos más por lo numeroso de aquel pueblo que por su capacidad combativa, de la que aún no tenían constancia clara por no haberse enfrentado aún directamente a ellos, aunque ya habían combatido contra algunos vacceos cuando lucharon años antes en Toletum contra el ejército de Hilerno. Además, el Senado deseaba una paz estable en Hispania. Roma ya estaba cansada de los largos años de amargas y costosas guerras en las nuevas provincias.

En consecuencia, Albino se acercó a las montañas que separaban el territorio de los vacceos del de los vettones, aunque estos últimos habían ocupado dichas montañas en los últimos años. Marchó hacia el este, confiando en mantenerse alejado de un posible ejército vacceo que se le acercase desde el norte. Envió espías a la línea del Durius y siguió marchando hacia el este.

Alarmados por lo ocurrido en Helmántica, los vacceos acampados en Septimanca decidieron cruzar el Durius. En los últimos días habían llegado a ellos mensajeros de Cauca y Secobia, pidiéndoles ayuda ante un posible ataque romano, pues las legiones avanzaban hacia el este. La mayor parte de ellos decidió acceder a esta petición y partir en busca de las legiones que marchaban por territorio vacceo.

Los vacceos decidieron que una parte de los guerreros quedarían allí, acampados en Septimanca, guardando el importante vado, para prevenir un posible ataque de los romanos. Entre los que partirían hacia el sur se encontraban los albocelenses. Aro montó a caballo y observó en silencio a Coroc, que miraba constantemente hacia el sur, ansioso por recibir la orden de avanzar.

—Tranquilo, hijo mío —le dijo sonriendo al cabo de un rato—, tendrás tiempo de calmar esa ansiedad. No será tan fácil toparse con los romanos.

—Pero deseo encontrarlos —respondió Coroc apretando los puños—, quiero verles las caras.

En ese momento, se acercaron varios hombres al galope, con Turaio a la cabeza.

—¡Buenas noticias, Aro de Albocela! —gritó el pelirrojo pallantino—. Esta vez iré al combate contigo. ¡Esos romanos conocerán el rostro de Ataecina! Nosotros les enseñaremos a temer las espadas vacceas.

—Me alegro de conocer esas nuevas —repuso Aro cuando Turaio llegó a su altura—; los buenos guerreros siempre son bienvenidos. Serás una gran ayuda en la batalla, si esta llega a producirse.

No tardaron en ponerse en marcha hacia el sur. Era poco antes del mediodía. Vadearon el Durius y marcharon hacia Cauca, por una ruta que ya había recorrido Aro quince años antes, marchando también a la guerra contra los romanos.

Durante la marcha hacia Cauca enviaron exploradores y avanzadillas hacia el sur y el oeste, esperando encontrar algún rastro de los romanos, que parecían haber desaparecido en algún lugar entre Helmántica y Cauca. Sin embargo, cuando llegaron a la ciudad amurallada, aún no tenían noticias del paradero de las legiones.

—¿No estarán en las montañas? —preguntó Docio mientras se acercaban a las murallas de Cauca—. Es un buen lugar para esconder un ejército numeroso y esperar para sorprendernos.

—No, no es tan fácil esconder un ejército tan grande —objetó Turaio—, ni siquiera en las entrañas de las montañas.

—Y por lo poco que yo sé de ellos, los romanos prefieren combatir en terreno abierto —intervino Aro—, en llanuras y colinas bajas donde pueden desplegarse, pero no en las montañas. Además, la ruta hasta aquí por las montañas es complicada, los valles de los ríos son profundos, los bosques son frondosos. ¿Por qué están escondiéndose?

—Suponiendo que vengan hacia aquí —dijo Coroc de pronto, como si se le acabara de ocurrir una idea—. ¿Qué os hace pensar que los romanos quieran atacar Cauca?

—El helmanticense que llegó a Albocela nos dijo que se dirigían hacia el este después de dejar Helmántica —repuso Docio encogiéndose de hombros.

—Hay muchas millas desde Helmántica hasta Cauca —dijo Coroc.

—Pero tampoco han marchado hacia el norte —terció Turaio—; la única solución es que vengan hacia aquí.

—¿Y si lo que intentasen fuese dividir nuestras fuerzas? —insistió Coroc—. Suponed que se han dirigido hacia el este para que pensemos que vienen hacia aquí, pero una vez que nos han atraído al sur, ellos se vuelven hacia el norte, hacia Septimanca. Así habrían dividido nuestras fuerzas; para ellos sería ahora más fácil conquistar el vado y ponernos en serios aprietos.

—Podría ser —concedió Aro—, pero aún no lo sabemos. Además, de ese modo, tendrían un ejército vacceo a sus espaldas. Lo único que podemos hacer ahora es esperar noticias, vengan del oeste, de Septimanca o de donde sea. No podemos estar corriendo a ciegas de un sitio a otro.

En aquel momento llegaron ante las murallas de la ciudad. Los caucenses les recibieron con evidentes muestras de alivio, contentos de contar al fin con refuerzos. Los vacceos acamparon en la explanada al sur de la ciudad, ante sus puertas. Como había dicho Aro a Coroc, todo lo que podían hacer era esperar noticias de los exploradores enviados por todo el sudoeste del territorio, hasta los mismos pies de la cordillera Carpetovettónica, de Septimanca o de algún otro lugar.

Al día siguiente llegaron a Cauca más guerreros, procedentes de las ciudades de Acontia, Nivaria y Rauda. En total, las fuerzas vacceas se elevaban a treinta mil hombres. Aro llevaba encima la piel de lobo, pero esta vez no fue nombrado jefe del ejército para alivio suyo; Burralo había muerto hacía años y pocos recordaban sus profecías sobre el lobo. Se decidió que los guerreros fueran dirigidos por un grupo de jefes importantes, entre los que se encontraban el propio Aro y Turaio.

Dos semanas más tarde entró un jinete al galope en el campamento vacceo. Pidió hablar con los jefes; una vez ante ellos, les informó:

—Hubo una batalla hace cuatro días al oeste de aquí, muy cerca de las estribaciones de las montañas.

—¿Qué ocurrió? —preguntó un corpulento jefe caucense de cabellos rubios, poblado bigote y una enorme nariz en su cara redonda.

—Cuando los romanos levantaron su campamento ante Helmántica y marcharon hacia el este —respondió el guerrero, un hombre de marcada musculatura, de sucio rostro cuadrado, con el cabello castaño y la barba cubiertos de polvo—, los helmanticenses les siguieron, tras haber pedido ayuda a Sabariam. Mientras tanto, los romanos avanzaron rápidamente hacia el sudeste por las estribaciones de las montañas. Los helmanticenses se entretuvieron recogiendo nuevos guerreros en las granjas y aldeas más pequeñas, por lo que perdieron su pista.

»Por fin les dieron alcance hace cinco días. Los nuestros estaban cansados de la larga marcha y no se decidieron a atacarles, pues su número es mucho menor que el de los romanos, por lo que hasta ahora se han dedicado a hostigarlos con pequeños simulacros de ataque. Las escaramuzas se sucedieron durante un par de días. Nuestra caballería no fue capaz de quebrar su formación, fue rechazada una y otra vez hasta que estuvo claro que sin un ejército mayor no podremos vencerles. Hubimos de retirarnos, temiendo que las legiones pasaran al ataque.

»Sin embargo, como sucediera en Helmántica, los romanos apenas persiguieron a los guerreros. Se limitaron a seguirlos a distancia hasta comprobar que no se reagrupaban para intentar un nuevo ataque. Después de esto, regresaron muy tranquilos a su campamento.

—¿Dónde están ahora? —preguntó Turaio.

—Cuando partí hacia aquí —respondió el mensajero—, hace tres días, los romanos permanecían en su campamento, seguros de que no van a ser molestados en una larga temporada.

—No comprendo lo que se proponen los romanos —dijo Aro pensativo—. Se limitan a aguantar y rechazar los ataques vacceos, pero no atacan ellos...

—Es como si estuviesen de excursión por nuestro territorio —intervino un jefe nivariense, con tono desenfadado. Era un hombre enjuto, de rostro alargado, con el cabello rojizo peinado en trenzas, los ojos azules algo juntos y la boca casi oculta por una poblada barba.

—No me fío de ellos —dijo Turaio—. Los romanos no hacen las cosas porque sí.

—Es cierto, tienen que estar tramando algo —convino el nivariense.

—Y seguro que no es nada bueno para nosotros —terció el caucense.

—Creo que es el momento de dirigirnos hacia el oeste —decidió Turaio.

—¿Al encuentro de los romanos? —inquirió otro jefe caucense, de gesto avinagrado y taimado, que miraba a los demás de forma desconfiada con unos ojillos que se asomaban desde lo alto de la fina nariz—. ¿Estás loco, por Taranis? ¿Quieres que vuelvan a aniquilarnos?

—No, Turaio tiene razón —intervino Aro—. Es preferible tener a los romanos a la vista que esperar aquí sin saber nada cierto.

—Este es un lugar seguro —exclamó el caucense, irritado—, aquí estaremos protegidos.

—No se trata de proteger Cauca —repuso Turaio con firmeza—, ni de que nosotros estemos a salvo, sino de echar a los romanos del territorio vacceo. ¿Qué pasaría si al final los romanos deciden moverse, avanzan hacia el norte y toman Septimanca, como sospecha más de uno? Nuestras fuerzas quedarían divididas en dos, lo que haría más difícil aún la victoria.

—¡Pero no podemos atacarles sin contar con más guerreros! —protestó el caucense adelantando su prominente barbilla.

—Lo que propone Turaio —dijo Aro— no es atacar a los romanos, sino mantenernos cerca de ellos para observar sus movimientos. Así podremos ver hacia dónde se dirigen en cada momento, sin perder el tiempo que tardan los mensajeros en llegar de un lugar a otro. Además, así podremos convocar al resto de nuestro ejército y obligar a los romanos a combatir.

Por fin, tras una larga discusión, Aro y Turaio lograron convencer a los demás jefes de que la opción más conveniente era la que ellos proponían.

XXI

Al día siguiente, el ejército vacceo abandonó su campamento a las puertas de Cauca y marchó bajo los frondosos árboles en busca de las legiones de Albino. Sin éxito, pues tras encontrar el lugar donde había tenido lugar la batalla y el ya desierto emplazamiento del campamento romano, los exploradores les informaron de que el ejército romano se había retirado hacia el oeste. Los vacceos decidieron entonces tomar aquella dirección en busca del ejército romano, cuyo extraño comportamiento les hacía recelar cada vez más. Sólo después de varios días de marcha, supieron que los romanos se dirigían de nuevo hacia las montañas, hacia el sur, por lo que pronto se internarían en territorio vettón.

Tras una apresurada asamblea celebrada sin apenas desmontar de los caballos, el ejército vacceo tomó el camino que habían seguido los romanos, esperando alcanzarlos antes de que llegasen a las montañas de los vettones para asegurarse de que salían de su país. Durante dos días cabalgaron lo más deprisa que pudieron, marchando hasta varias horas después de que se hubiese puesto el sol, reiniciando su persecución antes del amanecer. Sólo se detenían para dejar descansar a sus monturas.

Por fin, en la mañana del tercer día, cuando las montañas se alzaban ante ellos y un viento frío les acariciaba los rostros fatigados, los exploradores les informaron de que habían avistado un contingente romano muy cerca de allí.

Los vacceos se prepararon para el combate. Tras desmontar, se acercaron con gran sigilo hacia el lugar en que se encontraban los enemigos. Los exploradores les condujeron hasta un pequeño valle por el que fluía un arroyo. Un grupo numeroso de jinetes descansaba en la orilla opuesta, abrevando a sus caballos y comiendo un bocado; los observaron en silencio, ocultos entre los matorrales y arbustos. Habían descuidado la vigilancia, pues los vacceos sólo pudieron contar cuatro o cinco centinelas alrededor del grupo. Pero lo que sorprendió a los vacceos fue el extraño aspecto de los soldados a los que espiaban: llevaban cascos y armaduras similares a las de los romanos, pero sus cabellos y barbas eran largos, al estilo indígena; sus escudos alargados también eran similares a los de los vacceos. Por debajo de las cotas de malla llevaban calzones multicolores, similares a los de los propios vacceos, muy diferentes a los pantalones ajustados de los legionarios o jinetes romanos.

—¿Habéis visto? –preguntó Coroc–. Parecen de los nuestros disfrazados de romanos.

—Sí, su aspecto es muy extraño –observó Aro.

—Podría tratarse de vettones –propuso Turaio–, aliados de los romanos. O incluso de titos o belos.

—No lo creo –dijo Aro meneando la cabeza–; los romanos no darían armaduras a los vettones. Y sin embargo, esos hombres no son romanos. Tal vez tengas razón en lo de los titos o los belos.

—No parecen demasiados –dijo Turaio con los ojos brillantes–, yo calculo unos quinientos; además, están confiados y apenas vigilan. Será fácil acabar con ellos.

—Así es, somos demasiados para ellos –dijo Aro–. Los aplastaremos con facilidad.

—Deberíamos tomarlos prisioneros –propuso Coroc–. Así sabremos qué es lo que están tramando.

Todos estuvieron de acuerdo con la idea del joven albocelense y se prepararon para atacar. Acordaron que bastaría con una parte de las fuerzas vacceas para aprisionar a aquellos indígenas vestidos de romanos y en muy poco tiempo prepararon la táctica: un grupo de seiscientos jinetes, al mando de Turaio, cruzaría al otro lado del pequeño valle, dando un amplio rodeo, para tomar a los enemigos entre dos frentes; mientras tanto, otros mil jinetes esperarían donde estaban a que el pallantino desplegase a sus hombres para lanzar el ataque.

Una hora más tarde, los jinetes que aún descansaban junto al arroyo seguros de que no corrían ningún peligro en aquel paraje se vieron sorprendidos por una horda de jinetes que se echaban sobre ellos. Los oficiales ordenaron rápidamente a sus hombres que se desplegaran para defenderse, pero los vacceos cayeron sobre ellos como un torbellino. Algunos pudieron hacerles frente, e incluso hubo algún herido entre los vacceos. Sin embargo, el *praefectus* que estaba al mando de los jinetes, viendo que algunos de sus hombres ya habían caído y que su tropa sería aniquilada en poco tiempo, ordenó la rendición a los suyos. Sus hombres depusieron las armas; el *praefectus* y los demás oficiales fueron conducidos ante los jefes del ejército vacceo.

El *praefectus*, un hombre alto, con largas trenzas de oro, un gran bigote y brillantes ojos azules, les explicó, con la ayuda de un intérprete que viajaba con ellos, que formaban parte de una tropa de *extraordinarii* del pueblo italiano de los insubros, procedentes de Mediolanum, ciudad aliada de Roma, encargados por el pretor Albino de proteger la retirada de sus legiones. El resto de los *extraordinarii* se encontraba más adelante; el ejército romano ya debía estar en territorio vettón.

—¿Por qué ha entrado ese tal Albino con su ejército en territorio vacceo? —preguntó el caucense de rostro taimado adelantando su barbilla hacia el *praefectus*—. Nosotros no os hemos atacado.

Este se puso rígido ante el tono iracundo de aquel hombre. Los demás oficiales se mostraban intranquilos.

—Nosotros no sabemos nada de eso —dijo dubitativo el insubro alzando las manos en gesto defensivo—; como te he dicho, sólo somos aliados de Roma. Acatamos las órdenes del comandante en jefe y nada más. No hacemos preguntas que pudieran hacernos merecedores de un castigo.

—Es evidente que miente —dijo Aro a Turaio sin dejar de observar al *praefectus*. Después se dirigió al prisionero—. Dime: ¿por qué no nos cuentas la verdad? ¿Temes morir?

—No... Es cierto que no sé más de lo que os he contado, os lo aseguro —insistió el insubro—. No pido explicaciones a los oficiales romanos.

Turaio se adelantó hacia él con los ojos brillantes.

—Escúchame bien —dijo con gesto feroz poniendo las manos en los hombros del oficial— porque no voy a repetirlo: si no nos cuentas qué hacíais paseando por nuestras tierras, verás cómo todos tus hombres sufren una muerte terrible; después, sólo después, les seguirás tú.

El insubro miraba fijamente al enorme guerrero que le sujetaba con fuerza. Había oído muchas historias sobre los indígenas de aquella parte de Hispania, por lo que temía que hiciesen cualquier cosa terrible con sus soldados. Sin embargo, era un guerrero insubro y no mostró su preocupación a sus captores, a los que siguió estudiando, sopesando si cumplirían sus amenazas o sólo trataban de atemorizarle.

—Por el contrario —intervino Aro hablando con voz serena—, si nos cuentas la verdad, os dejaremos a todos en libertad. Si, como dices, no sois más que aliados de Roma, no tenéis culpa de lo que ellos planean y no os castigaremos. Tú decides: si hablas, seréis libres; si no lo haces, todos tus hombres morirán.

El insubro, con las mandíbulas apretadas, miraba aún a Turaio, que seguía sujetándolo con fuerza. Aquel guerrero de cabello rojo, pensó, con sólo su presencia y el brillo de sus ojos era más eficaz que cualquiera de los *quaestionarii* del ejército romano. Miró también a aquel otro indígena que le hablaba con la calma y la arrogancia de un gran jefe a quien el resto de guerreros respetaba. Sus ojos le parecían serenos; creyó, o quiso creer, que aquel hombre decía la verdad, que si les decía lo que sabía, viviría y sería libre. Además, podía aprovechar el que, al decir que no eran romanos, sino tan sólo aliados italianos, lo que era evidente por su aspecto, los hispanos les dejarían marchar. Durante un largo rato, su mirada pasó de un hombre a otro, del pelirrojo terrible al altivo jefe. Por fin asintió despacio.

—Está bien, hablaré.

Los demás oficiales, que habían observado en silencio la situación, temiendo sufrir terribles torturas a manos de aquellos salvajes, comenzaron a respirar aliviados, aunque seguían sin fiarse de los indígenas. Turaio soltó al *praefectus* y le invitó a que hablase.

—Las órdenes del pretor Albino –dijo con voz entrecortada– eran entrar en vuestro territorio para manteneros pendientes de nuestras tropas, pero evitando los enfrentamientos con vosotros tanto como nos fuera posible. Sólo debíamos rechazar vuestros ataques, nada más.

—¿Por qué teníais que hacer eso? –preguntó Coroc.

—El otro pretor, Graco, se encontraba al sur de las montañas, y quería evitar que los indígenas de esta zona auxiliaseis a los del otro lado. Por ello planeó esta maniobra.

—Una maniobra de distracción –dijo Aro pensativo–. Sin embargo, ha causado muertes tanto entre los nuestros como en vuestras filas.

—¿Y por qué os retiráis ahora? –inquirió Turaio mostrando sus dientes una vez más–. ¿Dónde está ahora el otro pretor?

—Graco está ahora en territorio de los celtíberos...

—¿Los celtíberos? –le interrumpió Aro sorprendido–. ¿Quiénes son esos?

—Vuestros vecinos, los que viven al este de vuestro territorio –explicó el *praefectus* extrañado–. Su capital es Numantia. También vosotros sois celtíberos. Ya sabéis, los celtas de más allá del río Iberus...

—¿Los arévacos? –exclamó Turaio–. ¿Llamáis... celtíberos... a los arévacos? ¿A nosotros también? ¿Los celtas del río Iberus? ¡Pero si somos pueblos distintos! ¡Hasta un ciego se daría cuenta! ¿Quiénes son los celtas? Supongo que el río Iberus es como llamáis al Iber... Pero está muy lejos de aquí.

—Pero el Iberus da nombre a todo este territorio: Iberia, este país... Así lo llamaban los fenicios y los púnicos –explicó el insubro entre balbuceos, alarmado por la actitud del pallantino–. Es todo el país que se extiende al sur de los Pirineos, desde las tierras de los indiketes en el este hasta las de los galaicos. Y al sur, hasta la ciudad de Gades... Los romanos llaman Hispania a toda esta tierra.

—¿Iberia? ¿Hispania? –Turaio no salía en sí de su asombro–. Entonces, ¿para vosotros, el territorio de los vettones y el de los arévacos son el mismo país? ¿Y pensáis que son parte del mismo pueblo? ¿Nosotros también? Cada vez me sorprendéis más, los romanos...

—No olvides que no soy romano –dijo el insubro. Se aferraba desesperado a aquel argumento para salvar su vida y la de sus hombres.

—Sí, sí, lo sé —prosiguió el pallantino sacudiendo la mano—, ya vemos que no lo sois. Pero no nos desviemos de la cuestión: ¿qué quiere hacer ese Graco en territorio arévaco?

—Por lo que sé, sólo quiere regresar a Tarraco por otra ruta distinta a la de la costa del mar Medio para explorar el terreno.

—Se refiere al mar Interior —explicó Aro ante la mirada interrogativa de muchos vacceos—. Vaya, vaya... Buscan una ruta hacia el nordeste por el interior...

—¿Tú crees que dice la verdad? —preguntó Turaio a Aro.

—Sí, ahora es sincero —dijo este observando al *praefectus* con detenimiento—. Teme demasiado a una muerte cruel para inventarse algo así. Además, cuando miente, suda demasiado.

El comentario arrancó una carcajada a los guerreros vacceos. Por fin, decidieron cumplir lo prometido por Aro y liberar a los prisioneros.

—Marchaos —dijo por último Aro al *praefectus*—. Marchaos de aquí, y procurad no regresar jamás a este país, lo llaméis como lo llaméis. La próxima vez no seremos tan generosos con vosotros, aunque sólo seáis aliados de Roma. Di a tu oficial superior que ha estado muy cerca de caer en nuestras manos... y él no hubiese tenido tanta suerte como vosotros.

Así, los *extraordinarii* partieron a galope hacia las montañas, sin atreverse siquiera a volver la mirada hacia el ejército vacceo, asombrados de no haber recibido una muerte cruel a manos de aquellos salvajes de los que tantas cosas terribles les habían contado los romanos.

—¡Por Taranis! ¿Por qué les dejamos marchar? —murmuró Turaio.

—Se lo prometimos, amigo —respondió Aro sin dejar de mirar a los jinetes que se alejaban—. Si no les hubiésemos asegurado la libertad, no habrían hablado.

—Habrían hablado —dijo el caucense torvamente—. Podríamos haber torturado a su jefe...

—Lo sé —respondió Aro—. Pero no quería torturar a nadie. Era más fácil prometerles la libertad.

—Al fin y al cabo —terció Turaio—, no son romanos...

—¡Pero han combatido junto a los romanos! —exclamó el caucense—. Ellos también han matado vacceos, y les hemos dejado ir...

—Sí, son sus aliados —repuso Turaio, cansado—, pero tal vez ellos no deseen estar aquí luchando, tan lejos de sus casas. No tienen otra elección que contribuir al ejército romano con un contingente de soldados si no quieren que Roma rompa sus tratados con ellos.

—Será mejor que regresemos a nuestras ciudades —intervino el otro jefe caucense—. Este asunto ha finalizado; nosotros no podemos cabalgar ahora hacia el este, al otro extremo de nuestro territorio, para vigilar los movimientos del tal Graco. Si ataca alguna de nuestras ciudades, tendremos que ponernos en marcha de nuevo, pero mientras tanto…

—Prefiero asegurarme de que se marchan de aquí —interrumpió Turaio—. No sabemos qué se proponen. Tal vez esto sea una trampa para que volvamos a nuestras ciudades y sorprendernos en ellas.

Todos estuvieron de acuerdo; cabalgaron tras los pasos de los insubros. El terreno transcurría entre valles angostos, y se iba elevando cada vez más a medida que se aproximaban a las montañas. El territorio vettón se encontraba ya muy cerca. De pronto, varios mastines que acompañaban a los exploradores surgieron de entre los árboles ladrando desenfrenadamente. Los vacceos se alarmaron.

—¡Los exploradores! —gritaron algunos—. ¡Algo ha ocurrido ahí delante!

Como un solo hombre, el ejército vacceo se lanzó hacia adelante al galope a través del bosque. En aquel punto el terreno comenzaba a ensancharse formando una hondonada. Turaio y Aro cruzaron una mirada fugaz temiendo una trampa. Pero el ejército se había lanzado al galope hacia el interior de aquel valle con los estandartes desplegados y ya era imposible detenerlo.

De repente, la tropa vaccea salió del bosque espeso a un amplio llano entre dos pendientes empinadas. Pero no fue esto lo que hizo sorprenderse a los jinetes que cabalgaban en vanguardia, que hicieron detener a sus monturas de manera brusca. A poco más de un tiro de lanza les esperaba la formación de largos escudos multicolores tras los que brillaban los cascos romanos, con sus plumas y crines teñidas flotando al viento. Aro conocía muy bien aquella formación y lo que les esperaba a partir de aquel momento.

—¡Una trampa! —gritaban aquí y allá los guerreros—. ¡Hemos caído en una emboscada!

Los vacceos trataron de organizarse, pero los legionarios comenzaron a arrojar sus *pila*, flechas y piedras. Aro apenas tuvo tiempo de ajustarse el viejo casco con protecciones para las mejillas antes de tener que protegerse de la lluvia mortífera.

Todo sucedió con la fugacidad del rayo de Taranis. Los legionarios se abalanzaron contra los sorprendidos vacceos, muchos de los cuales ya habían caído bajo sus proyectiles. Se emplearon con eficacia, desjarretando a los caballos, asestando tajos a uno y otro lado, pisoteando y rematando a los heridos.

Los vacceos se defendían con ferocidad, pero los romanos eran demasiado numerosos. Los gritos de los hombres moribundos y los relinchos de los caballos heridos se mezclaban con los juramentos de los combatientes. Pronto el terreno se hizo resbaladizo con la sangre, el aire se impregnó con los fuertes olores de la sangre y los excrementos de hombres y animales. Aro y Turaio combatían hombro con hombro entre los escudos de los romanos y los de los vacceos que empujaban a su espalda.

El pallantino lanzaba tajos y estocadas a los legionarios que le hacían frente, como una abeja de aguijón de hierro, al estilo de los propios legionarios, pero su mano empuñaba una espada afilada que se clavaba sin descanso en los cuerpos de sus enemigos. Aro recordó que en el valle del Tagus hubiera deseado tener un centenar de guerreros como Turaio.

De pronto, un *pilum* surgió entre dos escudos romanos y atravesó el poderoso cuello del pelirrojo guerrero. Turaio abrió los ojos y la boca, en un intento de respirar, de mantener dentro de su cuerpo la vida que se alejaba por momentos. Se desplomó hacia adelante derribando al legionario que lo había matado.

—¡Turaio! –gritó Aro al ver caer a su amigo. Otro legionario remató al pallantino, clavando su espada entre los omóplatos del guerrero.

Siguió luchando desesperado, resistiendo, derribando enemigos, hasta que le dolieron todos los músculos, hasta que la espada se embotó y pareció multiplicar su peso por mil. Su cuerpo estaba lleno de heridas; agotado, pensó en su familia, en su amada Coriaca, en sus hijos. Entonces recordó a Coroc y se preguntó dónde estaría. Lo había perdido de vista al comenzar el tumultuoso combate, pero había observado que Docio y Silo se encontraban junto a él. No había podido mantener la promesa hecha a Coriaca de mantenerse junto a su hijo. Ojalá estuviesen aún con vida...

Sintió un dolor agudo, como una quemadura alargada que le recorría el pecho. Fugazmente le vino a la mente la puñalada que recibiera en el costado hacía ya tantos años, pero ahora el dolor era terrible y supo que esta vez nadie, ni siquiera la magia de Vindula lo salvaría de ir a reunirse con los dioses. Vindula... Al fin comprendió: la profecía de la druida se cumplía, cuando ya parecía olvidada, llevada por el viento de los años. Observó durante un instante que la capa de piel de lobo estaba ensangrentada... con su propia sangre. El lobo de los vacceos caía en las garras de la loba romana. Le fallaron las fuerzas y se desplomó en el suelo al mismo tiempo que recibía otro tajo en el hombro, cerca del cuello. Todo se hizo borroso, los cuerpos de sus devotos, los de los enemigos, los escudos coloreados y las piernas de los legionarios que lo rodeaban, la sangre y la hierba pisoteada. Vio el rostro sin vida de Turaio y también el de Andecaro, muy cerca de él, envuelto en el estandarte rojo de Albocela, donde el toro negro se ahogaba en la sangre de su devoto. Supo que muy pronto se encontraría con Buntalo y Clutamo en el Más Allá.

Al igual que habían hecho durante toda aquella campaña, las legiones de Albino no persiguieron a los derrotados vacceos. Se limitaron a recoger a sus muertos y heridos, a rematar a los vacceos que no hubiesen muerto en la batalla, a despojar a los cadáveres de los indígenas de los hermosos brazaletes, fíbulas y torques de oro y plata.

Los supervivientes del derrotado ejército vacceo les observaban, ocultos en el bosque cercano. Cuando los legionarios se alejaron por fin de allí, se atrevieron a salir al campo de batalla. Atardecía ya, los buitres comenzaban a trazar amplios círculos en el cielo de luz mortecina. Coroc, Docio y Silo buscaron penosamente el cadáver de Aro entre los muertos vacceos. Los tres habían sido heridos en la batalla, pero se habían mantenido con vida hasta la orden de retirada general. La batalla no había durado más de una hora, durante la cual los vacceos habían tratado de resistir el empuje de las legiones romanas, que los habían rodeado, dejándoles sólo salida por el bosque por el que habían llegado.

Cuando al fin encontraron el cuerpo de Aro, Coroc se arrodilló junto a él y cerró sus ojos. Tenía una herida de espada en el pecho, una herida profunda que le había matado, y otro tajo en el hombro derecho. Los romanos le habían robado la torques y los brazaletes de oro, así como sus anillos y las demás joyas. Sólo conservaba la ya inservible cota de malla, la espada cubierta de sangre romana y el casco de bronce.

Coroc, con lágrimas en los ojos, despojó al cadáver de su padre del manto de pieles de lobo, la valiosa espada, la cota de malla y el casco; envolvió todo dentro del manto y lo depositó sobre el cuerpo sin vida. Entonces lo tomó en brazos; seguido por Silo y Docio, lo condujo hacia un grupo de rocas que se erguían en el extremo sur del valle. Muchos otros guerreros hacían lo propio con sus parientes y amigos caídos en combate para que los buitres se encargasen de llevar sus almas al Más Allá.

Depositaron el cuerpo de Aro sobre una gran roca plana. Lo desnudaron para evitar a los buitres el trabajo de desgarrar la ropa ensangrentada. Después lo tendieron boca arriba con los brazos alrededor del torso. Coroc miró por última vez el rostro sin vida de su padre, que tenía una extraña expresión de paz, a pesar de haber muerto en combate. Aún permaneció unos momentos llorando junto a él, hasta que sintió en su hombro derecho la mano de Silo. Comprendió que tenía que dejar que los buitres hiciesen su trabajo. Silo compondría más adelante un hermoso poema en el que narrase la muerte heroica de Aro, el guerrero caído en los confines del territorio vacceo defendiendo la libertad de su pueblo frente al invasor romano. Rezaron una breve oración junto al cuerpo de Aro y se retiraron de allí.

Los supervivientes del ejército vacceo acamparon en el bosque cercano, bajo el cobijo de los árboles. Aquella no fue una noche alegre, a pesar de que todos sabían que los muertos en aquella batalla verían muy pronto el rostro de los dioses y se encontrarían con sus ancestros en el Más Allá.

Al día siguiente, los vacceos recogieron los huesos de los cadáveres, tras el festín de los buitres, los envolvieron en los desgarrados mantos ensangrentados y se dispusieron a volver a sus ciudades, donde los caídos en la batalla recibirían la sepultura adecuada. Aro, se dijo Coroc, tendría el funeral que merecía un gran jefe vacceo.

Epílogo

Este del territorio vacceo, verano de 178 a. C.

Albino, tras derrotar a los vacceos, se retiró hacia el sur y salió del peligroso territorio en que se encontraba al recibir un mensaje de Graco informándole de que él mismo había penetrado en el país de los vacceos, tras atravesar las tierras de los oretanos y carpetanos. Albino volvió la cabeza hacia el norte, pensativo. Aquellos celtas eran en verdad peligrosos. A Roma no le sería fácil someterlos a su dominio. «De todos modos —pensó aliviado—, serán otros los que tengan que encargarse de ese asunto».

Mientras tanto, el pretor de la Citerior, en su marcha de regreso a su provincia tras su expedición en la Ulterior, no había permanecido inactivo durante la primavera. Había derrotado a una coalición de titos, belos y carpetanos. Después había tomado la ciudad de Alce, donde obtuvo un gran botín y prisioneros, algunos de ellos importantes, como los hijos de un pequeño rey tribal llamado Thurro. La situación obligó a Thurro a firmar la paz con Roma y a comprometerse a prestarle ayuda militar en adelante.

A continuación, había vuelto a combatir a los indígenas cerca de Complega, consiguiendo una nueva victoria; también había tomado la ciudad de Ercavica, que se rindió al pretor al ver que los poderosos ejércitos de Roma vencían a todos aquellos que les hacían frente.

Al ver que aquella zona parecía pacificada, Graco se dirigió hacia el norte, penetrando en territorio vacceo, casi en su extremo oriental, ya a finales de la primavera. Envió un mensaje a Albino, anunciándole que se encontraba en tierra vaccea y que podía regresar a la provincia Ulterior. Esta vez no se proponía irritar a los indígenas, lo que podría provocar una nueva sublevación, en contra de los deseos del Senado. Por tanto, trató de cruzar aquel territorio con la mayor celeridad posible.

Una vez en territorio vacceo, Graco se volvió hacia el nordeste, buscando el valle del Iberus para regresar a Tarraco siguiendo el curso del río y comprobar los movimientos de los arévacos, que se habían desplazado hacia el este, al valle del Iberus, en busca de nuevos terrenos de cultivo. Al tercer día de marcha, cuando aún avanzaban entre altas colinas pobladas de bosques, los *extraordinarii* le informaron de que habían visto una caravana vaccea que se dirigía hacia el noroeste.

—¡Sexto Pompeyo! —gritó dirigiéndose a uno de sus tribunos—. Llévate a quince *turmae* y vigila a esa caravana. No puedo desviar la ruta de todo el ejército por una simple caravana. Si es posible, haz prisioneros; quiero saber dónde están las ciudades más importantes de esta zona.

Sexto Pompeyo, un joven tribuno alto, delgado y de cabellos dorados, obedeció al momento las órdenes del pretor. En su rostro redondo se podía leer el orgullo que sentía por haber sido designado para aquella misión. Formó rápidamente las quince *turmae* y siguió a los exploradores. Los jinetes romanos cabalgaron entre las colinas hasta desembocar en una pequeña llanura; por ella avanzaba a toda prisa, junto a un riachuelo, una columna de carros. Los vacceos ya debían haber sido avisados por sus propios exploradores, ya que trataban de poner tierra de por medio. Ahora, al saber que se acercaban los jinetes romanos, estaban formando un círculo con sus carros para tratar de defenderse mejor en caso de ataque. Pompeyo hizo detenerse a sus jinetes bajo los árboles frondosos de la linde del bosque y contempló la caravana.

El tribuno, de mirada aguda, observó que las personas que corrían junto a los carros, al igual que las que se asomaban bajo las lonas, eran mujeres. Sorprendido, aguzó la vista, para asegurarse de lo que estaba viendo. Llamó a uno de los decuriones, que estaba cerca de él. El oficial se acercó sin dejar de mirar hacia los carros.

—Marco Emilio, ¿ves lo mismo que yo? —preguntó.

—En esos carros no viajan más que mujeres —confirmó Emilio con una sonrisa.

—¿No te parece extraño que viajen tantas mujeres solas? —inquirió Pompeyo.

—He oído historias sobre los indígenas de estas tierras —respondió el decurión encogiéndose de hombros—. Son extraños, tan extraños como los galos, quizá más. Sus mujeres combaten junto a ellos algunas veces, y disfrutan de mucha libertad, demasiada para el gusto romano.

—Pero una caravana formada sólo por mujeres...

—Sus esposos les dejan total libertad, ya te lo he dicho. O tal vez sus esposos hayan muerto.

—¿Y si están escondidos? Podría ser una emboscada...

—Tomaremos precauciones.

—Bien, entonces –decidió Pompeyo–, veremos si son buenas guerreras.

—Tú estás al mando –dijo Emilio–, pero puedo hacerte una sugerencia: será mejor que tomemos prisioneros, todos los que podamos. Seguro que el pretor estará contento con nuestro trabajo si lo hacemos así. Con un poco de suerte, tendremos diversión esta noche...

—Vamos a recogerlas, antes de que se alejen demasiado, y a invitarlas a que vengan con nosotros –convino el tribuno sonriendo–. No creo que nos causen excesivos problemas. Da la orden de avanzar.

Los romanos se lanzaron ladera abajo al galope en pos de los carros. A pesar de la orden de Emilio de permanecer atentos, entre los jinetes se había corrido la voz de que la presa era un grupo de mujeres, por lo que pronto avanzaron sin ninguna precaución y con gran alegría por la noche de diversión que ya adivinaban.

Cuando los romanos se encontraban muy cerca de los carros, su alegría se tornó en una desagradable sorpresa: de dentro de los carros comenzaron a saltar guerreros vacceos, algunos de los cuales aún iban disfrazados con ropas de mujer. Pompeyo sintió que un escalofrío le recorría la espalda. ¡Habían caído en una trampa! Tanto él como sus jinetes de vanguardia detuvieron sus caballos en seco, pero los que venían detrás no habían visto nada y no se detuvieron, chocando con los que comenzaban a darse la vuelta para retroceder. La confusión fue máxima, e incluso varios romanos cayeron de sus caballos. Pompeyo hizo tocar retirada a sus *cornicines*, pero los vacceos ya estaban encima de ellos.

Los guerreros vacceos acometieron a los romanos. Incluso las mujeres vacceas participaron en la escaramuza, ensañándose con los romanos caídos, hiriéndoles con sus afilados cuchillos y hachas, derribando a otros de sus monturas. El propio Pompeyo estuvo cerca de ser atrapado por las mujeres vacceas. Por fin los romanos consiguieron retroceder, cabalgando hacia las colinas. Los vacceos ni siquiera se tomaron la molestia de seguirlos. Cuando los romanos alcanzaron las colinas, prorrumpieron en vítores y gritos de victoria. Algunos de los que iban disfrazados se levantaron las faldas y mostraron sus atributos al enemigo en fuga burlándose de los jinetes romanos.

Pompeyo regresó con las orejas gachas junto a Graco, y su rostro se puso como la grana cuando el pretor le preguntó qué había ocurrido. El tribuno, avergonzado, le informó de lo acaecido con el convoy de carros. Había perdido diez hombres sólo por su incompetencia y su falta de precaución; muchos otros estaban heridos. Graco, tan divertido y asombrado por la estratagema como indignado por la torpeza del joven tribuno, lo castigó a permanecer en retaguardia. Pompeyo debería vigilar el tren de bagajes durante las batallas y no intervendría en los combates a menos que fuese imprescindible.

Además, sería el oficial de noche, ayudando al *praefectus vigilum*, hasta que llegasen de nuevo a Tarraco.

Varios días más tarde, Graco y su ejército salieron del territorio vacceo y entraron en el de los arévacos. Su marcha fue tranquila, pues no encontraron contingentes indígenas y no hubo más escaramuzas. No tardaron en desembocar en el valle del Iberus. Graco respiró tranquilo, sabiendo que a tan sólo dos días de marcha se encontrarían en territorio aliado, en la provincia Citerior. Pero esa misma noche, cuando las legiones ya habían acampado, se presentó ante Graco un mensajero que venía de Caravis. La ciudad, aliada de Roma, había sido sitiada por un ejército de veinte mil lusones y pelendones. El pretor suspiró y se dispuso a entrar de nuevo en combate.

Caravis se encontraba a cuatro días de marcha, pero cuando Graco llegó a las cercanías de la ciudad, se encontró con un comité de recepción. Los sitiadores, al enterarse de que el ejército romano se encontraba cerca y se dirigía hacia allí, habían huido, temiendo la ira de Roma. Sin embargo, Graco envió a sus exploradores en busca del ejército indígena. Deseaba poner fin a esa revuelta de una vez por todas para conseguir que los territorios colindantes con la provincia Citerior fuesen pacificados de una vez. Poco después, los *frumentarii* le informaron de que los celtíberos se encontraban acampados en las cercanías del Mons Caius, a sólo dos días de marcha de allí.

Graco se dirigió hacia el Mons Caius y derrotó, aunque con apuros, al ejército de los lusones y pelendones, dispersando a los supervivientes. La batalla tuvo lugar en un pequeño llano junto a la alta y majestuosa montaña, cuya sombra se cernía sobre los contendientes.

El pretor utilizó una vez más la formación habitual de las legiones, que resultó insuperable para los indígenas, quienes cargaron una y otra vez contra los manípulos estrellándose contra las filas romanas sin conseguir abrir una sola brecha. Por fin, agotados por el esfuerzo, los hispanos fueron barridos del campo de batalla por el ejército romano. Graco obtuvo otra victoria más para la República.

Al fin había conseguido Graco su objetivo: pacificar aquella zona, pues pocos días después consiguió que los indígenas firmasen un tratado, pagando un tributo a Roma que ascendía a los dos millones cuatrocientos mil sestercios, comprometiéndose a enviar tropas *auxiliares* a los ejércitos romanos y renunciando a edificar ciudades nuevas. Este tratado fue aceptado por los belos, titos y arévacos, así como por lusones y pelendones. Además, siguiendo con su política de tratar de atraerse a los indígenas, el pretor distribuyó nuevas tierras de cultivo entre los indígenas, e incluso concedió la ciudadanía romana a algunos de ellos. También ordenó a un grupo de gentes sin casas ni tierras que se estableciesen en Complega.

Acto seguido, Graco marchó hacia el este siguiendo el valle del Iberus. Fundó una ciudad a orillas del río, no lejos de Calagurris, a la que llamó Gracchurris, y regresó a Tarraco. También había fundado, durante su expedición por la Baeturia, otra ciudad: Iliturgi. A principios del año siguiente, volvió a Roma, llevándose un botín de cuarenta mil libras de plata. Había conseguido lo que el Senado le había encargado: una paz duradera y la estabilidad de las fronteras de las provincias de Hispania, que quedaban situadas en una línea que, desde los Pirineos, pasaba por Calagurris, el curso alto del Durius hasta el Tagus, al oeste de Toletum hasta el curso medio del Anas, que hasta su desembocadura constituía la frontera de la provincia Ulterior. Al fin, Graco había conseguido asentar el poder de Roma en la tierra de Hispania. Comenzaba la *Pax Sempronia*.

NOTA DEL AUTOR

Cuando los ejércitos de Roma desembarcaron en la península ibérica, allá por 218 a. C., sus objetivos eran derrotar a sus eternos enemigos los cartagineses, privarles de su principal fuente de suministros y de una fuente importante de mercenarios. Pero tras conseguirlo Publio Cornelio Escipión, llamado años después el Africano, en 205 a. C., el Senado decidió que no podía dejar de explotar en su beneficio una tierra tan feraz. El nuevo objetivo era apropiarse de ella. Se iniciaba así un proceso de conquista que costaría al Senado y al pueblo de Roma muchos más quebraderos de cabeza, desastres y muertes de los que jamás hubiera imaginado cuando decidió convertir estas tierras en parte del territorio de la República.

Uno de los muchos pueblos que sufrió ese proceso de conquista, después llamado romanización, fue el de los vacceos. Según Diodoro Sículo, que vivió y escribió en el s. i a. C., utilizando como fuente a Polibio: «... el más avanzado de entre los pueblos vecinos a estos [los celtíberos], es el conjunto de los llamados vacceos...». No es difícil pensar que, bien a través de los carpetanos y vettones, bien a través de sus supuestos parientes los arévacos, los vacceos estuvieran perfectamente enterados de todo cuanto sucedía a lo largo de la costa mediterránea al principio, y más tarde hacia el interior peninsular, cada vez más cerca del territorio en el que se asentaban. Para ellos, acostumbrados a enfrentamientos ocasionales y de pequeña escala con los pueblos vecinos, como los ya mencionados vettones, los lusitanos, los cántabros o los astures, la irrupción de Cartago y Roma en su ámbito cercano debió suponer un fuerte impacto. Su primera toma de contacto no fue en absoluto agradable: en 220 a. C., el mismísimo Aníbal Barca atacó las ciudades vacceas de Helmántica (Salamanca) y Albocela.

La ubicación de Albocela es desconocida hoy día, aunque tradicionalmente se ha identificado con la actual Toro, en la provincia de Zamora. Sin embargo, en los últimos años algunos historiadores han sugerido otras ubicaciones para la ciudad. El principal argumento en contra de esta identificación es que no se han encontrado restos de una ciudad prerromana en Toro. Aparte de algunos restos de cerámica, el principal resto prerromano que se conserva es el toro de granito. También se ha alegado que ese no es el lugar que corresponde a Albocela según el célebre Itinerario de Antonino. Personalmente, pienso que no tiene sentido tratar de ubicar un *oppidum* vacceo de los siglos iii-i a. C. a partir de un documento del s. iii d. C. De este modo, es tal la variedad de ubicaciones que han buscado los historiadores para Albocela, que para la narración de *Aro, el Guerrero Lobo* he decidido mantener la que le otorgaron Federico Wattenberg y otros, entre otras razones porque me resulta lógico que un clan vacceo decidiese construir su *oppidum* en una posición defensiva tan óptima como el lugar donde se encuentra actualmente Toro. Una figura tan imponente como el toro de granito no pudo ser esculpida para ser situada en medio de ninguna parte. De igual modo, si los romanos se asentaron allí y construyeron un puente para atravesar el Duero, y si Estatilio Tauro estacionó allí a la Legio X Gemina como base para avanzar hacia Astúrica en 29 a. C., es porque allí tuvo que haber un *oppidum* vacceo anteriormente. Lo mismo ocurre con otros enclaves vacceos, como Intercatia; he adoptado las ubicaciones determinadas por Federico Wattenberg.

Tampoco se tienen evidencias de que existiesen druidas entre los pueblos de estirpe celta de la Península. Sin embargo, existen numerosas representaciones de deidades célticas, así como inscripciones en las que aparecen los nombres de dichas deidades. Por tanto, si estos pueblos de origen celta adoraron a dioses celtas, me parece lógico que también se mantuviera la casta sacerdotal encargada de mantener ese culto o, al menos, una muy similar. Me parece muy difícil creer que los druidas desapareciesen así como así al sur de los Pirineos y que los pueblos célticos de la Península mantuvieran la creencia en sus dioses pero prescindieran de las personas que se comunicaban con ellos y se encargaban de comunicar sus mensajes a los mortales.

No existen muchas noticias sobre los vacceos durante la época en la que transcurre *Aro, el Guerrero Lobo*. El núcleo del conflicto entre romanos y cartagineses, primero, y después el proceso de expansión de Roma por la península ibérica se encontraban aún lejos de su territorio, aunque el segundo se acercaba a ellos de manera paulatina. Plutarco (*Virt. Mul.*, 248e), Polieno (7,48), Polibio (3, 13, 5-14) y Tito Livio (21, 5, 1-17) citan el ataque de Aníbal a Helmántica y Albocela durante el verano del año 220 a. C. Polibio menciona el gran tamaño de Albocela. También se sabe por Tito Livio (*Ab urbe condita*, XXXV,7) que una coalición de vacceos, vettones y lusones ayudó a los carpetanos, acaudillados por el rey Hilerno, cuando fueron atacados por los romanos bajo el mando del pretor Marco Fulvio Nobilior en 193 a. C. La batalla se libró a orillas del Tajo. También según Tito Livio (*Ab urbe condita*, XL, 35, 39, 44, 47-50), el propretor de la provincia Ulterior, Lucio Postumio Albino, se enfrentó a los vacceos al sur de su territorio en 179 a. C. en el transcurso de una operación conjunta con su colega de la provincia Citerior, Tiberio Sempronio Graco.

La legión romana de la época anterior a las reformas de Mario era muy diferente a la que estamos acostumbrados a ver en el cine, las series de televisión y los cómics. Era la legión del ciudadano-soldado, en la que cada hombre iba armado según su situación económica y social. Estos factores y su edad los clasificaban en cada uno de los cuatro tipos de legionarios. Aquellos que podían permitirse pagarse un caballo, los *equites*, formaban la caballería. La República no proveía de ropa ni armas al ejército. Cada hombre portaba la armadura y armas que podía permitirse, y cada uno pintaba su escudo como le parecía, por lo que aquellas legiones formaban un conjunto multicolor muy alejado de esa imagen que se tiene habitualmente de una legión romana, vestida con túnicas rojas, portando escudos rojos con alas doradas y el típico yelmo *coolus*. Todo esto pertenece a una época posterior a la narrada aquí. Y, por supuesto, aún no existían las famosas *aquilae* de las legiones, introducidas por Mario muchos años después.

Personajes como Escipión el Africano, Aníbal Barca, Silano, Lelio, Catón, Graco, Albino o Hilerno son históricos. Todos los vacceos son fruto de mi imaginación, desde Aro a Deocena, así como Atellio, Teitabas o los numantinos. También es ficticio el príncipe ilergeta Tilego, aunque está documentado históricamente que Marco Porcio Catón tomó como rehén a un príncipe ilergeta para evitar que este pueblo le traicionase durante su mandato en Hispania en 195 antes de Cristo.

En cuanto a los nombres de las ciudades y accidentes geográficos, he decidido utilizar los más conocidos para el gran público, aun a riesgo de cometer algún tipo de incorrección o anacronismo.

No soy historiador; por lo tanto, no ha sido mi intención elaborar un tratado histórico de la época, sino escribir una novela de aventuras encuadrada en un lugar y en un período histórico (o protohistórico) del que, desgraciadamente, conocemos muy poco. Esas lagunas históricas me han permitido algo más de margen para ambientar las peripecias de los personajes de *Aro, el Guerrero Lobo*. Teniendo en cuenta todos estos factores, y jugando con las licencias que posee el escritor para narrar, he tratado de ser lo más fiel posible a la historia, como puede comprobarse a través de la gran cantidad de bibliografía que he utilizado para documentarme, tratando de recrear el marco histórico en el que debieron vivir, morir, amar, reír y llorar las gentes de aquella época. Si hay algún error o anacronismo, es de mi responsabilidad exclusiva.

GLOSARIO

Abdera: Adra (Almería).

Acci: Guadix (Granada).

Acontia: Tudela de Duero (Valladolid).

Ágora: plaza pública en las antiguas ciudades griegas.

Aibura: Talavera de la Reina (Toledo).

Akra Leuké: Alicante.

Albocela: Toro (Zamora).

Albocelos: dios protector de la ciudad de Albocela, cuyo animal asociado era el toro.

Alce: ciudad situada cerca de Campo de Criptana (Ciudad Real).

Aleria: Alèria (Córcega).

Althia: ciudad capital de los olcades, de situación desconocida.

Amallobriga: Torrelobatón (Valladolid).

Amtorgis: ciudad de paradero desconocido.

Anas: río Guadiana.

Arévacos: pueblo que ocupaba el curso superior del Duero, aproximadamente la actual provincia de Soria. Su capital era Numantia.

Ariminum: Rímini (Italia).

Armilla, armillae: brazalete (condecoración militar romana).

As: moneda romana. Tenía la doble cara del dios Jano por un lado y el valor I por el otro.

Asclepio: dios griego de la medicina.

Astapa: Estepa (Sevilla).

Astura: río Esla, afluente del Duero.

Astures: pueblo que ocupaba la zona central de Asturias, gran parte de la provincia de León, el noroeste de Zamora hasta el Duero y el nordeste de Portugal, así como la parte nororiental de Ourense.

Ataecina: diosa infernal y de la noche.

Augur, augures: persona que analiza los sucesos naturales para determinar si los dioses aprueban o no una acción determinada.

Auringis: podría tratarse de Puente Genil (Córdoba).

Ausetanos: pueblo situado en las zonas llanas de Vic y Girona, y quizá en la Costa Brava.

Autrigones: pueblo situado entre el mar Cantábrico, con el Ansón como punto de referencia, y la sierra de la Demanda, y desde los ríos Nervión y Tirón a la región de Villarcayo, La Bureba y el puerto de la Brújula.

Auxilia, auxiliares: todo tipo de tropas distintas de las legiones que servían en el ejército romano.

Baecula: Turruñuelos, cerca de Porcuna (Jaén).

Baeturia: territorio comprendido entre los cursos medios e inferiores de los ríos Guadiana y Guadalquivir

Bagradas: río Medjerda (Túnez).

Ballista, ballistae: arma de asedio que servía para arrojar piedras.

Barcino: Barcelona.

Bardo: ciudad de la Baeturia, de situación desconocida.

Bastetania: región que ocupaba aproximadamente lo que hoy son Almería y Granada.

Bastetanos: pueblo que habitaba en Almería y en la vega de Granada.

Basti: Baza (Granada).

Bel: dios solar.

Belos: pueblo situado al este de los arévacos.

Bergistanos o bargusios: pueblo que habitaba en la zona de Berga (Barcelona).

Bergium: Berga (Barcelona).

Betis: río Guadalquivir.

Brigeco: Valderas (León).

Britania: Gran Bretaña.

Bruttium: región que ocupa el tacón de la bota de Italia. La actual Calabria.

Caelia: bebida alcohólica, semejante a la cerveza, elaborada a base de trigo.

Calagurris: Calahorra (La Rioja).

Cántabros: pueblo que ocupaba la Cantabria actual, la zona oriental de Asturias, el norte de Palencia, el nordeste de León al este del Esla y el noroeste de Burgos.

Capitolio: una de las siete colinas sobre las que se asentaba Roma.

Caravis: Borja (Zaragoza).

Carmo: Carmona (Sevilla).

Carpetanos: pueblo que ocupaba gran parte del valle del Tajo, desde la sierra de Guadarrama hasta La Mancha, y por el oeste hasta pasada Talavera de la Reina.

Cartago: colonia fenicia del norte de África situada muy cerca de la actual ciudad de Túnez.

Castulum: Linares (Jaén).

Cauca: Coca (Segovia).

Celtíberos: nombre con que los romanos denominaban a varios pueblos del centro de la península ibérica: titos, belos, lusones, pelendones y arévacos (tal vez incluso a los vacceos).

Centuria: unidad militar romana formada, generalmente, por unos ochenta hombres, excepto las de *triarii*, que contaban con la mitad. También, área de unos setecientos metros cuadrados.

Cernunnos: dios al que se representa con cornamenta de ciervo, asociado a los animales, a la abundancia, la buena fortuna y la fertilidad viril. Es un dios de la muerte y guarda del mundo terrenal.

Certima: Cártama (Málaga).

Cessetanos: pueblo que ocupaba el campo de Tarragona, desde el Coll de Balaguer al sur hasta el macizo del Garraf al norte, la sierra de Argentera y las montañas de Prades al oeste y la sierra de la Llacuna y de Puigfred al noroeste.

Cimbis: posiblemente, Puerto Real (Cádiz).

Cirta: Constantine (Argelia).

Columnas de Hércules: estrecho de Gibraltar.

Conios: pueblo que habitaba en la zona del Algarve (Portugal).

Cónsul: magistrado romano de más alto rango con *imperium*, considerado el escalón más alto del *cursus honorum*. El cargo era anual, la asamblea centuriada (*comitia centuriata*) elegía a dos ciudadanos mayores de cuarenta y dos años. Cada mes actuaba un cónsul, mientras el otro observaba. Tenían una escolta de doce *lictores*, pero sólo portaban las *fasces* los *lictores* asignados al cónsul en activo durante ese mes. Su *imperium* no tenía límites, era vigente en Roma, Italia y cualquier provincia e invalidaba el de cualquier gobernador proconsular. El cónsul podía ser comandante de cualquier ejército.

Contrebia: ciudad situada cerca de Daroca (Zaragoza).

Contubernalis: joven oficial subalterno, similar a un cadete actual.

Complega: ciudad de situación desconocida.

Corbion: ciudad vascona situada en el valle de Sangüesa (Navarra).

Cornicen, cornicines: corneta militar (el que toca el cuerno).

Corsica: Córcega.

Croton: Crotona (Italia).

Cuatrirreme: navío de guerra de cuatro órdenes de remos.

Cuervo: plataforma de abordaje que llevaban las naves romanas.

Cusibi: ciudad oretana, sin localizar.

Danu: uno de los nombres de la Gran Diosa Madre. Le estaba consagrado el río Danubio.

Decuria: unidad de caballería romana compuesta por diez jinetes.

Decurión: oficial romano de caballería que comandaba una decuria.

Devotio: relación de fidelidad entre hombres libres.

Dictador: magistrado dotado de la autoridad suprema. Era elegido por el Senado y nombrado por orden del mismo. Su mandato duraba como máximo seis meses.

Dipo: ciudad de situación desconocida, en el valle del Tajo, probablemente entre Mérida y Ébora.

Durius: río Duero.

Ebura: ciudad situada, posiblemente, cerca de Montalbán (Teruel).

Edetanos: pueblo que habitaba, según se cree, entre las provincias de Castellón y Valencia, entre los ríos Júcar y Mijares.

Edil curul: magistrado circunscrito a la ciudad de Roma. Tenía numerosas funciones, desde el cuidado de las calles o el abastecimiento del agua hasta la organización de los juegos. Iba precedido por dos lictores. Esta magistratura no formaba parte del *cursus honorum* o carrera política.

Eldana: Dueñas (Palencia).

Elvas: ciudad de situación desconocida, en el valle del Tajo.

Emporion: Ampurias (Girona).

Eques, equites: jinete (plural: caballería). Los *equites* constituían el *ordo equester*, la clase de los caballeros.

Ercavica: castro de Santaver (Cuenca).

Eric: multa pagada por un asesino a la familia de su víctima (en caso de que la víctima sea un animal, se paga al propietario).

Erin: Irlanda.

Esus: misterioso dios cuyas atribuciones no se conocen muy bien.

Etruscos: pueblo italiano que ocupaba la Etruria, región que comprendía la costa occidental de Italia, entre los ríos Arno y Tíber; a grandes rasgos, la actual Toscana.

Exactor, exactores: oficial encargado de recaudar los tributos, pagos o impuestos.

Extraordinarius, extraordinarii: tropas aliadas de las legiones romanas, pertenecientes a los aliados itálicos de Roma.

Falcata: espada utilizada por algunos pueblos iberos, de alrededor de medio metro de longitud y una ligera curvatura hacia abajo.

Fasces: haces de varas de abedul, sujetas de manera ritual por pequeñas correas de cuero rojo en zigzag. Eran el símbolo del *imperium* de un magistrado. Fuera del terreno sagrado de Roma, se les insertaba un hacha que simbolizaba que el magistrado tenía poder para ejecutar.

Frumentarius, frumentarii: oficial romano de información.

Gades: Cádiz.

Galaicos: conjunto de pueblos que ocupaban la actual Galicia, el este de Asturias, parte del nordeste de León y el noroeste de Portugal hasta el Duero.

Galia: Francia.

Galia Cisalpina: Umbría (Italia).

Gens, gentes: en Roma, clan, conjunto de familias que se consideraban descendientes de un antepasado común.

Genua: Génova (Italia).

Gladius hispaniensis: espada del legionario romano, adaptada por los romanos a partir de las espadas indígenas de origen celta.

Gracchurris: Alfaro (La Rioja).

Greba: espinillera metálica que protegía la pierna del soldado.

Grumentum: Grumento Nova (Italia).

Hadrumentum: Soussa (Túnez).

Hasta: Mesa de Hasta (Cádiz).

Hasta, hastae: lanza larga que portaban los *triarii*.

Hastatus, hastati: soldado que formaba en la primera línea de la legión. Solía tener unos veinte años.

Helmántica: Salamanca.

Helos: ciudad oretana de ubicación desconocida.

Higea: Diosa griega de la salud, hija de Asclepio.

Hispania: nombre que daban los romanos a la península ibérica.

Hoplita: soldado griego de infantería pesada que formaba la falange.

Iber: río Ebro.

Iberia: nombre fenicio de la península ibérica.

Idubeda: Sistema Ibérico.

Ikesancom Kombouto: Alcalá de Henares (Madrid).

Ilercavones: pueblo que habitaba la costa mediterránea al sur del Ebro hasta Sagunto.

Ilergetas: pueblo que dominaba la zona del Bajo Urgel hasta el Ebro, incluyendo Huesca y Lleida.

Ílipa: ciudad de situación discutida; podría ser Carmona, Marchena o Cortijo de Cosmes (Sevilla).

Imperium: grado de autoridad concedido a un magistrado o pro magistrado. Duraba un año, y el de los pro magistrados podía ser prorrogado (mediante ratificación del Senado y/o el pueblo) si no habían cumplido la misión encargada en ese plazo.

Indika: Ampurias (Girona).

Indiketas, indiketes, indigetes: pueblo que ocupaba todo el litoral gerundense.

Insubros: pueblo que ocupaba la zona de la Lombardía (Italia).

Intercatia: Aguilar de Campos (Valladolid).

Itálica: Santiponce (Sevilla).

Kesse: nombre del poblado indígena que se alzaba junto a la actual Tarragona.

La Cadena de Lugh: la Vía Láctea.

Lacetanos: pueblo que ocupaba los alrededores de Barcelona, en las comarcas del Maresme y el Vallés.

Lacobriga: Lagunilla (Palencia).

Legión: unidad militar romana formada por ciudadanos romanos y cuyos efectivos, en la época de que se trata, oscilaban entre cuatro mil y seis mil hombres.

Leptis Minor: Moknine o Monastir (Túnez).

Libiofenicios: pueblo que ocupaba la costa de la provincias de Almería, Málaga y Granada.

Liburnum, liburna: naves ligeras cartaginesas, de unos treinta y cinco metros de largo por cinco de ancho.

Licabrum: Cabra (Córdoba).

Lictor, lictores: funcionarios romanos que escoltaban a los magistrados poseedores de *imperium.*

Ligures: pueblo que ocupaba el valle alto del Po y la costa italiana y francesa, desde el Arno al Ródano, e incluso llegaron al norte de Cataluña.

Lilybaeum: Marsala, en Sicilia (Italia).

Locro: Locri (Italia).

Lugh: dios luminoso por excelencia, al que se atribuyen gran cantidad de funciones, como la de artesano, guerrero o poeta.

Lusitanos: pueblo que ocupaba la zona entre el Tajo y el Duero, en el actual Portugal.

Lusones: pueblo que ocupaba el valle medio del Ebro, limitando con los vascones.

Lyko: Lorca (Murcia).

Magistrado: jefe superior político-militar romano, elegido anualmente.

Malaka: Málaga.

Manípulo: unidad militar romana que agrupaba a dos centurias.

Mar Exterior: océano Atlántico.

Mar Interior: mar Mediterráneo.

Mar Medio: nombre que dieron los romanos al mar Mediterráneo hasta mediados del siglo I a. C.

Massalia: Marsella (Francia).

Mastienos: pueblo que habitaba al sur de los deitanos, en la costa mediterránea.

Mediolanum: Milán (Italia).

Metapontum: Metaponto (Italia).

Messana: Messina (Italia).

Milla: unidad romana de longitud, equivalente a unos 1.480 metros.

Modio: medida romana de capacidad equivalente a 8,75 litros.

Mons Caius: Moncayo.

Mons Jovis: Montjuïc (Barcelona).

Montañas Carpetovettónicas: Sistema Central.

Munda: Montilla (Sevilla).

Neapolis: Nápoles (Italia).

Niké: diosa griega de la victoria.

Nivaria: Pedraja de Portillo (Valladolid).

Noliba: ciudad oretana de situación desconocida.

Numantia: Garray (Soria).

Númidas: pueblo que ocupaba, aproximadamente, Argelia y Marruecos.

Numidia: región africana que corresponde, aproximadamente, a Argelia y Marruecos.

Ocellodurum: Zamora.

Olcades: pueblo que habitaría la cuenca alta del Guadiana.

Optio, optiones: lugarteniente del centurión.

Ordo equester: en Roma, clase de los caballeros.

Oretanos: pueblo que ocupaba los cursos altos del Guadalquivir y del Júcar, la zona oriental minera de Sierra Morena, la mitad este y norte de la provincia de Jaén y parte de las de Ciudad Real y Albacete.

Ovatio: forma menor del triunfo.

Pallantia: Palencia.

Parma: escudo pequeño utilizado por los velites y la caballería romana.

Patres et conscripti: senadores. Al principio, el Senado estaba compuesto por trescientos patricios (patres), y más tarde se admitió a ciento sesenta y cuatro plebeyos (conscripti).

Pectorale: protección metálica para el pecho portada por algunos legionarios romanos.

Pelendones: pueblo que ocupaba el noroeste de Soria y el sudeste de Burgos.

Pilum, pila: jabalina pesada del legionario.

Pintia: Padilla de Duero (Valladolid).

Pisorica: río Pisuerga.

Placentia: Piacenza (Italia).

Pontifex Maximus: sumo sacerdote romano y el sacerdote más antiguo. Era un cargo electo. Supervisaba a los miembros del resto de colegios sacerdotales y a las vírgenes vestales, con las que vivía en el edificio estatal más importante o domus publicus.

Praefectus sociorum, praefecti sociorum: prefecto, comandante de un contingente auxiliar o aliado.

Praefectus castrorum: prefecto de campaña. Solía ser un centurión que ya había sido primus pilus.

Praefectus vigilum: comandante de la policía nocturna y los bomberos.

Pretor: magistrado que estaba inmediatamente por debajo del cónsul en el cursus honorum. En la época en que transcurre el relato, había seis pretores:

el pretor *urbanus*, encargado de las cuestiones judiciales en la ciudad de Roma; el pretor *peregrinus*, responsable de las cuestiones legales y procesos en los que al menos una de las partes no era un ciudadano romano; dos pretores para gobernar Cerdeña y Sicilia; y a partir de 197 a. C., otros dos pretores para gobernar las provincias hispanas.

Praetorium: zona del campamento reservada al comandante del ejército.

Primus pilus, primi pili: centurión en jefe de la legión, el más veterano de todos los centuriones.

Princeps, principes: soldado que formaba en la segunda línea de la legión. Solía tener entre veinticinco y treinta años.

Procónsul: magistrado con categoría de cónsul. Se concedía este *imperium* a cónsules que habían terminado su año de mandato y debían seguir gobernando una provincia o comandando un ejército romano. Su *imperium* se perdía en cuanto se entraba en el recinto sagrado de Roma.

Promontorium Pulchrum: Cap Bon (Túnez).

Propretor: magistrado que desempeñaba las funciones de pretor. Se concedía este *imperium* a pretores que debían seguir gobernando una provincia o, si era necesario, comandando un ejército romano. Su *imperium* se perdía en cuanto se entraba en el recinto sagrado de Roma.

Pteriges: franjas protectoras de cuero o lino, que cubrían los hombros y los muslos.

Púnicos: nombre que daban los romanos a los cartagineses.

Qart Hadasht: nombre púnico de Cartagena (Murcia).

Quaestionarius, quaestionarii: torturador, interrogador.

Quaestor: magistrado subordinado, cuyo principal cometido era de índole fiscal. La edad a la que se aspiraba a ser *quaestor* eran los treinta años. Era el peldaño más bajo del *cursus honorum*.

Quinquerreme: navío de guerra de cinco órdenes de remos.

Rauda: Roa de Duero (Burgos).

Ravenna: Rávena (Italia).

Rhegium: Reggio (Italia).

Rhenus: río Rin.

Rhode: Rosas (Girona).

Sabariam: El Cubo del Vino (Zamora).

Sagitarius, sagitarii: arquero romano.

Saguntum: Sagunto (Valencia).

Salduie: Zaragoza.

Salo: río Jalón.

Saltus Castulonensis: nombre con que los romanos llamaban a Sierra Morena.

Saltus Manlianus: Nombre dado por los romanos al valle del Jalón.

Samnitas: pueblo itálico que vivía en el Samnio, región montañosa de Italia, entre los ríos Sangro y Ofanto.

Sardinia: Cerdeña.

Saunion: jabalina larga hecha totalmente de hierro.

Scutum, scuta: escudo del legionario.

Secobia: Segovia.

Sedetanos: pueblo que ocupaba las tierras situadas entre los montes de Castejón y la Muela, y los Monegros hasta la Sierra de Alcubierre.

Segestica: ciudad de situación desconocida.

Segisamo: Sasamón (Burgos).

Segontia: Sigüenza (Guadalajara).

Sena Gallica: Senigallia (Italia).

Septimanca: Simancas (Valladolid).

Sexi: Almuñécar (Granada).

Siga: ciudad situada al oeste de Orán (Argelia).

Signifer, signiferi: portaestandarte de una centuria.

Signum, signa: insignia propia de cada manípulo de las legiones.

Societates publicanorum: organizaciones privadas que se dedicaban a financiar, bajo préstamos, los gastos de la guerra cuando el erario no tenía fondos.

Stoá: pórtico con columnata que solía encontrarse en el ágora.

Sucro: Albalat (Valencia).

Sucro: río Júcar.

Suessetanos: pueblo situado en la actual provincia de Tarragona.

Sufete: magistrado superior cartaginés.

Tader: río Segura.

Tagus: río Tajo.

Taranis: dios del trueno, señor de los elementos, en particular de la manifestación violenta de los mismos.

Tarentum: Tarento (Italia).

Tarraco: Tarragona.

Tela: Villalba de los Alcores (Valladolid).

Tesserarius, tesserarii: soldado depositario de la contraseña.

Teutates: «El hombre del clan». Parece ser que se daba este sobrenombre al dios protector de cada clan o ciudad.

Titos: pueblo situado al este de los arévacos.

Toletum: Toledo.

Torques: collar rígido de metal que indicaba el rango de un hombre libre.

Trebia: afluente del Po (Italia).

Triarius, triarii: soldado que formaba en la tercera línea de la legión. Era el más veterano y adinerado de los ciudadanos romanos que podían alistarse.

Tribuno militar: oficial superior, que servía a las órdenes del comandante de la legión.

Triplex acies: orden de batalla de las legiones romanas. Constaba de tres filas: *hastati, principes* y *triarii*. En cada una de ellas los manípulos dejaban entre sí un hueco del tamaño de otro manípulo, y los manípulos de la línea posterior se situaban tras cada hueco, formándose la figura general de un damero.

Triunfo: procesión subsiguiente a una victoria.

Tubicen, tubicines: trompeta, legionario que tocaba la tuba (el que toca la trompeta).

Turba: ciudad desconocida, podría ser Teruel.

Túrdulos: pueblo que ocupaba la zona media del valle del Guadiana.

Turma, turmae: unidad de caballería romana, formada por treinta jinetes agrupados en tres decurias, cada una de ellas bajo el mando de un decurión y su *optio*.

Turmódigos: pueblo situado al sur de los cántabros y al este de los vacceos, que ocupaba la parte centro-occidental de la provincia de Burgos y la parte colindante de la provincia de Palencia.

Tusculum: Frascati (Italia).

Umbo: protección metálica del escudo para la mano.

Urbicua: ciudad situada cerca de la confluencia de los ríos Alfambre y Guadalaviar.

Urso: Osuna (Sevilla).

Uruningica: Urueña (Valladolid).

Vacceos: pueblo que habitaba las mejores tierras cerealistas de la cuenca del Duero en las provincias de Burgos, Palencia, León, Zamora, Salamanca, Valladolid y Segovia.

Vascones: pueblo asentado en la zona de la actual Navarra, al norte de los berones y los lusones, al oeste de los iacetanos y de los salluienses del valle del Ebro, y al este de los várdulos.

Vate: adivino.

Veles, velites: legionario con armamento ligero. Era el más joven y pobre de los ciudadanos que podían alistarse.

Venusia: Venosa (Italia).

Vescelia: ciudad oretana, posiblemente al norte de Málaga.

Vettones: pueblo que ocupaba ambas vertientes de las sierras de Gredos y Gata, tal vez arrinconados en las zonas montañosas por los vacceos.

Vexilliarius, vexilliarii: portaestandarte.

Vexillum, vexilla: bandera utilizada por las *turmae* de caballería.

Via praetoria: vía que atraviesa el campamento desde el frente a la parte posterior.

Via principalis: vía que atraviesa lateralmente el campamento.

Via quintana: vía secundaria, paralela a la *via principalis.*

Viminatium: Sahagún (León).

Visontium: Vinuesa (Soria).

Zama Regia: muy cerca de El Ref (Túnez).

ÍNDICE DE PERSONAJES

h.: personaje histórico

f.: personaje de ficción

Aiiogeno: f., vacceo, barquero de Albocela.

Andecaro: f., vacceo de Albocela, miembro del séquito de Aro.

Aníbal Barca: h., general púnico, hijo de Amílcar Barca.

Araco: f., vacceo, druida albocelense.

Aro: f., vacceo de Albocela, hijo mayor de Buntalo y Ategna.

Asdrúbal Giscón: h., general púnico.

Aspar: h., hijo de Aníbal Barca e Himilce.

Assalico: f., arévaco de Numantia, amigo de Buntalo.

Assata: f., vaccea de Albocela, esposa de Coroc.

Ategna: f., vaccea de Albocela, esposa de Buntalo.

Atellio: f., jefe vettón.

Attenes: h., caudillo turdetano.

Babbo: f., comerciante turmódigo.

Bilistages: f., rey de los ilergetas, sucesor de Indíbil.

Buntalo: f., vacceo de Albocela, padre de Aro.

Burralo: f., anciano vacceo, jefe druida de Septimanca.

Cayo Claudio Nerón: h., procónsul de Hispania en 211 a. C. y cónsul en 207 a. C.

Cayo Flaminio: h., pretor de la Citerior en 193-190 a. C.

Cayo Lelio: h., comandante naval y legado de Publio Cornelio Escipión. Edil de la plebe en 197 a. C., pretor en 196 a. C., procónsul de Sicilia en 194-193 a. C., cónsul en 190 a. C. y procónsul de la Galia Cisalpina en 189 a. C.

Clouto: f., arévaco de Numantia, hijo de Assalico.

Clutamo: f., vacceo de Albocela, segundo hijo de Buntalo y Ategna.

Coriaca: f., vaccea de Albocela, esposa de Aro.

Coroc: f., vacceo de Albocela, hijo mayor de Aro y Coriaca.

Deocena: f., druida vaccea de Albocela, hija de Aro y Coriaca.

Docio: f., vacceo de Albocela, hijo de Buntalo y Ategna, y hermano menor de Aro.

Hilerno: h., rey de los carpetanos.

Himilce: h., princesa turdetana de Castulum, esposa de Aníbal Barca.

Indíbil: h., caudillo ilergeta.

Isgeno: f., vacceo de Albocela. Segundo hijo de Coroc y Assata.

Lubbo: f., arévaco de Numantia, hijo de Clouto.

Lucio Cornelio Escipión: h., hermano de Publio Cornelio Escipión, *el Africano*.

Lucio Cornelio Léntulo: h., cónsul en Sardinia-Corsica en 211 a. C., cónsul en Hispania Citerior en 205-201 a. C. y cónsul en Roma en 201-199 a. C.

Lucio Emilio Paulo: h., edil curul en 192 a. C., procónsul de la Ulterior en 191-190 a. C., cónsul en 182 a. C. y en 168 a. C., procónsul de Macedonia en 167 a. C. y censor en 164 a. C.

Lucio Manlio Acidino: h., *praetor urbanus* en 210 a. C. y procónsul de Hispania Ulterior en 205-201 a. C.

Lucio Marcio Séptimo: h., caballero romano nombrado propretor en 211 a. C. por las legiones y, más tarde, legado de Publio Cornelio Escipión, el Africano.

Lucio Postumio Albino: h., pretor de la Ulterior en 180 a. C., propretor de la Ulterior en 179-178 a. C. y cónsul en 173 a. C.

Maducena: f., vaccea de Albocela, esposa de Docio.

Magón: h., último comandante púnico de Cartago Nova.

Maharbal: h., comandante de la caballería de Aníbal.

Mandonio: h., caudillo ilercavón.

Marco Fulvio Nobilior: h., edil curul en 195 a. C., pretor de la Hispania Ulterior en 193-192 a. C. y cónsul en 189 a. C.

Marco Junio Silano: h., propretor romano a las órdenes de Escipión.

Marco Porcio Catón: h., *quaestor* en 204 a. C., edil curul en 199 a. C., *quaestor* en Sardinia-Corsica en 198 a. C., cónsul de la Hispania Citerior en 195 a. C. y censor en 184 a. C.

Masinissa: h., rey de Numidia.

Mentuo: f., guerrero carpetano.

Paulo Manlio: h., praetor de la Ulterior en 182-181 a. C.

Pentila: f., vaccea de Albocela, hija mayor de Coroc y Assata.

Publio Cornelio Escipión, el Africano: h., general romano. Edil curul en 212 a. C. y procónsul de Hispania en 210-206 a. C.

Publio Manlio: h., pretor romano a las órdenes de Catón.

Quinto Fabio Máximo Verrucoso Cunctator: h., general romano, enemigo de Escipión.

Quinto Fulvio Flaco: h., pretor de la Citerior en 182-181 a. C.

Safanbaal: h., hija de Asdrúbal Giscón.

Sexto: f., tribuno a las órdenes de Graco.

Sífax: h., príncipe númida.

Silo: f., vacceo de Albocela, bardo y amigo de Aro.

Teitabas: f., mercader indikete, amigo de Assalico.

Tiberio Sempronio Graco: h., tribuno de la plebe en 187 a. C., edil curul en 182 a. C., pretor de la Hispania Citerior en 180-178 a. C., cónsul en 177 a. C. y 163 a. C. y censor en 169 a. C.

Tilego: f., príncipe de los ilergetas.

Turaio: f., vacceo de Pallantia.

Vindula: f., vaccea de Albocela, jefa de los druidas. Prima de Coriaca.

BIBLIOGRAFÍA

FUENTES CLÁSICAS

APIANO. *Guerras Ibéricas. Aníbal*. Madrid: Alianza Editorial, 2006.

LIVIO, Tito. *Historia de Roma. La Segunda Guerra Púnica* (tomos I y II). Madrid: Alianza Editorial, 1992.

MEGALÓPOLIS, Polibio de. *Historia Universal bajo la República Romana* (tomo II). Ed. El Aleph, 2000.

AUTORES CONTEMPORÁNEOS

ALCAIDE, José Antonio. *El frente decisivo (El tercer frente)* (tomo II). Madrid: La Espada y la Pluma, 2004.

—, *Los mercenarios españoles de Hannibal (s. III a. C.)*. Ilustrado por Cueto, Dionisio A. Madrid: Almena, 2000.

BLÁZQUEZ, José M.ª. *Diccionario de las religiones prerromanas de Hispania*. Madrid: Colegio Universitario; Ediciones Istmo, 1975.

—, *Imagen y mito. Estudios sobre religiones mediterráneas e ibéricas*. Madrid: Ediciones Cristiandad, 1977.

—, *La romanización* (tomo I). Madrid: Ediciones Istmo, 1975.

—, *Primitivas religiones ibéricas. Religiones prerromanas* (tomo II). Madrid: Ediciones Cristiandad, 1983.

—, PRESEDO, Francisco; LOMAS, Francisco Javier; FERNÁNDEZ NIETO, Javier. *Historia de España Antigua. Protohistoria* (tomo I). Madrid: Cátedra, 1980.

CABO, Ángel. *Historia de España Alfaguara I. Condicionamientos geográficos.* Madrid: Alianza Universidad, 1973.

CABRERO, Javier. *Escipión El Africano.* Madrid: Alderabán, 2000.

CARO BAROJA, Julio et. al. *Estudios de Economía Antigua de la península ibérica. Ponencias presentadas a la 1.ª Reunión de Historia de la Economía Antigua de la península ibérica.* Barcelona: Vicens-Vives, 1968.

CARO BAROJA, Julio. *Los pueblos de España* (tomos I y II) (3.ª ed.). Madrid: Ediciones Istmo, 1981.

COMBES, Robert. *La República en Roma.* Madrid: Edaf, 1977.

CONNOLLY, Peter. *Aníbal y los enemigos de Roma.* Madrid: Espasa-Calpe, 1981.

—, *Las legiones romanas.* Madrid: Espasa-Calpe, 1981.

DEL RINCÓN, María A.; PERICOT, María L.; FULLOLA, Josep M. «Los celtas en España». En *Cuadernos de Historia 16, n.º 20.* Madrid: Historia 16, 1985.

FIELDS, Nic. *Roma contra Cartago.* Reino Unido: Osprey Publishing, 2009.

GARCÍA Y BELLIDO, Antonio. *España y los españoles hace dos mil años (según la «Geografía» de Estrabón)* (4.ª ed.). Colección Austral, Espasa-Calpe, 1968.

—, *Veinticinco estampas de la España Antigua.* Madrid: Espasa-Calpe, 1967.

—, et. al. *Conflictos y estructuras sociales en la Hispania antigua.* Madrid: Ediciones Akal, 1977.

GARCÍA DE CORTÁZAR, Fernando. *Atlas de Historia de España.* Barcelona: Planeta, 2005.

GARLAN, Yvon. *La guerra en la antigüedad.* Madrid: Alderabán, 2003.

GOLDSWORTHY, Adrian. *El ejército romano.* Madrid: Akal, 2005.

GRACIA ALONSO, Francisco. *Roma, Cartago, íberos y celtíberos. Las grandes guerras en la península ibérica.* Madrid: Ariel, 2006.

HEALY, Mark. *Cannae 216 BC. Hannibal smashes Rome's Army.* Reino Unido: Osprey Publishing, 1994.

LAUNAY, Olivier. *Las civilizaciones celtas*. Barcelona: Ed. Círculo de Amigos de la Historia, 1976.

McCULLOUGH, Colleen. *El primer hombre de Roma*. Barcelona: Planeta, 2002.

OLMEDA, Santos. *El desarrollo de la sociedad española: Los pueblos primitivos y la colonización* (tomo I). Barcelona: Editorial Ayuso, 1974.

PERICOT GARCÍA, Luis. *Historia de España: épocas primitiva y romana* (tomo I) (4.ª ed.). Barcelona: Instituto Gallach, 1970.

RODRÍGUEZ GONZÁLEZ, Julio. *Los Escipiones en Hispania. Campañas ibéricas de la Segunda Guerra Púnica*. Ilustrado por Álvarez Cueto, Dionisio. Madrid: Megara Ediciones.

SANTOS YANGUAS, Juan. *Los pueblos de la España antigua* (vol. 2). Madrid: Historia 16, 1997.

SEKUNDA, Nicholas; WISE, Terence. *El ejército de la República*. Reino Unido: Osprey Publishing, 2009.

—, *Republican Roman Army 200-104 BC*. Ilustrado por McBride, Angus. Reino Unido: Osprey Publishing, 1996.

TREVIÑO MARTÍNEZ, Rafael. *Rome's enemies. Spanish Armies* (vol. 4). Ilustrado por McBride, Angus. Reino Unido: Osprey Publishing, 1986.

VÁZQUEZ DE PRADA, Valentín (dir.). *Historia económica y social de España. La Antigüedad* (vol. 1). Madrid: Confederación Española de Cajas de Ahorro, 1973.

VIGIL, Marcelo. *Historia de España Alfaguara I. Edad Antigua*. Madrid: Alianza Universidad, 1975.

WATTENBERG, Federico. *La región vaccea. Celtiberismo y romanización en la cuenca media del Duero*. Madrid: Biblioteca Praehistorica Hispana (vol. II). 1959.

WISE, Terence. *Armies of the Carthaginian Wars 265-146 BC*. Ilustrado por Hook, Richard. Reino Unido: Osprey Publishing, 1982.

AGRADECIMIENTOS

Nunca podré agradecer lo suficiente a MJR Agencia Literaria, en especial a María Jesús Romero (Chus), mi agente, que haya confiado desde el principio en mí y en mi manuscrito, su energía, su determinación, su trabajo, su dedicación y, sobre todo, su paciencia conmigo.

De igual manera, quiero agradecer a Ediciones Nowtilus y a Isabel López-Ayllón y a Raul Calvo su apuesta por *Aro, el Guerrero Lobo* y por mí.

Mi agradecimiento especial y profundo a don José Navarro Talegón por concederme el honor de leer el manuscrito y darme su sincera opinión sobre el mismo; sus halagadores comentarios sobre la obra me dejaron sin palabras.

Y cómo no, tengo que dar las gracias a mi querida Nieves por su apoyo incondicional, por leer el manuscrito con toda la atención, por su crítica sincera, por sus acertados comentarios y consejos, y por la ilusión que siempre ha mostrado por este proyecto.